Marcello Simoni, né en 1975, est un auteur italien. Diplômé de littérature et passionné d'histoire, il a travaillé comme archéologue et bibliothécaire. *Le Marchand de livres maudits*, le premier tome de sa série médiévale, a connu un succès immédiat en Italie et en Espagne, et a été traduit dans onze pays. Il est suivi, chez Michel Lafon, de *La Bibliothèque perdue de l'alchimiste* (2014) et du *Labyrinthe du bout du monde* (2015).

LE LABYRINTHE
DU BOUT DU MONDE

DU MÊME AUTEUR
CHEZ POCKET

LE MARCHAND DE LIVRES MAUDITS
LA BIBLIOTHÈQUE PERDUE DE L'ALCHIMISTE
LE LABYRINTHE DU BOUT DU MONDE

MARCELLO SIMONI

LE LABYRINTHE DU BOUT DU MONDE

Traduit de l'italien
par Serge Filippini

Michel LAFON

Titre original :
IL LABIRINTO AI CONFINI DEL MONDO

MIXTE
Papier issu de sources responsables
FSC® C003309
FSC www.fsc.org

Pocket, une marque d'Univers Poche,
est un éditeur qui s'engage pour la préservation
de son environnement et qui utilise du papier fabriqué
à partir de bois provenant de forêts gérées
de manière responsable.

ISBN : 978-2-266-26931-5

À Celeste et Alfredo
qui nous regardent depuis les étoiles

Prologue

Année du Seigneur 1229, 15 janvier.
Basilique mineure de Seligenstadt

L'aube tardait à venir, une nuit impénétrable l'étouffait. Une nuit qui aurait pu être éternelle. Dans la basilique carolingienne, tout au fond du dortoir, Conrad de Marbourg était à la fenêtre. Il observait le paysage couvert d'obscurité. Il ne bougeait pas plus qu'un chien d'arrêt flairant sa proie, attendant quelque chose, un signe, une vision, sans savoir au juste si elle allait se manifester devant ses yeux ou dans les profondeurs de son âme. Il devinait cependant de quoi il s'agissait. Après trente années de bûchers et d'exorcismes, il était certain de ne pas se tromper. Il l'avait perçu dans ce bruit venu des ténèbres : le hennissement d'un destrier. Et il était prêt pour le combat.

Il entrouvrit les lèvres sans se soucier de l'air glacé qui lui fouettait le visage. Le vent du nord sifflait furieusement dans les champs et le long des routes. Caresses d'une nature marâtre, hommages d'un hiver qui enserrait la Thuringe et la Rhénanie dans sa mâchoire glaciale. Ça vous frappait comme un avertissement, une anticipation de l'avenir. Car lui, Conrad de Marbourg, était capable de distinguer l'œuvre du Malin dans les affaires des hommes.

« *Fiat voluntas tua* », murmura-t-il en inclinant légèrement la tête.

Que ta volonté soit faite… Il ferma les volets et se tourna vers la pénombre. Deux lettres attendaient sur sa table, l'une écrite en allemand, l'autre en latin. Il les avait rédigées au cours de la nuit, presque d'un jet, avant de les laisser sécher sur l'écritoire. La situation était assez grave. Dans quelques heures à peine, un messager serait en route pour les distribuer.

La première était adressée au landgrave de Thuringe, le maître de cette contrée ; quant à la seconde, elle était pour Sa Sainteté en personne, le pape Grégoire IX. Les deux avaient à peu près le même contenu, avec de légères variations dans les éloges et les formules de politesse.

Conrad s'assit à sa table et prit la lettre rédigée en latin pour la relire à la lueur d'une chandelle. Il avait conscience d'avoir gâté son texte avec deux ou trois germanismes, mais il savait aussi qu'il n'avait pas à s'en préoccuper. Avant d'être élu pape, quand il s'appelait encore Hugolin d'Anagni, Grégoire IX avait voyagé avec le légat apostolique en Allemagne, pays dont il comprenait parfaitement la langue.

La lettre disait :

Au nom de notre Seigneur Jésus-Christ. À Sa Sainteté le pape Grégoire, évêque de l'Église catholique et serviteur des serviteurs de Dieu, le soussigné Konradus de Marburc, predicator verbi Dei, *adresse les conclusions de son enquête sur la corruption hérétique qui infecte l'Allemagne.*

Au mois de janvier de l'année courante, je me suis rendu dans le diocèse de Mayence afin de visiter la maison d'un clerc du nom de Wilfridus, soupçonné d'hérésie, et en ces lieux j'ai reconnu des traces indubitables de l'évocation du Malin. J'ai pris note des nombreux signes nécromants susceptibles d'être identifiés, j'ai fait arrêter le clerc et, enfin, je l'ai mis à la question. En dépit du fait que je me trouvais en présence d'un religieux, et non d'un simple laïc, je me suis plié rigoureusement à ma fonction.

Interrogé, l'homme essaya de mentir, comme font toujours ceux qui veulent cacher leur culpabilité, puis il avoua vénérer une trinité hérétique plus ancienne que la chrétienne, que je soupçonne d'être Lucifer dans sa volonté de supplanter la Sainte Trinité. Preuve supplémentaire venue confirmer mes soupçons, Wilfridus portait à la main droite le signe de son pacte avec le Malin, un objet que, par décence et crainte de Dieu, je m'abstiendrai de décrire à Votre Sainteté.

Plus grave encore, l'homme avoua avoir été initié à ce culte blasphématoire par un magister de Tolède. Il le décrivit comme un personnage de grande taille, maigre, vêtu de sombre, dont il jura ignorer le nom. Mais, pour ma part, et sur la foi de mes enquêtes précédentes, je sais très bien de qui il s'agit. C'est l'Homo Niger, l'Homme Noir, qui se manifeste souvent aux hérétiques au cours de leurs conciliabules obscènes.

Face à de telles preuves, je demande la permission d'étendre mon enquête au sud de la couronne alpine où, à en croire le prévenu, se cache la secte la plus importante fondée par le magister de Tolède. Et puisque les membres de cette secte se livrent à la plus aberrante des hérésies, à savoir le culte de Lucifer, je souhaite que ces lucifériens soient frappés d'anathème et punis par la crosse de la Sainte Église romaine.

Un bruit retentit, un claquement de sandales dans le couloir attenant. Conrad leva les yeux de ses pages et tendit l'oreille. Bientôt, un homme apparut au seuil de la pièce. C'était un franciscain dont la grande tonsure s'auréolait d'une chevelure hirsute. Un regard d'ascète éclairait son visage.

« Gérard Lützelkolb, mon ami. »

Marbourg se leva et ouvrit les bras.

« Je m'interrogeais justement sur la cause de votre retard. »

Le frère s'inclina brièvement et prit plusieurs profondes inspirations. Il avait couru, nul doute.

« J'ai été retenu, magister. Pardonnez-moi. »

Magister. Conrad se faisait appeler ainsi depuis environ deux ans, depuis que le Saint-Père lui avait confié une mission de grande importance, preuve indéniable d'une élection, mais aussi terrible fardeau. Personne, jusque-là, ne s'était encore vu confier la charge d'une enquête sur l'hérésie dotée d'un objectif précis : l'éradiquer à tout prix. Un tel pouvoir le plaçait au-dessus de n'importe quel évêque, prieur ou abbé, et il inspirait à tout un chacun une crainte respectueuse.

Gérard Lützelkolb regarda autour de lui et se blottit dans la cape de laine qui recouvrait son froc. Il donnait l'impression de rechercher en vain une source de chaleur.

« On gèle dans cette pièce.

— Le gel purifie », répliqua le religieux avec une pointe de reproche.

Le frère se mordit la langue. Marbourg était connu pour sa rigueur. « Eh bien, magister. Quels sont les ordres ? »

Conrad, d'un signe, l'invita à la patience. Ayant jeté un dernier coup d'œil à ses lettres, il les scella à la cire et les lui remit.

« Elles doivent partir immédiatement. J'insiste.

— Les messagers sont prêts. »

Gérard soupesa les deux rouleaux d'un air hésitant. Ses mains tremblaient. Son regard brilla d'un éclat mystérieux.

Conrad l'observait avec attention. Il avait l'habitude de ne rien laisser transparaître, même la pensée la plus infime.

« Quelque chose vous tracasse ? »

Avant de répondre, le franciscain lâcha une sorte de râle.

« Ce qui arrive est terrible, magister.

— Expliquez-vous.

— Le clerc Wilfridus, l'hérétique que vous avez interrogé.

— Eh bien ? Je l'ai fait mettre à l'isolement, en attendant de le faire pendre.

— Ce ne sera pas nécessaire. »

La bouche de Gérard se tordit.

« Il est mort. »

Conrad serra les poings sur sa poitrine.

« Mais comment…

— Les gardiens l'ont trouvé couvert de brûlures. C'est la raison de mon retard. D'affreuses brûlures dues à… à *quelque chose* qu'il s'est enfoncé lui-même dans le flanc. »

Le frère hésita encore.

« Dans sa cellule flotte une odeur de soufre.

— Personne n'a rien vu ?

— Non, mais… Comment cela a-t-il pu se produire ? Il était impossible de pénétrer dans cette geôle. La fenêtre qui donne sur l'extérieur est trop étroite pour laisser passer un…

— Un *homme* ? »

Conrad le prit par les épaules et sourit sombrement. Voilà le signe que j'attendais, pensa-t-il. Avant de continuer, il anticipa le goût de ses propres paroles.

« Ne craignez pas d'exprimer vos pensées à voix haute, mon ami. Cette nuit, le Malin chasse sur ces terres. »

Gérard se signa, comme pour se protéger d'une malédiction. Conrad l'éperonna :

« Allons, occupez-vous de ces lettres. Et priez le Seigneur de nous donner la force nécessaire. »

Puis, en dépit du froid intense, il retourna ouvrir grand la fenêtre sur les ténèbres. Il avait besoin de regarder au-dehors, de fouiller l'obscurité. Le vent pénétra dans la pièce en sifflant et éteignit la chandelle. La nuit, noire comme le goudron, submergea toute chose.

PREMIÈRE PARTIE

LE SIGNE DU SAGITTAIRE

« Il ne faudra pas non plus craindre le diable qui est en vérité le Sagittaire aux flèches de feu, celui qui à tout moment introduit la terreur dans le cœur du genre humain. »

Zenon de Vérone,
De duodecim signis ad neophytos

– 1 –

Paris, la nuit du 26 février

Suger se retourna encore. Quelqu'un le suivait, une silhouette imposante enveloppée dans un manteau en loques. Il l'avait repérée depuis plusieurs minutes, alors qu'il descendait la montagne Sainte-Geneviève en direction de la Cité. Redoutant une agression, il avait décidé d'accélérer le pas. Hormis cette présence, il n'y avait pas âme qui vive le long de cette rue où les rats frétillaient dans les amas de détritus. Partout s'étalaient des saletés, vestiges des festivités du carnaval.

Il rabattit le capuchon de sa cape pour se protéger du froid, et après avoir bifurqué jeta de nouveau un coup d'œil en arrière. L'homme au manteau se rapprochait… Si seulement l'abbé de Saint-Victor ne l'avait pas fait venir ! Suger enseignait au *Studium* en tant que *magister medicinae*, mais il n'était pas assez riche pour se permettre de refuser une visite après le coucher du soleil, surtout chez les patients qui payaient bien. Au vieil abbé, il avait prescrit une infusion de sarriette, un cataplasme pour ses pieds gonflés et, surtout, une bonne dose de patience. Suger avait en horreur les lamentations des vieillards. Chaque fois qu'il tombait sur ce genre de malade, il regrettait de n'avoir pas choisi le métier de son père, un homme qui, pendant plus de quarante ans, avait édifié des vitraux dans les cathédrales.

L'homme ne lâchait pas prise. Tenace, il avançait en traînant la jambe droite. Le médecin songea qu'il devait être blessé, puis il se rendit compte que l'autre lui faisait signe de s'arrêter. Maintenant, il s'attendait au pire. Cédant à la peur, il se faufila à gauche dans une ruelle fangeuse, qu'il parcourut jusqu'à parvenir à une vigne.

Il continua en se cachant entre les rangées de ceps. Quand il fut certain d'avoir semé son poursuivant, il sortit à découvert et se mit à courir. Il connaissait bien le quartier. Les théologiens du couvent Saint-Jacques l'aideraient si nécessaire. Mais dès qu'il fut à proximité de l'édifice, il vit qu'il était hors de danger.

L'homme au manteau avait disparu.

Suger ralentit le pas, s'appuya contre un mur en inspirant de grandes bouffées d'air. Son front était en sueur, il avait mal aux genoux. Voilà des siècles qu'il n'avait pas couru ainsi ! Il ne cessait de regarder en arrière, tant il redoutait de se faire des illusions. Mais non. Il l'avait bel et bien semé. Il pouvait continuer, rentrer chez lui tranquillement.

Il poussa un soupir de soulagement et descendit vers la Seine en se glissant sous la lueur des flambeaux accrochés aux murs. La voie devenait plus large, plus propre. Mais l'inquiétude ne lui laissait pas de répit. Qui était cet individu ? Que lui voulait-il ? Il essaya de penser à autre chose, à ce qu'il avait à faire le lendemain. Ce serait Mardi gras mais il enseignerait quand même et il rencontrerait son étudiant préféré, Bernard, un garçon qui aspirait à la charge de bachelier.

Enfoui dans ses réflexions, il se dirigea vers le bras de la Seine qui coulait un peu plus bas, enjambé par le Petit-Pont, un édifice de pierre couvert de masures. Suger traversa le pont sur la moitié de sa longueur en écoutant le sombre ruissellement de l'eau, puis s'arrêta devant une porte dévorée par l'humidité. Enfin il était chez lui.

Avant de franchir le seuil, il jeta un regard à l'île de la Cité qui se découpait sur le fleuve comme un grand navire. Là-bas se dressaient Notre-Dame et l'école du Chapitre. Là-bas, on donnait la parole à des hommes dotés de noms retentissants comme ce Roland de Crémone, un dominicain venu d'Italie. Sûr que ces professeurs illustres n'étaient pas contraints d'avoir recours à de misérables expédients pour assurer leur niveau de vie…

Mais lui aussi était magister ! Ce n'est pas parce qu'il avait refusé de devenir prêtre qu'il l'était moins que les autres, ni parce qu'il enseignait une matière mal vue des théologiens. Que ces punaises de bénitier l'admettent ou non, le salut de l'humanité reposait sur la lecture d'Avicenne, non sur celle de saint Augustin !

Ayant envoyé tout ce beau monde au diable avec un geste de mépris, il pénétra dans sa maison.

Il était las. Il n'aspirait qu'à une chose, dormir. Mais au moment de refermer la porte, il tressaillit.

La pointe d'un soulier s'était glissée entre le battant et le chambranle.

Suger, réagissant d'instinct, essaya de l'écraser contre la porte, mais une grosse main s'introduisait déjà dans l'ouverture, offrant une résistance à sa tentative. Il continua d'appuyer en pesant de tout son poids, cependant l'intrus était le plus fort : il parvint à se frayer un espace assez large pour entrer. Suger, alors, le reconnut. C'était l'homme au manteau !

Incapable de le repousser, il le regarda franchir le seuil.

« Que me voulez-vous ? demanda-t-il, partagé entre la colère et l'effroi.

— Il n'est pas dans mes intentions de vous faire du mal », répondit l'inconnu d'un ton rassurant, avec un accent germanique prononcé.

C'était un homme de grande taille, bien charpenté, mais qui semblait à bout de forces. Tenant de la main droite la bretelle du sac pendu à son épaule, il levait la main gauche en signe de paix.

« J'ai besoin de vous.

— De moi ou de mon argent ? » répliqua Suger en reculant.

Derrière lui, l'intérieur était plutôt humble : un lit, une table, un coffre et, tout autour, des étagères chargées de livres. Il fouilla les rayons, en quête d'un objet susceptible d'être utilisé comme une arme, et y trouva un pilon de mortier qu'il brandit d'un air menaçant. Il faillit rire de lui-même.

L'homme au manteau s'avança. Mais il était sur ses gardes.

« Je ne suis pas un voleur. »

Suger observa qu'il avait un poignard à la ceinture. Des taches de sang maculaient ses braies du côté gauche. La blessure devait se situer plus haut et elle avait provoqué une grave hémorragie.

« J'ai besoin d'un médecin, expliqua-t-il en réponse au regard de Suger. Je m'apprêtais à aller réclamer de l'aide à Saint-Victor quand je vous ai vu sortir de l'abbaye. Le moine gardien m'a dit qui vous étiez, alors j'ai décidé de vous suivre. »

Sans demander la permission, il tira l'un des sièges de la table et s'y assit, le sac serré contre le ventre.

« Je regrette de vous avoir fait peur... »

Ne sachant que répondre, Suger examina le visage de l'inconnu. Figure et expression pouvaient en dire beaucoup sur l'état de santé, la personnalité et même le destin d'un homme. Il s'était formé à cet art dès l'enfance, en fréquentant un guérisseur juif ; depuis lors, c'était devenu chez lui une obsession. L'étranger avait des traits nordiques, aristocratiques, empreints d'une certaine douceur. Les rides du front trahissaient la ferme volonté du soldat, mais elles convergeaient au-dessus de l'œil droit en dessinant une sorte de croix. Mauvais signe, songea Suger, présage d'une mort violente.

L'autre lui renvoya un demi-sourire.

« Vous m'observez comme si j'étais déjà un cadavre.

— Ne vous occupez pas de la façon dont je vous observe. Vous m'avez suivi et vous êtes entré chez moi en usant de violence. Agresser un magister de l'*Universitas* est un délit grave, sévèrement puni ! »

L'individu fit mine de se recroqueviller sur lui-même, comme on réagit aux menaces d'un enfant.

« Je ne crains pas la mort, seulement de voir échouer mon entreprise, dit-il. Si je devais mourir, je souhaite que quelqu'un prenne le relais.

— Alors vous auriez mieux fait de vous adresser aux moines de Saint-Victor. »

Suger lui montra la porte.

« Il n'est pas trop tard.

— Non. Vous êtes l'homme qu'il me faut. »

L'homme porta la main à son front, comme pour s'efforcer de garder sa lucidité d'esprit.

« Un laïc, reprit-il. Savant, de surcroît… C'est pour cette raison que je vous ai suivi.

— Je croyais que vous vouliez être soigné.

— Pas seulement. Je suis un pèlerin en terre étrangère… J'ai besoin de… »

Une quinte de toux le plia en deux.

Suger reposa son pilon et aida l'inconnu à se redresser.

« Vous divaguez, messire. »

Cet homme était à bout, il pâlissait de plus en plus et brûlait de fièvre. Sans doute avait-il laissé ses dernières forces dans cette course-poursuite.

« Non… Ma mission… » Il secoua la tête et leva le sac qu'il tenait contre son ventre. « Il faut absolument remettre ceci à un ami qui se trouve à Milan… »

Il recommençait à tousser.

Le médecin laissa échapper un rire faible et nerveux.

« À Milan ! Vous êtes fou ! Vous n'avez qu'à la porter vous-même, cette guenille !

— Si seulement je pouvais. Je vous jure que je ferais n'importe quoi pour y arriver… Mais j'ai peur de ne pas vivre assez longtemps… »

Suger lui coupa la parole avec un geste impatient. Cet homme devait souffrir de confusion mentale et la cause en était sûrement la douleur, sans parler de l'hémorragie. Mais il était aussi désespéré.

« N'ayez crainte, dit-il pour le réconforter, choisissant la morale contre la prudence. Et allongez-vous sur le sol, que je puisse vous examiner. »

La vérité est qu'il aurait préféré l'inviter à s'étendre sur son propre lit, mais l'intrus était d'une saleté repoussante.

L'inconnu se coucha à terre et gémit :

« Si cette blessure ne me tue pas, alors le cavalier s'en chargera… Il me fera ce qu'il a fait au bon Wilfridus…

— Ce sont vos affaires », répliqua le médecin pour le réduire au silence.

Il se pencha et écarta le manteau sous lequel apparut une tunique sanglante, brûlée en plusieurs endroits. Il dénoua la ceinture, écarta le couteau et découvrit le buste du patient. Comme prévu, la blessure se trouvait sous le côté gauche : une lacération profonde, qui faisait bien ses trois pouces de large. Des chairs qui entouraient la plaie émanait une odeur de soufre.

« On dirait qu'ils ont voulu vous embrocher.

— C'est miracle si je suis en vie…

— Du calme. Vous vivrez. »

Suger se releva, prit sur la table une bouteille en faïence, et revint se pencher sur son patient. Ayant débouché la bouteille avec les dents, il versa sur la blessure un liquide rouge, avant de l'éponger à l'aide d'un linge.

« Ça brûle. Qu'est-ce que c'est ?

— Du vin. J'essaie de nettoyer la plaie. »

On distinguait maintenant les contours de la blessure. Elle ne semblait pas difficile à soigner, cependant elle présentait un aspect insolite. Autour de la perforation, l'épiderme était déchiré et calciné ; les tissus internes aussi.

La voix de l'inconnu le détourna de ses réflexions :

« Si vous faites ce que je vous ai demandé, vous aurez votre juste récompense...

— Une récompense ? »

L'espace d'un instant, Suger mit de côté l'hypothèse de la confusion mentale. Il se demanda si cet homme n'était pas, en fait, plus lucide qu'il y paraissait. Mais en observant son visage attentivement, il vit que son patient était sur le point de perdre connaissance. Chassant toute pensée de son esprit, il prit le fil et l'aiguille. Et il se concentra.

À la première perforation de la chair, l'inconnu se cambra d'un coup et tordit la bouche avec une expression douloureuse.

« Patience, dit le médecin en l'obligeant à rester en place. Je recouds la plaie.

— Vous me raccommodez comme un vieux vêtement ? Vous ne cautérisez pas ?

— Le cautère, c'est utile pour marquer une vache, sûrement pas pour soigner un être humain. »

Suger serrait les lèvres et ne quittait pas sa besogne des yeux ; il opérait avec une habileté à faire pâlir d'envie un tailleur. Quand la suture fut effectuée, il s'aperçut que le patient avait repris conscience et en profita pour revenir au sujet :

« Une récompense, disiez-vous. Vous parliez sérieusement ? »

L'homme n'était plus qu'un masque de souffrance, cependant il trouva la force de se plier en avant pour voir le résultat de l'opération. Puis, hochant la tête :

« Si vous livrez l'objet qui est dans ce sac… vous recevrez en échange une pierre précieuse. »

Il s'exprimait d'une voix quasi éteinte ; néanmoins, Suger distinguait ses paroles.

« Une pierre précieuse ?

— C'est ce que j'ai dit… »

L'inconnu essaya de s'asseoir, mais la douleur le força à rester étendu à terre.

« Une pierre de dragonite. »

Suger répéta le mot du bout des lèvres : *dragonite*. On ne l'entendait pas souvent. On le prononçait seulement dans les cercles érudits. Pour connaître l'existence de cette pierre, il fallait avoir étudié le *Naturalis historia* de Pline l'Ancien, ou voyagé dans les contrées lointaines.

Son trouble devait être visible car l'homme renchérit, les yeux rivés au fond des siens :

« Vous avez une idée de ce que c'est ? »

Suger dit avec le plus grand sérieux :

« Il existe des pierres que l'on prélève dans les organes internes des animaux, des pierres spéciales, dotées de propriétés curatives. La dragonite, appelée aussi pierre de dragon, est la plus rare. On dit qu'elle provient de la tête d'un serpent monstrueux… »

Il pointa le doigt vers son interlocuteur.

« Mais il faudrait être naïf pour prêter foi à vos propos. »

L'autre lui renvoya un regard dédaigneux.

« Ce que j'affirme est vrai, je le jure… Et, comme preuve de ma franchise, je vais vous offrir une récompense du même genre, en remerciement pour m'avoir soigné. »

Ayant ouvert un étui de cuir qu'il portait autour du cou, il lui tendit un objet étrange.

« Tenez… Et observez. »

Suger eut d'abord le sentiment d'avoir entre les mains le cadavre d'un petit animal, puis il comprit qu'il s'agissait de tout autre chose. C'était une pierre qui ressemblait à la racine de mandragore, sauf qu'elle se couvrait d'une espèce de peau. Il perçut une odeur de moisi, mais sans parvenir à deviner la matière dont elle se composait. Toutefois, il l'avait reconnue.

« C'est une pierre curative appelée *caprius*, dit-il. On l'a extraite des viscères d'une chèvre.

— Vous avez une idée de sa valeur ?

— Comme tout bon médecin, même si je n'en avais encore jamais vu. Elle soigne les sécrétions oculaires, l'ulcère de l'estomac et les fortes fièvres. »

L'étranger hochait la tête.

« La pierre de dragon est mille fois plus précieuse. Ses propriétés tiennent du miracle.

— Ne gaspillez pas votre souffle. »

La curiosité de Suger était piquée, mais pas au point de le suivre aussi loin. Il avait bien trop de soucis en tête pour tendre l'oreille aux propos de l'étrange personnage.

« Cette blessure guérira, je vous le garantis. Pour le reste, vous devrez vous débrouiller sans moi.

— Vous avez probablement raison, mais tout n'est pas dit… Le cavalier ! Le cavalier m'a déjà trouvé une fois, alors même que je me cachais à Paris. Il me trouvera encore…

— De quelque affaire qu'il s'agisse, c'est la vôtre.

— Vous ne comprenez pas, cette mission est d'une importance vitale… »

Suger l'interrompit :

« C'est vous qui ne comprenez pas, messire. Vous réclamez l'impossible. »

Puis, voyant que l'inconnu ne s'assoupirait pas, il décida de l'assister le temps qu'il faudrait, jusqu'à ce que l'épuisement le gagne.

« Du reste, reprit-il en feignant un regain d'intérêt dans le seul but de le faire parler, comment ferais-je pour le reconnaître, votre ami, dans une ville aussi grande ?

— Il s'appelle Geburt de Querfurt… C'est un Allemand… Vous le trouverez à la basilique de Saint-Étienne-le-Majeur… Il est dans le commerce des reliques… Et il porte les mêmes signes que moi. »

Il lui montra le dos de sa main droite, couverte de tatouages que Suger n'avait pas remarqués. Sous les articulations de l'index et du majeur était représenté un archer à cheval. Sur l'auriculaire rampait un serpent dont la gueule pointait vers une petite coupe dessinée sur la dernière phalange de l'annulaire.

L'homme referma la main en un geste de bénédiction, trois doigts dressés ; et Suger aperçut alors sur la paume l'image d'une Vierge à l'enfant surmontée d'une colombe aux ailes déployées.

Des symboles chrétiens mariés à des symboles païens. Le médecin eut un haut-le-corps. Il savait qu'il existait des amulettes ornées de ce genre d'images hébraïques ou phrygiennes, et elles ne lui faisaient pas peur. Mais présenté au regard d'un homme d'Église, un simple fétiche risquait de déclencher de terribles conséquences.

« Attention ! s'exclama-t-il. J'ignore qui vous êtes, mais si les yeux d'un dominicain venaient à se poser sur ces signes, vous connaîtriez une méchante fin. Et moi aussi, pour vous avoir donné asile.

— Laissez-moi vous expliquer, implora le blessé parvenu à présent aux limites du délire.

— J'ai mes propres problèmes, gronda le médecin. Taisez-vous, ou je vous flanque à la porte. »

L'inconnu, toujours couché à terre, le suppliait des yeux.

« Le cavalier ne tardera pas à me trouver... Et cette fois... »

Suger n'écoutait plus. Il en avait assez accompli pour cet homme. Il avait soigné sa blessure, lui avait offert l'hospitalité sous son propre toit. Il n'était pas question d'endurer plus longtemps son verbiage. S'il ne l'avait pas encore mis dehors, c'est à cause de ses propos sur la dragonite : ils l'avaient fasciné. Mais Milan était loin. Et quitter Paris, c'était sacrifier sa carrière.

Il se coucha dans son lit et examina longuement cette pierre étrange, couverte de peau.

L'étranger s'était endormi.

Suger finit par s'assoupir à son tour. Quand il ferma les yeux, il se vit en rêve, dans l'enceinte de l'école Notre-Dame ; il tenait en main une pierre de dragon qu'il présentait fièrement à une foule immense, passionnée.

Et tous les *magistri* ébahis lui exprimaient leur solidarité.

– 2 –

Au lever du jour, la Seine s'écoulait avec un bruit de cristal. L'eau jaillissant le long des parapets semblait chanter des louanges aux faibles clartés du soleil. Mais Suger, dans l'obscurité de sa maison, ne pouvait s'abandonner à ces agréments. Il avait très peu dormi et se réveillait de méchante humeur. Son hôte indésirable s'était mis à délirer comme un possédé aux premiers tintements des matines, obligeant le médecin à quitter son lit pour l'ausculter, non sans le maudire entre ses dents.

Cependant, il n'y avait rien de grave. Si la fièvre avait grimpé, la blessure semblait réagir favorablement aux soins.

Suger se rassit au bord de sa couche et se frotta les yeux. L'étranger gisait à même le sol, enfoui dans une inconscience pleine de tourments. Le Souabe : c'est ainsi qu'il l'avait baptisé puisqu'il ignorait son nom. À en juger d'après son accent, il venait sûrement d'Allemagne. Non que la chose eût grande importance. Suger n'éprouvait rien à l'endroit de cet individu, ni compassion ni sympathie. Cette histoire de dragonite continuait de piquer sa curiosité, et comment ! Mais d'un point de vue personnel, il estimait que le Souabe n'était pas son affaire. Du reste, il ne se définissait pas lui-même comme un homme charitable. Il lui arrivait certes d'être traversé par des pensées de bonté et d'altruisme, mais elles ne laissaient dans son cœur aucune trace de leur passage.

Jeune, il était différent. C'est après la mort de son père que le sort des autres avait cessé de compter pour lui. Depuis lors, il se souciait seulement de lui-même. Et il ne regardait plus les vitraux des églises de la même façon.

La rumeur épaisse venue du dehors le tira de ses réflexions. Il était temps d'y aller. Le devoir l'appelait.

Il se vêtit de l'habit rouge et coiffa son chapeau de *magister medicinae*. Ayant pris sous son bras les volumes utiles à sa leçon, il se dirigea vers la porte. Il marqua une brève hésitation, puis décida de laisser le Souabe où il était. D'après ses prévisions, il ne reprendrait pas conscience avant l'après-midi et ne causerait aucun problème. La tentation de le jeter dehors avait beau être forte, il fallait compter avec ces tatouages. Ils risquaient d'attirer l'attention. Mieux valait donc se montrer prudent.

À peine fut-il dans la rue qu'il se sentit immergé dans l'agitation du Mardi gras. Une foule de jeunes gens couraient dans tous les sens en poussant des cris et des rires. Ils cherchaient des victimes pour leurs farces. Ce tapage fatigua Suger qui marchait en rasant les murs pour éviter de se retrouver pris dans quelque mauvais tour. Il était pressé et l'idée d'avoir à traverser la moitié de la ville pour faire cours exacerbait son mécontentement.

Suite à des désaccords récents qui avaient opposé l'évêque de Paris et l'*Universitas magistrorum*, la plupart des professeurs s'étaient éloignés de la Cité pour élire domicile dans l'abbaye Sainte-Geneviève et en faire le siège du Studium. Les seuls maîtres qui officiaient encore près de Notre-Dame étaient les religieux.

Alors qu'il allait tête basse sous un soleil anormalement tiède, il voulut adoucir sa mauvaise humeur en cherchant des pensées agréables à poursuivre. La seule chose qui lui vint à l'esprit, c'est cette pierre de dragonite. Comment ne pas y songer ? À l'instar de n'importe quel médecin, il connaissait bien les propriétés thérapeutiques des pierres. Il avait lu plusieurs livres sur le sujet, dont le lapidaire de Michel Psellos, et celui de Marbode de Rennes. Naguère, un bénédictin d'Oxford lui avait même montré sa collection de pierres curatives dont presque toutes venaient de corps d'animaux : la *chélidoine*, extraite du crâne de l'hirondelle et capable de calmer les inflammations oculaires ; la *ligure*, extraite de la vessie du lynx, le meilleur remède pour soigner les maux d'estomac et la jaunisse ; la *pierre d'hyène*, extraite des globes oculaires de l'hyène, justement, que l'on place sous la langue pour en tirer des bienfaits ; la *pierre marguerite*, cachée dans les coquillages ; et la *panthère* enfin, que l'on trouvait dans les viscères des grands félins.

Mais aucune d'elles ne supportait la comparaison avec la dragonite. Suger fût-il entré en possession d'une dragonite et eût-il rédigé un traité médical sur ses propriétés curatives, nul doute qu'il se serait acquis une situation prestigieuse à l'école du Chapitre.

Il se hâta de chasser de son esprit ces fantasmagories. Repoussant sans ménagement un groupe de pèlerins, il pénétra dans le Quartier latin où les festivités du carnaval atteignaient des proportions surréelles. De partout surgissaient des jeunes gens travestis en femme, en ours, en sauvage. Les uns dansaient, d'autres allaient à dos de mulet ou perchés sur des chars grotesques d'où ils bombardaient les passants de salades pourries.

Il fallait s'y attendre. Ici habitaient la plupart des étudiants envoyés à Paris pour suivre les cours du Studium. Protégés par l'aile tutélaire du Chapitre et donc bénéficiant de l'immunité quant aux poursuites civiles, ils n'en étaient que plus résolus à transgresser les règles.

Le médecin franchit ce vacarme sans encombre, protégé des quolibets par l'habit de magister. Au contraire, on lui fit des révérences, on le salua avec respect. Il finit par apercevoir un attroupement. Des jeunes gens se pressaient autour d'un garçon de grande taille et de belle apparence. C'était Bernard, son meilleur élève. Flairant les ennuis, il allongea le pas et s'approcha.

L'étudiant esquissa un salut gêné, pendant que ses camarades se dispersaient à la hâte.

Suger remarqua tout de suite que Bernard avait un œil au beurre noir et une lèvre éclatée.

« Mon enfant ! Peut-on savoir ce qui t'est arrivé ? »

Le jeune homme s'ébouriffa les cheveux – une épaisse tignasse noir corbeau. Bernard était un des rares étudiants à ne pas porter la tonsure. Si ses condisciples l'arboraient ostensiblement pour montrer qu'ils étaient sous la protection du Chapitre, lui la regardait comme une humiliation.

« Rien de grave, magister.

— Rien de grave, dis-tu ? le réprimanda le médecin. Le carême arrive et avec lui la *determinatio*. Tu te souviens ? Tu comptes te présenter à l'examen pour devenir bachelier avec cette tête-là ? Et tu as pensé à moi, qui suis ton magister ?

— Je vous prie de me pardonner, reprit le jeune homme. Je n'avais aucune intention de vous causer des ennuis.

— C'est pourtant le cas. Tout ce que tu fais rejaillit sur moi, comprends-tu ? »

Suger était furieux. Il lui aurait donné des gifles. Bernard était un étudiant tellement doué et appliqué qu'il aurait dû n'avoir aucun problème pour tracer son chemin ; mais il n'arrivait pas à dominer ce caractère énergique qui le poussait à chercher la bagarre et à courir la gueuse.

Un garçon frêle et rougeaud se frayait un passage dans la foule. Il vint se placer au côté de Bernard, comme pour prendre sa défense. Suger le toisa à la dérobée. Il le connaissait de vue. Ramón : c'était son nom. Ses yeux de fouine et ses lèvres épaisses lui donnaient l'air d'un plantigrade.

Le rouquin s'éclaircit la gorge et fit face au magister avec un sourire insolent.

« Bernard a récolté ça chez un aubergiste du bourg Saint-Marcel. »

Bien qu'aragonais, il s'exprimait en latin, comme tous les étrangers qui étudiaient à Paris.

« Pour quel motif ? voulut savoir le médecin.

— C'est sa faute, à ce vieil avare ! s'exclama Ramón en écartant les bras pour dramatiser son propos. Il prétendait nous faire payer le vin à prix d'or ! Alors nous… »

Suger le fit taire d'un geste et se tourna vers son élève :

« Bernard ! C'est à toi que la question était adressée. Peux-tu m'expliquer ? »

Le jeune homme hocha la tête, mal à l'aise.

« Ramón s'est disputé avec l'aubergiste sur le prix du vin. Il a refusé de payer. L'autre a commencé à le frapper…

— Huit deniers ! enchaîna Ramón en se donnant des tapes sur le front avec des airs de martyr. Huit deniers pour quatre fillettes de vin ! De l'escroquerie !

— L'aubergiste était plus fort que lui, reprit Bernard. Alors je l'ai défendu… »

Son camarade se mit à brailler :

« Si vous aviez vu ça, magister ! Quelle bagarre ! »

Le médecin se rembrunissait toujours davantage.

« Ne t'ai-je pas dit cent fois de te tenir à l'écart ? Surtout quand tu vas traîner à Saint-Marcel, l'endroit rêvé pour s'attirer des ennuis… »

Ramôn éclata de rire.

« Si, par "ennuis", vous entendez du vin et des putains… »

Suger en avait assez de cet insolent. Il ne pourrait continuer de supporter sa présence, ou ses bonnes manières allaient finir au diable ! C'est pourquoi il préféra le prendre par le cou et le jeter dans un char qui passait opportunément.

Ramôn tomba assis sur le banc, stupéfait comme un roi déchu.

« Et quant à toi… »

Le médecin saisit fermement Bernard par le bras.

« Tu vas me suivre et venir en cours. »

– 3 –

Bernard, qui marchait au côté du magister, faisait la tête et expédiait des coups de pied dans les pierres dont le pavé était jonché. Le bruit du carnaval s'éloignait, le calme était en train de revenir.

La rue, quasi déserte, longeait un talus herbeux qui flanquait des ruines antiques, les thermes romains et les arènes de Lutèce. Le jeune homme consentit à effleurer d'un œil paresseux ces signes de vieillesse, ces rides sur le visage de Paris.

L'abbaye Sainte-Geneviève n'était pas loin, Suger avait ralenti le pas exprès. Une distance se creusait avec les événements de la nuit précédente. L'angoisse et la peur semblaient les échos d'un rêve décoloré. L'image du Souabe étendu sans connaissance sur le sol de sa maison ne lui inspirait plus la moindre appréhension. L'important, à la minute présente, était de ramener ce garçon à un comportement raisonnable. Il l'exhorta :

« Ce n'est pas en faisant étalage de ton savoir que tu deviendras bachelier ! Il faudra aussi corriger ta conduite. »

Bernard posa sur le magister un regard contrarié.

« Je croyais que c'était une prérogative des prêtres.

— Oublie les prêtres. Si tu cherches le respect, conduis-toi avec dignité. Et la dignité repose sur trois règles fondamentales : le sérieux, la décence, la maturité. »

Suger ne put énumérer ces principes sans se rappeler qu'il les avait lui-même violés plus souvent qu'à son tour. Mais ce n'était pas de lui qu'il était question ! Lui, il savait comment dissimuler sa mesquinerie derrière les apparences d'une vie respectable. Alors que Bernard était sincère et loyal ; s'il se détournait de la bonne voie, la cause en était un trop-plein d'exubérance.

Le jeune homme hocha la tête en chassant du pied un énième caillou.

« Tu ne m'écoutes pas ! s'énerva Suger. Je réclame un peu d'attention ! »

Pour toute réponse, Bernard lui adressa le plus profond des regards.

« J'ai un aveu à vous faire, magister. »

La phrase piqua la curiosité du médecin.

« À quel propos ?

— Vous vous souvenez des garçons avec lesquels je discutais quand vous êtes arrivé ?

— Oui, ils étaient nombreux. Mais encore ?

— Ils ont appris ce qui m'est arrivé cette nuit. Ils projettent d'aller au bourg Saint-Marcel se venger de l'aubergiste.

— Ce n'est pas ton affaire.

— Magister ! insista Bernard. Je crains qu'ils ne fassent du mal à ce vieux radin. Je me sentirais responsable. »

Suger, exaspéré, se planta devant lui.

« Je t'en conjure, Bernard, apprends à ne pas te laisser entraîner dans ce genre d'histoires ! »

Il lui frappait le front avec le bout de l'index.

« Tu es intelligent. Tu as autre chose à penser ! Après le carême, si Dieu le veut, tu seras bachelier. Et si tu travailles dur, il te suffira de quelques années pour devenir magister. Tu comprends ? Les bagarres, ça suffit ! Ça suffit de n'en faire qu'à ta tête !

— Mais je...

— Pas de "mais", ça suffit ! Tu n'as pas envie d'être bachelier ? »

L'ambition brilla dans les yeux de Bernard.

« Bien sûr que si, magister. Et comment, que j'en ai envie.

— Alors obéis-moi. »

*

* *

Deux heures plus tard, Suger donnait sa leçon dans le cloître de Sainte-Geneviève. Nombreux étaient les étudiants qui l'écoutaient, retenaient leur souffle et prenaient des notes sur leurs tablettes de cire. Aucun ou presque n'ayant le bon livre, ils étaient obligés de se fier à leur mémoire et à l'espoir que le magister leur dicterait un résumé à la fin de la leçon. Bernard se tenait au premier rang.

Cette matinée aurait été semblable à toutes les autres si deux frères dominicains ne s'étaient infiltrés dans la classe. Ils avaient pris place sous les arcades du cloître, tels des corbeaux ; et ils écoutaient l'enseignement de Suger avec des airs de dissidents, comme si les explications du maître cachaient des propos sacrilèges.

Suger les ignora. Et, comme à son habitude, il termina en proposant aux élèves une dispute. L'idée était de les familiariser avec les arguments qu'il venait de développer. La controverse porta sur l'affirmation voulant que la maladie fût la conséquence de la cause qui l'avait déclenchée, et sans laquelle le mal physique ne pouvait se manifester. Il y eut d'abord un échange d'opinions. Puis un étudiant objecta que, s'il plaisait à Dieu, la maladie pouvait au contraire se manifester sans avoir besoin de cause. Suger nia que ce fut possible. Même Dieu ne pouvait contrevenir aux lois de la nature, expliqua-t-il, puisqu'il les avait créées. Un principe divin, dit-il encore, ne pouvait se contredire lui-même.

Ce propos suffit à déclencher le chahut.

Un des deux dominicains bondit et traversa le cloître à grandes enjambées, droit sur le magister. Les élèves, stupéfaits, s'écartèrent sur son passage. Il était rare que l'on se permît d'interrompre une leçon.

Suger s'irrita d'un pareil affront et se prépara à invectiver le frère impertinent. Il tenait déjà toutes prêtes deux ou trois insultes à faire se dresser les poils sur le dos d'un chat, mais il se mordit les lèvres. Ce religieux n'était pas n'importe qui. C'était Roland de Crémone, le théologien italien !

Frère Roland s'immobilisa à trois pas du maître : traits aiguisés, regard métallique qu'irradiait une rage calculée. Avec la fougue d'un chevalier jetant le gant du défi, il prononça un mot seulement :

« Aristote ! »

Ce qui suffit à plonger l'assistance dans le mutisme et la crainte. Jusqu'à ce qu'une voix s'élève au premier rang :

« Frère ! Comment osez-vous ? »

Toutes les têtes se tournèrent vers Bernard, dont le visage était empreint de fureur.

« Sortez ! reprit le jeune homme. Les gens d'Église n'ont pas de compétence en science médicale ! »

Suger lui ordonna de se taire, mais frère Roland le dominait par la voix et le charisme.

« C'est vrai, approuva le dominicain sans s'adresser à personne en particulier. Nous autres, hommes d'Église, nous nous abstenons de pratiquer la science médicale. Il nous est interdit de faire couler le sang humain, y compris dans un but thérapeutique. »

Sa voix ressemblait au souffle du vent grondant dans un arbre creux.

« Cependant le devoir nous impose de chasser de nos esprits l'ombre du doute. »

Désobéissant pour la seconde fois à son magister, Bernard relança la polémique :

« Quelle ombre ? Quel doute ? Même les théologiens étudient Aristote. »

Frère Roland s'était attendu à cette remarque :

« Aristote a écrit des choses merveilleuses, néanmoins son esprit païen l'a conduit à commettre des erreurs… »

Il posa son regard sur Suger.

« Des erreurs que votre enseignement répand comme s'il s'agissait de vérités absolues. Des erreurs qui sortent de votre bouche comme autant de blasphèmes. »

Suger serra les poings, en quête d'un argument, n'importe lequel, susceptible d'appuyer sa défense. L'accusation était assez grave. L'Église interdisait d'enseigner Aristote. Et, face à la dialectique mordante de cet habile dominicain, toute tentative pour se disculper risquait de se retourner contre lui. Roland lui lança un défi :

« Eh bien, magister, vous ne dites rien ? Vous préférez continuer de laisser à vos disciples le soin de vous défendre ? »

Suger ouvrit la bouche, feignant de vouloir rendre les armes.

« Révérend père, dit-il, si nous devions nous mesurer en matière de théologie, vous auriez le dessus, sans aucun doute. Cependant je ne suis pas théologien, mais médecin. Si votre intention est de lancer des accusations contre mon enseignement, il vous faudra le faire devant une autorité compétente, à savoir la corporation des Maîtres de Paris…

— La corporation ? l'interrompit frère Roland en secouant la tête. Je ne reconnais l'autorité d'aucune corporation, seulement celle du père Philippus de Noyon, le chancelier du Chapitre. C'est lui, le seul et véritable tuteur du Studium. »

Suger ne pouvait plus reculer.

« Très bien, dit-il en prenant un air hautain.

— Alors hâtons-nous », ricana le dominicain.

Il regarda son confrère.

« Allons tout de suite nous présenter devant Philippus Cancellarius. Il n'est pas trop tard pour être reçus en audience. »

*

* *

Suger traversa Paris dans le sillage des deux dominicains, tel un condamné marchant à la potence.

Il savait que sa conscience n'était pas sans tache, il savait aussi qu'il ne serait pas facile de donner le change. Toutefois, autre chose le tracassait : il soupçonnait Roland de Crémone d'avoir agi de façon préméditée. Plus il y pensait, plus il en était sûr. Si le dominicain était venu à Sainte-Geneviève, c'était exprès pour le provoquer ; et en prononçant le nom du chancelier, il l'avait mis dos au mur. Aux yeux de Philippus Cancellarius, tout magister laïc inspirait de l'antipathie. Alors… un magister accusé par un prêtre !

Toujours plus déprimé, Suger avançait sans parvenir à se faire une idée précise de la situation. L'espace d'un instant, il fut tenté de s'enfuir, de partir en courant comme la veille au soir. Mais il ne pouvait prendre à la légère les conséquences d'une telle réaction. Et puis, n'eût-ce pas été montrer le mauvais exemple à Bernard ? Cette tête de mule avait pris sa défense avec la fureur d'un taureau se jetant dans l'arène, sans logique ni prudence. Le magister désapprouvait ce geste qu'il avait pourtant apprécié. Bernard vivait seul à Paris, sans parents ni amis proches. Suger était son seul point de repère, la seule source où prendre conseil. Et le médecin reconnaissait sans honte que ce garçon avait réussi à ouvrir une brèche dans son âme clinique.

La route du Chapitre passait par le Quartier latin où les festivités du carnaval avaient atteint leur apogée. Frère Roland et son confrère jetaient partout des regards écœurés et leurs yeux ne cessaient de lancer des anathèmes contre les passants.

« L'autre jour, dit Roland sombrement, c'était le char des Fous. Et voilà que ça recommence avec le bruit et les ripailles ! Ils ne peuvent donc pas se dispenser de rire ? »

Suger ne répondit pas. Lui aussi avait toute cette agitation en horreur. En outre, il lui semblait percevoir des signes inquiétants dans la foule. C'était trop. La présence de la garde commençait à se faire insistante. Sbires et stipendiés rôdaient au coin des rues… Il avait dû se passer quelque chose.

Les trois hommes quittèrent ce tumulte pour gagner l'île de la Cité où l'on faisait la fête avec plus de modération. Rue de la Cité, au pied des bâtiments nobles, le marché Palu était animé par des musiciens et des cortèges. Un groupe d'hommes jouait à la soûle – autrement dit, à la balle – sur le parvis de Notre-Dame.

La chancellerie n'était pas loin.

Ils longèrent le flanc sud de la cathédrale, un édifice encore inachevé soixante ans après le début des travaux.

Ayant pénétré dans le palais où s'abritait le Chapitre, ils allèrent jusqu'au seuil d'une vaste pièce éclairée par des fenêtres bifores et dont les murs s'ornaient d'armoiries.

Ici siégeait la chancellerie.

Deux religieux complotaient face à face, les mains dans la coule. L'un d'eux était corpulent et Suger reconnut en lui Philippus Cancellarius. L'autre était le curé du bourg Saint-Marcel, un jeune prêtre souffreteux, court sur pattes, qui venait souvent au Studium se plaindre des incursions d'étudiants dans sa paroisse. Le chancelier, lui, était un homme âgé qui avait perdu son autorité. Il n'inspirait plus la crainte qui fondait naguère sa réputation. Il avait une expression absente et un goitre mou. Penser qu'il avait été un jour *magister théologies*, qu'il avait écrit des livres savants d'une certaine épaisseur !

La conversation entre les deux hommes s'achevait.

« Ce sont des enfants, insistait le curé du bourg Saint-Marcel. Faire intervenir la garde était disproportionné, exagéré.

— Je ne dis pas autre chose, affirmait le chancelier en écho. Mais la Couronne ne veut rien entendre. Ils ont déjà lâché les sbires du prévôt…

— Mon Dieu, le prévôt ! Un homme connu pour sa brutalité.

— Je ne sais que vous dire, mon père, soupira le chancelier. Il semble que les étudiants, cette fois, aient dépassé les bornes. »

Ce dialogue se poursuivit encore un moment, puis le curé du bourg Saint-Marcel s'en alla, découragé. Philippus Cancellarius se tourna alors vers les trois hommes arrêtés au seuil de la pièce et les invita à entrer.

Frère Roland fut le premier à s'avancer et à saluer d'une révérence.

« Pardon, votre Paternité, dit-il, mais je ne pouvais pas ne pas entendre. Des problèmes graves ?

— Énormes, répondit le chancelier en se dirigeant vers un grand bureau. Il semble qu'une bande d'étudiants ait détruit ce matin une auberge à Saint-Marcel. Comme si ça ne suffisait pas, ces gredins se sont répandus dans le bourg et y ont semé des troubles. »

Ces propos rappelaient ceux de Bernard lui-même et Suger ne put s'empêcher d'intervenir :

« Est-ce une erreur de ma part ou faites-vous allusion à l'envoi des sbires ?

— Vous ne faites pas erreur, dit le chancelier. La Couronne a fait appel au prévôt.

— Pourtant il ne s'agit pas d'une commune citadine, objecta le médecin. Les sanctions contre les étudiants relèvent du Chapitre cathédral, non de la Couronne. C'est la loi. »

Philippus, hochant tristement la tête, fit le tour de la table et s'installa sur le siège à haut dossier.

« Voilà plus d'une heure qu'un légat pontifical s'efforce de le faire comprendre à Sa Majesté la reine Blanche. »

Il s'adressait toujours à Suger.

« Si vous pensez être capable de faire mieux que lui, ne vous gênez pas. »

Le médecin eut un léger mouvement de recul. Il avait déjà sa charge de problèmes et il n'était pas dans ses habitudes d'aller défendre la cause des autres. Il s'aperçut que les dominicains se consultaient du regard. Un sentiment de gêne s'empara de lui.

Le silence fut rompu par le chancelier qui s'adressa à Roland :

« Eh bien, mon père, qu'est-ce qui vous a poussé à quitter le cloître Saint-Jacques par une journée aussi agitée ?

— Une question que nous avons souhaité vous soumettre, dit le frère.

— J'espère qu'il ne s'agit pas de nouveaux ennuis…

— J'ai peur que si. »

Le dominicain eut un geste vers Suger.

« Il est *magister medicinae* auprès du Studium…

— Je le connais, l'interrompit Philippus, comme je connais tous ceux qui occupent une chaire à Paris. Pourquoi me l'amenez-vous ?

— Parce qu'il a transgressé les interdits en rapport avec Aristote. Il enseigne la *philosophie naturelle.* »

Roland entendait par là une discipline bannie, inspirée des théories aristotéliciennes concernant le fonctionnement de l'univers. Le chancelier se tourna brusquement vers Suger.

« Il s'agit d'une accusation grave, magister. Qu'avez-vous à dire pour votre défense ?

— C'est un malentendu, révérend père. J'enseigne la médecine, pas la philosophie naturelle. Frère Roland doit avoir confondu…

— Mensonge ! explosa Roland de Crémone. Mon confrère et moi avons fort bien compris de quoi il retournait ! Il a admis que Dieu ne pouvait modifier les lois de la nature. C'est nier Sa toute-puissance ! Et chacun sait que cette affirmation vient d'Aristote. »

Suger tenta de se justifier et d'apaiser les choses :

« J'ai employé ce moyen pour apprendre le raisonnement à mes élèves. Tout phénomène a une cause : c'est tout ce que j'essayais d'expliquer. »

Une défense bien modérée, songea-t-il par-devers lui. Mais le moyen de faire autrement ? Puisqu'il ne pouvait nier, il n'avait d'autre choix qu'en appeler à la clémence du chancelier. Lequel, pour toute réponse, secoua la tête.

« Vous vous égarez, magister. »

Une bouffée d'irritation traversa le regard de Philippus. L'autorité lui revenait ; à présent, oui, il inspirait la crainte.

« Frère Roland porte contre vous des accusations précises. Peut-être avez-vous la compréhension un peu lente ? »

La phrase était lourde de sens, en plus d'être blessante. Touché dans sa fierté, Suger s'exclama :

« Frère Roland ne comprend rien à la science médicale ! »

En renonçant à jouer l'apaisement, il ruinait toute possibilité de compromis.

« Comment ose-t-il marcher sur mes plates-bandes ?

— Baissez d'un ton, magister, nous ne sommes pas sur le marché, ici, répliqua Philippus avec un geste autoritaire. Et laissez-moi vous rafraîchir la mémoire. Le synode de Sens, en 1210, a interdit de lire et de commenter Aristote. Cet interdit a été renouvelé par les statuts de 1215 concernant l'université et, plus récemment encore, par notre pontife… »

Le chancelier débitait son éventail d'interdits et Suger avait l'impression de cuire à petit feu. Un début de nausée lui vint. Les murs de la pièce semblaient se refermer sur lui. Tout cela n'augurait rien de bon. Peu d'années auparavant, on tolérait encore que les maîtres enseignent la philosophie naturelle et se réfèrent à Aristote. C'était même toujours le cas à Toulouse. Mais pas à Paris ! Ici régnait un traditionalisme qui s'obstinait à regarder la philosophie comme la servante de la théologie – une inférieure que l'on sacrifiait quand elle devenait gênante.

« En vertu de la charge qui est la mienne, conclut Philippus, je ne saurais en aucun cas autoriser un professeur de Paris à divulguer l'aristotélisme. Vous comprenez, si une telle chose arrivait aux oreilles du pape…

— Révérend père, je comprends parfaitement, persifla le médecin. Mais, en toute franchise, je pense que l'on est en train de rendre l'affaire plus grave qu'elle ne l'est en réalité. »

Roland de Crémone se transforma en furie :

« Opposer Aristote à la Bible ! C'est une broutille, peut-être, selon vous ? Je suis stupéfait que l'on vous autorise à enseigner, à jouir de la *facultas docendi* !

— Il n'est pas en votre pouvoir de me la retirer, mon frère ! répliqua Suger qui brûlait d'envie de lui tordre le cou.

— Moi, j'ai ce pouvoir, intervint le chancelier. Si je faisais preuve de clémence envers vous, je donnerais l'impression d'encourager la diffusion de la philosophie naturelle. Et je n'ai que trop souvent fermé les yeux ! »

Le médecin en demeura interdit. Jamais il n'avait subi pareille humiliation. On niait la valeur de son titre et de ses compétences, ses opinions étaient tournées en ridicule. Il pensa à son père, aux sacrifices que celui-ci avait consentis pour lui permettre d'étudier. Il pensa aux difficultés surmontées au fil des années… Non ! se dit-il. Impossible de plier devant ces accusations sans essayer au moins de se battre. Maîtrisant son malaise, il pointa le doigt sur le chancelier et lança :

« Vous défiez la corporation des Maîtres sur la base d'une calomnie ?

— Une calomnie ! répéta Philippus d'un ton sarcastique. Ne dites donc pas de bêtises, magister. Vos références à Aristote ne se limitent pas à cet épisode, nous le savons très bien. Comme nous savons que vous possédez des ouvrages de philosophie naturelle. Des *libri prohibiti* ! »

Suger fut saisi de colère et de honte. Aucun doute n'était plus possible : on lui avait tendu un piège. Il reprit :

« Puis-je savoir pour quelle raison exactement je suis ici ? Pour être humilié ? Pour vous entendre imposer le primat de la théologie sur la science médicale ?

— Non. Ceci n'est qu'un préambule. »

Le chancelier s'accorda le plaisir d'un demi-sourire qui révéla un aspect de sa vraie personnalité. Roland, en comparaison, faisait figure de doux agneau sans défense !

« La raison de votre présence ici ? Sachez que vos infractions pourraient vous valoir d'être excommunié.

— Votre Paternité ! Mais c'est inouï ! protesta Suger. La mesure me semble excessive !

— Je ne dirais pas excessive. Inévitable, plutôt. »

Philippus remua sur son siège, comme pour faire diversion.

« Il y aurait bien une solution indolore, dit-il.

— L'exil », précisa Roland avec le tranchant d'un coup de stylet.

Suger manqua défaillir.

« Vous ne pouvez pas me demander d'abandonner le Studium de Paris… »

Sa voix s'étranglait. Il avait le sentiment d'être précipité dans un puits sans fond. Il dut se maîtriser pour ne pas tomber à genoux.

« La science médicale est toute ma vie ! dit-il. Vous ne comprenez donc pas ? Si je quitte cette ville…

— Inutile de gémir, ça ne servira à rien, le gronda Philippus d'un ton impassible.

— Vous avez raison. Et si je jurais de ne plus divulguer la philosophie naturelle…

— Vous avez déjà juré. Le jour où la chaire vous a été confiée. Ça n'a servi à rien, manifestement…

— Attendez ! Vous ne pouvez pas me mettre dehors sans un préavis raisonnable, après des années de dur labeur…

— Réfléchissez, l'interrompit le chancelier. Une fois excommunié, vous ne trouverez plus jamais un emploi à la hauteur de vos compétences. Ni à Paris ni ailleurs. »

C'était la vérité. Aucune école n'ouvrait ses portes à un enseignant frappé d'anathème, fût-il un génie. Suger était bouleversé. Mais il ne pouvait insister davantage sous peine d'empirer les choses. Car l'accusation était bel et bien fondée. Il n'ignorait pas les décrets ecclésiastiques. Or ceux-ci étaient catégoriques. Ils interdisaient que les ouvrages traitant de philosophie naturelle fussent lus et commentés, en public ou dans le privé. Les contrevenants encouraient l'excommunication. D'ailleurs, nombre de maîtres avant lui avaient dû s'exiler à Toulouse pour continuer à enseigner Aristote sans être persécutés. Pourtant, il ne supportait pas l'idée d'offrir la victoire à Philippus et à ses laquais. La frustration lui dévorait les entrailles, alimentant une fureur dédaigneuse ; le désespoir, surtout, lui broyait le cœur. Qu'allait-il faire ? Où aller ? En proie à une tempête intérieure, il s'avança soudain et abattit son poing sur la table.

« Ne vous imaginez pas que tout est fini ! » siffla-t-il.

Aussitôt il se mordit les lèvres : une question venait de lui traverser l'esprit.

« Il y a autre chose, reprit-il. Vous vous trompez si vous croyez que je vais quitter mon poste avant d'avoir conduit mon disciple au grade de bachelier.

— Oubliez ça aussi, dit Roland entre ses dents. Votre disciple sera confié à des maîtres plus compétents. Vous devez partir maintenant…

— Allons, mon frère, l'interrompit Philippus. Montrez-vous charitable. Consentons à notre magister cette maigre consolation. Après tout, d'ici peu, il n'y aura plus de place à Paris pour qui veut enseigner les mensonges d'Aristote. »

Un sourire se formait entre les joues épaisses du chancelier.

« Car Suger du Petit-Pont n'est que le premier d'une longue liste. »

Le médecin avait atteint les limites du supportable. Il dut faire un effort pour ne pas se jeter sur ses accusateurs. Mais il s'aperçut que deux gardes étaient entrés et s'approchaient de lui.

Ils le traînèrent dehors, au prix d'une humiliation supplémentaire.

– 4 –

Les rues du Quartier latin ressemblaient maintenant à un fleuve en crue. Entre euphorie et violence, la cohue remuait comme un troupeau épouvanté. Là où l'agitation était la plus forte, des détachements de sbires questionnaient les passants et arrêtaient le plus de jeunes gens possible. Ils interrogeaient, criaient, frappaient. Le bourg Saint-Marcel et l'auberge détruite alimentaient toutes les discussions. Plusieurs tenanciers affirmaient avoir reçu des menaces. Les étudiants ! disait-on partout. Il n'était pas facile de trouver une information certaine, ni de discerner la vérité du mensonge.

Les hommes du prévôt recherchaient les responsables dans les quartiers étudiants. Ils étaient si cruels, si excités par la résistance des jeunes, que leur tentative pour rétablir l'ordre déclencha une petite émeute. Il y eut d'abord des insultes, puis les coups se mirent à pleuvoir. Bientôt on sortit les épées.

Au bout d'une allée, Bernard défiait trois sbires du regard. Derrière lui se cachait Ramón, apeuré et tremblant.

« Alors, mes canailles, grogna le chef des hommes en armes, il paraît que c'est vous qui avez provoqué ce désastre au bourg Saint-Marcel ! »

Bernard tenta de s'expliquer :

« Nous avons eu une altercation hier soir, c'est vrai. Mais sans faire de dégâts. Nous ne sommes pas les personnes que vous recherchez.

— Au contraire ! Pour moi, tu es bien celui que je cherche. Cet œil au beurre noir te trahit. Où est-ce que tu t'es fait ça ?

— Ce ne sont pas vos affaires, répliqua le garçon. Mes explications, je les réserve au chancelier.

— Écoutez-moi ce prétentieux ! lança le chef à ses hommes. Voilà qu'il veut aller pleurnicher devant le chancelier. »

Il s'avança. C'était un soldat à l'abdomen proéminent et aux yeux bovins.

« Tu as intérêt à rabattre ton caquet, mon garçon. Si ce n'est pas toi le coupable, prouve-le ! Dis-nous qui c'est. »

Bernard connaissait les noms des responsables, ou du moins en avait-il une idée. Il pensait à ses condisciples. Ils étaient exaltés, bien sûr, mais pas méchants. Tout comme lui, ils avaient la tête pleine de rêves et de projets. Jamais il ne les dénoncerait aux gens du prévôt comme s'il s'agissait de vulgaires délinquants. En même temps, il n'avait pas l'intention d'en rester là. Dès qu'il se serait tiré de ce pétrin, il irait en parler au magister Suger. Lui saurait ce qu'il convenait de faire.

Fort de cette résolution, le jeune homme continua de se défendre :

« Je ne parle pas avec les sbires ! »

Élevant la voix, il s'écria en scandant les mots :

« Je suis un étudiant ! Je ne suis pas un citoyen ordinaire ! Les noms des responsables, je les donnerai à qui de droit !

— Inutile de traîner en longueur, reprit le chef. Le coupable, c'est toi ! Toi et ton acolyte ! »

Il croisa les mains et fit craquer ses jointures.

« Et si on demandait à ton ami de nous confirmer ça ? Il m'a l'air plus accommodant… »

Il voulut se jeter sur Ramón mais Bernard se dressa devant son camarade.

« Ne t'approche pas ! »

Il repoussa l'agresseur et le fit tomber dans la boue.

L'homme se releva maladroitement et brandit les poings en criant :

« Sinon ?

— Lâche ! »

Le jeune homme l'incendia des yeux.

« Vous n'êtes qu'une bande de lâches. »

Il ne put prononcer un mot de plus. Les sbires s'emparèrent de lui. Bernard fut agoni d'insultes, roué de coups, battu avec le cuir et le fer des équipements. Et tout le temps que dura son épreuve, il ne cessa de se répéter qu'il deviendrait bientôt bachelier, puis médecin, puis magister…

Comme Suger, la seule personne pour qui il avait jamais éprouvé de l'estime.

– 5 –

Chassé de Paris !

Suger quitta le Chapitre la queue entre les jambes. À plusieurs reprises il fut tenté de faire demi-tour, d'aller plaider sa cause et, si nécessaire, d'implorer la clémence de l'évêque. Et puis non. Il avait certes sa fierté, mais pas un cœur de lion. Philippus Cancellarius jouissait d'un pouvoir sans partage et son influence était plus grande encore. Face à une nouvelle protestation, nul doute qu'il l'aurait fait mettre aux fers.

Le médecin était si accablé qu'il ne put se rendre à la corporation des Maîtres. Il préféra se mettre en quête d'une taverne. Mais chemin faisant, alors que la lumière déclinait, il repensa au Souabe. Le blessé devait avoir récupéré maintenant. Le mieux, songea Suger, était finalement de rentrer.

Les rues étaient calmes. L'agitation avait cessé. Alors qu'il essayait d'éviter un groupe d'enfants, quelqu'un lui prit le bras.

Après tant de mésaventures, il se retourna nerveusement, prêt au pire et, à sa grande surprise, se trouva face à Ramón.

« Quoi ? Qu'est-ce que tu veux ? fit-il d'un ton mauvais. »

Mais le garçon pleurait.

« Magister… Magister… Une chose terrible est arrivée…

— Une chose terrible ? répéta Suger en reculant.

— Bernard… »

Le magister eut un haut-le-corps. Il prit Ramón par les épaules et le secoua.

« Que lui est-il arrivé ?

— Il est mort, gémit le garçon. Ils l'ont tué. »

Suger le repoussa.

« Ce n'est pas vrai.

— Si ! »

Ramón tomba à genoux. Il était au désespoir.

« Il est mort en essayant de me défendre… Et moi, je me suis enfui, comme un lâche… »

Il frappait le sol à coups de poing.

« Je me suis enfui pendant qu'ils le rouaient de coups ! »

L'espace d'un instant, Suger crut vivre un cauchemar.

« Mais comment… Qui…

— Les sbires ! Ce sont eux qui ont fait ça !

— Les sbires du prévôt… »

Suger se rappelait les propos du chancelier.

« Oui ! » dit Ramón.

Pris de vertige, le médecin posa la main sur la tête du garçon. Il serra entre ses doigts les boucles rousses, épaisses. Il craignait de défaillir.

« Tu es sûr que… » Le garçon faisait oui de la tête. Il était sans voix.

Suger s'en alla, laissant Ramón à genoux, en proie à des vomissements. Marchant comme un somnambule, il essaya de comprendre ce qui lui arrivait. Il ne souffrait pas, contrairement à ce qu'il avait ressenti à la mort de son père. Ce qu'il éprouvait était inexprimable. Il s'aperçut qu'il avait la figure striée de larmes. Il s'essuya avec ses mains mais sans parvenir à cesser de pleurer. Il était comme vidé. D'abord, on lui avait volé ses ambitions ; on lui arrachait maintenant l'objet de son affection. Avec Bernard, c'est une part de lui-même qui s'en allait. Cet être était davantage encore : celui qu'il eût voulu être. Car, en réfléchissant bien, il avait appris de Bernard beaucoup plus qu'il ne lui avait enseigné.

Alors que la douleur l'accablait, une série de pensées commença de se dévider dans son esprit. Poussé par un égoïsme insidieux, il se demandait maintenant s'il ne risquait pas d'être impliqué à son tour dans cette affaire. La mort d'un étudiant pouvait-elle passer inaperçue ? Il n'était pas douteux que l'on s'intéresserait à son magister. La corporation ne manquerait pas de s'agiter et la nouvelle se répandrait dans tout Paris…

Suger estima de son devoir de se protéger. Et, aussitôt, il se sentit comme un ver. La bonne attitude aurait consisté à retourner au Chapitre, à protester contre ce qui venait d'arriver, à exiger un châtiment pour les coupables ! En outre, il ressentait un besoin presque physique de s'agenouiller devant le corps de Bernard, de lui faire un dernier adieu. De le remercier aussi, car le jeune homme lui avait permis d'éprouver la grande joie de placer en autrui ses propres espérances. En effet, dans les rares moments où il songeait à la vieillesse, Suger se voyait abandonné de tous, sauf de ce garçon… Bernard aurait pu devenir un magister plus brillant qu'il ne le serait jamais ; et Suger en aurait éprouvé une fierté paternelle.

Mon Bernard, pensa-t-il une dernière fois. Et pour seul adieu, il l'imagina flottant sur la Seine, s'éloignant à jamais.

Il arriva chez lui accablé d'une torpeur morbide. Il lui semblait avoir plus ou moins perdu le sens du toucher et de la vue ; un bourdonnement sourd lui torturait les oreilles.

La porte n'était pas complètement fermée. Suger jeta un coup d'œil à l'intérieur. Quelque chose lui disait que le Souabe était parti. Ce qui, du reste, n'avait plus tellement d'importance. Sa vie était finie. Du moins, sa vie telle qu'il la connaissait. La honte de l'exil et le chagrin d'avoir perdu Bernard le poussaient vers les ténèbres. Le salut d'un pauvre diable n'y changerait rien. Cependant, il y avait la dragonite… Il sentit se ranimer en lui la flamme de l'ambition, même timidement. L'espoir contre le néant. Il n'entra pas et fit quelques pas dehors, en regardant autour de lui. Avec cette blessure, le Souabe ne pouvait être allé bien loin.

Un enfant approchait. C'était le fils du boucher, son voisin.

« Messire, vous cherchez l'homme qui était chez vous ? » demanda le gamin en se frottant le nez.

Suger fit oui de la tête.

« Vous savez quoi ? Il a sauté du pont comme un vrai chat ! »

Du regard, le médecin pressa le garçon de continuer.

« Il s'est jeté dans une des barques qui transportent le bois à la halle aux vins. Ça s'est passé juste avant votre arrivée. »

La halle aux vins n'était pas loin. Suger se remit en route dans cette direction. Il marcha sans plus réfléchir, de crainte de fondre en larmes à nouveau. À la minute présente, tout ce qu'il voulait, c'était retrouver le Souabe. Il avait besoin que, sur ce plan-là, au moins, sa journée ne se solde pas par un échec.

La halle aux vins était un vaste entrepôt de bois. Des navires de toutes tailles y étaient amarrés. Une douzaine d'ouvriers déchargeaient des faisceaux de bois et des troncs d'arbre.

Dans l'obscurité, les eaux avaient la couleur de l'ébène. Les quais étaient voilés par une brume légère. Suger s'apprêtait à demander si personne n'avait vu un individu suspect. Il n'avait pas encore ouvert la bouche qu'il l'aperçut en face, sur l'autre rive. La réaction du Souabe fut de l'appeler, mais aucun son ne sortit de ses lèvres. Suger comprit qu'il était en train de fuir un danger.

Le Souabe descendit du quai et tenta de s'échapper en suivant le cours du fleuve. Mais il était lent, freiné par sa blessure. Il semblait avoir l'intention de sauter dans une des barques amarrées un peu en aval, mais pourquoi ? Suger ne s'expliquait pas la situation. Puis il vit que le fuyard avait un cavalier à ses trousses. La brume empêchait de bien distinguer la scène. Tout ce que Suger crut pouvoir observer, c'est que le cavalier portait un heaume et une cuirasse couverte d'une pelisse.

Le cavalier s'arrêta au bord du quai, comme s'il ne se souciait plus de rattraper sa proie. Il brandit une lance pas très longue et la pointa sur lui. Était-ce un avertissement ? Une menace ? Le médecin regardait sans comprendre, quand une détonation retentit.

Une langue de feu jaillit de la lance. Le Souabe lâcha un cri de douleur. Et il s'écroula. Son dos était la proie des flammes.

Le cavalier considéra un instant sa victime. Des bouffées de fumée noire s'échappaient de sa lance, de sorte qu'il semblait une apparition, un miracle.

Suger était pétrifié. Il avait encore dans les yeux le rougeoiement du coup de feu. Jamais il n'avait assisté à un tel phénomène.

Enfin, le cavalier fit se cabrer sa monture, avant de disparaître.

Quand il eut repris le contrôle de ses nerfs, le médecin demanda à être transporté sur l'autre rive afin de porter secours au malheureux, mais il n'y avait plus rien à faire. Son dos était déchiré comme si un objet brûlant lui avait explosé dans le corps, y laissant des fragments calcinés.

*

* *

Alors qu'il regagnait son domicile, l'image du cavalier resta imprimée dans son esprit. Il venait de vivre sans conteste la journée la plus tragique de son existence. Il se laissa tomber sur le lit. Il était incapable de penser et trop épuisé pour trouver le sommeil. Le souvenir de l'interrogatoire et de l'humiliation ne lui laissait pas de répit. Et Bernard était mort. Il fondit de nouveau en larmes et pria le Seigneur de le délivrer de son tourment. Il resta longtemps allongé dans une obscurité qui semblait naître de son âme. À la fin, comme cela lui était déjà arrivé quelques heures plus tôt, l'envie de fuir s'empara de lui. Le désir se faisait encore plus intense que précédemment. Il devenait une nécessité. Fuir la souffrance ! Fuir l'échec… Il se rappelait la nuit de la veille, quand il avait couru pour échapper à l'inconnu. Il avait eu peur alors, mais éprouvé aussi une sensation d'euphorie. En vérité, il s'était senti vivant, plus vivant qu'il ne l'avait été pendant toutes ces années. Vivant et surtout libre.

Quitter Paris… Était-ce une si mauvaise idée, après tout ? Pourquoi appeler à l'aide la corporation des Maîtres et nourrir de faux espoirs, quand il avait la possibilité de repartir de zéro ? S'opposer encore au chancelier, c'était courir le risque d'affronter d'autres humiliations. Sans parler des conséquences auxquelles l'exposait la mort de Bernard… D'un autre côté, partir n'était pas non plus chose facile. Inutile de s'illusionner : il ne connaissait personne en dehors de Paris. Et quant à ce que signifiait voyager pendant des jours et des jours vers un destin inconnu, il n'en avait aucune idée.

Cependant, il avait caressé un rêve au temps de sa jeunesse. Il y avait certes renoncé depuis, mais autrefois il ne passait jamais une journée sans le nourrir de son imagination. Gagner la ville de Salerne, siège de l'École de médecine la plus renommée de la terre ! Il était encore petit quand lui était parvenue la légende de Constantin l'Africain, le savant qui avait fondé le Studium de Salerne, une figure qu'il n'avait jamais plus oubliée. Le moment n'était-il pas venu de rejoindre cette ville ? Qui sait si ses talents n'y seraient pas appréciés ? Peut-être aurait-il même la possibilité de s'y forger une réputation, d'y acquérir le respect auquel il aspirait tant. Voire des avantages que pouvait représenter le fait d'exercer la médecine loin du traditionalisme parisien…

Cependant, Suger n'était pas naïf. Salerne était loin. Pour s'y rendre, il fallait de l'argent, beaucoup d'argent. Un tel voyage lui coûterait tout ce qu'il possédait…

C'est à ce point de ses réflexions qu'il le vit.

Le sac du Souabe.

Il gisait toujours sur le sol, près de la table.

Dans le sillage d'une chaîne de pensées trop séduisantes pour être ignorées, le médecin quitta le lit, se baissa vers le sac et l'ouvrit.

Il fut surpris de s'apercevoir qu'il ne contenait qu'un seul objet. Cet objet même qu'il fallait porter à Milan. Un manteau pareil à celui des empereurs, un vêtement bleu sombre tirant sur l'amarante, brodé de symboles d'or aux formes géométriques. Au centre se dressait un archer à cheval. Le même que celui tatoué sur la main du Souabe, à ceci près qu'il portait l'index à ses lèvres.

Comme une invitation à se taire.

– 6 –

Suger quitta Paris sur un mulet aux pattes solides. Il n'avait dit au revoir à personne à part son père dont il visita la tombe, chose qu'il faisait rarement et à contrecœur.

Parvenu à Troyes, il emprunta la route appelée *via Francigena* qui traversait Bar-sur-Aube, Besançon et Lausanne. C'était son premier voyage, et il fut bientôt confirmé dans sa certitude : il n'était pas taillé pour la vie errante. Cependant la fatigue du trajet était encore un moindre mal. Ses moments les plus durs, il les vivait la nuit, quand le hantaient les visages de Bernard, du Souabe, du chancelier et de frère Roland. Ce dernier surgissait toujours à point nommé sous l'aspect d'un démon. Pire encore, il lui arrivait de voir en rêve le cavalier à la lance de feu. Cet homme, en vérité, occupait ses pensées même le jour. Après avoir tué le Souabe, peut-être allait-il le poursuivre à son tour, lui, Suger. Le médecin craignait qu'il ne s'intéresse en fait au mystérieux objet dont il était porteur.

Lors des haltes, il ouvrait son sac et déroulait le manteau pour en étudier les broderies. *A priori*, ce curieux vêtement n'avait rien pour lui plaire, mais Suger se rendait compte peu à peu que ce qui l'attirait désormais, c'était sa signification, et pas seulement la récompense promise. Le vêtement ne pouvait être l'œuvre d'un simple artisan. Ses motifs étaient forcément sortis de l'esprit d'un astrologue, peut-être d'un cabaliste. Que signifiaient-ils ? Suger l'ignorait. Ils se composaient de trop de minutieux détails. C'étaient davantage que des ornements. En un sens, ils étaient inquiétants. Ils semblaient fusionner en constellations célestes, en symboles occultes et en formules mathématiques, tout en dessinant des formes géométriques si obscures qu'aucune intelligence humaine ordinaire ne pouvait les avoir créées. Mais ce manteau était-il une œuvre humaine ?

Suger vit aussi que voyager seul présentait des risques, c'est pourquoi il se mit en quête d'une compagnie. Une bonne partie du voyage, il la couvrit avec un moine errant appelé Eudes, un robuste Normand équipé d'un bâton auquel pendait un jambon. Il allait voir la Sicile et le dôme de Monreale. Ils franchirent ensemble les Alpes. Quand ils furent parvenus sur les rives du Tessin, où leurs routes se séparaient, Eudes indiqua à son compagnon comment atteindre Salerne, puis il partit s'embarquer pour Plaisance, tandis que Suger éperonnait son mulet en direction de Milan.

Le médecin, trois jours durant, redouta de se perdre. La peur s'ajoutait à la fatigue. Il était torturé par le souvenir de Bernard, comme si l'âme du garçon, incapable de trouver la paix, se fut vengée en s'acharnant sur lui. Après tout, Suger se sentait responsable de la mort du jeune homme. N'avait-il pas échoué à le raisonner, à lui donner de bons conseils ? Ce sentiment de culpabilité ne quittait plus ses pensées. Tout comme la crainte d'être rattrapé par l'assassin du Souabe. Le cavalier ! Un soir de brume, il crut même l'apercevoir au sommet d'une colline…

Il finit toutefois par atteindre Milan sans encombre et s'en trouva réconforté. Ayant franchi les portes de la ville, il découvrit un long fossé qu'alimentaient des canaux. Le ruissellement de l'eau et la présence d'embarcations légères lui rappelèrent le Petit-Pont. Ce souvenir le perturba. Il dut fournir un effort pour se convaincre que le théâtre de ses échecs était loin.

Il avait beau n'avoir entendu qu'une fois les indications fournies par le Souabe, il les avait bien présentes à l'esprit. Il devait s'adresser à un certain Geburt de Querfurt, en la basilique Saint-Étienne-le-Majeur. Il lui remettrait le manteau et recevrait en échange une pierre de dragonite. Il n'aurait plus, ensuite, qu'à tourner le dos à ces événements absurdes, et à gagner Salerne.

Sans tarder, Suger demanda le chemin de la basilique. Mais les gens, en entendant son langage, le regardaient de travers et lui répondaient dans un patois incompréhensible. Il finit par tomber sur un marinier plus complaisant. L'homme amarrait sa barque au bord du fossé.

« Ce que tu cherches, lui dit-il, c'est Saint-Étienne *in Brolo*. C'est près de la basilique Sainte-Marie. »

Le médecin, ayant hoché la tête pour lui signifier qu'il avait compris, s'engagea dans un enchevêtrement de ruelles et de canaux aux eaux verdâtres. Il interrogea ensuite un drapier qui lui conseilla de suivre un vieux mur de brique jusqu'à parvenir à une *pusterla*, une ouverture percée dans la muraille. Par cette *pusterla*, expliqua le drapier, on entrait dans le Brolo, un jardin planté d'arbres fruitiers où se dressait la basilique Saint-Étienne-le-Majeur.

Suger parvint à destination au crépuscule. Il s'enquit aussitôt de Geburt de Querfurt, et il lui fut répondu de s'adresser au père Landolfo, le gardien de l'ossuaire.

*

* *

L'ossuaire se dressait aux confins du Brolo, face à la basilique Saint-Étienne. L'endroit était sombre, entouré d'une haie de gros figuiers. Suger se signa et grimpa les degrés menant à l'entrée. Il allait franchir le portail quand une ombre se détacha du couvert des arbres. C'était un religieux de grande taille, maigre, aux yeux intelligents. Il s'essuyait les lèvres, sans doute après avoir mangé une bonne poignée de figues.

« Père Landolfo ? demanda Suger en latin.

— En personne. C'est pour le cimetière ou pour l'ossuaire ?

— Ni l'un ni l'autre. Je cherche Geburt de Querfurt. »

Landolfo prit un air attentif.

« Que lui voulez-vous ?

— J'ai quelque chose à lui remettre. C'est assez important.

— C'est sûrement important, en effet. »

Le moine le toisa avant d'ajouter sur un ton plus confidentiel :

« Mais Geburt ne loge plus ici. »

Suger demeura de marbre.

« On m'a pourtant dit que…

— De toute façon, l'interrompit Landolfo, on attendait un Allemand, pas un Français.

— L'Allemand est mort. Je viens à sa place. »

Le religieux avait compris.

« Le manteau, dit-il. Puis-je le voir ? »

Le médecin ne put cacher sa stupéfaction.

« Comment savez-vous...

— Cela ne vous regarde pas. Montrez-le-moi, c'est tout. »

Suger n'aimait guère qu'on lui donnât des ordres, mais il avait hâte d'en finir avec cette histoire. Il détacha le sac accroché à la selle du mulet et l'ouvrit.

Landolfo examina le vêtement avec soin, puis il regarda de nouveau le médecin.

« Oui, dit-il, aucun doute. C'est bien le manteau du Sagittaire.

— Le manteau du Sagittaire ?

— C'est ainsi que l'appelait Geburt.

— Puis-je vous le confier ?

— Sûrement pas ! »

Le moine, par signes, le pressa de refermer le sac, tout en surveillant les alentours.

« Je ne devrais déjà pas m'attarder à parler de ces sujets avec vous ! »

Suger tenta de l'apaiser :

« Pardonnez-moi si je n'ai pas bien compris, mais vous êtes ami avec l'homme que je cherche ?

— Geburt de Querfurt n'a pas d'amis. Ces gens-là n'ont pas d'amis. Disons que nous étions en affaires. L'ossuaire l'intéressait, ou ce qu'il contient. C'est pourquoi il a noué avec moi un lien de confiance. »

D'abord, Suger ne sut ce que Landolfo voulait dire, puis il se rappela les propos du Souabe concernant les activités de Geburt. Il faisait commerce de reliques. Et s'il fallait en croire ce prêtre, il usait de méthodes discutables pour se procurer sa marchandise…

« S'il a fait allusion au manteau avant de partir, reprit Landolfo, c'est pour une seule raison. Il savait qu'on viendrait le chercher ici. Il avait donc besoin de quelqu'un pour prendre le message. Et le message, c'est que le manteau doit absolument revenir en sa possession.

— Si c'est tellement important, pourquoi est-il parti ?

— Parce qu'il avait peur », répondit le prêtre, non sans avoir marqué une hésitation.

Le médecin repensa à la mort du Souabe. Peut-être Geburt de Querfurt craignait-il de connaître la même fin.

« Expliquez-vous.

— Je n'en sais pas plus, croyez-moi. Tout ce que je puis faire, c'est vous arranger une rencontre avec ceux de ses amis qui vivent ici. Mais ce sont des gens discrets, je ne sais s'ils accepteront de…

— Je pense que c'est vous qui ne comprenez pas, insista Suger en s'approchant de lui. Je me suis déjà exposé plus que je n'aurais dû le faire. Si je suis ici, c'est uniquement pour la récompense… » Landolfo lui intima de se taire : « Ne dites pas de bêtises. À présent vous êtes dans le coup, tout comme moi. Demain, à midi, soyez derrière l'église Saint-Laurent. Quelqu'un viendra prendre livraison du manteau.

— Ne pourriez-vous y aller à ma place ? »

Le religieux souleva un sourcil.

« Dans ce cas, c'est moi qui empocherai la récompense. »

Suger recula d'un pas. Il s'était mis dans une situation plus compliquée que prévu. Le Souabe et Geburt de Querfurt appartenaient sûrement à une congrégation plus grande qu'il ne l'avait imaginé. En outre, Suger n'arrivait pas à se faire une idée de ce dont il s'agissait réellement. Avait-il affaire à des hérétiques ? À des nécromants ? Non, songea-t-il, c'était autre chose encore. Le manteau du Sagittaire était probablement lié à des mystères plus impénétrables, qu'il pourrait élucider seulement en devinant le sens des symboles brodés. Quant à la pierre de dragonite, il n'avait aucune intention d'y renoncer.

« Très bien, dit-il. J'irai. Mais comment être sûr de pouvoir me fier…

— On vous montrera des signes que vous devez déjà connaître, répondit Landolfo en soulevant la main droite d'un air entendu.

— Alors, demain à midi ?

— Derrière l'église Saint-Laurent. »

Le moine leva l'index d'un geste péremptoire.

« Prenez garde de ne parler à personne de cette conversation ! Pas même à mes semblables. Nul ne doit savoir pour le manteau. Et Geburt de Querfurt doit rester aux yeux de tous un simple marchand de reliques. »

Le lendemain, alors que les cloches de Milan sonnaient les douze coups de midi, Suger fit le tour de la place qui s'étendait à l'ombre de l'église Saint-Laurent.

Il avait passé la nuit à l'hospice Saint-Étienne où obtenir un lit n'avait pas été chose facile. Les prêtres de la basilique avaient d'abord refusé de l'héberger ;

puis, s'apercevant qu'il était *magister medicinae*, ils lui avaient trouvé une place en échange de la promesse qu'il consacrerait sa matinée à soigner leurs infirmes. Suger, qui ne se sentait pas le cœur charitable, leur avait consenti cette faveur par la force des choses.

Un homme vêtu d'une tunique sortit de la basilique. Bras croisés, il s'avança vers lui. Puis il lui donna sa bénédiction.

« Je suis ici à la demande du père Landolfo, dit-il dans un français impeccable. Avez-vous le manteau ?

— Vous devez d'abord me montrer les signes, répondit Suger, méfiant.

— Vous les verrez. Mais répondez sincèrement. Avez-vous le manteau ?

— Je l'ai… »

Suger fit mine d'ouvrir son sac.

« Pas ici », dit l'homme.

Et, tournant les talons, il invita le médecin à le suivre.

« Où me conduisez-vous ?

— En lieu sûr. »

Les colonnes de marbre qui menaient dans la basilique donnaient à l'édifice l'apparence d'un temple antique. À l'intérieur, Suger admira brièvement l'ampleur de ce temple dont la coupole, surtout, était remarquable. Baissant les yeux, il vit son guide bifurquer vers une chapelle latérale où il se dépêcha de le rejoindre. Un passage étroit s'ouvrait derrière la statue d'un saint. Suivait un couloir malaisé à parcourir.

L'obscurité croissante les empêcha bientôt d'aller plus loin. La flamme d'un briquet étincela dans le noir et fit jaillir une langue de feu. Quand l'homme surgit des ténèbres, il était porteur d'une torche. Il se remit en route. Suger lui emboîta le pas.

Était-ce une crypte ? Le médecin ne tarda pas à se rendre compte que ce tunnel étriqué, bas de plafond, s'étendait bien au-delà des sous-sols de l'église. Les parois couvertes de mosaïques étaient percées de niches mortuaires creusées à même la roche. La torche, en dissipant les ombres, révélait des alignements de squelettes enveloppés de draps en lambeaux.

Peu à peu, cette catacombe s'élargit et se transforma en un couloir voûté aux murailles de brique. Le couloir déboucha lui-même dans une antichambre meublée de deux sièges disposés sous une niche. L'un était occupé par un individu que Suger, l'espace d'un instant, prit pour un cadavre. Mais l'homme remua les paupières. C'était un vieillard à longue barbe blanche, vêtu de l'habit dominicain.

Il leur fit signe d'approcher. Après avoir observé Suger avec attention, il lui montra sa main droite. Elle était entièrement couverte de laine, que le vieillard retira pour révéler ses tatouages.

Les signes, pensa Suger. Les mêmes que sur la main du Souabe : la Madone à l'enfant, la colombe sur la paume, le serpent sur le petit doigt, la coupe sur l'annulaire. Une inscription figurait sous la figure du cavalier. Suger essaya de la déchiffrer, mais elle était tracée dans des caractères qui lui étaient inconnus.

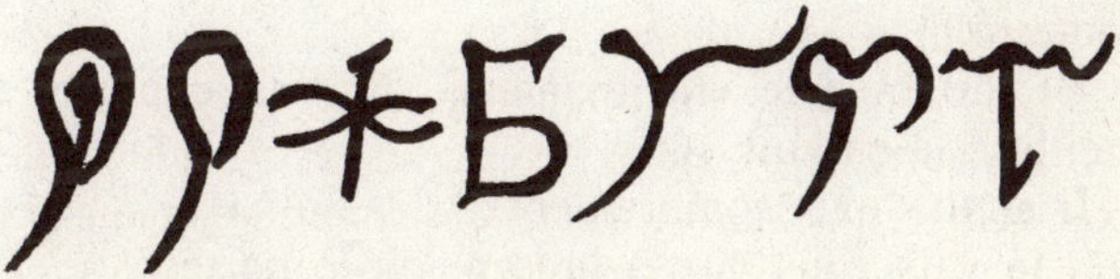

Le vieillard perçut la curiosité de Suger :

« Beaucoup croient que c'est le nom de Satan. Mais ils se trompent, les pauvres sots. Ce mot abrite le secret de la puissance divine.

— J'en ignore la signification, murmura Suger, pressé de savoir.

— *Eritis sicut Deus, scientes bonum et malum*, récita le vieil homme dont les yeux se cachaient sous d'épais sourcils. Et maintenant, messire, montrez-moi le manteau du Sagittaire. »

Le médecin posa son sac à terre et s'exécuta. L'homme à la torche surveillait la scène. Suger doutait fort que ce fût un moine. Il se demandait même s'il ne cachait pas sous sa tunique une lame bien aiguisée…

Le vieillard prit le manteau et l'inspecta en détail, en fixant son attention sur chacune des figures brodées. Il s'arrêtait parfois sur une image et hochait longuement la tête, comme s'il venait de tomber sur une vérité inestimable. Suger réfléchit à la réponse qu'il lui avait faite un instant plus tôt. Il avait cité Satan, puis la phrase prononcée par le serpent devant l'arbre de la connaissance du bien et du mal, celle qui avait conduit au péché originel et à la damnation éternelle : *Vous serez pareils à Dieu, vous connaîtrez le bien et le mal*. Ces inquiétantes pensées lui firent oublier un instant son envie de percer les secrets du manteau ; son seul désir était maintenant de fuir ce souterrain.

« C'est bien le vrai manteau, dit soudainement le vieillard. J'en suis sûr. »

Il ajouta plus sombrement :

« Je vais vous dire à présent où le porter.

— Je crains qu'il n'y ait un malentendu, protesta Suger. Mon rôle était de vous le remettre, c'est tout.

— Les choses auraient dû se passer ainsi, dit le vieil homme, si un imprévu ne s'était produit.

— Un imprévu ?

— Il semble qu'un homme venu du nord soit arrivé à Milan afin d'enquêter sur mon compte et sur mes amis. Voilà pourquoi Geburt de Querfurt s'est mis au vert.

— Un homme du nord ? dit le médecin avec un tressaillement. Serait-ce par hasard un cavalier armé d'une lance étrange ? »

Le vieillard l'interrogeait du regard.

« Non, messire. Je parle d'un homme d'Église. Venu du diocèse de Mayence. »

Suger ne dit mot. Un instinct le poussa à chercher dans cette pièce une issue, ce qui fit naître une expression menaçante sur la figure du porteur de torche : d'ici, on ne s'enfuyait pas, il n'y avait d'autre issue que le tunnel et les niches mortuaires.

Le vieillard rabattit les paumes sur ses genoux pour réclamer de l'attention.

« L'homme dont je vous parle agit au nom du pape, comprenez-vous ? En restant à Milan, au sein de notre congrégation, le manteau courrait un danger. Or vous, vous êtes un étranger, un inconnu, et vous n'avez aucun lien avec cette loge. Vous ne savez même pas qui nous sommes vraiment. Raison pour laquelle il vous revient d'aller le remettre à Geburt de Querfurt. »

Le médecin secouait la tête.

« Je ne suis pas la bonne personne.

— Le fait de l'avoir apporté jusqu'ici prouve le contraire, objecta le vieillard avec un sourire complice.

Et comme vous l'imaginez bien, nous ne nous montrons pas ingrats avec ceux qui nous viennent en aide… »

Il tira de sa poche une pierre précieuse qu'il tendit à Suger.

Le médecin soupesa la pierre, puis l'étudia sous la flamme. Des reflets verts piqués de vermeil… C'était un *héliotrope*, une pierre curative fort précieuse, venue d'Afrique, peut-être de Chypre. On lui attribuait la propriété de réduire les hémorragies et d'annuler l'effet du venin. Marbode de Rennes affirmait dans son *Lapidaire* qu'elle avait aussi des qualités extraordinaires, comme celle d'ouvrir à la connaissance de l'avenir et – sous condition d'avoir la bonne formule – de rendre invisible.

Il empocha la pierre comme si elle ne valait rien, puis trouva le courage de dire :

« On m'avait aussi promis une dragonite. »

Le porteur de torche, irrité par une telle effronterie, glissa la main sous sa tunique, comme pour se saisir d'un poignard. Le vieillard se hâta d'arrêter son geste.

« Geburt de Querfurt vous la remettra lui-même, dit-il. Vous le trouverez à Montecassino, dans la forteresse de San Germano. Allez-y, je vous en conjure. »

Au point où en étaient les choses, Suger ne pouvait plus dire non.

*

* *

Quand ils furent tombés d'accord, le vieillard à barbe blanche étreignit Suger du Petit-Pont et lui donna congé.

Dehors, Suger emprunta un passage couvert menant au cloître Saint-Eustorge, puis une allée fréquentée par des dominicains en prière. Ces moutons méditaient leur bréviaire sans avoir la moindre idée de ce qui se passait sous leurs pieds dans les catacombes. Combien d'entre eux connaissaient seulement l'existence d'un passage secret unissant cette église à la basilique Saint-Laurent ?

Voilà des années que le vieillard ne quittait plus Saint-Eustorge, ce qui ne l'empêchait nullement de participer dans ces cryptes à de multiples rencontres fort discrètes. Ainsi, le jour venu, le culte de la Vraie Trinité se diffuserait de par le monde. Il n'y en avait plus pour longtemps. Sous peu, le Chasseur antique serait vénéré comme le plus grand des dieux. Telle était la volonté du magister de Tolède : lui seul connaissait le vrai secret du manteau du Sagittaire, lui seul avait contemplé, après des siècles d'ignorance, la vérité dans son authentique splendeur.

Mais le magister de Tolède n'avait d'autre référent que Geburt de Querfurt, d'où l'impérieuse mission que le vieillard venait de confier à Suger du Petit-Pont : rejoindre Geburt au plus vite…

« Frère Benjamin ! »

On l'appelait. Il se tourna brusquement et se trouva face à un étranger.

« Oui ? dit le vieil homme. À qui ai-je l'honneur ? »

L'inconnu n'était pas un religieux. Avec son torse proéminent et ses épaules carrées, il avait tout du vétéran d'infanterie. Mais ses yeux affables et son visage bien rasé contredisaient cette première impression.

« Je m'appelle Conrad de Marbourg. »

Il fit une demi-révérence, une sorte de salut cordial mais quelque peu réservé.

« Je souhaite vous demander conseil sur une certaine question, dit-il.

— Un conseil ? »

Le vieillard feignit la perplexité. Des années passées à mener une double vie lui avaient appris à repérer les pièges au premier regard. Cet inconnu n'était-il pas l'ennemi redouté, l'émissaire papal descendu du nord ?

« Je ne suis qu'un pauvre frère. Je serais bien incapable de vous venir en aide.

— Rien de compliqué, révérend père », insista Conrad.

Il baissa aussitôt ses yeux de rapace, attiré par quelque chose.

« Sans vouloir vous importuner, je vois que vous avez la main bandée. Vous êtes-vous blessé ?

— Mes rhumatismes. Ils m'obligent à porter ce bandage, mentit le vieil homme dont le cœur battait la chamade. Ce n'est pas grand-chose. »

Conrad réagit comme devant une offense :

« Au contraire, c'est assez grave, père Benjamin… »

Sans crier gare, il s'empara de son poignet, dénoua le bandage et exposa les signes en pleine lumière.

« Assez grave pour avoir infecté votre âme ! »

Les doigts de l'inquisiteur se resserrèrent sur le poignet du vieil homme comme les serres d'un aigle. Benjamin se sentit tenu de dire la vérité. Non parce qu'il craignait l'accusation d'hérésie, ou le supplice de la question, mais par volonté de se soustraire au plus vite à la sujétion de ce terrible Allemand qui le dominait, immense cape de ténèbres prêtes à l'envelopper, à le dévorer. C'est presque avec soulagement que frère Benjamin accueillit l'idée du sacrifice. Mourir pour protéger le secret du Chasseur. Oui, il allait le faire… Il trouverait un moyen… Mais d'abord, il ne pouvait éviter d'évoquer le manteau du Sagittaire et le magister de Tolède.

Ni Suger du Petit-Pont.

– 7 –

Forteresse de San Germano, 17 mars

Les soldats du pape sont arrivés aux portes de Montecassino comme une nuée de sauterelles. On les appelle les clavigères, les « porteurs de clef ». En effet, on voit sur leur drapeau les clefs de saint Pierre. Cela dit, aucun d'eux n'a rien à voir avec le premier apôtre. Ce sont des mercenaires à la solde d'un pontife ambitieux et cruel qui a répandu le malheur sur les terres de saint Benoît. Et moi, qui observe tout du haut de ce rocher, je prie le Seigneur pour que l'empereur Frédéric II n'ait pas péri sous les coups des Sarrasins, comme beaucoup le prétendent. Je voudrais qu'il revienne, lui qui incarne notre seule espérance face à l'envahisseur. Après une vaillante résistance, nos milices ont capitulé. Le Grand Justicier, le comte Ikaon de Balban, et Adolphe d'Aquin, fils du seigneur d'Acerra, ont trouvé refuge derrière ces murs eux aussi. Même des guerriers de cette trempe n'ont pu tenir face aux clavigères…

Richard de San Germano éloigna son calame du parchemin et secoua la tête. Il n'était pas satisfait de ce qu'il venait d'écrire. Alors qu'il s'était promis de rédiger un compte rendu fidèle des événements, il n'avait réussi qu'à donner libre cours à ses émotions. C'était son problème : il avait bon cœur. Il n'arrivait pas à se montrer impartial devant des événements qui le touchaient personnellement ; pourtant il lui faudrait bien changer d'attitude s'il voulait vraiment composer cette chronique. Il ne lui restait plus qu'à tout raturer et à recommencer depuis le début, en employant un ton plus détaché. D'abord, il allait supprimer cette allusion aux sauterelles. Même chose pour l'espérance fondée sur la venue de l'empereur. Et ces reproches à l'égard du pape ! Juger, c'était l'affaire de Dieu. De Dieu et de ceux qui, un jour, étudieraient ces événements avec la rigueur de l'historien.

Il s'efforçait de reformuler ses pensées quand un bruit le fit courir à la fenêtre. Dans le campement établi sous le mur de San Germano, on venait de capturer un homme. Encore un espion des clavigères, sûrement. Les soldats l'emmenaient vers la Rocca Janula, la forteresse qui protégeait la ville, où il serait interrogé et mis à la torture.

Pourtant, Richard observa que ce prisonnier n'avait rien d'un espion. Ce n'était pas du tout le mercenaire habituel déguisé en berger, mais un homme vêtu de sombre à cheval sur une mule. Il avait l'air indigné et en même temps inoffensif – le comportement typique du savant livré aux ignorants.

Pris de curiosité, Richard décida de descendre afin d'en avoir le cœur net.

*
* *

Suger avait grande envie de pleurer, mais il doutait que ses larmes pussent apitoyer le moins du monde aucun de ces soldats. C'est pourquoi il avança tête haute, avec réserve et dignité, tout en maudissant par-devers lui ce nouveau coup du sort.

Il avait quitté Milan pour gagner Rome sans trop d'ennuis. Puis il s'était agrégé un temps à une troupe de comédiens ambulants qui descendaient la côte de Campanie. Chemin faisant, il avait appris que la ville de San Germano se situait dans la même vallée que la célèbre abbaye, au bord d'un fleuve appelé le Rapide. Il était en vue de Montecassino quand un détachement d'hommes en armes l'avait capturé.

Ironie des choses, on l'emmenait sous bonne garde dans le lieu même où il était supposé trouver Geburt de Querfurt. Ces idiots armés jusqu'aux dents n'avaient rien voulu entendre. Ils l'accusaient même d'espionnage !

Passé la porte de San Germano, il se trouva dans une forteresse dominée par une tour de forme pentagonale, elle-même flanquée de deux donjons plus modestes. C'était un campement militaire où régnait une grande agitation. Les soldats affairés couraient en tous sens ; leurs uniformes étaient maculés de sang et de boue, comme s'ils rentraient d'une bataille acharnée.

Suger fut conduit devant un homme de très haute stature, aux longs cheveux blonds et à la barbe tressée. Il apprendrait plus tard le nom de ce soldat : Raon de Balban. C'était un Normand de la lignée des Dragoni. Outre la férocité des guerriers barbares, son père lui avait légué le comté de Conza et la seigneurie d'Apice. Il était armé jusqu'aux dents et s'appuyait à un bouclier en forme d'amande, fiché en terre.

« Voilà que ces porcs de clavigères nous envoient un prêtre, railla-t-il, comme si on lui apportait un cadeau.

— Je ne suis pas prêtre, monseigneur, répondit Suger dans la langue vulgaire qu'il avait apprise en route. Je suis un *magister medicinae*.

— C'est encore pire ! » répliqua Raon.

L'hilarité s'empara de ses compagnons d'armes. Le médecin poursuivit :

« J'ai entendu les accusations portées contre moi par vos hommes. Mais je ne suis pas un espion. Je ne sais même pas quelles batailles se déroulent ici. Je viens du Studium de Paris et…

— Une *frosch* ! Une grenouille française ! Celle-là, ils ne nous l'avaient encore jamais faite. »

Le soldat caressait les tresses blondes de sa barbe tachée de graisse.

« Dites-moi un peu, *magister medicinae*, qu'est-ce que vous faites ici ?

— Je cherche un homme. »

Raon souleva un sourcil et dit en feignant la malice :

« Un homme… Votre promis, peut-être ? »

Ses sbires reprirent leurs ricanements – il les fit taire d'un geste.

« J'ai un manteau à lui remettre, dit le médecin, qui suait désormais à grosses gouttes.

— Décidez-vous ! » s'emporta Raon de Balban.

S'il avait employé jusqu'ici un ton narquois, il semblait prêt maintenant à céder à la colère.

« Êtes-vous médecin, tailleur ou espion du pape ? Parlez, car je perds patience !

— La situation est complexe, monseigneur. Si vous me permettez de vous l'expliquer…

— Je n'ai pas le temps de m'amuser ! »

Raon lâcha son bouclier et tira un poignard de sa ceinture.

« Je veux la vérité, par Satan ! Et tout de suite ! »

Suger fit mine de reculer mais deux soldats le retenaient. Il se voyait déjà perdu car le poignard touchait son abdomen.

« *Tchac !* » lui murmura une voix à l'oreille.

Puis tout s'arrêta.

Raon interrompit son geste et rengaina le couteau en lâchant une imprécation. Il venait d'être rappelé à l'ordre par un moine, un simple moine sorti d'une des tours. Les soldats s'écartèrent et s'inclinèrent sur son passage.

« Père Richard, mais que venez-vous faire ici ? »

Ces mots avaient résonné comme une protestation, mais une protestation pleine de respect.

Le religieux avait la soixantaine, le pas alerte et le regard intelligent.

« Mon devoir, comte, répondit-il en regardant Raon droit dans les yeux. Tout comme vous faites le vôtre. Mais vous devriez maîtriser votre fougue car, si cet inconnu est vraiment un médecin, comme il l'affirme, alors c'est le Seigneur qui nous l'envoie. »

Il se tourna vers le prisonnier.

« Quelqu'un ici a été blessé au bras. Il s'agit d'un noble : Adolphe d'Aquin, le fils du seigneur d'Acerra. Il semble qu'il n'y ait d'autre remède que l'amputation… mais vous, peut-être pourrez-vous l'éviter ?

— Emmenez-moi auprès de lui, dit Suger avec soulagement. Vous verrez que je n'ai pas menti…

— Ne vous y fiez pas, mon père, intervint Raon en agitant son poignard. Nous ne savons pas quelles relations ce coq entretient avec les clavigères… »

Richard le força à se taire :

« Calmez-vous, comte. Et accompagnez-nous. Ainsi vous verrez vous-même. »

De nouveau il fit face au prisonnier et se présenta :

« Richard de San Germano, *notarius* de l'empereur Frédéric II. Suivez-moi, magister, avant qu'il ne soit trop tard. »

*
* *

Adolphe d'Aquin, un vigoureux jeune homme d'une vingtaine d'années, avait été transporté dans l'une des tours, où une chambre de fortune avait été aménagée pour lui au rez-de-chaussée. Gisant sur une paillasse souillée de sang, il luttait contre la douleur en serrant son bras droit contre sa poitrine. La blessure s'ouvrait sous le coude, morsure qui avait déchiré la chair jusqu'à l'os.

Suger sentit son cœur tressaillir. La fatigue et la peur étaient-elles en train de lui jouer un mauvais tour ? Il crut reconnaître dans les traits de cet Adolphe le propre visage de Bernard.

Il commença par écarter sans ménagement le mauvais chirurgien qui s'apprêtait à procéder à l'amputation. Puis, sous le regard pressant du père Richard et du comte Raon, il commença d'examiner la plaie.

Cacher ses émotions lui coûta un pénible effort, mais il ne voulait pas faire preuve de faiblesse. En effet, ses sentiments l'égaraient. Éprouvait-il des regrets ou de la gratitude, au moment de soigner un garçon dont l'aspect était celui de son cher Bernard ?

Tout en effectuant une palpation du bras, il envoya un serviteur lui chercher de la consoude, une plante médicinale aux longues feuilles pareilles à des oreilles d'âne. En attendant son retour, il donna des explications sur la façon dont il comptait opérer. Un os brisé réclamait une attelle. Il fallait aussi recoudre. Mais la première chose à faire était de nettoyer la plaie et d'immobiliser la fracture. Comme le patient allait beaucoup souffrir, le mieux était de l'enivrer. C'est ainsi qu'Adolphe vida d'un coup la moitié d'une flasque de vin, avant de la finir à petites gorgées.

Dès que la consoude fut arrivée, Suger en broya les racines dans un mortier. Il demanda que sa préparation fût cuite et allongée d'eau. Il déposa la pierre d'héliotrope près de la blessure avec l'espoir de la voir produire quelque résultat. Enfin, il ordonna à plusieurs hommes d'immobiliser Adolphe. D'autres furent chargés de maintenir en traction le membre brisé. Le jeune homme laissa alors échapper un hurlement déchirant.

Suger implora le blessé :

« Il vous faut endurer la douleur, messire. »

Il élargit la plaie pour mieux voir la fracture. Elle était pleine de caillots : il la nettoya à l'aide d'un linge trempé de vinaigre. D'une secousse, il remit les os en bonne place. Le malheureux criait si fort qu'on l'aurait cru à la torture. Tout en se tordant de douleur, il pestait contre les présents.

Puis un valet apporta dans une coupe la préparation de consoude. Le médecin, à l'aide d'une cuiller en bois, en prit une petite quantité qu'il répandit d'abord sur la fracture, puis à l'intérieur de la plaie, sur la chair à vif, tout en expliquant que cette substance favoriserait la cicatrisation des tissus et, surtout, consoliderait l'os cassé. Il ne lui resta plus alors qu'à coudre la peau et poser l'attelle.

*

* *

Il s'apprêtait à conclure l'opération quand Richard de San Germano vint à lui. Les autres s'étaient éloignés. Quant à Adolphe, il avait perdu connaissance sous la douleur.

Suger adressa au moine un signe de respect. Il appréciait ses manières expéditives mais polies, et surtout son charisme.

« Merci de votre confiance, mon révérend.

— Merci à vous de vous être montré à la hauteur, répondit Richard. J'ai vu votre bravoure et lu sur votre visage une grande humanité. Vous êtes une personne admirable.

— Ne vous méprenez pas, mon père. J'étais seulement en proie à de pénibles souvenirs. »

Le moine eut un haussement d'épaules ; puis, s'approchant d'une fenêtre bifore, il changea de sujet :

« Vous avez dû vous demander ce qui se passait ici. »

Suger approuva du chef. Richard reprit : « Vous venez de loin, mais vous n'ignorez pas les dissensions qui opposent le pape et l'empereur, j'imagine.

Frédéric II est parti pour les croisades. Au lieu de massacrer les Sarrasins, il a signé un armistice avec le sultan d'Égypte. Un coup superbe, selon moi. Mais le siège apostolique ne partage pas cet avis… Le pontife l'accuse de soutenir les mahométans et d'être l'incarnation du mal, l'Antéchrist… Rendez-vous compte ! Celui dont nous parlons n'est autre que l'homme que les Byzantins appellent *Soter*, le Sauveur ! »

Il rit par-devers lui.

« Quoi qu'il en soit, le pape a profité de son absence pour envahir ses terres. Les châteaux de Pastena et de San Giovanni Incarico sont déjà sous la coupe des clavigères. Maintenant, c'est le tour de Montecassino et de San Germano. Nous attendons l'assaut. »

Suger se contenta de hocher la tête. Il acheva de serrer le bandage, puis se rinça les mains dans une bassine. Un siège… Il n'arrivait même pas à imaginer les quantités de morts et de blessés auxquelles pouvait donner lieu une telle opération.

« Les soldats de l'empire ont affronté les mercenaires du pape, reprit le moine. Ils ont été battus. C'est pourquoi ils se sont réfugiés ici, à San Germano. »

Voyant que le médecin s'abstenait de rien dire, il s'approcha de lui sous prétexte de jeter un coup d'œil au travail accompli sur le bras du blessé.

« Excellent, dit-il. Il se remettra ?

— Complètement, répondit Suger, non sans une pointe d'animosité. Moi, en revanche, je vais d'embûche en embûche. »

Richard l'observait d'un regard plein de curiosité.

« Je ne sais toujours pas ce que vous êtes venu faire à San Germano.

— Comme j'ai essayé de l'expliquer alors que l'on menaçait de me poignarder, je suis à la recherche d'un homme, un nommé Geburt de Querfurt. »

La stupeur s'abattit sur la figure du religieux.

« Mais je le connais ! »

Suger se sentit porté par une vague d'espérance. Pourtant Richard, déjà, secouait la tête.

« Il n'est plus ici, je le regrette. Il s'en est allé voici quelques jours. Pour fuir l'avancée des clavigères. Il est parti pour Naples. »

Le médecin se frappa la paume du poing. Geburt de Querfurt continuait de lui échapper. Est-ce qu'il se moquait de lui ?

« Vous le connaissez, dites-vous. Mais encore ?

— Nous avons eu l'occasion de parler durant son séjour. C'est un homme peu commun, mais intelligent. Il m'a vendu une relique…

— Venue de Milan, je suppose.

— Comment le savez-vous ? Je l'ai payée une fortune, cinquante tari… »

Le médecin se taisait. Il commençait à se faire une idée de Geburt de Querfurt. Il voyait en lui un homme sans scrupules qui faisait commerce des reliques, sans doute, pour payer ses voyages ; un individu habile à gagner la confiance des étrangers et tout aussi prompt à couper le lien. Suger en venait presque à l'envier.

Richard l'arracha à ses pensées :

« J'imagine que vous avez hâte de le rejoindre.

— Je le ferais si c'était possible. D'autant que Naples est sur la route de Salerne, ma destination. Mais, comme vous le dites vous-même, le siège des clavigères est imminent. Vouloir sortir de ces murs serait folie.

— Je vous l'accorde. Si vous restez, cependant, rien ne garantit votre sécurité.

— Quelles sont les autres options ? »

Richard lui mit la main à l'épaule et reprit un ton plus bas :

« Vous pourriez partir cette nuit, avec une poignée de soldats décidés à fuir San Germano avant le début du siège. Ce sont des hommes de confiance qui refusent de tomber entre les mains de l'ennemi. Ils emprunteront un passage secret, à la faveur de la nuit. Si vous le souhaitez, vous pouvez être des leurs. »

Suger frissonna d'excitation.

« Vous venez aussi ? demanda-t-il.

— Non. Moi, je reste. Je tiens à être témoin de ce qui va se passer.

— Je ne comprends pas. Pourquoi m'aidez-vous ?

— Je vous récompense pour votre intervention. »

Le moine eut un geste en direction d'Adolphe, couché inconscient sur sa paillasse.

« Pour être franc, j'aurais aussi besoin que vous me rendiez un service en échange. J'aimerais vous charger d'un enfant. Un enfant qu'il faut accompagner à Naples...

— Un enfant ?

— Thomas d'Aquin. Le fils du seigneur de Roccasecca, un ennemi des clavigères. Le père l'a confié aux frères de Montecassino avec mission de l'instruire et de l'initier à la vie monastique. Étant donné les circonstances, je préférerais le savoir à Naples, en lieu sûr, auprès de sa famille. Et je me sentirais plus tranquille s'il était confié à votre tutelle plutôt qu'à celle d'un simple soldat.

— Si vous me chargez de l'enfant, c'est que la fuite est sûre.

— Sans l'ombre d'un doute. Vous aurez avec vous des hommes valeureux.

— Alors, j'accepte. »

*
* *

Apprenant qu'il partirait avec Raon de Balban, Suger faillit revenir sur sa décision. L'homme l'effrayait, même s'il avait la trempe d'un barbare – une garantie de sécurité, en quelque sorte. Quant au jeune Thomas d'Aquin, à peine âgé de cinq ans, il semblait incapable de se taire une seule minute ! Il était si intelligent qu'il en devenait odieux.

La petite compagnie d'une vingtaine d'hommes quitta San Germano à la nuit noire. Raon lui fit franchir une ouverture percée dans la muraille, débouchant sur un sentier caché dans la végétation. La troupe, protégée par les buissons, marchait derrière un cheval chargé d'armes et de pièces d'armure.

Après avoir trompé plusieurs fois la vigilance des clavigères, ils prirent vers la vallée et l'église dite des Cinq Tours. Cette région infestée de marécages était le meilleur endroit pour se cacher.

Suger, qui fermait la troupe, sursautait chaque fois que le vent agitait les feuillages. Il avait à son côté le petit Thomas qui, lui, marchait plein d'insouciance. Le médecin détestait cette tranquillité qui frôlait l'ascétisme, tout en reconnaissant qu'il y puisait un semblant de paix, en tout cas la tranquillité nécessaire pour se consacrer à d'autres pensées.

Avant de faire ses adieux à Richard, il avait obtenu des informations précises sur le moyen de retrouver la trace de Geburt de Querfurt une fois à Naples. Le moine avait parlé d'une affaire assez importante concernant une relique : le sang d'un saint. La personne intéressée par l'acquisition n'était autre que le chanoine de la cathédrale. Geburt devait jouer en la circonstance le rôle de médiateur et faciliter la négociation avec le dépositaire de l'objet, un marchand de Tolède qui passait pour un nécromant.

DEUXIÈME PARTIE

LE CERCLE DU MALIN

« Qu'une partie de ton corps sorte de ce cercle, et tu mourras ; en effet les démons s'en saisiront pour t'entraîner au-dehors, alors ce sera ta fin. »

Césaire de Heisterbach,
De dœmonibus, II

– 8 –

Naples, le 13 avril

Ignace de Tolède présenta l'ampoule à la lumière de la flamme. La tenant bien serrée, il la frotta légèrement. À l'intérieur, des concrétions rougeâtres commencèrent à se dissoudre jusqu'à devenir toujours plus fluides. Ignace avait prévu cette réaction et, pourtant, il ne put retenir un frisson d'enthousiasme.

« Le sang », dit le chanoine Alfan Imperato, comme on annonce un miracle.

Ce mot résonna en écho dans l'obscurité des catacombes ; et la seule torche qui brûlait en ces lieux donna aux trois visages présents un caractère luciférien.

En haut, sur la place de Capodimonte, une multitude de fidèles se pressait bruyamment au soleil, devant la basilique Saint-Janvier et Saint-Agrippin, mais ici, dans le souterrain, régnait un silence d'outre-tombe ; les parois de pierre volcanique ne gardaient mémoire d'aucune trace de lumière ni de vie.

« Ça ressemble à du sang, mais ce n'est pas du sang. »

Ignace, un homme d'apparence rationnelle mais fuyante, aimait manifestement à résoudre une énigme pour le seul plaisir d'en inventer une autre.

« C'est un composé spécial. Stimulé par une chaleur modérée, il passe de l'état solide à l'état liquide.

— Un composé ? De grâce, expliquez-vous ! »

La requête venait du troisième individu, le seul qui n'avait encore rien dit. C'était un Teuton à la figure blasée, un moine errant appelé Geburt de Querfurt. De passage à Naples, il avait accompagné le chanoine Alfan et s'exprimait en son nom. Ignace lui consentit l'aumône d'un bref regard. Il connaissait bien ce genre d'hommes, ces prétendus spécialistes en reliques, habiles à obtenir du crédit par la vertu de leurs bavardages. Ces professionnels de la chose sacrée avaient un patron légendaire : Deusdona, un profanateur de catacombes à la solde des prélats carolingiens.

Quant à lui, Ignace de Tolède n'était pas particulièrement fier de faire grimper les enchères sur un objet à même d'encourager la plus grave des aberrations de la foi : la superstition. Mais, au fond, peu lui importait. Les opinions de ses clients l'indifféraient, comme l'indifféraient celles des hommes en général. Étant donné qu'il faisait lui-même commerce des reliques, il avait appris à se taire pour sauver sa peau. Même s'il ne pourrait plus échapper désormais à l'accusation de nécromancie, et au soupçon des prélats de ce monde.

Il songea combien il était imprudent d'aider ses ennemis.

C'est dans le sillage de cette pensée qu'il répondit d'une voix légèrement caverneuse :

« Un composé, en termes d'alchimie, est un mélange de divers éléments. »

Il remua l'ampoule.

« Dans le cas qui nous intéresse, l'ingrédient premier est un minéral extrait du Vésuve soumis à calcination.

— C'est vague, fit observer Geburt de Querfurt.

— Comme le prix que vous souhaiteriez y mettre, répliqua l'Espagnol en restant courtois. Si toutefois vous voulez bien laisser le chanoine Alfan traiter l'affaire…

— Vous profiteriez de sa générosité. »

Le Teuton lui tournait autour en mesurant ses pas.

« Auriez-vous l'amabilité de nous dire comment vous êtes entré en possession de cette… substance ?

— Un alchimiste me l'a donnée, pensant qu'elle ne lui serait d'aucune utilité.

— D'aucune utilité ! s'exclama Alfan Imperato. Mais c'est tout le contraire ! Ce bibelot servira à raffermir la dévotion du peuple envers saint Janvier, notre patron. On pourrait le faire passer pour son propre sang miraculeux.

— Bien parlé, révérend, approuva Geburt de Querfurt. Les prodiges du sang font grand bruit en ce moment. Quand on pense que nous sommes à trois jours de Pâques…

— Ce que vous comptez en faire ne me regarde pas », reprit Ignace.

Avant même d'accepter cette rencontre, il avait deviné l'objectif des deux hommes. Ils étaient en quête de fausses reliques, surtout si elles étaient capables d'accomplir des prodiges. D'où sa volonté de les attirer dans le souterrain. Il avait interdit à son propre fils de se montrer. Uberto – c'était le nom du fils – attendait dehors la fin des tractations. Le marchand de Tolède était impatient de le rejoindre. Les tunnels faisaient partie des rares lieux qui le mettaient mal à l'aise. Il détestait être enfermé sous des couches de terre et de roche. Ça lui coupait la respiration. En plus, les galeries lui portaient malheur, il en était certain. Voilà onze ans, il avait été retenu prisonnier à Venise, dans la crypte de la basilique, et il tremblait encore au simple souvenir de cette détention. Plus récemment, en 1227, il avait exploré les labyrinthes souterrains d'un château cévenol, au risque de n'en jamais ressortir vivant.

Cette peur se rattachait à un épisode de son enfance, quand son frère aîné, Léandre, s'était perdu dans les méandres d'une tombe hypogée. La mésaventure avait eu lieu dans les Pyrénées, par un après-midi d'été. Alors qu'ils jouaient à se poursuivre dans un bois, les deux frères s'étaient retrouvés au pied d'une montagne où ils avaient découvert l'entrée d'une tombe antique. Cédant à la curiosité, ils s'y étaient glissés. C'est alors que le petit Ignace avait perdu la trace de Léandre. Il l'avait cherché pendant des heures dans les galeries. En vain. Lui-même avait fini par se perdre dans cette tombe dont il était resté prisonnier deux jours durant, jusqu'à ce que son père le tire d'affaire. Mais Léandre, personne ne devait plus le revoir. Après ce drame, Ignace avait sombré plus d'une semaine dans un état proche du délire, tourmenté par des rêves où résonnaient les cris de désespoir poussés par son frère.

Parfois, il croyait les entendre encore au milieu de la nuit ; et c'est seulement dans ces moments-là que le marchand de Tolède échouait à dissimuler ses émotions derrière le masque de l'impassibilité.

« Cent tari », proposa Geburt de Querfurt.

L'offre arracha Ignace à ses réflexions.

« Vous devez plaisanter, dit-il en feignant de s'indigner. Ça vaut au moins le double.

— Cent cinquante », intervint le chanoine.

Le marchand lui adressa un sourire aimable.

« Je pourrais me contenter de cette somme, mon révérend. À condition que vous y ajoutiez les frais d'un embarquement immédiat pour l'Espagne. Dès lors, nous pourrions considérer le marché comme conclu. »

Le chanoine hocha la tête et tendit la main pour avoir l'ampoule. Ignace la lui remit et comprit en le fixant des yeux qu'il n'avait pas affaire à un être complètement obtus. Sous l'apparence d'un homme avide se cachait sans doute quelqu'un d'avisé. Voire un savant. Mais le marchand n'eut pas le temps d'approfondir.

Un crépitement retentit. Des profondeurs des catacombes jaillit un éclair écarlate. Ignace se tourna subitement vers Geburt qui venait d'être frappé par-derrière : quelque chose de brûlant lui avait perforé la nuque et lui emplissait la bouche d'un grésillement de pierres et de liquides.

Il y eut de nouveau un bruit, plus aigu et qui se prolongea : le cri du chanoine. Alfan Imperato serrait contre sa poitrine l'ampoule de faux sang comme si l'objet avait le pouvoir de le protéger. Il montrait en même temps l'entrée des catacombes où se découpait en contre-jour la silhouette d'un personnage casqué vêtu d'une pelisse.

Geburt de Querfurt s'écroula à terre. Ignace vit le personnage casqué faire demi-tour et courir vers la sortie. Il avait eu le temps de distinguer sa lance, une arme de petite taille d'où s'échappaient des étincelles et des volutes de fumée.

*
* *

Uberto, sur le marché, n'arrivait pas à détacher les yeux d'une agate en pendentif. Il la considérait en songeant à sa femme, Moira. Elle l'attendait dans leur maison, en Castille, à Mansilla de las Mulas. Il pensait aussi à Sancha, leur petite fille âgée de quelques mois à peine. Il avait dû les quitter toutes les deux pour s'embarquer avec son père en direction de Naples. Elles lui manquaient terriblement et cela le rendait mélancolique ; chaque fois qu'il croyait avoir endormi sa peine, quelque chose la réveillait. Aujourd'hui, c'était ce pendentif. Il l'avait remarqué en faisant les cent pas sur le marché devant la basilique Saint-Janvier et Saint-Agrippin. Le cadeau idéal pour Moira ! Assorti à la couleur de ses yeux et de son teint, il avait tout pour la rendre plus belle encore.

Avant de rencontrer cette femme, Uberto ignorait qu'il fut capable de sentiments aussi intenses. D'ailleurs, il aimait son épouse chaque jour davantage. À la naissance de la petite Sancha, ses capacités d'amour s'étaient encore enrichies. Jamais il ne laissait passer l'occasion d'être auprès d'elle, de la bercer dans ses bras, de la faire jouer. Il se promettait de lui offrir, dès qu'elle serait un peu plus âgée, un de ces petits chevaux basques sur lesquels elle apprendrait à monter. Quitte à prendre le risque de trop la gâter, voire d'en faire un garçon manqué.

« Ce pendentif vous plaît, seigneur ? » demanda la vieille marchande derrière son étal.

Uberto revint à la réalité. Cette femme s'adressait à lui avec trop de respect, comme s'il était un aristocrate. Il est vrai qu'il ne pouvait se considérer comme un individu ordinaire. Grâce à la profession de son père, il avait reçu de l'instruction, ainsi que la possibilité de rencontrer des savants. Il s'entretenait avec des nobles et des prélats sans être obligé de baisser les yeux. Il n'avait pas de patron, il n'était tenu de rendre de comptes à personne et il avait plus de fortune que la plupart de ses connaissances. Et là, sur ce marché, il était en train de s'apercevoir qu'avec son manteau de velours, ses chausses flambant neuves et son chapeau dont le rebord tombait sur son visage, il était perçu comme un homme de haut lignage. Du reste, Uberto était bien fait. Son regard d'ambre, ses cheveux noirs et ses larges épaules avaient de quoi séduire toutes celles qui attendaient l'amour, assises sous les arcades.

Tout cela le contraria. Il eut envie de se changer, de troquer ses beaux vêtements contre le simple manteau du pèlerin. Ainsi, il passerait inaperçu. Si son père avait pu lire dans ses pensées, il l'aurait traité de nigaud. Ignace avait sa façon d'être. Uberto ne savait s'il devait l'admirer ou le blâmer. Exactement comme tout à l'heure, quand son père avait accepté de descendre dans les catacombes de Saint-Janvier avec Alfan Imperato et Geburt de Querfurt. Ces deux-là avaient beau être des gens d'Église, mieux valait se méfier. Pourtant Ignace n'avait pas hésité à les satisfaire. Uberto n'était pas d'accord et il l'avait fait savoir à son père. Il aurait préféré descendre avec eux.

Ignace n'avait rien voulu entendre. Il s'était contenté de hausser les épaules et d'emboîter le pas aux deux acheteurs.

« Le pendentif, seigneur ? » répéta la vieille marchande avec un sourire servile.

Uberto regardait ailleurs. À l'entrée du parvis arrivait un chariot transportant la statue d'un saint. Suivait une cohorte de fidèles dont les chants et les prières étaient étouffés par les implorations de plusieurs femmes voilées de noir, qui criaient comme en proie à des visions mystiques.

C'était une procession du Vendredi saint. Elle longea le portique de Capodimonte, puis la façade du monastère, et continua en direction de la basilique. C'est alors que les fidèles montrèrent des signes d'inquiétude et quittèrent le cortège pour revenir sur la place.

Le désordre semblait avoir son origine à l'entrée de la catacombe.

Uberto, craignant qu'il ne fut arrivé quelque chose à son père, courut se jeter dans la foule et tenta de s'y frayer un chemin. On le repoussa. Soudain, de la marée de corps surgit un cavalier dont la monture se cabra. Une dizaine de personnes reculèrent. Emporté par le mouvement de panique, Uberto glissa, tomba, et il s'en fallut de peu qu'il ne finisse sous les sabots de l'animal. Il roula sur le côté. Avec peine, il se remit sur ses jambes au milieu des fidèles affolés.

En un instant, cette paisible journée d'avril avait basculé dans le désordre.

Le cavalier, fuyant la pagaille qu'il avait créée, éperonna sa monture et partit au galop.

*
* *

Ignace de Tolède s'empara de la torche et s'élança vers la sortie des catacombes, sans égard pour le chanoine Alban qui se retrouva seul dans les ténèbres. Ce meurtre avait éveillé en lui une émotion violente, incontrôlée. Ce n'était pas de la peur, encore moins de l'effroi, mais le besoin de savoir. Alors que les ombres fuyaient devant sa torche, il courait pour tenter de rattraper le meurtrier de Geburt, certain d'avoir assisté à un événement d'exception. Sa grande cape le gênait, de même la longue tunique qui le couvrait jusqu'aux genoux, mais il n'avait pas de temps à perdre avec ces détails.

Il était persuadé de n'avoir rien à craindre puisque l'assassin ne s'était pas servi de sa lance prodigieuse contre lui, ni contre le chanoine Alfan Imperato. Quelle arme étrange, capable de faire jaillir ensemble la lumière, le bruit et la mort !

Alors qu'approchait la sortie du souterrain, il faillit heurter deux silhouettes qui surgissaient d'un couloir latéral. Il recula. Un homme et un enfant. L'homme demanda :

« S'il vous plaît, messire, aidez-moi ! »

Il parlait avec l'accent français.

« Je cherche le père Geburt de Querfurt. »

Ignace se baissait déjà pour ramasser une pierre en vue de se défendre. Comprenant qu'il avait affaire à un interlocuteur inoffensif, il se releva en disant, essoufflé :

« Vous arrivez trop tard. Il est mort. »

Le Français porta la main à son visage pour cacher une expression incrédule. C'était un homme distingué mais manifestement éprouvé. Ses maigres joues se couvraient d'une barbe non soignée. Il semblait avoir fait un long voyage.

Le marchand jeta un coup d'œil vers la sortie, pressé de reprendre sa course. L'inconnu le retint :

« Attendez.

— Je suis à la poursuite d'un homme ! » protesta Ignace.

Mais il n'avait plus de raison de courir ainsi. L'assassin, désormais, était loin… Ignace maudit son âge et ses vêtements encombrants. Puis, il se résigna.

« Un homme armé, dit-il. Avec une lance qui crache des flèches de feu… »

Le Français passa subitement de l'incrédulité à la stupéfaction.

« Je le connais, dit-il.

— Vous l'avez vu ? Ici ? Dans les catacombes ?

— Non. C'était il y a plus d'un mois, à Paris. »

Ignace de Tolède n'était pas moins surpris de ce qu'il entendait.

« Mais vous, reprit-il, qui êtes-vous ?

— Je m'appelle Suger du Petit-Pont. *Magister medicinae*. Je dois rencontrer Geburt de Querfurt. J'ai un objet à lui remettre. Voilà plus d'une heure que je tourne dans ce labyrinthe… Je croyais bien m'être perdu quand je vous ai vu.

— Comment saviez-vous que Querfurt était ici ?

— C'est ce qui m'a été dit à San Gennarello, l'église où je suis hébergé. »

L'enfant intervint alors, d'un ton perplexe :

« On nous a prévenus aussi que ce n'était pas un honnête homme.

— Silence, Thomas ! dit Suger fermement. Ne dis pas de bêtises.

— Laissez-le tranquille, dit Ignace. Et suivez-moi. »

Il se dirigea vers la sortie des galeries. Suger le regarda derrière ses paupières à demi closes.

« Vous suivre ? Et pour quelle raison ?

— Parce que c'est votre intérêt. Vous préférez peut-être vous voir accuser de meurtre ? »

L'Espagnol ajouta :

« Les sbires de Naples ne tarderont plus. Dès qu'ils seront tombés sur le corps, ils chercheront un coupable. Il vaudra mieux alors que vous ne soyez pas dans les parages. »

– 9 –

Même habitué aux incongruités de son père, Uberto avait parfois du mal à comprendre ses réactions, et c'est avec une certaine résignation qu'il le vit surgir des catacombes de Saint-Janvier avec deux parfaits inconnus, dont un enfant ! Aucune trace, en revanche, d'Alfan Imperato ni de Querfurt. Quelque chose devait avoir mal tourné. Ce devait être lié à l'apparition du mystérieux cavalier. Lui-même en était encore bouleversé, au point d'avoir de la peine à mettre de l'ordre dans ses pensées. Sans parler de la confusion qui régnait sur le parvis. Partout où il se tournait, il tombait sur des gens paniqués, des femmes au bord de l'évanouissement et des sbires sur les dents. Même les bœufs qui tiraient le char de la procession étaient gagnés par la folie ambiante : ils divaguaient, traînant aux quatre coins de la place la statue du saint patron.

Ignace traversa ce chaos d'un pas résolu et rejoignit son fils qu'il prit par le bras.

« Allons-nous-en. »

Uberto refusa d'obéir à cet ordre bref. Ignace lui demanda alors :

« As-tu vu un homme avec une drôle de lance ?

— Un cavalier, précisa Suger.

— Mais tout le monde l'a vu ! s'exclama Uberto. Il est sorti des catacombes et s'est enfui au triple galop. Non sans provoquer cette débandade au passage !

— Il a fait bien pire », dit le marchand.

Uberto eut un signe vers les deux inconnus.

« Et eux, là ? Qui sont-ils ?

— Ils viennent avec nous, répondit Ignace. Ils ont des choses à me dire. »

Ayant quitté Capodimonte et franchi le mur d'enceinte à la porte de Saint-Janvier, le petit groupe se retrouva dans les ruelles de Naples où les maisons jaunies par le soleil se serraient les unes contre les autres. Le soleil d'après-midi enveloppait toute chose d'une somnolence malsaine. Ici, tout n'était que lenteur, tout semblait obéir à un cycle éternel. La ville de l'attente, songea Uberto, la ville de l'ennui…

Ils dépassèrent la rue de la Juive où ils croisèrent une bande de prostituées. Une Mauresque provocante, certes pas dans la fleur de l'âge, mais qui conservait une beauté voluptueuse, lança une œillade à Ignace et, même, le salua. Uberto crut voir son père répondre à l'appel de cette femme et s'en indigna. Mais tout s'était passé si rapidement qu'il ne pouvait en être sûr.

Ayant atteint le quartier dit des Vierges, ils entrèrent dans une taverne où ils s'assirent à l'écart, tout en s'assurant toutefois d'avoir vue sur l'extérieur. Ils commandèrent de quoi manger. L'aubergiste leur apporta une chope de vin blanc et une soupe de poisson au vinaigre à laquelle Thomas s'attaqua tout de suite en y trempant une tranche de pain.

Quant à Suger, manger l'indifférait. Il était nerveux, abattu, impatient de parler. Il ouvrait la bouche pour dire quelque chose quand Uberto l'interrompit et, s'adressant à son père, exigea de savoir ce qui s'était passé dans les catacombes. Ignace raconta toute l'affaire : le faux sang, l'éclair de feu, l'assassinat de Querfurt.

« Incroyable, commenta Uberto. Et le chanoine ? Qu'a-t-il fait, après ?

— Va savoir », répondit Ignace avec un haussement d'épaules.

Son fils lui adressa un regard réprobateur.

« Ne me dis pas que tu l'as laissé dans les catacombes sans exiger ton dû !

— Il était terrorisé. Il ne m'a pas semblé que c'était le moment opportun pour lui réclamer de l'argent », ironisa le marchand de Tolède.

Il revint à sa soupe de poisson, qu'il considéra avec une expression de dégoût.

« Et l'ampoule ?

— C'est la seule chose qui était susceptible de le rassurer un tant soit peu. Le pauvre diable. Je ne pouvais tout de même pas la lui arracher des mains. Je ne suis pas si cruel… »

Suger décida d'interrompre cette prise de bec :

« Si ces messieurs veulent bien m'excuser… »

Uberto abattit son poing sur la table :

« Que veut-il, celui-là ? Peut-on le savoir ? »

Le médecin, l'espace d'un instant, fut frappé de mutisme, peut-être de terreur, mais il reprit d'un ton acide :

« J'aspire seulement à quelques explications. Après, je m'en irai. Et bien volontiers !

— Pas avant de m'avoir éclairé sur la lance de ce cavalier, objecta Ignace pour mettre les choses au point.

— J'en sais fort peu à ce sujet.

— Cependant, vous en savez plus que moi. »

Un bref silence s'ensuivit. Le petit Thomas regardait les uns puis les autres, scrutait les visages. Uberto s'aperçut que cet enfant à la chevelure ébouriffée lui inspirait une sympathie naturelle. Il semblait particulièrement éveillé et, s'il avait envie de prendre part à la conversation des adultes, il s'obstinait à rester muet. Uberto connaissait bien ce sentiment de gêne pour l'avoir éprouvé lui-même. N'avait-il pas vécu toute son enfance enfermé dans un monastère perdu entre les lagunes ? Toutefois, il y avait autre chose. Thomas avait des manières de petit moine et semblait doté d'une force d'âme inhabituelle chez un garçon si jeune.

Suger, lui, n'aimait pas cet enfant qui piquait sa fierté et auquel il ne manquait jamais une occasion d'adresser des reproches, tels ces nobles qui se plaisent à humilier leurs serviteurs rien que pour se venger de leurs propres frustrations.

C'est le médecin qui, après avoir bu une gorgée de vin, relança le propos :

« J'ai déjà vu ce cavalier à Paris, si c'est bien le même. »

Il remplit à nouveau son verre et le rapprocha de ses lèvres.

« Je l'ai vu tuer un homme avec cette lance, dit-il. De l'arme, j'ai vu sortir une flamme qui a déchiré le dos de la victime.

— Cette arme ne crache pas seulement du feu, dit Ignace. Il y avait dans le corps de Querfurt, enfoncés dans sa chair, les restes d'un projectile. Mais il faisait trop noir et j'étais pressé. Je n'ai pu les examiner de près.

— Comme dans le crime dont je viens de parler : il y avait des fragments de projectile, dit Suger. Contrairement à vous, j'ai eu le temps d'examiner le corps. J'y ai trouvé les résidus d'un objet ovoïde, entièrement composé de céramique.

— Un œuf de céramique », murmura Uberto, intrigué.

Il ajouta en se tournant vers son père : « Peut-on savoir ce que tu cherches, à la fin ? Cette histoire ne nous regarde pas.

— Tu n'es donc pas curieux ? répliqua le marchand.

— Curieux ? reprit Uberto avec une grimace de contrariété. Je le serais peut-être si je n'étais pas en colère ! Tu as laissé s'envoler une somme importante ! Maintenant, je n'ai d'autre envie que rentrer chez moi, revoir ma femme et ma fille. »

Ignace lui réclama un peu de patience et s'adressa de nouveau à Suger :

« Pourquoi le cavalier a-t-il accompli ce meurtre ? »

Le médecin se rembrunit et jura à voix basse ; tout son être trahissait une immense fatigue émotionnelle et une frustration plus oppressante encore. Quelle que fût la cause de ses ennuis, Suger était parvenu aux limites de ses forces. Il avait absolument besoin de se libérer d'un fardeau. L'impatience et l'effroi : tel était son état d'esprit.

Uberto percevait autre chose encore chez lui : une pointe de ressentiment, de remords peut-être. Sans doute l'avait-il jugé un peu trop vite. Il l'observa avec attention. Le médecin semblait hocher la tête pour lui-même, comme s'il venait de prendre une importante décision. Ouvrant la besace qu'il portait en bandoulière, il en tira un manteau bien plié, couvert de broderies en or.

« C'est ce que vous voulez, n'est-ce pas ? dit-il. Le manteau du Sagittaire… »

*

* *

Ignace étudia avec un intérêt croissant l'image brodée au milieu du manteau : un cavalier portant l'index à ses lèvres comme pour dire : « Silence, ou tu es mort. » De l'autre main, il tenait un arc abaissé et néanmoins menaçant. Ce n'était pas un guerrier mais un chasseur. En effet, il était peu équipé, il n'avait ni casque ni bouclier, ni harnachement lourd pour son cheval. Sa barbe et ses cheveux séparés en longues mèches lui conféraient un caractère royal, une majesté hors du commun, une magnificence qui avait dû être, jadis, l'apanage des rois assyriens.

« La broderie est de facture récente, mais elle reproduit un motif antique, conclut le marchand. Très antique. »

Suger haussa les épaules.

« Un manteau peu ordinaire, c'est sûr, insista Ignace. À qui était-il destiné ?

— Je l'ignore, répondit le médecin. Je devais seulement le remettre à Querfurt, de la part d'un homme assassiné.

— L'homme tué à Paris ? »

Suger approuva du chef.

« Celui-là même, dit-il, qui l'avait en charge avant moi.

— Querfurt n'était qu'un intermédiaire, sans doute, médita Ignace. Il n'était pas assez riche pour s'acheter un pareil objet. Cette relique a une destination précise. Sinon, elle ne laisserait pas tant de cadavres derrière elle.

— À condition d'admettre qu'elle est la cause de ces crimes », intervint Uberto.

Le médecin souriait d'un air indifférent.

« Quoi qu'il en soit, Geburt de Querfurt est mort. Peu importe le reste, puisque je ne sais plus vers qui me tourner désormais. »

Ignace ignorait toujours le lien qui unissait Suger à ce manteau, il voyait seulement que le médecin en avait assez. Il avait peur aussi, même s'il essayait de le cacher. Dans des conditions normales, ce genre d'homme ne se serait jamais confié à des étrangers. Or, il l'avait fait, spontanément et de son propre gré.

Soucieux de se voir confirmé dans ses intuitions, le marchand tenta d'offrir une solution :

« Si j'étais vous, j'irais voir le chanoine Alfan. Il connaissait bien Geburt de Querfurt. Il pourra peut-être vous aider. »

Suger se détendit.

« Je vous suis reconnaissant pour ce conseil, messire. Où puis-je le voir ? »

Ignace sourit.

« Il habite près de la cathédrale. À supposer qu'il soit sorti indemne des catacombes, comme je le souhaite vivement, c'est là que vous le trouverez. »

Il se leva brusquement et posa la main sur l'épaule de son fils.

« Uberto et moi allons vous accompagner chez lui. Le révérend Alfan a une dette envers nous, pour service rendu. »

*
* *

Suger n'aurait su dire pourquoi il se fiait à ces deux Espagnols, mais, au sortir de ce long voyage, il avait grand besoin de se reposer sur quelqu'un. Du reste, il ne s'était pas encore remis de ses deux semaines passées dans la compagnie de Raon de Balban quand celui-ci s'était enfoncé dans les forêts pour tenter d'échapper aux clavigères. L'épisode s'était révélé exténuant. Suger avait dû partager la vie de soldats aux mœurs brutales. Sans parler de la présence de Thomas. Certes, il avait pu reprendre quelques forces lors d'une halte près de Mondragone, mais, depuis son arrivée à Naples, il était à nouveau précipité dans une tragédie. Et il n'était pas bouleversé seulement par la mort de Querfurt ; il voyait bien qu'il était tombé sur un individu dangereux.

Cet Ignace de Tolède devait être le marchand de reliques contre lequel Richard de San Germano avait essayé de le prévenir. Le moine l'avait qualifié de nécromant. Pour lui, il fallait se méfier de cet homme. Hélas ! Suger, l'ayant compris trop tard, avait été obligé de faire contre mauvaise fortune bon cœur. Il s'était efforcé tant bien que mal de cacher, et sa surprise, et le plus d'informations possible. De toute façon, il devait absolument trouver une solution au plus vite, sous peine de finir comme le Souabe et comme Querfurt. Le marchand de Tolède semblait assez avisé pour être en mesure de le conseiller.

Tout en marchant à ses côtés, alors qu'ils se rendaient chez le chanoine Alfano Imperato, Suger songea qu'il ne pouvait lui faire entièrement confiance.

Nécromant ou non, Ignace avait quelque chose de louche. Il n'inspirait aucune sympathie. Suger avait tenté de « lire » son visage. Les plis de son front, toujours en mouvement, disaient de longs voyages et des idées indécises. Ses yeux d'émeraude vous regardaient toujours de façon oblique, comme deux gardiens rusés. Il n'y avait là rien d'étonnant, se dit Suger. Il se rappela que son père l'avait mis en garde contre les Espagnols, surtout quand ils ressemblaient à des Maures. Et les traits d'Ignace de Tolède étaient franchement mauresques. Sa voix elle-même avait des accents exotiques. Et que dire de ce sourire sournois, plus traître qu'une lame de couteau ?

Uberto, c'était tout le contraire. Lui semblait un être équilibré. Il exprimait ses opinions sans détour, de façon quasi impulsive, tout en gardant au fond de lui un noyau dur. Le jeune homme était trop intelligent et trop méfiant pour que Suger pût espérer l'attirer dans son camp. De toute façon, il s'était juré de ne pas lui manifester de sympathie particulière.

À y bien réfléchir, il craignait d'avoir agi stupidement. Que pouvait-il espérer de ces deux-là ? La mort de Querfurt avait réduit à néant ses chances de mettre la main sur la dragonite. Il aurait peut-être mieux fait de tout envoyer promener pendant qu'il en était encore temps.

Il se dit que le mieux était de s'enfuir et de gagner Salerne. Son avenir était là-bas, non dans les rues de Naples. Ici, il était à portée de lance du cavalier. Sans parler de l'autre problème qu'il n'avait toujours pas réglé : le manteau. Inutile de se mentir. Il avait transporté ce vêtement pendant des lieues et des lieues, en se rapprochant de la vérité pas après pas. Les propos du Souabe, puis l'épisode de Milan avaient amené Suger au bord de l'obsession. Qui sait si toutes ces aventures n'étaient pas sur le point de lui rapporter un avantage…

C'est pourquoi il s'imposa d'endurer la présence d'Ignace, alors même qu'il avait hâte de lui fausser compagnie.

Il n'y en a plus pour longtemps, se promit-il à lui-même.

*
* *

La maison d'Alfan leur apparut au centre de la ville, près de la basilique Santa Restituta. C'était une demeure d'un seul étage aux murs de pierre et de bois, bâtie sur le modèle des habitations alentour. Tout près de là, face à la cathédrale, un immense cheval de bronze se cabrait sur son piédestal de marbre.

Ignace et ses compagnons arrivaient à destination quand ils furent accueillis par une femme aux seins provocants et aux manières de matrone. Le marchand s'inclina devant elle et s'enquit du chanoine, tout en invoquant de graves circonstances. En fait, la seule chose qui l'intéressait, c'était de connaître l'autre aspect de toute cette affaire, la part de vérité que Suger du Petit-Pont s'employait à lui dissimuler. En effet, pour Ignace, il était évident que ce médecin français en savait beaucoup plus qu'il voulait bien en dire.

La femme le regarda fixement, les poings sur les hanches. Elle leur fit savoir que le chanoine était rentré depuis peu. Tout en parlant, elle les précéda dans un intérieur sale, livré au désordre.

Ils parvinrent dans un cabinet sans fenêtre aux murs encombrés de livres, d'icônes et de statuettes. Alfan occupait un siège en bois. Il avait un linge sur la tête et les pieds dans une bassine et semblait éprouvé. Ses mains pendaient des accoudoirs, comme privées d'énergie.

« Encore du monde, *signor* ! » annonça la matrone.

Le prélat posa lentement son regard sur les visiteurs. Il avait tout du moribond, pourtant une bouffée de rage s'empara de lui à la vue d'Ignace. Il arracha le linge de son front et le jeta à terre en se levant d'un bond.

« Vous ! Vous… Comment osez-vous vous présenter encore devant moi ? »

Ignace ouvrit les bras, feignant de ne pas comprendre.

« Délinquant ! cria le chanoine en pointant sur lui un doigt accusateur. Vous m'avez abandonné dans le noir !

— Révérend, c'est un malentendu ! Je n'ai fait qu'essayer de vous protéger, mentit le marchand. J'ai pris le meurtrier en chasse pour m'assurer qu'il ne vous ferait aucun mal…

— Le meurtrier ! Mais j'ai failli mourir d'effroi ! »

Alfan se rassit. Il attendit que la servante lui essuie les pieds. Puis, ayant chaussé des mules, il se leva de nouveau et marcha droit sur Ignace.

« S'il n'y avait pas eu les sbires, je serais toujours dans les catacombes ! Vous ne savez donc pas que sans lumière, il est impossible de s'échapper de ces souterrains ?

— C'est bien pourquoi je suis ravi qu'il ne vous soit rien arrivé de fâcheux, répondit le marchand, essayant de l'amadouer.

— Les catacombes ? intervint Thomas. Qu'est-ce que c'est ? »

L'espace d'un instant, toute l'attention se fixa sur l'enfant. Uberto lui caressa la tête et lui glissa la réponse à l'oreille.

Puis, le chanoine reprit le cours de ses accusations, avec moins d'élan toutefois. Sans doute appartenait-il à ce type d'hommes qui ne peuvent garder rancune, non parce qu'ils ont une âme généreuse, mais parce qu'ils sont trop paresseux pour continuer de nourrir leur colère. De sorte qu'il ne tarda pas à se rembrunir.

« Pauvre Geburt, soupira-t-il en se frappant le front. Comme je le regrette ! Un homme si fiable, si honnête… »

Le marchand se contenta de soulever un sourcil. Alfan y vit sans doute une forme de reproche car il le regarda d'un air mécontent.

« Eh bien ! Puis-je savoir ce que vous me voulez ?

— Je veux conclure l'affaire, répondit l'Espagnol. Votre Paternité n'aura sûrement pas oublié de rapporter avec lui le… le *composé*…

— Le sang, vous voulez dire. »

Le chanoine eut un geste vers l'étagère où reposait l'ampoule.

« Le sang miraculeux.

— Appelez la chose comme il vous plaira. Quoi qu'il en soit, vous avez *oublié* de la payer.

— Vraiment ? Je croyais que… »

Ignace coupa court :

« Vous vous êtes trompé. À cause de la confusion, sans doute. Le fait est que je n'ai pas touché la rétribution convenue.

— Oui, vous avez raison. Je me souviens maintenant… »

Alfan alla prendre sur une table jonchée de parchemins un petit coffret empli de pièces.

« Cent cinquante », dit le marchand.

Il considérait avec attention les écus d'or dans leur coffret. Faire du commerce en Italie n'était pas facile car on y voyait circuler des monnaies de toutes provenances. Des tari, des deniers, des jaunets, des ducats de Venise… Il fallait être capable de garder en tête le cours de toutes les pièces, sous peine de se faire gruger.

« Nous avions parlé aussi d'un embarquement pour l'Espagne », rappela Ignace.

Alfan finissait de faire avec ses tari des piles de dix.

« Déjà sur le départ ? Vous êtes bien pressé. »

En voilà une question étonnante, songea Ignace.

« Par les temps qui courent, répondit-il en empochant la somme, il n'est pas conseillé de séjourner trop longtemps au royaume de Sicile.

— Je comprends votre point de vue, dit le chanoine. Les désordres causés par les clavigères, ces bruits sur la mort de l'empereur… »

Suger s'avança et s'éclaircit la gorge :

« Si votre Paternité m'autorise un mot, j'aurais une requête à formuler. »

Alfan posa sur le médecin un regard surpris, comme s'il venait de s'apercevoir de sa présence.

« À quel sujet, messire ?

— Au sujet de Geburt de Querfurt.

— Et qui êtes-vous, pour vous intéresser à lui ?

— Je suis *magister medicinae*. Je viens du Studium de Paris.

— Voilà qui est admirable. Eh bien, parlez.

— Je vous remercie », reprit Suger.

Et il ajouta, après avoir jeté un regard méfiant aux deux Espagnols :

« Mais je souhaiterais pouvoir le faire en tête à tête. »

– 10 –

Ulfus venait de Tikili Tas, la Forêt épouvantable. Il avait grandi sur les rives du Danube, à la frontière des langues latine, grecque et slave, sans jamais pouvoir dire de laquelle des trois était issu son propre langage. À bien y réfléchir, il ne savait pas non plus à quel dieu s'adressaient ses prières. Celui de l'Église romaine se composait d'un père, d'un fils et d'un esprit, tout en possédant une seule substance. Celui de Byzance voyait le père dominer le fils et l'esprit… Mais Ulfus ne se souciait guère du problème. Lui n'arrivait à se représenter qu'un seul dieu et c'était le chasseur tricéphale qui chevauchait dans le ciel étoilé. En témoignaient les légendes des anciens, les vestiges et les vieilles pierres oubliées à la lisière des bois et des nécropoles. Ulfus s'était longtemps demandé à quoi pouvait servir d'avoir trois têtes et pourquoi un dieu devait apporter la preuve de sa supériorité en revêtant l'aspect d'un monstre. Puis, il avait compris. Seuls les mortels y voyaient de la monstruosité. Leur intelligence était trop étroite pour contenir le concept de pouvoir divin ou infernal. Comme dans cette chanson slave qui attribuait à ce héros du nom de Mussa trois cœurs et trois côtes. *Il vit en Mussa les trois cœurs du héros ; il y vit trois côtes, l'une sur l'autre.*

La difformité de Mussa, c'était sa taille. Une taille trois fois plus grande que la taille humaine. Cette grandeur même à laquelle Ulfus aspirait et qu'il ne pourrait atteindre qu'en portant sa mission à son terme. Il devait récupérer le manteau du Sagittaire, quitte à faire mourir tous ceux qui prétendraient l'en empêcher. Sa troisième exécution l'avait obligé à descendre de cheval et à s'enfoncer dans les catacombes de Saint-Janvier. Il n'aimait pas tuer de cette manière, même poussé par les circonstances. Cet effort-là, qui plus est, ne lui avait rien rapporté. Pas de signe du manteau. Il ne lui restait que peu de temps pour mener sa mission à bonne fin et il commençait à redouter de n'être pas à la hauteur. S'il venait à échouer, le Mage ne le lui pardonnerait jamais.

Le Mage. Ulfus l'avait vu accomplir des choses qui dépassaient toute compréhension. Il l'avait entendu prononcer des oracles qui s'étaient ensuite révélés prémonitoires. Il l'avait vu guérir des maladies affreuses et tenaces. Il l'avait entendu percer à jour les secrets du ciel et d'ici-bas. Et il avait reçu de lui un don : la Lance de Feu.

Ulfus aurait été capable de descendre dans les enfers pour complaire au Mage si le Mage le lui avait ordonné.

Refuser d'obéir au Mage, c'était s'attirer des punitions qu'il n'osait même imaginer.

– 11 –

« Charogne ! » gronda Ignace.

Ils avaient quitté la maison du chanoine.

« De quoi te plains-tu ? répliqua Uberto. On nous a grassement payés et nous n'avons plus rien à voir avec la mort de Querfurt. »

Ignace s'enferma dans le silence. Son humeur s'assombrit davantage encore. Uberto le surveillait du coin de l'œil, en attente d'une explication qui ne viendrait pas. En tout cas, pas maintenant. C'était dans les habitudes de son père, de tourmenter les gens par son mutisme.

Uberto se tut lui aussi et réfléchit. Il savait ce qui contrariait son père. Le projectile en céramique, le cavalier brodé sur le manteau, l'autre cavalier aussi, celui qui avait surgi des catacombes en chair et en os… Cette succession d'événements avait tellement énervé Ignace qu'il en avait tout oublié, à part le chant des sirènes. La *charogne*, c'était Suger du Petit-Pont, ce médicastre, cette tête à gifles qui avait préféré approfondir la question en privé avec Alfan Imperato. C'était son droit le plus strict, d'ailleurs. C'étaient ses affaires. Quoi qu'en pense Ignace.

Mais Uberto, dans sa hâte de retrouver sa famille, se fichait de toutes ces histoires. De *presque* toutes, du moins. En vérité, il était mécontent de laisser le petit Thomas aux mains de Suger. Il l'aurait volontiers emmené avec lui, il aurait veillé sur son sort. Mais l'enfant lui avait confié qu'il avait de la famille à Naples et qu'il la rejoindrait sous peu.

Ignace, c'était tout autre chose. Sous le prétexte de marchander ses reliques, il avait passé une bonne partie de sa vie à dévoiler des mystères. Sa *curiositas* le guidait comme l'instinct guide le loup, elle l'emmenait sur les traces du savoir et de l'aventure, elle le poussait à voyager sans cesse. Uberto ne réagissait pas ainsi. Si la chose n'avait tenu qu'à lui, jamais il n'aurait quitté ceux qu'il aimait pour courir derrière des chimères.

Quand ils débouchèrent sur la Grand-Place, le crépuscule enveloppait la toile d'araignée des lessives pendues à l'air libre. Uberto ôta son chapeau et regarda le ciel où criaient les oiseaux de mer. Puis, ces formes sortirent de son champ de vision et le silence, alors, lui parut insupportable. Il dit pour sonder Ignace :

« Ce que fait Suger du Petit-Pont ne nous regarde pas. »

Son père lui lança un regard distrait.

« Tu as peut-être raison, pourtant…

— Je me disais bien qu'il y aurait un “pourtant”. »

Ignace saisit la balle au bond :

« Il faut une puissante raison pour pousser un médecin à voyager de Paris jusqu'à Naples dans le but de remettre un manteau à quelqu'un.

— J'admets que la chose est étrange.

— Non moins étrange : un cavalier assassine tous ceux qui connaissent l'existence du manteau.

— Je crois te l'avoir déjà dit : rien ne prouve que la mort de Querfurt soit en rapport avec le manteau.

— Néanmoins l'hypothèse est vraisemblable. N'oublie pas que Suger agit en lieu et place d'un homme mort… Un homme qui était en possession du manteau avant lui. Deux décès reliés à la même personne. Il y a de quoi avoir des doutes, non ?

— Tu dois avoir raison. Mais le fait de chercher la réponse risque de nous expédier tout droit dans la compagnie de ces cadavres et je n'y tiens pas du tout. Pour être franc, même le Français ne m'a pas semblé particulièrement disposé au sacrifice.

— Tu es peut-être plus près de la vérité que tu l'imagines.

— Que veux-tu dire ? » demanda Uberto.

Il regretta aussitôt sa question. Ignace avait réussi à piquer sa curiosité.

« Suger, apparemment, n'agit pas au nom d'un idéal. Il a dû se faire prendre dans une affaire qui le dépasse et dont il cherche à sortir le plus vite possible, sous peine d'être tué.

— Alors, tant pis pour lui.

— Tu le dirais peut-être avec moins d'assurance si tu avais assisté à la mort de Querfurt. C'était horrible à voir. Sincèrement, je ne sais pas comment tout cela finirait si Suger venait à tomber sur ce cavalier. Et si quelqu'un d'autre se trouvait avec lui à ce moment-là… »

Uberto l'interrompit :

« Tu insinues que même Thomas pourrait être en danger, n'est-ce pas ? Je te connais et je connais tes raisonnements. Ayant remarqué que j'avais de l'affection pour ce gamin, tu essaies de me pousser à les suivre, lui et son tuteur, pour m'assurer que le cavalier ne les agressera pas. Après, tu m'offriras ton aide dans le seul but de satisfaire ta curiosité.

— Je suis content, sourit Ignace. Tu es en train de devenir plus roué que moi.

— Peut-être, mais je n'ai aucune envie de me laisser entraîner là-dedans. Thomas a des parents à Naples : il sera bientôt en lieu sûr. »

Le marchand leva les mains en signe de capitulation.

« Alors tout est réglé.

— Tout sera réglé quand nous serons en mer, dit Uberto en accélérant le pas. Inutile de nous attarder entre ces murs, ce ne serait pas prudent. Je ne parle pas seulement du manteau. Il paraît que les clavigères sont aux portes de la ville. Une ville qui grouille d'espions infiltrés par le pape, en plus. N'oublie pas que ces gens-là ne nous portent pas dans leur cœur. Au nom de Dieu, je jure de m'embarquer dès demain pour l'Espagne, que tu sois du voyage ou… »

La phrase resta en suspens. Une femme surgie d'une ruelle venait de se planter devant eux. Uberto la reconnut : c'était la prostituée qui avait échangé plus tôt des œillades avec son père. La stupeur le saisit quand il entendit Ignace demander d'une voix émue :

« Ermeline… C'est donc vous… Quand nous nous sommes croisés tantôt, je n'en étais pas sûr… »

La femme recula d'un pas.

« J'ai hésité à vous saluer, messire, dit-elle. J'avais honte de vous montrer l'état qui est maintenant le mien… Puis j'ai réfléchi. J'avais tellement envie de vous parler. »

Uberto était partagé entre irritation et curiosité.

« Beaucoup de temps a passé, continua Ignace en baissant la voix. Qu'avez-vous fait toutes ces années ?

— Ce que j'ai fait ? »

Un sourire amer passa sur les lèvres de la femme. Son visage était flétri, désenchanté – ce visage qui jadis devait avoir séduit tant d'hommes. Hélas, dit-elle, elle n'avait pas épousé le bon ! Elle s'était mariée avec un soldat napolitain, un noceur, un joueur, un type violent qui plus est. Une vie de coups et d'humiliations, avoua-t-elle. Elle n'avait pas su changer de direction.

« Vous n'imaginez pas, messire. Vous, vous êtes bon, vous ne pouvez pas savoir. »

Je ne suis pas bon, semblaient dire les yeux du marchand. Je suis un égoïste qui fait peu cas des femmes, un menteur familier des injustices du monde. Il se tourna vers Uberto qui attendait toujours une explication…

Mais Ermeline, sans percevoir la tension entre les deux hommes, continuait son récit. L'époux n'avait pas mis longtemps à dilapider tous les biens du couple. Pour ne pas tomber dans la misère, il avait obligé sa femme à se prostituer à ses compagnons d'armes, dans la tour même où ils avaient leurs quartiers.

« C'est là que j'ai perdu toute fierté, dit-elle. Il a fait de moi une chose sans volonté, sans amour-propre. »

L'histoire s'achevait par un coup de poignard dans le ventre : le mari était mort assassiné lors d'une rixe entre hommes de troupe. Soudain Ermeline s'était retrouvée libre. Et, en même temps, contrainte à trouver de quoi subsister. La situation ne lui laissait d'autre choix que de continuer à vendre son corps.

« Permettez-moi de vous aider », s'offrit le marchand.

Elle refusa d'un geste.

« Vous avez déjà fait suffisamment, Ignace de Tolède. Dans une autre vie, un autre temps. Aujourd'hui, c'est trop tard. Vous ne pourrez me délivrer de ce que je suis devenue. »

Ayant posé la main sur l'épaule du marchand, elle le regarda une dernière fois, intensément.

« C'était bon de vous revoir. »

Sur ces mots, elle s'en alla.

Uberto était certain d'avoir vu des larmes mouiller les joues de cette femme.

Ignace la regarda s'éloigner. Blotti dans son manteau, il resta un moment silencieux. Puis, il secoua la tête, comme pour chasser un mauvais rêve.

« Ne parlais-tu pas d'aller dormir ? dit-il à son fils. Eh bien ! Je pense que c'était une excellente idée. »

Uberto ne fit aucun commentaire. La scène à laquelle il venait d'assister était la preuve qu'il en savait fort peu, au fond, sur son propre père. Ignace avait vécu des choses dont lui, le fils, ignorait tout. Sa vie comportait des zones d'ombre si impénétrables qu'elles en faisaient un parfait inconnu. Uberto se sentit gagné par une sorte d'épuisement émotionnel. Le débat sur le médecin français était loin désormais. Il n'avait même plus d'importance.

*

* *

Ils élurent domicile dans une auberge, à l'abri du mur sud de la ville, non loin du port. Leur idée était d'attendre le prochain bateau pour l'Espagne et de s'y embarquer. L'auberge avait beau leur avoir été conseillée par le chanoine Alfan en personne, ils durent partager leur chambre avec sept locataires et dormir sur des paillasses jetées à même le sol, séparées seulement par des rideaux.

« Vous ne trouverez pas mieux, les avertit l'aubergiste. L'avancée des clavigères a poussé vers Naples des centaines de réfugiés. Tous les hospices sont pleins… »

Uberto eut du mal à dormir. Il se morfondit dans un état de demi-sommeil où ses rêves se mêlaient à la réalité. À un moment, il entendit une voix l'appeler par son nom. Enfoui sous cette couverture imprégnée d'odeurs étrangères, il fut d'abord incapable de dire à qui elle appartenait ; mais quand il ouvrit les yeux, il se trouva en présence d'un enfant à demi caché dans l'ombre.

Uberto s'assit.

Était-ce une vision ? Non. C'était bien Thomas. Le petit était en nage, tout pénétré d'effroi.

« Qu'est-il arrivé ? »

Il faisait encore nuit.

« Comment as-tu fait pour nous retrouver ?

— Messire Uberto ! Grâce au ciel, vous êtes sain et sauf ! répondit Thomas. Ils ont arrêté Suger !

— Pour quel motif ? »

Le rideau remua, puis s'écarta sur la figure d'Ignace. Thomas se tut. Mais Uberto, d'un geste, le pressa de continuer.

« Un prêtre allemand s'est présenté chez le chanoine peu après votre départ. Suger était encore en discussion avec Alfan Imperato.

— Et ensuite ? demanda le marchand.

— Ce prêtre les a interrogés tous les deux. Il voulait savoir s'ils avaient connaissance d'une secte… dont j'oublie le nom. »

Uberto hocha la tête pour faire comprendre à Thomas qu'il le croyait.

« Au début, le prêtre s'est montré prévenant. Mais après, il a accusé Suger et Imperato de nécromancie. Il a fait venir des sbires qui les ont arrêtés. Grâce au ciel, personne ne s'est soucié de moi. Alors, je me suis enfui. »

Uberto était impressionné par tant d'intelligence, mais pas vraiment surpris : il avait vu tout de suite qu'il n'avait pas affaire à un enfant comme les autres. Et, de toute façon, quelque chose lui échappait :

« Pourquoi ne t'es-tu pas réfugié chez ces parents que tu as à Naples ?

— Je connais seulement leur nom, je ne sais pas où ils habitent. Venir au port, c'était facile…

— Mais comment pouvais-tu savoir que nous dormions ici ? dit le marchand. Seul Alfan était au courant.

— Je l'ai entendu de sa bouche, dit Thomas, quand le prêtre allemand l'a questionné à votre sujet. »

Ignace et Uberto tressaillirent.

« Il l'a questionné ?

— Oui. Et il va venir vous arrêter. Avec ses sbires. »

*

* *

Ayant rassemblé leurs affaires à la hâte, ils quittèrent l'auberge. Ignace savait qu'aucun navire ne lèverait l'ancre avant l'aube, aussi se mirent-ils en quête d'un endroit où se cacher pour attendre. La crainte de finir dans les griffes du mystérieux prêtre allemand avait effacé toute curiosité concernant le manteau du Sagittaire. Le marchand en était même déçu. C'était la première fois que sa soif de connaissance cédait devant la peur. Peut-être les premiers effets de l'âge, songea-t-il sans y croire le moins du monde. En fait, il percevait un danger tout différent de ce qu'il avait connu jusque-là. Durant ses années de pérégrinations, il avait toujours réussi à déjouer les pièges ; mais cette nuit, il n'attendrait pas de sentir sur sa nuque le souffle du Chasseur. Sans l'arrivée de Thomas, il aurait fini comme Suger et Alfan. Et il n'osait même pas imaginer le destin qui attendait ces malheureux…

Tout en progressant dans la nuit, il continua d'interroger l'enfant.

Thomas avait écouté la discussion que Suger et le chanoine avaient eue avant leur arrestation. Ils avaient évoqué Geburt de Querfurt et le manteau du Sagittaire, sujet sur lequel Alfan ne semblait pas spécialement informé. Apprenant que Suger était en possession du manteau, il avait insisté pour le voir, en faisant allusion à un certain magister de Tolède dont le médecin ignorait tout.

Ignace devina que le chanoine était mêlé à l'affaire du manteau ; il n'en avait certes pas la preuve, mais l'intuition.

L'enfant raconta ensuite l'arrivée du prêtre. Conrad de Marbourg : c'était son nom. Il s'intéressait au crime commis dans les catacombes. Il affirmait avoir vu le cadavre de Querfurt et reconnu sur sa main des *signes*. Les mêmes que sur les autres victimes. Oui ! répéta Thomas, Conrad avait bien parlé des *autres victimes*, sans préciser qui elles étaient.

Mais c'est la suite du récit de l'enfant qui effraya le marchand.

En effet, Conrad avait dit connaître le nom du troisième homme présent dans les catacombes de Capodimonte : Ignace de Tolède. Il était capable d'en faire une description exacte. Son apparence, ses origines, sa réputation, ses amis…

À la fin, le prêtre allemand avait fait arrêter Suger et Alfan en déclarant agir sous mandat du pape.

« Il a vraiment dit ça ? demanda Uberto, affolé. *Sous mandat du pape ?*

— Oui, répondit Thomas.

— Et le manteau du Sagittaire ? reprit le marchand. L'a-t-il emmené aussi ?

— Ni Suger ni Alfan n'y ont fait allusion devant le prêtre. Il doit toujours être dans la maison du chanoine.

— Toi, en revanche, tu t'es enfui, enchaîna Ignace, essayant de reconstituer les faits. Mais, si ce Conrad de Marbourg s'est vraiment lancé à notre poursuite, comment as-tu fait pour arriver avant lui ? Tu as forcément perdu du temps avant de nous retrouver.

— Vous avez raison, messire. Si j'ai réussi à devancer le prêtre, c'est parce qu'il devait d'abord aller ailleurs.

— Où ?

— Je l'ignore. Conrad de Marbourg ne l'a pas dit. Mais il était pressé de se rendre quelque part, c'est ce que j'ai compris. »

Ignace avait maintenant l'intention de gagner les quais et de chercher refuge dans les cabanes où s'abritaient les marins et les pêcheurs. Il fixait des yeux tantôt la figure de l'enfant, tantôt la rue déserte, et l'anxiété grandissait en lui. Pourquoi Conrad de Marbourg avait-il fait arrêter Suger et Alfan ? Et que lui voulait-il, à lui, Ignace ?

Il cessa brusquement de se poser des questions.

Quatre soldats venaient d'apparaître au bout de la rue.

« L'enfant ! s'exclama l'un d'eux. Le voilà !

— Attrapons-le ! » cria un autre.

Et ils se lancèrent aux trousses des trois fuyards.

*

*   *

Uberto courait en tenant l'enfant par la main. Ignace venait derrière. Ils tournèrent dans une rue étroite jonchée de débris qui craquaient sous leurs pas. Derrière eux résonnaient les voix des soldats.

La ruelle se perdait dans un dédale de maisons aux portes closes. Les pavés étaient irréguliers, glissants : Ignace trébucha et tomba. Uberto revint sur ses pas, attrapa Ignace par sa cape et le remit debout sans ménagement. Ignace essaya de courir à nouveau. Mais il avait le souffle coupé. Un des soldats parvint à l'arrêter. Ignace tenta de résister, en vain : c'est l'autre qui eut le dessus. Uberto s'apprêtait à voler à son secours quand un deuxième soldat se détacha de l'ombre et s'empara de lui. Uberto parvint à se libérer mais le soldat le frappa. Uberto tomba sur le dos. Où est Thomas ? se demanda-t-il. Un troisième soldat arrivait en jurant.

Uberto s'enfuit d'abord à quatre pattes, puis il parvint à se relever et à courir rapidement dans l'obscurité, poursuivi par les sbires. Soudain, la rue se ferma devant lui. Un cul-de-sac ! La seule issue était une porte au bois pourri. Il l'enfonça d'un coup d'épaule et se retrouva dans un magasin où régnaient des relents de moisi. Il distingua des filets de pêche, des amphores et des… Un escalier descendait dans les caves. Il s'y engagea : dix, vingt degrés de pierre rongés par le temps, empilés en un équilibre précaire. Les voix des soldats retentissaient en haut. Uberto descendait toujours, au risque de se rompre le cou. Il déboucha dans une sorte de crypte.

L'espace d'un instant, il se crut pris au piège ; puis une issue en forme d'arche se découpa dans les ténèbres.

Il franchit ce passage, traversa un égout. Un autre escalier pénétrait dans les profondeurs. Il s'y aventura dans le noir, anxieux de ce qu'il advenait de son père et de Thomas. Mais il n'avait pas le choix : impossible de s'arrêter. Il avait beau progresser bras tendus devant lui, il ne cessait de se heurter à des parois décrépites, tendues de toiles d'araignée. Il se répétait :

« Continue ! »

Il s'engagea dans le énième boyau.

« Continue ou ils t'attraperont aussi. Alors, tu ne reverras plus les tiens… »

Il courait d'un couloir à l'autre, tendant l'oreille pour capter le moindre bruit. Jusqu'au moment où il n'entendit plus rien, à part un écoulement lointain. Ses poursuivants avaient-ils renoncé ? Était-il tiré d'affaire ? Il ne pouvait prendre de risques avant d'avoir la certitude d'être parvenu en lieu sûr. Alors, il réfléchirait à un moyen de voler au secours d'Ignace et de Thomas.

Il se rendit compte soudain qu'il allait devoir commencer par résoudre un problème.

Il s'était perdu.

– 12 –

Le Malin était passé ici. On percevait encore sa présence, son souffle maléfique. Même les objets de la chambre – la géométrie de leur disposition – révélaient quelque malheur, sans parler des *symboles*… Mais Conrad de Marbourg l'éprouvait surtout en lui-même. C'était une sensation bien familière qui le prenait aux narines et au bas-ventre, pour remonter ensuite jusqu'aux tempes en une bouffée d'excitation.

Il était né avec ce don. Il respirait l'odeur du péché depuis qu'il était tout petit. Avec le temps, il avait appris à la reconnaître non seulement chez les personnes, mais également dans une pièce, telle la traîne d'un arôme laissée par des mots et des actes impurs. Ses études de théologie lui avaient permis de comprendre qu'il ne s'agissait pas d'un simple talent, mais bel et bien d'une *vocation*. C'est pourquoi il s'était fait prêtre : pour la cultiver. Il avait appris à discerner la vérité du mensonge dans les cris de douleur et les râles des mourants. Sa conviction d'accomplir un office divin – une mission – l'avait poussé à se perfectionner.

C'est ainsi qu'il était devenu un chasseur.

Sa proie favorite, c'était l'hérésie. Ce mal, le plus subtil des maux de l'esprit, savait se glisser furtivement dans les pensées humaines, sans rien laisser paraître de sa présence ; ensuite, petit à petit, il corrompait la vraie foi jusqu'à en faire une carcasse putride. Quand le changement devenait manifeste, il était trop tard. La seule façon de réduire le mal, c'était la purification par le feu. Cependant, il existait un autre type d'hérésie, plus détestable encore et plus effrayant puisqu'il découlait d'un choix volontaire. Dans ce cas, les hérétiques étaient parfaitement conscients de contrevenir aux règles du catholicisme, ils s'obstinaient à les violer, à les salir à force de blasphèmes, et ceci, jusqu'à la fin, jusque dans les flammes du bûcher. La source d'un tel aveuglement n'était autre que l'orgueil. Cet orgueil qu'avait connu Ève. L'orgueil de Lucifer.

Il n'existait pas de plus grave péché. L'orgueil poussait à désobéir, à se croire plus sage que les autres, à répudier les lois divines pour créer ses propres règles. Si certains y voyaient une manifestation de leur liberté, Conrad de Marbourg n'y voyait, lui, qu'un piège du Serpent. Il n'avait aucune illusion sur ce point. Il savait que beaucoup n'étaient pas d'accord, mais il n'existait selon lui qu'une seule et vraie liberté, celle qui consistait à se laisser guider par le Pasteur. Il n'y avait pas d'alternative. Qui ne suivait pas le Christ suivait Satan. *Extra Ecclesiam nulla salus*, se plaisait-il à répéter. Pas de salut hors l'Église ! Quelqu'un osait-il s'éloigner du troupeau pour s'aventurer sur le sentier tracé par son propre regard ? Il lui aurait arraché les yeux des orbites plutôt que de l'abandonner aux intrigues du Malin. Par piété chrétienne. Et avec une jouissance parfaite.

« Révérend père », dit une voix.

Conrad se souvint qu'il se trouvait dans une chambre, au cœur de la nuit, avec une mission à accomplir.

L'homme qui venait de parler était Galvan Pungilupo, un milicien appartenant aux troupes des clavigères et que le pape avait mis au service de Conrad. Rien d'autre qu'une charogne mercenaire vomie par un cloaque du Nord de l'Italie. Pas un grand combattant non plus, à en croire sa réputation. Mais un limier particulièrement doué, rompu depuis la prime enfance à flairer sa proie dans la boue. Conrad en avait eu la révélation dès leur première rencontre. Ce qu'il cherchait, Pungilupo ne manquait jamais de le trouver. On disait que c'était lui et nul autre qui avait mis la main sur le trésor caché de Montecassino, celui dans lequel avait puisé Pélage, le légat apostolique, pour payer la solde des clavigères. Lui aussi qui avait retrouvé la trace de Suger du Petit-Pont après son passage à Milan. Un précieux service !

Il allait s'agir maintenant de chasser l'ennemi en tenant fermement le manche du poignard.

Conrad fit le tour de la pièce et passa en revue mentalement les signes reconnaissables laissés par le Malin entre ces murs. Il les examina un à un à la lumière d'une lanterne et les grava dans sa mémoire. L'heure était venue d'affronter un homme avisé, raison pour laquelle il entendait ne rien laisser au hasard. C'est seulement quand il fut certain d'avoir tout vérifié qu'il se tourna vers le soldat :

« Dites-moi, Galvan, cet Espagnol, vous me l'avez retrouvé ?

— Oui, magister. Mais son fils a réussi à s'enfuir.

— Comment ça ?

— Par un souterrain. Les hommes ont eu peur de le suivre. »

Le religieux fronça le nez.

« Ils étaient quatre et ils ont eu peur d'un enfant en fuite ?

— Ils sont superstitieux. »

Le vieux prédateur décrivit les faits sans laisser la moindre grimace trahir ses sentiments.

« Les souterrains de Naples abritent les corps des Anciens. »

Conrad croisa les mains dans le dos et se tourna vers Pungilupo. Il le dépassait par la taille et par la corpulence. Le crucifix de fer brillait sur son vêtement de drap noir comme une arme prête à frapper.

« Mais vous, Galvan, ces défunts, vous en avez peur ?

— Ce n'est pas ce qui m'effraie le plus dans la vie.

— Fort bien, sourit le prêtre. Il faudra m'attraper le fils aussi.

— Comptez sur moi, révérend. »

Pungilupo se frappa la poitrine avec le poing.

« Je vous demande la permission d'agir seul, ce sera plus simple.

— Accordé, dit Conrad. Mais, avant de partir, faites entrer l'Espagnol. »

*

* *

Ignace fut conduit vers l'ouest de la ville. Il avait d'abord craint pour sa vie et pour celle d'Uberto. Puis, chemin faisant, il était parvenu à moins se préoccuper de son fils pour mieux veiller sur le petit Thomas qui était de plus en plus effrayé. À l'approche de San Gennarello, il se souvint avoir entendu Suger dire qu'il avait été hébergé dans l'hospice de cette église. L'enfant avait-il reconnu l'endroit ? Après tout, il y avait dormi la veille avec le médecin français. Le marchand fut surpris de voir qu'ils étaient arrivés à destination : c'est là que les soldats les emmenaient.

Quelle épreuve l'attendait ? Il allait devoir affronter l'homme qui avait donné l'ordre d'arrêter Alfan et Suger : aucun doute sur ce point. Mais la procédure serait-elle officielle ? Il n'en était pas sûr. Comme il n'était pas sûr d'avoir à répondre de ses actes devant un tribunal spirituel. D'ailleurs, il n'avait pas été informé des chefs d'accusation retenus contre lui.

Selon toute apparence, l'hospice de San Gennarello n'était pas une hôtellerie ordinaire, mais un *dormitorium* destiné aux religieux, dont les chambres servaient à l'accueil des pèlerins.

Un couloir mena la petite troupe à une porte gardée par un soldat famélique au ricanement de loup.

« Le clavigère », murmura Thomas.

Le marchand en eut confirmation dans l'instant même : deux clefs ornaient le ceinturon du sbire. C'était l'insigne de la milice de Saint-Pierre.

« Faites entrer l'Espagnol », dit une voix à l'intérieur.

Le loup famélique opina du chef et ordonna à l'un des soldats d'accompagner le prisonnier. Ignace pénétra dans une pièce étroite meublée d'une huche et d'une écritoire. D'instinct, il se dirigea vers l'unique source de lumière, une lanterne tenue par un individu de grande taille, aux larges épaules, qu'il supposa être son ennemi.

L'homme à la lanterne affichait un sourire affable et menaçant à la fois. Ses yeux, deux puits de ténèbres, n'avaient pas plus d'expression que ceux d'un poisson.

« Eh bien ! dit-il. Vous devez être Ignace de Tolède.

— Qui le prétend ?

— Le père Conrad de Marbourg. Diocèse de Mayence. »

Conrad ajouta en plissant ses yeux noirs :

« Mais ce n'était pas une question. »

Le marchand s'efforçait de maîtriser son émotion.

« Et pourquoi m'a-t-on mené devant vous, révérend ? »

Le prêtre, pour toute réponse, lui demanda :

« Savez-vous où vous êtes ?

— Je n'en ai aucune idée, mentit Ignace d'un air de regret.

— Ici logeait Geburt de Querfurt, expliqua le religieux. Avant d'être tué. »

Le marchand ouvrit les bras d'un air consterné.

« Je vous demande pardon, mais ça ne m'aide pas du tout à comprendre la situation dans laquelle je me trouve.

— Vous êtes sur la défensive, fit observer Conrad. Mes hommes auront peut-être fait preuve de quelque brutalité ? L'arrestation vous a perturbé ?

— Ce n'est pas une arrestation. Plutôt un enlèvement. Je suis séquestré. »

La protestation n'allait pas sans une pointe de sarcasme. Elle suscita la même réaction de la part du religieux :

« Patience. Le maire m'a consenti une liberté d'action pleine et entière. »

Ignace n'avait jamais rien vécu de tel. De cet homme semblait émaner une espèce de fluide venimeux propre à inhiber toute défense. Et ce regard ! Deux miroirs obscurs, deux iris pareils à des malédictions. Ils rendaient difficile tout effort pour raisonner, tant ils mettaient mal à l'aise. L'ennemi agissait de manière cordiale, quasi amicale, mais cette politesse affichée était à l'évidence une illusion créée de toutes pièces pour dissimuler une terrible menace.

Pour se libérer de cet invisible piège, le marchand promena des regards autour de lui et distingua dans l'ombre une seconde porte.

« Où sont le médecin français et le chanoine ? demanda-t-il.

— Chaque chose en son temps, maître Ignace. »

Conrad plongea la main dans la poche de son vêtement et en tira un petit récipient de verre qu'il présenta à la lumière de sa lanterne.

« Vous savez ce que c'est ? »

Il avait reconnu l'objet au premier coup d'œil.

« C'est une ampoule, dit-il, contenant une substance indéfinie.

— L'aviez vous déjà vue ?

— Elle appartient à monseigneur Alfan Imperato, le chanoine de la cathédrale. »

Inutile de feindre, songea Ignace : Marbourg savait, c'était évident.

« Il me l'a achetée aujourd'hui même. »

Conrad laissa échapper un soupir de regret.

« Vous vendez de fausses reliques, dit-il.

— Je n'ai jamais dit que cette ampoule contenait une relique. Si Alfan a décidé que c'était le cas…

— Vous mettez en doute la parole du chanoine ? D'un homme d'Église ? »

Le prêtre fronça les sourcils.

« Vous ne savez donc pas que le quatrième concile du Latran a interdit le commerce des fausses reliques ? Il existe même un canon spécialement consacré à la question. »

Ignace avait flairé le piège sans être capable de l'éviter. Il n'avait pas prévu la tournure que prenait la discussion. Il pensait avoir été arrêté pour son implication dans le meurtre de Querfurt. Conrad espérait-il affaiblir sa défense en avançant des chefs d'accusation secondaires avant d'en venir au fait ?

« Il n'était pas dans mes intentions de vendre cet objet en tant que relique, dit-il, reformulant son propos avec une fermeté non dénuée d'orgueil. Si le chanoine a mal compris, est-ce ma faute ? »

Marbourg le gratifia en tout et pour tout d'un hochement de tête.

« Pourtant la substance contenue dans cette ampoule possède de singulières propriétés, n'est-ce pas ?

— Rien d'extraordinaire. C'est un morceau de pierre volcanique. Il contient le principe du feu. Si vous le stimulez en lui appliquant la bonne chaleur, il passe à l'état liquide.

— Vous ne répondez pas. Considérez-vous qu'il s'agisse de propriétés singulières, ou non ?

— Elles ne sont pas habituelles, c'est sûr.

— Donc vous admettez qu'une chose inhabituelle est… comment dire ? Une aberration…

— Si l'intellect la comprend, elle cesse d'en être une.

— Quelle opinion fascinante. »

Un éclat brillait dans le regard de Conrad.

« Et, dites-moi, maître Ignace, comment qualifiez-vous le meurtre de Geburt de Querfurt ? Est-ce un phénomène inhabituel ?

— Sans aucun doute. »

La voix du prêtre se fit chuchotement :

« Lui attribueriez-vous le principe du feu, comme vous le faites pour la fausse relique contenue dans l'ampoule ?

— C'est une hypothèse que l'on ne saurait écarter. »

Craignant d'être mal compris, le marchand se fit plus précis :

« Peut-être s'agit-il d'une réaction susceptible d'être expliquée par le principe de la *sympatheia* aristotélicienne. »

Conrad posa la main sur son menton. Un sourire s'annonçait sur ses lèvres.

« Vous connaissez donc la philosophie d'Aristote.

— Sommairement.

— Et l'alchimie ? La connaissez-vous aussi ? »

Ignace nia connaître l'alchimie.

Conrad semblait déçu.

« Le chanoine Alfan prétend le contraire. Il m'a dit que vous vous étiez exprimé en employant des notions spécifiques, telles que *composé*, ou *calcination*… »

Ignace tenta de s'expliquer mais le prêtre ne lui en laissa pas le temps :

« Non, je vous en prie. Ne niez pas. Ce serait embarrassant. De toute façon, la connaissance de l'alchimie n'est pas défendue par l'Église… Enfin, pas encore. Mais ne craignez rien. Je ne fais qu'exprimer une curiosité somme toute banale. Je cherche seulement à comprendre d'où vient votre culture.

— Ce n'est pas un secret. Jeune, j'ai étudié à l'École de Tolède auprès du magister Gérard de Crémone. C'est une école catholique, nourrie au sein de la cathédrale…

— Une école de traducteurs », compléta le religieux.

Ignace approuva en silence.

« Une école où circulent des traductions du grec, de l'hébreu, de l'arabe… »

Conrad comptait sur ses doigts. Il ferma soudainement le poing.

« Des traductions de textes universellement regardés comme subversifs, hérétiques, nécromants… »

Le marchand tint à élever une objection et il le fit en choisissant ses mots avec soin :

« Il apparaît que nombre de ces traités sont éclairés par la médecine, par les mathématiques et même par la science des astres. Ils ont été lus non seulement par les laïcs, mais également dans l'Église.

— Vous êtes un orateur habile, vous savez maintenir en équilibre l'aiguille de la balance, reconnut le prêtre. Du reste, je ne m'attendais pas à autre chose. »

Il posa la lanterne sur l'écritoire.

À ce moment, Ignace aperçut sur l'étagère un paquet de forme oblongue vers lequel Conrad tendait la main en disant :

« Dans les fameux traités dont nous venons de parler, avez-vous jamais vu des symboles tels que ceux-ci ? »

Il ouvrit le paquet.

Voyant ce qu'il contenait, Ignace se sentit pénétré d'une sensation si affreuse qu'il recula d'un pas. Mais le soldat le retint.

Un membre humain : tel était le contenu du paquet. Un avant-bras, le produit d'une amputation nette. La main se couvrait entièrement de tatouages, de *symboles*.

« Vous voudrez bien m'excuser... »

La figure de Conrad se déforma et émit un ricanement cruel.

« ... mais je ne pouvais apporter ici le cadavre de Querfurt dans son entier. Alors, j'ai pris le morceau le plus intéressant. »

– 13 –

Sœur Claire de Grottaferrata se retourna sur sa paillasse, bercée par la fraîcheur des premières heures du jour. Ses rêves étaient plus doux à ces moments-là : elle savait qu'elle pourrait paresser encore quelques minutes avant d'aller à la prière. Situé au cœur de Naples, le monastère Saint-Grégoire-d'Arménie n'en était pas moins une île de tranquillité propre à favoriser le repos des religieuses. Mais cette tranquillité n'était pas éternelle et sœur Claire en prit acte quand elle entendit résonner en bas la voix de Patricia, sa chambrière.

La nonne quitta sa paillasse. Elle alluma une lampe et trottina jusqu'à l'échelle qui descendait au rez-de-chaussée. Décoiffée, engourdie, elle s'arrêta sur le premier degré et bâilla en tendant l'oreille à un bruit de pas montant dans sa direction.

Le jeune visage de la chambrière se détacha de l'ombre et poussa un cri de peur.

« Mon Dieu ! Mon Dieu ! Le puits des Morts… »

Sœur Claire la fixa dans les yeux, deux frétillements turquoise où se reflétait la clarté de la lampe. Sœur Claire songea aux yeux de sa grand-mère : c'étaient les mêmes. Chaque fois qu'elle regardait Patricia, elle redevenait enfant. Elle repensait à la vieille femme qui l'avait élevée et s'était opposée jusqu'à la fin à sa vocation religieuse en lui répétant :

« Tu es trop belle pour le cloître. Le cloître n'est pas fait pour toi. Les belles jeunes filles se marient. »

Mais Claire avait vu sa propre mère endurer les coups de son mari avant de mourir en couches, c'est pourquoi elle avait choisi de servir le Seigneur plutôt qu'un homme.

« Le puits des Morts ? demanda-t-elle en chassant ses souvenirs. De quoi parles-tu ?

— Le couvercle a bougé ! Comme si quelqu'un voulait sortir !

— Tu as rêvé. Tu es comme ton père, tu te laisses trop emporter par ton imagination. »

Ce n'était pas un reproche. Patricia n'était pas une simple servante mais la fille du frère unique de Claire, un homme mort de fièvre avec sa femme deux étés auparavant. Comme les autres nonnes de Saint-Grégoire-d'Arménie, Claire était autorisée à avoir auprès d'elle une chambrière et elle avait choisi sa nièce pour ce rôle, geste qui avait permis de l'arracher à la rue.

« Ce n'est pas mon imagination ! protesta la jeune fille. Venez voir, ma tante. Vite ! »

Elles descendirent ensemble en se tenant la main et gagnèrent la cellule de Patricia. Claire regarda par la fenêtre le parc et les logis des nonnes. Le vieux puits se dressait au centre du jardin. Non pas un puits à proprement parler, d'ailleurs, puisque personne, de mémoire humaine, n'y avait jamais puisé la moindre goutte d'eau. On l'appelait « le puits des Morts » car il était peut-être relié aux catacombes, voire – c'était la pire des hypothèses – aux ruines d'un temple païen. Pour cette raison, il demeurait scellé par un couvercle en bois lui-même couvert de pierres.

Claire sortit dans la cour.

« Faites attention, ma tante ! »

Patricia lui emboîta le pas avec appréhension.

Sœur Claire lui fit signe de rester en arrière. Puis elle s'approcha du puits. En effet, on entendait du bruit à l'intérieur. N'était-ce pas le chuintement d'un courant d'air ou tout autre phénomène naturel ? Elle s'approcha encore. Et elle se rendit compte que quelqu'un essayait de forcer le couvercle d'en dessous.

Elle recula, prise d'un frisson. Ses pensées furent immédiatement hantées par le souvenir de ces légendes où le diable attirait hommes et femmes dans un puits, les faisant disparaître à jamais. Elle en imaginait déjà une nouvelle, l'histoire de sœur Claire enlevée par le démon et précipitée dans le puits des Morts. Qui sait s'ils ne feraient pas d'elle une sainte, après une telle mésaventure…

Bien que choquée, elle continuait de vouloir se persuader qu'il s'agissait d'un phénomène naturel.

Mais les bruits continuaient.

La nonne, rassemblant son courage, posa les mains sur les pierres qui pesaient sur le couvercle et cria :

« Il y a quelqu'un ? »

Le bruit cessa. Les pierres remuaient. Bientôt, une voix d'homme s'éleva dans le puits. Quelqu'un appelait à l'aide.

« Es-tu le diable ? demandait la petite fille en elle. Tu n'es pas le diable, n'est-ce pas ? »

Puis elle parvint à dominer sa peur. Elle commença d'écarter les pierres. Sa main hésitait car la voix s'était tue, ce qui la mit au désespoir.

« Viens m'aider ! lança-t-elle à Patricia.

— Mais, ma tante, nous ne savons pas qui c'est…

— C'est une personne qui appelle au secours ! »

Elle saisit le bord des planches.

« Tu viens m'aider ou tu me laisses me débrouiller toute seule ? »

Le couvercle était fixé à la margelle par de simples cordes qui eurent tôt fait d'être détachées. Aidée de sa nièce, Claire débloqua l'ouverture. Les deux femmes firent aussitôt un pas en arrière pour permettre au prisonnier de sortir. L'homme qui leur apparut était noir de poussière et de boue. Il était aussi à bout de forces. Claire se pencha au-dessus du puits pour tâcher de comprendre comment il avait pu remonter jusque-là. Elle vit alors qu'une échelle fixée à la paroi s'enfonçait dans les profondeurs et disparaissait dans l'ombre. Du regard, elle interrogea l'inconnu.

« Je m'appelle Uberto », dit-il avant de s'écrouler dans l'herbe.

Il ajouta d'une voix exténuée :

« Au nom de Dieu, vous avez toute ma gratitude. »

– 14 –

Le bras amputé, découpé dans la clarté de la lanterne, semblait un animal mort. Les tatouages sur la main et jusque sur les doigts évoquaient aussi une sculpture, songea Ignace. L'œuvre d'un tailleur de pierre qui eût entrecroisé le sacré et le blasphème, en quête de symboles aussi lointains que l'homme lui-même. Le cavalier, le serpent, le calice. Pourtant, il y avait aussi sur la paume une Madone à l'enfant, ainsi qu'une colombe, ce qui ne pouvait s'interpréter que d'une seule façon : magie talismanique, hybride né d'une superposition de langues, de religions et de philosophies. Le plus étrange, cependant, c'était de se retrouver non pas devant une amulette, ni devant un parchemin, mais devant une main. Une main destinée à se refermer pour une bénédiction. Pour un *signum*, comme lors des rituels orgiaques de l'antique Phrygie.

Les énigmes se chevauchaient, aurait dit le marchand. Mais c'est un autre mot qu'il lut dans le regard de Conrad de Marbourg : *aberration*.

« Je n'avais encore jamais rien vu de tel », reconnut-il avec franchise.

Le soldat mutique le tenait toujours par les épaules. Il ne s'agissait que de l'intimider, puisqu'il n'y avait pas d'issue par où s'enfuir.

Le visage de Conrad semblait une mosaïque en clair-obscur.

« Moi, dit-il, c'est la troisième fois. Trois hommes différents en trois lieux très éloignés les uns des autres.

— Leur avez-vous coupé le bras à chacun ? » dit Ignace avec une ironie sans joie.

Il n'obtint pas de réponse.

« Avez-vous vu cette inscription sous le tatouage du cavalier ? »

Ignace, observant plus attentivement, découvrit sur le dos de la main sept hiéroglyphes.

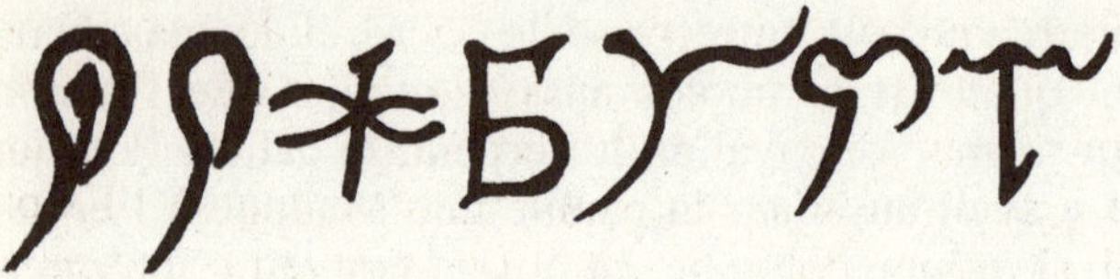

« À première vue, on dirait des runes, mais ce n'est pas le cas. En connaissez-vous la signification ? »

Le religieux lui renvoya un regard glacé.

« C'est sans importance. »

Le marchand n'en doutait pas. La seule chose vraiment importante, pour Conrad, c'était d'apprendre dans quelle mesure son interlocuteur était impliqué dans cette affaire, puis de l'envoyer finir ses jours dans un cul-de-basse-fosse. Certains hommes n'étaient nés que pour tourmenter les autres en les précipitant dans les cercles de l'enfer, pour écraser toute forme de volonté et de pensée.

« Je regrette de vous décevoir, dit-il, feignant de n'avoir pas entendu. Je n'ai pas la moindre idée de ce que signifie cette inscription. »

Conrad demeura impavide.

« Autrement dit, d'*autres symboles* pourraient ne pas vous être étrangers. »

Sa voix trahissait une lassitude qui était peut-être de l'impatience. Il reprit la lanterne sur l'écritoire et ouvrit la porte qui menait à la pièce voisine.

« Permettez-moi de vous les montrer. »

Ignace lui emboîta le pas, suivi du soldat qui ne le lâchait pas d'une semelle. Tous trois se retrouvèrent dans une chambre à coucher.

Les autres symboles qui furent présentés au marchand étaient parfaitement déchiffrables et même d'une étonnante simplicité.

Au centre du dallage, tracé au charbon, il y avait un cercle assez grand pour contenir un homme. À l'intérieur du cercle, deux lettres grecques : l'alpha et l'oméga. Autour étaient disposés trois sièges en bois. Le premier supportait une colombe égorgée, le deuxième un poisson et le dernier, une bougie fondue.

« Ici, on a essayé d'accomplir une… »

Ignace se retint d'en dire davantage. Il ne voulait pas prononcer le mot. Pas devant cet homme !

« Une invocation ? suggéra Conrad d'un ton complaisant. Je partage votre avis, maître Ignace. Avec une réserve cependant. On n'a pas seulement *essayé*. Ici, le Malin a vraiment montré son pouvoir.

— Avez-vous des preuves ?

— Des preuves ? Je n'en ai que trop ! J'ai trouvé les mêmes symboles à Mayence, dans la maison d'un hérétique qui a connu la même fin que Querfurt et dont la main droite portait les mêmes tatouages.

— C'est troublant, je vous l'accorde. Je pense néanmoins que tout cela peut s'expliquer sans avoir recours aux puissances surnaturelles.

— Vous excluez donc la présence d'un *médiateur* ? L'intervention de quelqu'un qui aurait favorisé le contrôle de phénomènes analogues ?

— Voulez-vous parler d'un *mage* ? » hasarda le marchand, piqué malgré lui par la curiosité.

Il ne croyait pas en la magie, mais pensait que certains rituels avaient le pouvoir de libérer des forces inconnues capables de prodiges à première vue inexplicables.

« Un mage, non. Mais un magister. Il est connu. L'*Homo Niger* – l'Homme Noir : tel est son nom. Il participe aux débats secrets des hérétiques. Il doit avoir voyagé en Allemagne, en France, en Italie et qui sait où encore ? Il a sûrement réuni autour de lui un cercle de disciples qui perpétuent ses enseignements. Selon une rumeur, il viendrait de Tolède. Et il aurait l'aspect d'un homme maigre, de grande taille, toujours vêtu de sombre. Autrement dit, d'un Espagnol formé aux philosophies occultes. Comme vous. »

Le marchand tressaillit.

« Êtes-vous en train d'insinuer que je…

— Je n'insinue rien, maître Ignace. Je procède à des déductions. Ne vous êtes-vous pas vanté tout à l'heure d'avoir étudié à Tolède, et de connaître les ouvrages de nécromancie qui se traduisent là-bas ?

— Vous détournez mon propos ! Je ne me suis vanté de rien de tel. Et je n'ai rien confirmé de ce que vous prétendez. »

Conrad eut un sourire rusé.

« Vous ne l'avez pas nié non plus. »

Ignace eut le sentiment d'être au bord du gouffre. Il comprenait tout, maintenant ! Il sentait depuis le début qu'il était tombé dans un piège, mais sans imaginer que Conrad de Marbourg l'accuserait du meurtre commis dans les catacombes. Il ne put retenir un mouvement de mépris. Ce qu'il venait d'entendre était pure calomnie. Il dit pour sa défense :

« Beaucoup à Tolède ont suivi les mêmes études que moi.

— Certes, mais vous, vous êtes ici, dans cette maison, après avoir participé aux événements. N'étiez-vous pas présent lorsque Querfurt a été tué ?

— Cela ne signifie rien.

— Vraiment ? Que faisiez-vous dans les catacombes ?

— Je vous l'ai dit. Je concluais une affaire avec le chanoine de la cathédrale.

— Mensonge ! »

Rien, dans l'aspect de Marbourg, ne trahissait la colère – rien, à part le son de sa voix. Il reprit d'un ton caverneux, menaçant :

« Vous étiez là pour corrompre un homme d'Église en lui proposant de fausses reliques ! Puis, vous l'avez fait assister au massacre de Querfurt ! Un massacre advenu par le vœu du Malin, avec le feu des enfers ! »

Il pointait sur le marchand un doigt accusateur.

« C'était un sacrifice ! Le sacrifice d'un de vos disciples ! Avouez-le ! »

Ignace retint ses émotions. Montrer de la peur et de l'anxiété n'aurait fait qu'empirer les choses.

« Vous n'avez pas de preuve », répliqua-t-il.

Il sentit la main du garde se refermer sur son épaule comme une mâchoire de fer.

« Jusqu'à hier, je n'avais jamais vu Geburt de Querfurt. Or il n'existe pas de précédent susceptible de me mettre en cause dans un pareil délit. »

Conrad sembla tout près de réagir violemment. Mais, s'il était dévoré par la fureur, il la domina. Il se défoula en paroles seulement :

« Vous prétendez qu'il n'y a pas de précédent ? »

Il fit le tour du cercle sans détacher son regard du marchand.

« À Cologne, on se souvient de vous. Et ailleurs aussi ! Il paraît que vous avez beaucoup voyagé ces dernières années. Vous êtes allé jusqu'en Orient, chez les Sarrasins. Certains affirment que vous êtes un nécromant. »

De vieilles histoires, pensa le marchand. Mais qui ressortent toujours…

« L'affaire de Cologne remonte à presque trente ans. Et pour ce qui est de ma présence en d'autres lieux du monde, j'ai toujours agi de bonne foi. »

C'était lui maintenant qui s'exprimait avec lassitude.

« Vous ne m'accusez pas, vous me calomniez. Et vous le faites en vous basant sur des racontars. Comment osez-vous les utiliser contre moi ? »

L'espace d'un instant, Conrad parut impressionné par cette réaction. Toutefois, dès qu'il eut de nouveau la parole, il retrouva sa fermeté :

« Nier les accusations n'est pas seulement inutile, c'est insolent. Les faits sont là. Maître Ignace, êtes-vous assez orgueilleux pour croire que vous pourrez vous jouer de moi ? Eh bien, sachez que votre réputation de nécromant provient de sources récentes et dignes de foi ! »

Le marchand fixa sur son adversaire un œil incrédule.

« Lesquelles ?

— Suger du Petit-Pont. »

Le prêtre avait prononcé ce nom en en détachant les syllabes avec un pur plaisir – celui de l'araignée voyant sa proie empêtrée dans la toile.

« Comprenez-vous pourquoi je suis convaincu de parler en ce moment même avec l'*Homo Niger*, le magister de Tolède qui a déclenché ces événements terribles ? Le grand maître des lucifériens !

— Et qui sont-ils, ces lucifériens ? »

Ignace n'en croyait pas ses oreilles.

Le soldat lui expédia soudain un coup de poing dans le ventre ; le choc fut si violent que le marchand se plia en deux.

Ce n'est que le début, pensa-t-il avec effroi, tandis que surgissait dans ses pensées l'image terrifiante du bûcher.

– 15 –

Galvan Pungilupo aimait marcher la nuit. La puanteur des bas-fonds ne le gênait pas. Au contraire, elle excitait son flair de limier ! Quant à l'odeur des rues, elle le guidait au point de lui dire où aller, que chercher. Il trouvait plus stimulant de chasser dans les quartiers infestés de miasmes que dans les forêts et les grands espaces. Car si la proie préférée de Marbourg était l'hérésie, la sienne, c'était l'homme.

Il avait une prédilection pour la faune nocturne de la ville. Les voleurs, les putains, les mendiants, les souteneurs. Il épiait leurs faits d'un regard avide, s'intéressait à leurs secrets et ne dédaignait pas la compagnie des pires racailles. Chez ces sombres créatures, il puisait davantage d'énergie qu'auprès de ceux que l'on qualifiait d'honnêtes gens. Une énergie primitive, brute comme un fruit aigre, si intense parfois qu'elle le laissait étourdi. C'est pourquoi il acceptait toujours les offrandes de la nuit ; il était sûr de n'être pas déçu. Plus la puanteur était forte, plus grande serait sa jouissance.

Et c'était une puanteur très forte qui s'élevait des souterrains où s'était volatilisé le fils du marchand de Tolède. Quant à l'obscurité, elle était plus profonde encore. Pungilupo emprunta la pente et le boyau principal, avant de pénétrer dans ce qui se présentait comme un réseau de catacombes oubliées depuis des siècles. Il progressait avec prudence, en orientant la lumière de sa torche vers les niches, les ruisseaux boueux, les restes de fresques abandonnées par Dieu et par les hommes. Il aurait fallu des semaines pour explorer ce labyrinthe entièrement.

De crainte de se perdre, il remonta à la surface.

L'Espagnol errait peut-être encore dans ces galeries. Ou bien il était mort pour de bon après être tombé dans un trou, ou avoir été attaqué par des rats. On disait qu'ils étaient énormes dans ces galeries et qu'ils se jetaient sur tout ce qui passait à leur portée, humains y compris. Cependant, les ordres étaient les ordres. Et les ordres, c'était de retrouver le fugitif. Aussi, Pungilupo ne s'avoua-t-il pas vaincu. Il fouilla toutes les ruelles alentour, au cas où sa proie eût réussi à ressortir.

À supposer que l'Espagnol fût remonté des catacombes, il pouvait avoir laissé des traces. On l'avait peut-être repéré. N'avait-il pas adressé la parole à quelqu'un ? Disparaître n'était pas si simple, surtout pour un étranger, même habile. Le clavigère poursuivit son enquête jusqu'à ce que lui parviennent des voix féminines. Il en suivit la trace, curieux de savoir à qui elles appartenaient. Il ne fut pas surpris, en s'éloignant des souterrains, de tomber sur un petit groupe de prostituées. Elles n'étaient pas plus de quatre ou cinq, à marauder dans les bas-fonds pour y trouver leur clientèle.

Il s'approcha prudemment. Mieux valait ne pas provoquer ces femmes qui pouvaient à l'occasion se révéler plus dangereuses qu'un assassin. Elles étaient aussi habiles à se servir d'une lame ou d'un poison qu'à donner du plaisir, et l'on ne pouvait jamais savoir ce qui se cachait sous leur robe.

« Mes hommages, mesdames. L'une d'entre vous n'aurait-elle pas vu un Espagnol rôder dans les parages ?

— Ça fait des mois que je ne me suis pas tapé un Espagnol », soupira une petite blonde.

Ses amies riaient. Le clavigère poursuivit :

« Uberto Alvarez : c'est son nom. »

Était-il en train de perdre son temps ? Le jeu, lui semblait-il, en valait la chandelle. Les putains étaient douées pour l'observation, et elles lui avaient rendu service plus d'une fois.

« Il était dans le quartier avec son père. Ce n'est pas un homme du commun. Il se fait remarquer par sa mise, par sa beauté aussi.

— Et qu'est-ce qu'il a donc fait de mal, ce gars-là ?

— Je le cherche pour l'aider. Son père vient d'être arrêté. »

Entendant ces mots, la plus vieille s'avança. Elle avait les cheveux noirs, les seins provocants et une figure enchanteresse.

« Notre temps vaut de l'argent, dit-elle malicieusement. Vous êtes juste venu discuter ou vous avez l'intention de passer aux choses sérieuses ? »

Le clavigère afficha son sourire de loup.

« Les deux, dit-il. Évidemment.

— Alors prouvez-le ! » dit la brune.

Elle lui saisit les mains et les posa sur ses seins.

« Vous êtes un soldat, pas vrai ? Moi, les soldats, je sais ce qu'ils aiment. »

Pungilupo tâta la chair d'Ermeline, puis la repoussa avec une grimace de déception.

« Pas avec toi, vieille truie. »

D'un signe, il ordonna à la petite blonde de s'avancer. Elle ne devait même pas avoir quinze ans. Mais l'éclat de ses yeux disait déjà l'impudeur d'une femme qui a trop vécu. Elle découvrit ses seins. Ils étaient fermes, avec des mamelons minuscules. Le clavigère les prit dans ses mains et les serra sans se soucier de faire mal à la fille. De la chair fraîche au fond d'un cloaque. Il lui effleura les lèvres avec le doigt et la fit s'agenouiller.

Tandis que son excitation grandissait, Galvan Pungilupo eut une idée. Il se souvint d'un objet. Un objet qu'il avait vu la veille chez Alfan Imperato, quand il était allé l'arrêter avec Marbourg. Un objet que le médecin français avait d'abord gardé sur lui avant de le laisser dans un coin où tout le monde, apparemment, l'avait oublié…

Cet objet était peut-être susceptible de parler.

Et le fils du marchand allait peut-être avoir envie de le récupérer.

– 16 –

Patricia l'avait laissé partir à contrecœur, le beau messire Uberto.

Tante Claire lui avait demandé de le porter à l'intérieur avant que les autres religieuses n'aient vent de quelque chose. À Saint-Grégoire-d'Arménie, il était défendu d'avoir des échanges avec les hommes, surtout la nuit. Le risque, c'étaient les espionnes, et donc les ennuis. Il était inutile de déranger l'abbesse pour si peu. Il aurait fallu fournir des explications. Mieux valait refermer le puits en vitesse et rentrer à l'intérieur sans se faire remarquer de personne.

Elles avaient allongé Uberto sur une paillasse à même le plancher et le jeune homme s'était endormi en murmurant un dernier merci. Il tremblait de fièvre et de crainte. Il était à bout de forces, sa respiration était courte. Il régnait dans les galeries un air malsain, il suffisait pour en juger de sentir l'odeur qui s'échappait du puits, par les interstices du couvercle, quand le temps tournait à l'orage.

« Occupe-toi de lui, avait ordonné tante Claire. Et tiens ta langue. »

Patricia ne s'était pas fait répéter la consigne. Dans un couvent de clôture, rares étaient les occasions de jouir de la compagnie d'un homme. Et celui-là, en plus, était beau ! Elle avait commencé par le défaire de ses vêtements déchirés, repoussants de saleté, bons à jeter. Puis elle l'avait lavé des pieds à la tête avec un chiffon humide. Tout en le décrassant, elle le dévorait des yeux. Elle était même sur le point de céder à l'envie de lui donner un baiser quand sa tante était entrée. Qui sait d'où sortait ce magnifique jeune homme ? Était-il marié ou célibataire ?

Uberto s'était réveillé peu avant l'aube. Un bref battement de paupières, un tressaillement, et il avait réclamé à boire. Patricia avait couru lui chercher de l'eau. Elle était envoûtée par cet inconnu aux yeux d'ambre.

Après s'être désaltéré, il était tombé dans un sommeil profond.

C'est seulement le lendemain matin qu'il demanda où il était et combien de temps il avait dormi. Patricia l'avait supplié de se reposer encore, mais lui semblait maintenant pressé de s'en aller. Il était aimable, bien élevé. Il exigeait de payer pour le dérangement. Quel dérangement ? avait songé Patricia. Sa tante aussi avait refusé cette offre en disant que la charité n'avait nul besoin de rémunération. Uberto avait alors exprimé une ultime requête : des vêtements, quelque chose de simple qui n'attire pas l'attention.

Et il avait pris congé sans expliquer comment diable il s'y était pris pour se retrouver dans le puits des Morts !

En le voyant partir, Patricia avait versé une larme et prié le Seigneur de bénir le bon messire Uberto.

*

* *

Les voitures se frayaient un passage dans la foule du marché, entre les étals où circulaient les femmes et les marmots aux pieds nus. Naples offrait aux premières lueurs du jour le dédale de ses rues bruyantes, animées. Uberto quitta les arcades unissant les deux monastères : Saint-Grégoire-d'Arménie et Saint-Pantaléon. Il emprunta la galerie qui longeait la Grand-Place. Il s'efforçait de paraître naturel et de rester à l'ombre, même s'il ne doutait pas vraiment de passer inaperçu. En effet, sœur Claire de Grottaferrata lui avait procuré un froc de franciscain plusieurs fois ravaudé mais propre. Uberto en appréciait tout particulièrement le capuchon assez grand pour cacher son visage. Il avait récupéré ses souliers, sa besace et son escarcelle qu'il avait attachée au cordon de son nouvel habit. Il avait aussi, bien caché sous le vêtement, un poignard pendu à un lacet de peau passé autour de son cou.

Il avait bien cru ne jamais s'en sortir. Il avait redouté de ne plus revoir Moira ni la petite Sancha. Ni sa mère ni son père. Il avait progressé à tâtons entre des parois suintantes, et posé les mains sur des substances si écœurantes que le souvenir de cette sensation lui soulevait encore le cœur. Ne pouvant retrouver l'ouverture par laquelle il était entré dans le labyrinthe, il avait continué dans le noir, étouffé par les miasmes. Il désespérait de tomber sur une issue quand il avait perçu un courant d'air. Cette piste l'avait conduit à une citerne reliée à la surface par une échelle de fer rouillée. Sans ce coup de chance, il aurait continué d'errer jusqu'à mourir dans les profondeurs de la terre.

Il lui restait maintenant à s'occuper de son père. Il devait être avec Alfan et Suger, lesquels avaient été arrêtés sous l'accusation de nécromancie, selon les dires de Thomas. L'affaire était susceptible de relever soit du tribunal ecclésiastique, soit d'un prêtre investi de pouvoirs spéciaux. Mais, dans un cas comme dans l'autre, l'usage voulait que les accusés fussent détenus en un lieu dépendant des autorités civiles. Quoi qu'il en soit, Uberto s'interrogeait.

Où commencer les recherches ? Vers qui se tourner ? Questionner, n'était-ce pas prendre le risque d'éveiller des soupçons ? Sans parler des sbires de Marbourg : ils étaient encore à ses trousses, sans doute. Tout l'obligeait à opérer avec la plus grande discrétion.

Et il n'existait au fond qu'une seule piste à suivre.

Il se dirigea vers la maison d'Alfan Imperato. Quand il l'aperçut, il s'arrêta pour l'observer à distance, appuyé à une colonne de marbre. Il avait une idée en tête, mais il était encore trop tôt pour la mettre à exécution. Il assista à une rixe entre des gamins, puis à un numéro de jongleur des rues ; il apprit par un crieur que les franciscains avaient été expulsés de Spolète après avoir pris fait et cause pour les clavigères.

Cette attente finit toutefois par être récompensée : il vit s'ouvrir la porte de la maison. En sortit la servante du chanoine, un seau dans chaque main. Uberto la laissa prendre de l'avance. Quand il fut certain de n'être pas surveillé, il la suivit.

Elle prit la direction de la Grand-Place. Elle allait tête basse, sans regarder personne. Néanmoins, elle dut s'arrêter un instant pour échanger trois mots avec une commère. Nul doute qu'on devait l'interroger sur l'arrestation du chanoine, à voir la réaction embarrassée de la malheureuse. Elle finit par se remettre en route. Ayant gagné un puits, elle y plongea ses seaux puis entreprit de faire le chemin inverse. Sa charge était lourde. Elle s'arrêta pour souffler sous un porche, à l'écart des passants.

Uberto décida de ne pas laisser passer l'occasion. Le temps que la servante récupère, il s'avança à pas de loup. Il la prit par le bras et l'entraîna vivement vers une ruelle déserte. Pour l'empêcher de crier, il lui mit la main sur la bouche. La femme, d'abord, refusa de se laisser faire. Elle était assez costaud : Uberto dut se montrer plus fort qu'elle. Agir ainsi lui déplaisait – mais avait-il le choix ?

« Tais-toi, lui murmura-t-il à l'oreille. Tu me reconnais ? »

Il écarta son capuchon.

La servante fit oui de la tête, congestionnée par la peur.

« Alors je vais retirer ma main de ta bouche, mais attention ! Ne crie surtout pas… »

Il lui montra son couteau.

« Compris ? »

De nouveau, elle approuva du chef.

Uberto n'aurait jamais cru qu'il fût capable de se montrer aussi cruel. Agir mal était si simple qu'il en éprouvait de l'écœurement. Mais la situation était désespérée…

« Hier, dit-il, ton maître a été arrêté. Où l'ont-ils emmené ? »

Elle secoua la tête.

« Je ne sais pas…

— Tu mens ! »

Il lui mit le couteau sous la gorge.

« Tu le sais. Tu es sa domestique. Tu étais présente au moment de l'arrestation ! »

Il pouvait ressentir l'effroi de cette femme. Il avait pitié d'elle. Pourtant, il augmenta la pression de la lame sur sa peau.

« Ne m'oblige pas à te faire du mal ! » dit-il.

Il était transfiguré, non par la haine, mais par le désespoir.

« Dis-moi où il est.

— Sûr l'île du Sauveur », avoua-t-elle.

Elle s'avachit comme une outre dégonflée.

« Avec le médecin français.

— Une île ?

— L'île de Castello Marino. »

Uberto relâcha son étreinte.

« Maintenant, dis-moi où est cette île, et je cesserai de te tourmenter. »

*

* *

La servante partie, Uberto continua dans la rue déserte. Il savait maintenant où son père était détenu. Cela lui redonna un peu d'espoir. Pourtant, il ne devait pas s'illusionner. L'information ne valait pas grand-chose tant qu'il n'avait pas éclairci le motif de l'arrestation. Il allait falloir approcher Conrad de Marbourg, tenter de comprendre ses raisons et le dissuader. Mais Uberto avait conscience de ne pouvoir s'adresser directement à cet homme sans courir le risque de finir lui-même au cachot. Il avait besoin d'un intermédiaire, d'un membre des milieux ecclésiastiques, par exemple, qui accepterait de lui servir de porte-parole. Le seul nom qui lui vint à l'esprit fut celui de sœur Grottaferrata ; en même temps, il doutait qu'une simple nonne possédât assez d'autorité pour se faire entendre de Marbourg.

Il perçut un bruit de pas. Mais c'étaient des pas trop lents, trop prudents…

Se retournant soudain, il croisa le regard d'un homme. L'individu était de corpulence moyenne et d'apparence militaire. Il avait un sac en bandoulière et un poignard passé dans la ceinture.

Le soldat, arrêté au milieu de la ruelle, l'observait avec attention en ricanant d'un air satisfait, tel un loup famélique. Je te connais, avait-il l'air de dire. Il marcha sur Uberto à grandes enjambées.

Uberto se mit à courir, mais sans pouvoir creuser la distance. Au contraire, son poursuivant fut sur lui presque tout de suite. Uberto reçut un coup. Il tomba à genoux et sentit que l'autre l'attrapait par son vêtement.

« Reste tranquille et fais-moi voir ta figure ! aboya le sbire en lui arrachant son capuchon. C'est toi, hein ? Le fils du… »

Le jeune homme lui envoya un coup de coude au visage, se délivra et voulut s'échapper. Mais l'autre le retint. Rapide comme l'éclair, il retira sa besace qu'il déposa à terre. Puis, il dégaina son poignard.

« Satané Espagnol ! » grogna-t-il entre ses lèvres où giclait le sang.

Il frappa dans le vide. Uberto parvint à éviter un second coup de lame. Il se baissa et prit une pierre. Il n'eut pas le temps de s'en servir : l'autre lui envoya un coup dans le bas-ventre et un autre à la mâchoire. Uberto s'effondra et se retrouva à plat ventre sur le sol. Un violent coup de pied entre les omoplates lui coupa la respiration.

« Je savais bien que tu viendrais faire un tour à la maison du chanoine. »

Le soldat frottait son menton maculé de sang. Il montra le sac de toile.

« C'est *ça* que tu cherchais, pas vrai ?

— Non », toussa Uberto.

Il ne comprenait pas le sens du propos. Il tendit le bras vers le caillou qui était retombé trop loin…

Ce geste énerva le soldat qui voulut le frapper à coups de pied. Mais il fut interrompu dans son geste et lâcha un cri de douleur. Quelqu'un le bombardait de pierres. Il se retourna. Une femme aux cheveux noirs se détacha de l'obscurité. Il aboya en pointant sur elle son poignard :

« Toi ! Vieille truie ! »

Uberto était assommé, moulu. Pourtant, voyant que son ennemi lui tournait le dos, il puisa en lui les forces de réagir. Il se releva, prit le couteau qu'il portait autour du cou et attaqua.

L'autre laissa échapper un cri déchirant. Il lâcha son poignard qui tomba à terre. Il porta la main au côté droit de son visage. Uberto lui avait tranché net l'oreille. Des flots de sang s'échappaient de la blessure. Le soldat fit face à Uberto avec une expression de folie enragée. Mais Uberto avait ramassé le poignard, et il le menaçait.

Le sbire n'était plus qu'un masque de sang et de souffrance.

« Tu me le paieras ! cracha-t-il, une bave rougeâtre aux lèvres. Vous me paierez ça, tous les deux. »

Uberto ne savait plus que faire. L'instinct de le tuer le disputait en lui au regret de lui avoir infligé pareille douleur. Il fixait son regard sur cette figure ignoble dont les chairs tremblaient de fureur. Comment l'homme allait-il réagir à présent ?

Le clavigère profita de cette hésitation. Il jeta la femme à terre et s'enfuit vers la Grand-Place qu'il rejoignit en hurlant et en crachant du sang :

« Appelez la garde ! Appelez la garde ! »

*
* *

Ermeline se releva avec peine.

« Suivez-moi, messire, dit-elle. Ou vous aurez affaire aux sbires. »

Il l'avait reconnue. C'était la putain de la veille, celle qui avait parlé avec son père. Sans répondre, il ramassa la besace et l'ouvrit. Il fut surpris d'y trouver le manteau du Sagittaire. Le soldat devait être retourné dans la maison du chanoine et il y avait pris l'objet en se disant qu'Ignace en aurait fait autant. Quelle erreur ! Jusqu'à aujourd'hui, il s'en serait débarrassé sans le moindre remords. Chose impossible à présent. Ce manteau pouvait se révéler utile. Ayant mis le sac en bandoulière, il suivit la putain de mauvaise grâce.

Elle l'emmena loin de la Grand-Place en empruntant un dédale de ruelles, d'arcades et de passages. Ils traversèrent des quartiers où les rues serpentaient à l'écart des grandes voies. Ermeline se glissa sous un porche, puis dans une cour entourée de taudis.

« Ici nous sommes en lieu sûr », dit-elle.

Uberto voulut répondre mais elle lui fit signe de se taire.

« Hier, dit-elle, je vous ai vu avec Ignace de Tolède. Vous lui ressemblez tant… Vous êtes son fils, n'est-ce pas ?

— Oui.

— J'ai eu des nouvelles de votre père. L'homme qui vous a agressé, je savais qu'il était à vos trousses, figurez-vous. Il posait des questions dans le quartier. Il nous a interrogées, mes amies et moi. Il parlait d'Ignace… Je veux vous aider. »

Uberto croisa les bras.

« Et pourquoi donc ?

— Ça, c'est mon problème, dit-elle en soutenant son regard. Vous n'avez pas confiance ?

— Vous êtes intervenue pour me défendre et je vous en sais gré. Mais vous ne me plaisez pas.

— Je n'ai pas besoin de vous plaire, vu que vous avez besoin de moi. »

Elle s'exprimait avec fougue, mais sans laisser transparaître ses émotions.

« Mon aide vous sera indispensable si vous voulez délivrer Ignace.

— Ce n'est pas si sûr, dit Uberto en montrant la besace. Il y a là-dedans un objet qui prouvera mon innocence, et celle de mon père. En le rapportant, je montrerai ma bonne foi.

— Je ne sais de quoi vous parlez mais si vous vous faites connaître, vous serez arrêté et vous n'aurez aucune possibilité de vous expliquer, ni de délivrer votre père.

— Je pourrais m'adresser à…

— Personne ne vous écoutera. »

Les mots étaient durs. Ermeline reprit :

« Vous ne comprenez pas ? L'île du Sauveur : nul n'en revient jamais.

— Vous connaissez cette île ? L'île de Castello Marino ?

— Je connais les soldats qui y ont leurs quartiers. »

Uberto commençait à comprendre.

« Je me souviens, dit-il, mécontent. Votre mari…

— Oui, mon mari, soupira-t-elle avec mépris. Lui et tant d'autres.

— Vous pensez qu'un des gardiens pourrait délivrer mon père ?

— Les faveurs d'une putain ne suffiront pas à acheter la complicité d'un soldat. Il faudra s'y prendre autrement. Vous devrez entrer clandestinement dans la place, trouver Ignace et le sortir de là.

— J'aurais préféré agir plus discrètement, et à moindre risque. »

Ermeline secoua la tête.

« Si vous voulez à tout prix retrouver votre père, vous n'avez pas le choix. Il faut l'arracher des mains des geôliers et quitter Naples au plus vite.

— Votre plan est irréalisable. Comment pénétrer dans un fort imprenable ? Comment s'en échapper ?

— Un homme l'a fait, dit Ermeline en le gratifiant d'un sourire entendu. C'est à lui qu'il faut vous adresser. »

Uberto, malgré lui, fut touché par ce sourire.

« Vous piquez ma curiosité, dit-il.

— L'homme dont je parle vit dans le quartier du Mandracchio. Son vrai nom est Nicolas de Bari, mais on l'appelle Coule-Poisson. »

TROISIÈME PARTIE

UN CHÂTEAU EN PLEINE MER

« Je naquis sous l'étoile de Nicolas de Bar qui, eût-il vécu longtemps, fût devenu sage, mais préféra vivre avec les poissons de la mer ; sachant pourtant qu'il y mourrait tôt ou tard, plus jamais ne mit les pieds sur la terre ferme, préférant périr dedans la grande eau. »

Raimon Jordan,
Aitai astr' ai com Nicola de Bar

– 17 –

La prière ne suffisait pas. Pas ici. Pas sous un soleil aussi brûlant, en pleine Méditerranée, avec ce vent chargé de parfums venus d'un monde à ce point étranger. En Thuringe, le soleil semblait un astre pâle, une lentille qui vous réchauffait à peine, même à midi en plein été. Quant au vent… Le vent des pays germaniques, loin d'être un zéphyr, faisait plutôt figure de souffle sévère et mordant.

La prière ne suffisait pas non plus pour trouver la concentration spirituelle.

Conrad de Marbourg descendait d'une des plus vieilles tours du Castello Marino, un édifice datant de la domination normande. C'était sa préférée. Elle était plus rude, plus compacte que les autres. La tour de Colleville, la tour maîtresse et la tour moyenne présentaient des ornements de style arabe qui lui inspiraient un dégoût instinctif. Pour la même raison, il évitait l'église Saint-Sauveur. Elle rappelait trop les temples païens, comme tous les monuments qui remontaient à l'époque romaine.

Mais même dans la tour la plus sobre, il échouait à trouver silence et fraîcheur. Du sommet, il avait observé la mer par une meurtrière jusqu'à ce que la lumière intense et l'air saumâtre déclenchent en lui un malaise.

C'est presque saisi par l'urgence qu'il redescendait maintenant en serrant contre lui son crucifix en fer. Grâce à la fraîcheur de ce contact, il se sentit un peu soulagé. Ce n'était cependant pas suffisant. Il ferma les yeux et fouilla sa mémoire en quête de souvenirs : landes obscures balayées par la tempête, sols arides, forêts squelettiques, villages blottis autour d'une église enracinée dans la terre comme un arbre séculaire. Enfin, il sentit renaître en lui la crainte de Dieu, ce sentiment pur, inflexible qui, pendant un court instant, l'avait déserté.

Le choc s'était produit une heure auparavant, lors d'un tête-à-tête avec Thomas. L'enfant l'avait mis dans tous ses états en faisant preuve d'une générosité intense, bouleversante. Ce n'était pas simplement une affaire d'humanité, encore moins de tendresse enfantine. Thomas possédait un talent spécial. Il avait suffi qu'il prononçât quelques mots pour que Conrad reconnût en lui un don de la grâce, la sublime clarté de l'Esprit saint.

Mais la foi de Thomas était d'une autre nature. Au début, Conrad s'était même demandé si elle n'était pas infectée par le germe de l'hérésie. Puis, il avait changé d'avis et rêvé un court instant d'être comme lui, de pouvoir donner enfin libre cours à une intériorité brimée depuis toujours, depuis l'enfance. Ensuite, se souvenant qu'il était un chasseur, il s'était hâté de tordre le cou à ces sentiments, de crainte d'y succomber. C'eût été une erreur, avait-il songé. La lumière divine en lui devait se réfracter sur les cristaux d'un givre hivernal, brillants et coupants comme des lames.

C'est grâce à cette rigueur que Conrad avait réussi à mettre le nécromant hispanique en difficulté. Certes, il ne s'était agi encore que d'un affrontement préliminaire. Pour le vrai procès, il faudrait attendre. La priorité, maintenant, c'était d'interroger à fond les autres prisonniers ; ainsi, Ignace de Tolède ne pourrait tenter de se disculper en arguant d'un vice de forme lors de l'enquête.

De ce point de vue, la rencontre avec Thomas s'était révélée infructueuse. Le garçon n'était impliqué dans cette aventure que de façon marginale. Il s'était montré assez naïf pour croire à l'innocence du marchand. Par altruisme, il l'avait averti du danger. Comment y voir une faute ? Il avait prouvé sa bonté d'âme en s'exposant pour défendre ceux qu'il regardait comme purs.

Suger avait livré une déposition encore moins intéressante ! Mais Conrad disposait d'autres éléments, indépendants de ceux qu'il avait obtenus de Thomas ; et ils rattachaient le *magister medicinae* non seulement au meurtre de Querfurt, mais aussi à la secte des lucifériens.

Quelques vérifications encore et il les mettrait tous à genoux.

Au pied de la tour normande, il traversa une allée enjambée par un arc et poursuivit sa route à l'ombre d'un passage couvert en bois où il croisa un groupe de moines basiliens affectés à l'église de l'île. Il eut envie de les suivre. En dépit de son architecture païenne, l'église Saint-Sauveur demeurait un lieu de prière et il faudrait bien qu'il la visitât tôt ou tard. Mais pas maintenant. Sa présence était requise ailleurs.

Ayant quitté le passage couvert en se protégeant les yeux des réverbérations du soleil, il gagna une vaste terrasse face à la mer où l'attendait un groupe de personnes parmi lesquelles il distingua un individu corpulent, le maire de la Grand-Place. À son côté, maigre et sec comme un coup de trique, le gouverneur rajustait son habit d'un air manifestement gêné. Conrad les rejoignit en prenant une mine cordiale. En l'absence des fonctionnaires de la cour, c'était lui qui représentait la volonté des *majores cives*, donc l'autorité civile de Naples.

« Révérend père, dit le gouverneur en esquissant un semblant de courbette, je devine que vous appréciez votre villégiature au Castello Marino.

— Il n'est pas question de villégiature, répliqua le religieux avec mépris. Mon seul souci est de pouvoir recourir à l'incarcération. »

Le gentilhomme ne put s'empêcher de marquer son opposition :

« Le château est propriété impériale. Cela dit, étant donné les circonstances et la licence papale dont vous êtes pourvu, nous ne pouvons vous en empêcher. »

D'un hochement, Marbourg exprima une gratitude qu'il n'éprouvait pas. Selon lui, quiconque agissait au nom du Saint-Siège avait le droit de disposer à sa guise des biens et des personnes.

« Après tout, l'empereur Frédéric II s'est toujours déclaré favorable à la chasse aux hérésies. »

Ce propos mettait son interlocuteur au défi d'exprimer ouvertement son hostilité. Il ajouta avec un sourire :

« En dépit des récentes dissensions qui l'ont opposé au pape, s'entend. »

Le gouverneur, qui bouillait intérieurement, se garda de répliquer. Le maire eut un geste en direction d'un homme et d'une femme demeurés à l'écart.

« Très cher révérend, dit-il, comme vous l'avez demandé, j'ai fait venir la proche famille de l'enfant. Souhaitez-vous interroger ces personnes ? »

Conrad ne détacha pas les yeux du maire. Cet homme gras comme un bœuf avait une âme docile. Il s'était rendu utile cette nuit, lors de l'opération de police – l'emprisonnement.

« Pas du tout », dit Conrad.

L'homme et la femme étaient jeunes tous les deux. Elle avait les traits marqués, quasi mauresques. Ceux de son compagnon trahissaient une origine lombarde et la noblesse des gens d'Aquin.

« J'ai voulu qu'ils viennent chercher l'enfant, c'est tout. Thomas est libre. Je le confie à la protection de sa famille. »

Sans se soucier des manifestations de gratitude exprimées par le couple, il revint au gouverneur.

« Vous, occupez-vous de la remise en liberté. J'ai d'autres chats à fouetter, en ce qui me concerne. »

Mécontent d'être traité comme un subalterne, le fonctionnaire voulut réagir, mais Conrad lui cloua le bec en le gratifiant d'une bénédiction sommaire. Puis il tourna les talons et s'éloigna. Les formalités entourant le départ de ces gens ne l'intéressaient pas.

Ce n'était plus seulement le climat qui l'indisposait, mais les circonstances elles-mêmes. En venant ici, il avait mis les pieds dans un nid de vipères hostiles au pape. Ces gens étaient muselés par la peur. L'empereur était-il mort ? Grégoire avait-il l'intention d'étendre sa domination sur Naples ? En tant qu'émissaire du siège apostolique, Conrad avait parfaitement conscience d'inspirer la crainte et la haine. Peu lui importait. Il avait un interrogatoire à mener à son terme avant la tombée du jour. Le lendemain, ce serait le dimanche de Pâques, et il ne saurait être question de laisser l'œuvre du Malin obscurcir la célébration en quelque manière.

Il regagna la tour normande et descendit dans les cachots. Le gardien des clefs reçut l'ordre d'ouvrir une cellule. Il s'offrit d'accompagner le religieux à l'intérieur, mais celui-ci déclina : ce n'était pas nécessaire.

*

* *

Alfan Imperato occupait l'angle d'un espace où n'auraient pu s'entasser plus de trois personnes. Tout son corps tremblait, ses mains étaient secouées de sursauts involontaires.

Conrad lui adressa un salut respectueux.

« Révérend père, je suis navré de vous trouver dans cet état.

— Alors libérez-moi, par pitié », répondit Alfan dans un élan de fierté.

L'autre fit non de la tête.

« Mes regrets ne signifient pas que je vous présume innocent.

— Je vous ai déjà dit tout ce que je sais. Je n'ai rien à voir avec vos lucifériens. Je ne suis souillé par aucune faute !

— Aucune faute ? Impossible. Tous les hommes sont coupables. Vous qui êtes un homme d'Église, vous devez le savoir mieux que personne. »

Le chanoine fut saisi d'effroi :

« Pardon si je me montre présomptueux, magister.

— Orgueilleux, plutôt, corrigea Conrad.

— Comment ?

— Ne vous jugez pas avant que Dieu ne vous juge, ce serait pécher par orgueil. »

Il pointa le doigt sur son prisonnier.

« Vous vous croyez peut-être doté d'une conscience aussi infaillible que la balance de saint Michel archange ?

— Vous avez raison. Je vous prie de m'excuser. »

Marbourg prit un air dubitatif.

« Ne tombez pas dans le péché de mensonge, dit-il.

— Pourquoi le ferais-je ?

— Par crainte d'être puni. À ce propos, je n'ai pu m'empêcher de relever plusieurs contradictions entre votre version des faits et celle du jeune Thomas. Vous rappelez-vous ce que vous m'avez dit du magister de Tolède ? Vous avez prétendu ne rien savoir. C'est Suger qui vous aurait ouvert les yeux. L'enfant affirme, au contraire, que c'est vous qui y avez fait allusion le premier.

— Il doit faire erreur.

— Vous en êtes bien sûr ?

— Je me souviens que ce garçon était distrait pendant la discussion. Il allait à droite à gauche dans mon cabinet, il admirait mes images sacrées. Il aura mal entendu ce qui se disait… »

Conrad, bras croisés, fixait sur lui un regard impénétrable.

« Vous êtes un homme habile, révérend Alfan. Si je devais vous surprendre en flagrant délit de mensonge, je pourrais en déduire que vous me cachez quelque chose. Qui sait si vos liens avec Geburt de Querfurt n'étaient pas plus étroits que vous voulez bien l'admettre ?

— Vous m'insultez ! s'emporta le chanoine. Je suis sincère ! J'abhorre l'hérésie sous toutes ses formes !

— Dans ce cas, dit Conrad d'un ton bienveillant, ouvrez-vous à moi.

— Vous êtes venu me confesser ?

— La confession lave les péchés, mon bon père. Or ce que je veux, moi, c'est les mettre en lumière. »

Alfan Imperato se crispa.

« S'il n'y a pas absolution, alors c'est qu'il s'agit d'un…

— D'un interrogatoire ? »

Marbourg avait porté la main à sa bouche, comme s'il venait de dire une obscénité ; quand il la retira, ses lèvres dessinaient un sourire complice.

« L'interrogatoire s'applique à qui dissimule la vérité. Alors que je souhaite établir avec vous une relation de confiance.

— Je vous en rends grâce, mais j'ignore par où il faudrait commencer… Je vous ai déjà tout dit la nuit dernière sur Ignace de Tolède et sur l'affaire des fausses reliques…

— Quelque chose nous échappe toujours, dit Marbourg en esquissant un geste vague. Selon moi, vous avez été victime d'un complot ourdi par une secte hérétique. C'est pourquoi je vous prie de bien vouloir réexaminer les faits sous cet éclairage particulier. Commençons par le début. Qui vous a racolé ?

— Geburt de Querfurt.

— Mort assassiné.

— Tué par une langue de feu, se hâta de préciser Alfan. Une langue jaillie d'un… Non, pas jaillie… *Émanée !* Elle émanait d'un homme sorti de nulle part.

— Savez-vous qui était cet homme ?

— Il faisait noir. Et j'étais trop épouvanté pour regarder… Comme je vous l'ai dit, Ignace de Tolède, lui, s'est lancé à ses trousses. Pour me défendre, dit-il…

— Dit-il », souligna Conrad.

Ses yeux exprimaient davantage qu'un simple doute. C'est l'hypothèse criminelle qu'il avait en tête.

Le chanoine se rangea sans hésiter à ce point de vue :

« Oui, je crois que maître Ignace m'a abandonné exprès.

— Pourquoi aurait-il fait ça, s'il n'était pas impliqué dans ce meurtre ?

— Maintenant, je comprends ! dit l'accusé en se frappant le front. L'Espagnol s'est enfui des catacombes pour échapper aux sbires !

— Et pour reparaître un peu plus tard afin de vous présenter Suger du Petit-Pont. Croyez-vous vraiment que cette rencontre soit le fruit du hasard ?

— J'ai été naïf…

— Continuez, quitte à répéter ce que vous m'avez déjà dit. »

Le chanoine hocha la tête.

« Le médecin français m'a posé des questions sur Geburt de Querfurt… Oui, j'y vois clair à présent… Ce Suger s'est sûrement acoquiné avec le marchand de Tolède. Il travaillait pour lui, sans doute…

— Ne vous précipitez pas vers des conclusions hâtives, l'admonesta Conrad. Dites-moi plutôt ce que le *medicus* voulait savoir précisément.

— La destination de Querfurt, quand il quitterait Naples. »

Conrad prit une expression soupçonneuse.

« Vous n'y avez pas fait allusion la nuit dernière.

— Pardonnez-moi. J'étais en plein désarroi, j'avais trop peur…

— Vous m'avez l'air de montrer à présent davantage de lucidité. »

En effet, selon toute apparence, Alfan ne se conduisait plus comme un accusé, mais comme un accusateur. Il avait cessé de trembler et ferma le poing dans une attitude agressive.

« Geburt m'en avait parlé, au cas où quelqu'un le chercherait après son départ. Quelqu'un qui se présenterait comme le "porteur du manteau".

— Le porteur du manteau, répéta Conrad.

— Suger du Petit-Pont.

— De quoi s'agit-il exactement ? Expliquez-moi.

— En un mot, le *magister medicinae* transportait avec lui un manteau destiné à Querfurt. Il me l'a montré à la dérobée, une seule fois. C'est un vêtement royal magnifiquement brodé de symboles étranges…

— Des symboles ? »

L'inquisiteur se rapprocha si brusquement qu'Alfan tressaillit.

« Quels symboles ? Des cercles ? Des colombes ? Des cavaliers ? »

Le chanoine approuvait du chef.

« Il y a, en son centre, un cavalier armé d'un arc. Mais je n'ai pas la mémoire de ces choses-là, les détails m'échappent… Et je ne vois pas à quoi pourrait servir un pareil habit.

— Cependant, vous avez dit connaître la prochaine étape mentionnée par Geburt, répliqua Conrad, ou la destination du manteau. Vrai ou faux ?

— Vrai. C'est la ville de Salerne.

— À qui Suger du Petit-Pont est-il censé s'adresser ?

— À une guérisseuse. »

Pour la première fois, Alfan parut marquer un semblant d'hésitation.

« Une femme, dit-il, qui guérit au moyen des larmes. »

– 18 –

Budello : le boyau. Ainsi appelait-on la rue qui menait directement au Mandracchio, un bout de rivage situé en face du petit mole. Inutile d'essayer de passer par l'*Arcino*, le vieil arsenal. Tous les habitants qui renseignaient Uberto lui conseillaient de suivre le Budello à l'extérieur des murs. Sauf que le boyau en question n'avait rien d'une rue. Ce n'était pas même une ruelle. C'était juste un ruisseau fangeux coulant entre deux quartiers hauts, un cloaque dont les eaux, alimentées par les égouts et les tanneries, descendaient vers la mer.

Uberto atteignit une place encombrée de taudis, un petit quartier abrité par une colline. La mer brillait en face, au-delà d'un dédale de jetées.

Il s'avança prudemment. Il portait toujours son froc de franciscain. Ermeline lui avait proposé des vêtements neufs mais il avait refusé. L'habit religieux lui assurait l'anonymat et le respect des gens.

Il allait mains jointes, couvert du capuchon, les pans de son froc traînant dans la boue. À en croire la putain, l'unique endroit où trouver Coule-Poisson était l'auberge. Uberto ne tarda pas à la repérer car elle faisait office de cabaret.

La salle était envahie par un épais rideau de fumée. La cheminée était-elle bouchée ? Non, toutes les tables supportaient de petits braseros en terre cuite. À voir les têtes ensommeillées des clients, on devait y brûler des substances enivrantes.

Pour le reste, c'était l'ambiance ordinaire de ces lieux. Des hommes pris de boisson dormaient sur les tabourets ou à même le sol, tandis que d'autres discutaient ou jouaient aux dés. La salle résonnait d'insultes et de propos grossiers criés dans toutes sortes de sabirs incompréhensibles.

Dans cette fosse noyée de brume, Uberto parvint à capter l'attention du tenancier et à lui adresser un geste discret. L'homme s'approcha. Uberto lui glissa une pièce dans la main et murmura un nom. L'autre hocha vigoureusement la tête et lui indiqua un client assis à l'écart.

« Je vais aller lui tenir compagnie, dit Uberto. Apportez-moi à boire. »

Le tenancier était stupéfait et admiratif. C'était la première fois, à n'en pas douter, qu'un religieux pénétrait dans son établissement, *a fortiori* pour réclamer à boire.

« Qu'est-ce que je vous servirai, mon père ?

— La même chose que *lui*. »

Le client en question était de taille moyenne. Il portait les cheveux taillés court. Son regard se cachait derrière la fumée d'un petit brasero. Il était nu-pieds et une ficelle lui tenait lieu de ceinture. Cependant, il n'était pas parmi les plus mal vêtus de l'assemblée.

« C'est vous, Coule-Poisson ? » demanda Uberto en s'asseyant face à lui.

L'autre eut un vague geste d'ennui, non dépourvu de bienveillance. Avec son front bas et ses lèvres charnues, il avait quelque chose d'un singe.

« Ça dépend, dit-il. À qui ai-je l'honneur ?

— Je suis une personne qui s'intéresse à la prison de Castello Marino. »

L'homme aspira la fumée apaisante de son brasero et ses pupilles se dilatèrent. Uberto s'estima invité à poursuivre.

« On dit que vous connaissez bien l'endroit.

— Parbleu ! Vous voulez que je vous raconte comment j'y suis entré ou comment j'en suis sorti ? »

Uberto ignorait absolument la raison pour laquelle Coule-Poisson avait tâté de la prison au Castello Marino et il doutait de le savoir jamais. En outre, il avait compris au premier regard ce qui se dissimulait derrière ce visage cuit par le soleil, où se lisaient les signes d'une profonde désillusion, les blessures de qui avait payé sa dette aux lois du monde, avant d'être emporté par le ressac.

Le tenancier émergea du nuage de fumée, déposa sur la table une chopine de vin, s'inclina et disparut. Coule-Poisson, sans plus de cérémonie, s'empara de la bouteille et but directement au goulot, un œil fixé sur son interlocuteur.

« Vous êtes habillé en prêtre, mais vous ne m'avez pas l'air d'en être un. »

Façon de dire qu'il n'était pas impressionné. Uberto le vit porter la main à la ficelle de son pantalon, comme s'il allait dégainer un de ces coutelas dont usent les marins pour couper filets et gréements, ou pour se défendre en cas de rixe.

« Vous n'avez rien à craindre de moi, reprit Uberto. Je suis là parce que j'ai besoin de vous.

— Besoin de moi ? Vous avez un compère que vous voulez sortir de là ?

— Pas un compère. Mon père. »

Le marin haussa les épaules.

« Ça pourrait être l'empereur, dit-il, je m'en soucierais comme d'une guigne.

— Réfléchissez. Je n'ai pas l'habitude de demander des faveurs sans rien proposer en échange.

— Vu votre accoutrement, m'étonnerait que vous puissiez vous offrir mes services.

— Les apparences sont parfois trompeuses, répliqua Uberto avec un sourire entendu. Dites-moi votre prix, mon bon. »

Coule-Poisson le regarda par en dessous, avant de descendre une autre lampée de vin.

« Soixante-dix tari.

— Vous n'êtes pas bon marché.

— Il y a des risques, messire. Je pourrais me faire prendre…

— D'accord, conclut l'Espagnol avec un geste vif. Ça ira…

— Attendez, avant de dire d'accord ! Il faudra payer même si ça venait à tourner mal.

— Je sais comment ça se passe. Mais je vais faire encore mieux. Réussissez et je mettrai trente de plus. Je compte sur vous pour tenir votre langue.

— Vous avez vraiment les cent tari ? »

Uberto fit oui de la tête. Le marin semblait ravi :

« À la bonne heure, messire. Mais que l'affaire soit bien entendue : je ne bougerai pas le petit doigt avant d'avoir vu l'argent.

— C'est normal. »

L'argent, songea Uberto, était le dernier de ses soucis. Il disposait de la somme versée par Alfan. Son père la lui avait confiée avant d'être arrêté. Uberto était allé l'enterrer au pied d'un arbre, hors les murs de la ville.

« Maintenant, à vous de jouer, dit Coule-Poisson. Comment fait-on ?

— Avant tout, je voudrais savoir si l'opération est possible.

— Elle est risquée, c'est sûr. Mais vous vous êtes adressé à la bonne personne. Jusqu'ici, nul autre que moi n'a pu entrer dans ce château ou en sortir.

— Vous vous y êtes pris comment ?

— Quelle question ! s'exclama le marin, comme si la chose tombait sous le sens. Est-ce que je ne suis pas né sous l'étoile de saint Nicolas ? »

Cette réaction laissa Uberto sans voix. Il ne tarda pas à se rendre compte que Coule-Poisson parlait sérieusement. Il croyait même dur comme fer à ce qu'il disait !

« Saint Nicolas de Bari est le patron de ma ville natale, reprit-il. Il protège tous ses citoyens, et moi en particulier puisque je porte son nom. »

Le fils du marchand Ignace de Tolède connaissait le culte de saint Nicolas, et l'histoire de ses reliques rapportées de Chaldée, puis déposées en la cathédrale de Bari, laquelle était devenue un lieu de pèlerinage couru.

« Saint Nicolas vous protège vous et vous seul ? demanda-t-il. Il n'aide pas aussi celui que vous allez faire sortir de prison ? »

Coule-Poisson lui adressa un sourire complice.

« Pensez à me payer, dit-il. Saint Nicolas, j'en fais mon affaire. »

Uberto lui retourna son sourire. Pourtant, au fond de son cœur, il regrettait de s'être fié à Ermeline. *Je mets mon sort entre les mains d'un fou*, songea-t-il, sans quitter des yeux le marin à la figure exaltée. *Si j'accepte son offre, c'est que je suis aussi fou que lui.*

Mais quelque chose le gênait davantage encore. Il venait de se rendre compte qu'il nourrissait une lointaine espérance. Et il ignorait s'il devait ce sentiment à une intuition ou aux fumées montant du petit brasero.

– 19 –

Ces doigts refermés sur un crucifix en fer.

Telle une phalène fascinée par le feu, Suger n'arrivait pas à détacher les yeux de cette image. Prendre du recul et regarder l'ensemble aurait exigé une bravoure dont il était dépourvu. Conrad de Marbourg déployait devant lui sa stature imposante, dont la silhouette se découpait à l'entrée de la cellule. Son vêtement sombre faisait ressortir la pâleur d'un visage presque bienveillant, n'eût été le regard ouvrant sur deux gouffres plus sombres que la nuit.

« Je n'ai rien à voir avec cet Espagnol, dit Suger, feignant l'assurance. Tout ce que je sais sur son compte, je vous l'ai dit la nuit dernière. »

La vérité est qu'il en avait dit bien davantage. Il était allé jusqu'à inventer des détails propres à présenter Ignace de Tolède sous un jour défavorable. Il n'était pas fier de lui mais il avait réagi par instinct, dans l'espoir de se disculper. Néanmoins, il avait réussi à apaiser sa conscience en s'accrochant à l'idée qu'il y avait sans doute une part de vrai dans ses calomnies.

« Même à supposer que vous soyez de bonne foi, vous n'avez toujours pas répondu à ma question. »

Conrad laissait percer une pointe d'impatience.

« Je viens de vous demander comment vous expliquez la mort de Querfurt.

— Comment pourrais-je l'expliquer ? Vous parlez d'un homme que je n'ai jamais rencontré personnellement.

— Cependant, vous étiez à sa recherche dans les catacombes.

— C'est ce que vous supposez, dit Suger en haussant les épaules.

— Je ne suppose rien. Ce sont des faits. Le père gardien de San Gennarello se souvient de vous. Il se rappelle même vous avoir indiqué les catacombes, après que vous l'avez questionné au sujet de Querfurt. Une version, du reste, confirmée par Thomas d'Aquin.

— Et alors ? »

Suger était presque sûr que Marbourg ignorait tout du manteau. Si Alfan avait continué de tenir sa langue – comme on pouvait logiquement s'y attendre –, il était probable que le secret n'était pas levé sur la mission du Souabe et l'affaire de la dragonite. Toutefois, le médecin restait sur ses gardes et s'efforçait de comprendre. Pourquoi était-il accusé de nécromancie ? Quel rapport avec Ignace de Tolède ?

« Si je cherchais Geburt de Querfurt, c'était seulement dans l'intention d'acheter une relique, dit-il pour sa défense.

— Éclairez-moi, répliqua le religieux en lâchant son crucifix. Vous dites que vous avez quitté Paris pour venir acheter une relique à cet homme ? »

Le premier réflexe de Suger fut de battre en retraite, mais il préféra tenir bon. Il demeurait un magister, même si ce long voyage avait pu le lui faire oublier.

Après l'humiliation que lui avait infligée Philippus Cancellarius, il s'était juré de ne plus jamais céder devant un prêtre, quand bien même il lui inspirerait de la terreur. Il se fit arrogant :

« Absolument ! Mon but est de gagner le Studium de Salerne afin d'y perfectionner ma science médicale.

— Rien à voir avec les désordres qui ont troublé l'Université de Notre-Dame, alors ?

— Rien à voir », mentit le Français.

La panique s'était faite dévorante. Il n'avait pas prévu que Conrad serait informé de ces choses. Le fait de l'apprendre en pareille circonstance le mit dans tous ses états. Il essaya de demeurer impavide.

« Il est des enseignants qui renoncent à leur chaire pour étudier la philosophie naturelle, n'est-ce pas ? continua le religieux en affichant une mine soupçonneuse. On raconte que beaucoup se replient sur Toulouse. Vous, vous allez directement à Salerne...

— Mon voyage est sans rapport avec les raisons que vous évoquez, croyez-moi.

— J'aurai à cœur de m'en assurer. »

Conrad de Marbourg médita un instant en se caressant le menton, puis il parut s'approuver lui-même.

« Oui, dit-il. Je vérifierai auprès du chancelier de Notre-Dame. Il passe pour faire preuve de bonne volonté dans les situations de ce genre.

— Ce n'est pas nécessaire ! » dit Suger tout soudain.

Il était si angoissé qu'il fut pris d'une nausée. Si la vérité venait à éclater au grand jour, il devrait affronter des conséquences autrement plus graves que le fait de perdre le titre de magister. Il enchaîna :

« Un messager mettrait une éternité pour couvrir une pareille distance.

— Nous avons de la chance : il existe des pigeons voyageurs. Je m'adresserai au chapitre de la cathédrale de Naples. Ils doivent avoir un colombier. »

Ses mains imitèrent un battement d'ailes.

« Ainsi j'aurai ma réponse de Paris dans les temps. »

Suger avait le sentiment d'être emporté par un tourbillon sans fin. Conrad ne lui laissa pas de répit :

« En attendant, je vous prierai d'avoir la courtoisie de bien vouloir me raconter votre voyage le long de la *via Francigena*. N'avez-vous pas le souvenir de quelque rencontre particulière, d'une étape marquante ?

— Je ne saurais le dire. »

Ces mots semblaient être sortis du néant ; Suger ne parvenait plus à dominer ses émotions.

« Permettez que je vous rafraîchisse la mémoire, dit Conrad. J'ai remarqué qu'il y avait des deniers milanais dans vos affaires. »

Suger parvint à chasser de son esprit l'image d'une colombe porteuse d'un message aux dimensions minuscules, mais dont le contenu suffirait à provoquer sa ruine. Il s'aperçut brusquement qu'on venait de lui poser une question. *Des deniers milanais*...

« J'ai fait étape à Milan, dit-il. Et alors ?

— Alors, c'est déconcertant. Milan n'est pas du tout sur le tracé de la *via Francigena*.

— Je m'étais perdu. De bons samaritains m'ont remis sur la bonne route.

— Celle de Montecassino, je suppose.

— En effet. »

Les lèvres de Conrad s'étirèrent en un sourire aimable.

« Et, parmi ces bons samaritains, n'y avait-il pas par hasard un dominicain du cloître Saint-Eustorge ? Un certain frère Benjamin ?

— Vous m'en demandez trop. Je ne m'en souviens plus.

— Lui, en revanche, se souvient de vous.

— Il doit s'agir d'une erreur.

— Il se souvient aussi de Querfurt.

— C'est un malentendu… »

Conrad secouait la tête. Il se rembrunit et gronda :

« En persévérant dans le mensonge, vous ne ferez que vous ridiculiser. La pierre que j'ai trouvée dans vos affaires prouve que vous avez rendu des services au frère Benjamin. C'est lui-même qui me l'a dit. Mais le bon frère devait avoir d'autres secrets puisqu'il s'est donné la mort sous mes yeux… »

Il saisit brusquement le poignet de Suger qui sursauta.

« Il s'est jeté du balcon. Dans son couvent. Non sans m'avoir révélé que vous étiez sur les traces de Querfurt. Maintenant, vous comprenez, magister ? Je sais pourquoi vous êtes allé jusqu'à Montecassino ! Cependant, quelque chose a dû mal tourner, vous obligeant à venir à Naples. Où Querfurt est mort assassiné. »

Le médecin se libéra et voulut répondre, mais la situation était sans issue. Comme Bernard, songea-t-il. Lui aussi avait dû affronter un ennemi aux forces très supérieures. Mais si l'infortuné disciple s'était défendu avec courage, son maître continuait de chercher une échappatoire dans une toile d'araignée de conjectures. Plus il cherchait, plus il s'engluait dans la tragique réalité des faits. Il savait à présent quelle piste avait conduit Marbourg à la maison d'Alfan Imperato. C'étaient ses propres déplacements qui l'avaient trahi, non ceux du marchand ! Cette prise de conscience s'accompagna de si violentes douleurs abdominales qu'il tomba à genoux et se mit à vomir, humilié. Le religieux recula, de crainte de se salir. « Vous voyez bien, dit-il, que mes soupçons n'étaient pas infondés. Certes, vous n'avez pas connu Querfurt personnellement, mais vous devez *forcément* connaître ses secrets. Les secrets concernant l'*Homo Niger.* »

L'accusé demeurait à terre, plié en deux, torturé par les spasmes.

« Je vous ai déjà répondu… Ignace de Tolède… C'est lui, le magister que vous recherchez…

— Comment le savez-vous ?

— Un moine me l'a dit à Montecassino. »

Marbourg soupira.

« Soyez plus précis. Il me faut des preuves.

— Interrogez Alfan Imperato… Il en sait beaucoup plus que moi sur le magister de Tolède…

— En êtes-vous bien sûr ? »

L'espace d'un instant, le visage de Conrad exprima la curiosité, avant de se contracter en une grimace d'exaspération.

« Le révérend affirme le contraire. »

Pour Suger, le mensonge d'Alfan n'avait rien de surprenant. Le chanoine lui avait avoué que ses liens avec Querfurt allaient bien au-delà du rapport d'intérêt. Querfurt et lui étaient *associés* ! Si le prêtre allemand venait à l'apprendre, il en résulterait de terribles conséquences… Y compris pour lui, Suger ! Mais, à la minute présente, Suger n'aspirait qu'à une chose, être délivré de la présence de Marbourg. Il avait hâte de se pelotonner dans le noir et la honte.

« C'est lui le premier à avoir abordé le sujet, dit-il. Il s'est vanté ouvertement de l'avoir rencontré une fois.

— Donc, le chanoine a essayé de me tromper ! s'exclama le religieux, cédant à la colère.

— Moi non… Je ne mérite pas d'être traité ainsi…

— Vraiment ? »

La voix de Conrad se fit plus douce. Il considéra le prisonnier avec pitié.

« Dans ce cas, il va falloir me dire certaines choses.

— Et vous me promettez de me faire sortir d'ici ?

— Nous verrons, magister. Pour le moment, parlez-moi de ce manteau. Et de cette guérisseuse qui opère au moyen des larmes. »

Suger dit à Conrad tout ce qu'il savait.

*

* *

Galvan Pungilupo attendait à l'entrée des cachots. Il avait un bandage autour de la tête. Une douleur lancinante lui irradiait le crâne du côté droit. Les chairs avaient gonflé à la périphérie de la blessure ; la plaie s'étendait maintenant de la tempe jusqu'à la mâchoire, et même jusqu'au cou. Le chirurgien était intervenu à temps. Il avait cautérisé avant que le blessé ne perde trop de sang. Galvan croyait éprouver encore le grésillement du fer sur sa peau déchiquetée. Il s'était évanoui pendant les soins, tant la douleur était vive. La perte de connaissance l'avait précipité dans des visions où Uberto lui coupait l'oreille indéfiniment.

Au réveil, il avait eu de la peine à se lever. Maintenant encore, il tremblait de fièvre. Il chancelait comme à la proue d'une galère. Mais, ce qui le contrariait le plus, c'étaient ses sens amoindris. À droite, son tympan percevait les sons sous forme de bourdonnements. Une vraie cacophonie ! Il en était désorienté.

Il n'en avait pas moins été forcé de se lever pour aller s'entretenir avec Marbourg. Même s'il n'avait rien de spécial à lui dire, en fait. Le prêtre était déjà informé de tout. Cette charogne souhaitait entendre les faits de la bouche de l'intéressé, voilà tout. Il était sempiternellement en quête de nouveaux indices.

Il y avait quelque chose de fourbe chez ce prêtre. Pungilupo avait beau avoir vécu au contact de soldats et de sbires de la pire engeance, jamais il n'avait fait l'expérience d'un sadisme aussi subtil. La perfidie de Marbourg ! On l'aurait dit calquée sur les règles d'une esthétique fixée par le diable !

« Eh bien ! fit le religieux. On dirait que je me suis trompé en vous autorisant à agir seul. »

Ces mots prononcés d'une voix égale venaient du couloir.

Le clavigère posa la main sur son pansement, avec l'espoir puéril de pouvoir apitoyer son interlocuteur.

« Galvan ! Débarrassez-vous de cette mine de martyr ! gronda Marbourg en se détachant de l'ombre. Ça ne vous sied pas du tout. »

Le sbire essaya de reprendre contenance.

« Je n'ai pas d'excuse, magister. J'ai cherché le fils du nécromant et je l'ai trouvé… Je l'aurais pris s'il n'avait reçu de l'aide.

— Reçu de l'aide ? dit Conrad, attentif. Racontez. Soyez précis. »

Galvan se fendit d'un long rapport détaillé, riche d'éléments que le religieux parut apprécier. Puis Marbourg l'interrogea sur le manteau du Sagittaire. Le sbire dut admettre qu'il avait bien trouvé un objet correspondant à cette description, mais qu'il l'avait perdu. Il y avait de fortes chances pour que le manteau fut désormais entre les mains d'Uberto Alvarez.

« Vous l'avez trouvé au domicile d'Alfan ? Vraiment ?

— Oui.

— Alors, Suger dit vrai. Le chanoine a menti…

— Vous avez l'intention de faire condamner Alfan Imperato, magister ? »

Marbourg fit non de la tête et sourit d'un air rusé.

« Au contraire, nous allons le remettre en liberté afin de surveiller ses faits et gestes. »

Le soldat céda soudain à une curiosité morbide :

« Et le nécromant ? Vous l'avez déjà interrogé ?

— Pas encore. Je le ferai en temps utile, quand je disposerai de preuves certaines de sa culpabilité. Pour le moment, laissons-le mijoter dans son jus.

— Je comprends.

— Si quelqu'un me demande, je suis à l'église Saint-Sauveur. »

Le religieux fit demi-tour et gagna l'escalier.

Pungilupo se retrouva seul.

Sa douleur à l'oreille fut comme amplifiée par le silence qui régnait dans cette prison. Elle prenait maintenant la forme d'élancements qui le transperçaient et l'obligeaient à serrer les dents. Le clavigère se rappela les visages de ceux à qui il devait cette torture : Uberto et la prostituée. Sa vengeance ne serait peut-être pas aussi sophistiquée que les actions de Marbourg, mais le prix à payer serait élevé, il le jurait.

Pour le moment, le fils du nécromant demeurait introuvable, mais il y avait une chose qui pouvait être faite dans l'immédiat. Une chose susceptible de lui apporter quelque satisfaction et d'apaiser sa fureur.

Anticipant la vengeance imminente, il s'enfonça dans le couloir et s'arrêta devant la cellule où était retenu le marchand de Tolède.

Il ricana, prêt à ouvrir la porte.

– 20 –

Ignace, depuis son arrestation, réfléchissait aux derniers événements dans l'espoir d'y trouver, sinon la preuve de son innocence, du moins un élément concret sur lequel s'appuyer pour démontrer qu'il n'avait rien à voir avec les accusations de Marbourg. Pris comme il l'était dans ses raisonnements, il n'avait pas cherché à deviner ce qui l'attendait désormais. Il ne se berçait pas d'illusions non plus, sachant le destin ordinairement réservé à ceux qui tombaient sous l'accusation d'hérésie ou de nécromancie. L'échafaud, le bûcher, la torture : ces visions lui étaient assez familières pour lui ôter tout espoir de sortir de prison indemne. Elles le terrorisaient d'ailleurs. Comme le terrorisait le fait d'ignorer ce qu'il était advenu de son fils, Uberto. Il avait beau se dire que le jeune homme avait sans doute réussi à s'enfuir, il était taraudé par le doute. Et s'il lui était arrivé un malheur ? Ignace se maudissait de l'avoir entraîné à Naples.

Il avait fait des efforts pour se rappeler les événements de la nuit, en s'attardant sur certains détails observés dans les dortoirs de San Gennarello. Pour affronter l'interrogatoire de Marbourg, il avait intérêt à bien se rappeler ce qu'il avait vu et entendu. Dans l'isolement de sa cellule, il avait le loisir de tout réexaminer en essayant de comprendre le genre d'intrigue dans lequel il était tombé. Il n'avait pas d'autre choix s'il espérait trouver une issue.

La première énigme à résoudre, c'étaient ces symboles tatoués sur les mains de Geburt de Querfurt. Ignace, quand il se les remémorait, les identifiait comme des signes d'affiliation à une société secrète. Mais pas seulement. La présence du caducée de Mercure était la preuve évidente d'un culte hermétique. Le serpent et la coupe, il les interprétait comme des symboles de la sagesse et du savoir. Au début, il avait pensé les mettre en rapport avec les ophites, des sectateurs qui rendaient un culte au serpent – *òphis* en grec –, lequel avait initié Adam et Ève à la gnose. À la réflexion, il ne lui semblait pas plausible que Querfurt appartînt à un mouvement éteint depuis des siècles. Et puis, il y avait d'autres images, telle la Madone à l'enfant, qui allaient à l'encontre de cette hypothèse.

La clef du mystère résidait probablement dans le tatouage du cavalier. Il ressemblait trop à la figure centrale brodée sur le manteau du Sagittaire pour qu'il s'agît d'une coïncidence. Mais Ignace n'avait pas gardé un souvenir précis des hiéroglyphes et il doutait d'en découvrir la signification ; il n'arriverait même pas à les mettre en rapport avec le cercle tracé au charbon sur le sol, dans la chambre de Querfurt.

Il s'intéressa à un autre aspect du problème, l'obsession de Marbourg pour le magister de Tolède, l'*Homo Niger*, comme il le nommait. À l'en croire, cet homme commandait une secte de « lucifériens », laquelle avait compté Querfurt parmi ses adeptes. Il n'y avait pas de raison d'en douter.

Plus discutable, en revanche, était l'intervention du Malin. Le marchand croyait aveuglément en l'existence des anges et des démons. Il pensait qu'ils avaient le pouvoir d'influer sur la vie des mortels. Il estimait possible de les invoquer puisqu'il s'y était essayé lui-même, voilà des années, en tirant profit des enseignements de l'*Uter ventorum* – l'outre des vents. Pourtant, les événements auxquels Ignace avait assisté dans les catacombes de Capodimonte étaient de nature assez différente. Ils n'avaient pas grand-chose à voir avec le surnaturel. Et ce cavalier, avec ses flèches de feu, était tout sauf un esprit remonté des enfers. Mais qui était-il ? Quel but poursuivait-il ? Le mystère, sur ce point, demeurait entier.

Le marchand, en se penchant sur les tatouages, sur le manteau et sur les cercles magiques, aurait pu débrouiller cette affaire et prouver qu'il n'était pas le magister de Tolède, l'homme que Marbourg recherchait. En même temps, il jugeait peu probable que ce dernier fût disposé à le libérer sur la foi d'un raisonnement douteux, alors qu'il était convaincu de tenir le coupable.

Un bruit le fit sursauter.

Ignace s'aperçut qu'il avait dormi. Il était si éprouvé qu'il avait dû glisser dans le sommeil sans s'en apercevoir. Combien de temps y était-il resté plongé ? Il se souvenait seulement d'avoir rêvé de Léandre, son frère aîné. Il avait entendu son cri. Le cri d'un enfant dévoré par l'obscurité ! Des ténèbres bien plus impitoyables que celles qui engloutissaient Ignace à l'heure présente.

Dominant l'angoisse que ce cauchemar, chaque fois, déclenchait en lui, il se concentra sur le bruit qui l'avait réveillé. Ce n'était pas un bruit imaginaire : la porte de la cellule s'ouvrait.

Aveuglé par la clarté d'une torche, il distingua seulement une silhouette de grande taille et fut saisi d'un malaise. Il s'était attendu à voir apparaître Marbourg, l'homme de l'anathème. Or, ce n'était pas Marbourg. C'était le clavigère.

Sans fournir aucune explication, Galvan Pungilupo s'avança d'un air menaçant et l'arracha à sa torpeur.

« Sale Espagnol ! siffla-t-il. Vous me le paierez !

— Quoi ? bredouilla le marchand tandis que l'autre le prenait à la gorge. Que dois-je payer ? »

Un éclair de vengeance traversa les yeux du soldat.

« Ce que m'a fait votre fils ! »

Il tourna la tête pour montrer son bandage et, dans un accès de fureur, frappa le marchand au ventre.

Ignace s'affaissa, écrasé par la souffrance. Il eut à peine le temps de se reprendre que l'autre se préparait déjà à lui décocher un coup de pied. Ignace ne se laissa pas surprendre une deuxième fois. Il attrapa son agresseur par la jambe et parvint à le faire tomber.

Pungilupo s'abattit sur le dos en lâchant un cri de fou furieux et sa nuque heurta le sol. Craignant de le voir se relever, le marchand bondit sur ses pieds, s'empara de la torche et se tourna vers la porte… restée ouverte ! Après une hésitation, il maîtrisa sa peur et quitta la cellule. Il étouffa dans l'œuf la tentation de monter directement vers la lumière et emprunta plutôt un corridor obscur : le risque était grand de se retrouver nez à nez avec les gardes, mieux valait explorer l'étage des cellules et se mettre en quête d'une issue plus sûre.

Les entrelacs de couloirs s'étendaient sur une superficie plus grande qu'il l'avait imaginée et il n'avait pas idée de l'endroit où ils finiraient par le conduire. Ses chances étaient maigres. Mais qui sait si le destin n'allait pas lui sourire ? Peut-être, se répétait-il…

Il entendit soudain un appel au secours : le clavigère réclamait du renfort.

Le marchand accéléra le pas. Au bout d'un couloir, il escalada des degrés de pierre. La pénombre diminuait, un air plus vif circulait. Enfin, le plafond s'effaça devant le ciel. Dehors, le soleil illuminait un muret en brique dressé au bord d'un précipice. Ignace s'approcha, regarda en bas, se couvrit la figure pour se protéger du vent. Une langue rocheuse serpentait jusqu'à la falaise.

La mer se jetait dessus avec des rugissements sauvages.

Il perçut, mais trop tard, un mouvement derrière lui. Un bras lui enserra le cou. La prise était vigoureuse. Mais ce n'est pas à elle qu'il céda. Bien plutôt aux sarcasmes dont on l'accablait :

« Où pensiez-vous aller, messire ? Nous sommes ici sur une île ! D'ici, on ne s'enfuit pas. »

*

* *

« J'ai parlé avec Coule-Poisson », dit Uberto.

En face, de l'autre côté de la table, Ermeline hocha la tête, l'air d'en savoir long.

Ils se trouvaient dans un sous-sol de San Biagio, près de la porte Nolaine. Il arrivait à la prostituée de venir se cacher dans ce refuge, voire d'y passer la nuit en cas de nécessité. En haut, une auberge accueillait les hommes qui ne dédaignaient pas une compagnie féminine.

La lumière de l'après-midi pénétrait à grand-peine par les fissures du plafond. La pénombre ne dérangeait pas Uberto qui aurait été gêné de devoir regarder en face cette vieille femme, cette ancienne maîtresse de son père. Une maîtresse toujours amoureuse, de surcroît. Comment expliquer autrement le mal qu'elle se donnait pour arracher Ignace à sa prison ?

Elle ne laissa pas à Uberto le temps de s'expliquer :

« Moi aussi, j'ai du nouveau.

— Qu'avez-vous trouvé ?

— L'enfant et le chanoine ont été relâchés.

— Vous en êtes sûre ?

— On raconte qu'Alfan Imperato dira la messe aujourd'hui même en la basilique Santa Restituta. Il va célébrer la veillée pascale. »

Elle eut une grimace de mépris.

« Il va surtout apporter la preuve de son innocence.

— Et Thomas ? Il va bien ?

— Ils n'ont pas touché à un seul de ses cheveux et l'ont rendu à sa famille. »

Uberto rumina ses pensées, puis demanda :

« Quand a lieu la messe ?

— Aux vêpres... »

Devinant ce qu'il avait en tête, elle cria aussitôt :

« N'y allez pas ! Ce serait de la folie !

— J'irai. Je veux parler avec Alfan.

— À quoi bon ?

— Il détient peut-être des informations utiles sur mon père. Qui sait si je n'arriverai pas à le persuader d'intervenir en sa faveur ?

— Vous vous leurrez, messire. Ils vous prendront.

— À propos de risques, j'allais justement vous dire que votre plan ne me plaît pas. Ce Coule-Poisson vit dans un monde à lui. Il n'est pas fiable.

— Il l'est davantage que certains prêtres. Vous pouvez miser sur lui. »

Elle se pencha vers Uberto et lui prit la main.

« Je vous en conjure, n'allez pas voir Alfan. »

Il retira sa main : ce contact le mettait mal à l'aise. Sa décision était prise et ce n'était pas cette putain qui le ferait changer d'avis. S'il existait une possibilité de disculper Ignace, hors de question de la laisser passer.

« Je dois essayer ! » conclut-il en abattant son poing sur la table.

*
* *

La cathédrale Santa Restituta accusait ses cinq siècles d'existence et, si elle empruntait ses formes à une basilique, elle n'offrait à l'intérieur qu'une rare lumière. Uberto en fut incommodé, lui qui aimait les grands vitraux et les fresques, surtout quand elles s'ornaient d'éclats bleus propres à magnifier la majesté de la Vierge. Quoi qu'il en soit, à la minute présente, il n'avait pas du tout le cœur à la contemplation. L'église était pleine. Il y régnait un brouhaha confus assourdissant. La nouvelle de l'arrestation du chanoine devait avoir fait le tour de la ville, à en croire la foule qui se pressait pour entendre les vêpres.

Il se fraya un chemin entre les corps amassés dans la nef. Son idée était de se rapprocher de l'autel, d'attendre la fin du service et de solliciter une audience à

Alfan. Il savait ce qu'il avait à lui dire. Il en appellerait au principe de charité chrétienne, à l'obligation de venir en aide aux faibles et aux réprouvés. Les ministres de l'Église, avant de châtier les suspects, étaient moralement tenus de prouver leur culpabilité. Ensuite, Uberto s'attacherait à démontrer l'innocence de son père. Il disposait de toutes les explications et de toutes les preuves nécessaires. Il plaiderait le malentendu, l'erreur judiciaire. D'ailleurs, la même mésaventure n'avait-elle pas frappé le chanoine ? Personne n'était mieux placé que lui pour comprendre la situation !

Convaincu du bien-fondé de sa démarche, il continua d'avancer jusqu'aux premiers rangs, puis s'arrêta derrière un groupe de fidèles d'où il estima pouvoir observer sans être vu.

Alfan Imperato était en chaire. On approchait de la fin de sa prédication. Il fixait des yeux les bancs occupés par les prêtres. Quelque chose semblait l'inquiéter : la présence d'un religieux de grande taille, vêtu de noir. Uberto s'interrogea. N'était-ce pas Conrad de Marbourg ? Il regarda autour de lui pour voir si des écuyers étaient présents. Non, il n'y en avait aucun.

À la fin de la cérémonie, Alfan descendit de sa chaire et bénit brièvement les fidèles. Il avait hâte de partir, c'était évident. Il quitta rapidement l'abside en congédiant d'un geste bref un groupe de quémandeurs et fila vers la travée sud, où il disparut dans l'ombre d'une porte basse.

Uberto avait prévu ce mouvement. Ermeline lui avait parlé de ce passage dérobé qui donnait accès à une dépendance de la cathédrale, le baptistère San Giovanni in Fonte. Les ecclésiastiques s'en servaient pour s'esquiver discrètement à la fin des offices.

C'est ainsi qu'Alfan, au moment de rejoindre le baptistère, vit se dresser sur son chemin une silhouette coiffée d'un capuchon.

Uberto découvrit son visage et se fendit d'un salut respectueux.

Le chanoine prit peur :

« Vous… Que faites-vous ici ?

— Mon révérend, je sollicite une audience.

— Jamais ! s'exclama le prêtre d'une voix tremblante. Je ne parle pas aux personnes suspectées de nécromancie ! »

Uberto n'avait certes pas escompté un accueil amical, mais de là à imaginer pareille hostilité ! Il avait résolu de s'expliquer le plus calmement possible, mais Alfan s'enfuit sans lui en laisser le temps.

L'Espagnol le rattrapa.

« Vous vous trompez, dit-il. Je vous en supplie, écoutez-moi ! »

Le chanoine poursuivait sa course entre les colonnes, ombre parmi les ombres.

« Allez-vous-en ou j'appelle au secours ! »

Sans tenir compte de l'avertissement, Uberto le dépassa et lui fit barrage de son corps. Puis, s'agenouillant :

« Pardonnez mon audace, je m'en remets à votre bon cœur… »

Le chanoine leva la jambe et, posant le talon sur l'épaule du jeune homme, le repoussa violemment. Uberto bascula en arrière. Le temps de comprendre ce qui lui arrivait, le fuyard avait quitté les lieux. L'Espagnol se sentit gagné par la fureur. Jamais il n'avait subi pareille humiliation ! Il bondit sur ses pieds. La rage bouillait en lui, il allait punir l'insolent.

Fini, les bonnes manières ! songea-t-il. Et il s'élança aux trousses d'Imperato.

Il ne lui fallut guère de temps pour rattraper le prêtre qui courait d'un pas maladroit en soulevant les pans de son habit. Il fut vite sur ses talons, avec l'intention de lui rendre la monnaie de sa pièce.

« Mon père est innocent ! » lui siffla-t-il à l'oreille.

Le religieux, avant de pouvoir répliquer, reçut une bourrade qui l'expédia sur les dalles de pierre. Il cracha en même temps de la poussière et une exclamation de peur. Il se mit à quatre pattes, essaya de se relever et accepta de se montrer plus conciliant quand brilla la lame d'un couteau.

« Ayez la courtoisie de m'écouter, révérend, reprit Uberto. Me ferez-vous cette grâce ?

— Je ne puis vous aider, dit-il avec un cri perçant. Conrad de Marbourg a déjà pris sa décision…

— Mais encore ? » dit le fils du marchand.

De la main gauche, il l'empoignait par les cheveux et l'aidait à se soulever de terre.

« Vous qui êtes si doué pour les sermons, vous devez pouvoir imaginer un moyen de le dissuader.

— Je ne peux pas ! Croyez-moi ! »

Uberto le mit en garde :

« Il est pourtant dans votre intérêt de me faire ce plaisir ! »

Il s'aperçut qu'il aurait pu lui planter le couteau dans le ventre sans hésiter. Il n'avait pas affaire à une pauvre domestique, comme précédemment près de la Grand-Place. Ni à une femme ! Mais bien à un félon qui lui avait manqué de respect. Un homme d'Église, qui plus est. Il pointa son arme avec plus de résolution encore. Alfan, craignant pour sa vie, lâcha :

« Vous n'oserez pas. Je vais crier…
— À vos risques et périls.
— Marbourg m'avait mis en garde, vous êtes aussi sournois que votre père…
— Aidez-moi et vous n'aurez rien à craindre. Je veux le faire libérer.
— L'entreprise est ardue.
— Pas si vous témoignez de son innocence.
— Ce serait attirer les soupçons sur moi !
— Pourquoi donc ? »

Uberto aurait poussé sa lame dans l'épaisseur de la graisse si une idée ne lui avait subitement traversé l'esprit.

« Que cherchez-vous à insinuer ? dit-il. Êtes-vous mêlé à l'affaire ?
— Non ! protesta le chanoine. Pas moi… »

L'Espagnol le gifla si fort qu'il lui ouvrit la lèvre.

« Vous feriez mieux de dire la vérité, et vite ! »

Comme aucune réponse ne venait, il le prit encore une fois par les cheveux et le secoua.

Alfan laissa échapper un petit cri et fléchit le corps pour tâcher d'échapper à la douleur.

« C'est Geburt de Querfurt ! Il m'a raconté des choses sur son magister… Et moi, j'ai voulu en apprendre davantage, par curiosité… »

Uberto le retenait fermement, l'empêchait dc bouger.

« On dirait que vous devenez plus bavard quand on emploie la bonne méthode. »

La colère en lui s'était dissipée. Il eut le sentiment d'être face aux souffrances d'un homme.

« Avouez.
— Je ne peux pas ! Je ne peux pas !

— Avouez, vous dis-je. Et si c'est vrai, par la grâce de Dieu… »

Le religieux, sentant la pointe du couteau lui pénétrer la chair, leva la main en signe de reddition. Il avait la figure violacée ; ses joues brillaient sous la sueur et les larmes.

« Le magister de Tolède distribue des enseignements multiples, balbutia-t-il en jetant des regards vers la rue déserte. Je ne saurais vous instruire ici dans le temps d'un amen…

— Tenez-vous-en à l'essentiel, l'interrompit Uberto, résolu à ne pas se laisser manipuler. Tout ce que je veux savoir, c'est ce qui pourra convaincre Marbourg de l'innocence de mon père.

— Dans ce cas, il faudra *démontrer* que vous avez raison, en lui fournissant des preuves.

— Quelles preuves ? »

Le chanoine, d'un geste, l'invita à relâcher sa prise.

« Si je vous le dis, alors il faudra taire mon nom. »

L'Espagnol le menaça d'une nouvelle gifle et lui dit :

« Et si, au contraire, je vous livrais à lui ? Si je vous accusais de mensonge ?

— Vous n'êtes pas en position de faire ça, dit le religieux en se protégeant le visage avec les mains. Je nierai tout et vous finirez au cachot avec votre père. »

Uberto réfléchit à ce qu'il venait d'entendre, ramena son couteau vers lui et considéra le chanoine avec mépris.

« Très bien. Vous avez ma parole : je me tairai. Que faut-il fournir à Marbourg pour qu'il change d'avis ? »

Alfan rajusta son habit. Il se massa l'abdomen à l'endroit où la pointe du couteau avait laissé de petites plaies. Enfin, il répondit :

« La guérisseuse.

— Quelle guérisseuse ?

— La femme à qui était destiné le manteau du Sagittaire. Celle dont m'a parlé Geburt de Querfurt et dont j'ai parlé moi-même à Suger du Petit-Pont.

— Maintenant ; dites-moi où je peux la trouver.

— Elle vit à Salerne. Elle soigne les malades au moyen des larmes.

— Voilà qui est assez étrange. Ne pourriez-vous être plus précis ? Je vous préviens, ne mettez pas ma patience à l'épreuve !

— Mais vous ne vous rendez donc pas compte ? Si Marbourg venait à savoir…

— Je vous ai déjà promis de ne pas mentionner votre nom ! Alors, parlez ou je vous expédie *ad patres* ! »

Cédant aux menaces, le chanoine fit signe à Uberto de s'approcher et lui glissa deux mots à l'oreille. Le fils du marchand posa sur son interlocuteur un regard incrédule.

« Vous parlez par énigmes, reprit-il. Qu'est-ce que ça veut dire ?

— Je l'ignore. Je vous le jure. Mais je suppose que… »

Le chanoine fut interrompu par un bruit de sabots. Uberto, redoutant un guet-apens, se prépara à s'enfuir et c'est seulement alors qu'il s'aperçut que la nuit tombait. Le coucher du soleil projetait dans l'atmosphère crépusculaire une mosaïque de reflets écarlates. Et de cette mosaïque surgit un cavalier.

Non pas un cavalier ordinaire, cependant. *Le* cavalier. Celui-là même qui était apparu la veille à Capodimonte. Celui qui avait tué Geburt de Querfurt.

Imposant, menaçant, il était revêtu de sa pelisse et de son heaume. Uberto en fut pétrifié, comme devant l'apparition d'une entité surnaturelle.

Alfan était plus bouleversé encore et semblait en proie à une terreur mystique. Il bredouillait en latin des mots tirés de l'Apocalypse de Jean :

« *Et vidi, et ecce equuspallidus. Et qui sedebat desuper nomen illi Mors, et Inferus sequebatur eum…* »

« Et voici que m'est apparu un cheval blanc. Et celui qui le montait avait pour nom la Mort ; derrière lui venait l'Enfer… »

Au lieu de charger, le cavalier arrêta sa monture et pointa sa lance sur le chanoine. L'arme ressemblait davantage à une massue, d'ailleurs, ou à un sceptre. C'était un objet court dont la pointe en forme de grenade s'achevait par un bec. En fusa soudainement une lumière aveuglante, suivie d'une déflagration.

Uberto en resta bouche bée. Il eut les yeux aveuglés par une traînée incandescente. Puis lui parvint un cri désarticulé. Il se tourna vers le chanoine, qui s'écroulait à terre.

Le religieux se tortilla sur le sol, tel une anguille, il avait reçu une flamme en pleine poitrine. C'était la pointe de la lance ! Uberto se pencha vers le malheureux pour extraire le projectile en fusion. Cela se révéla impossible : il se serait brûlé. L'engin diffusait un bruit affreux, un sifflement pareil à celui d'un serpent. Il en jaillit enfin un flamboiement intense.

Uberto s'écarta juste à temps. Le projectile explosa dans un bruit assourdissant.

Le feu s'éteignit aussi vite qu'il avait pris, dans un panache de soufre. Le corps d'Alfan Imperato gisait sur le dallage, le thorax percé d'un cratère où grésillait la chair.

Uberto chercha le cavalier des yeux : il s'était déjà évanoui. À sa place, une autre présence venait d'apparaître, celle d'un homme vêtu de noir, sorti dans l'instant du baptistère. Conrad de Marbourg.

Le prêtre écarquilla les yeux. Son expression hésitait entre la colère et l'incrédulité. Son regard croisa celui d'Uberto. Saisi d'une pulsion belliqueuse, il prit son crucifix de la main droite. L'index de sa main gauche était pointé vers le fils du marchand.

« Ce n'est pas moi ! » s'écria le jeune homme.

Mais tout indiquait le contraire.

Marbourg ne bougeait pas. Des bruits de pas s'élevèrent dans son dos, comme une marée. L'explosion et le cri d'Alfan attiraient les curieux.

Uberto n'arrivait pas à baisser les yeux devant Marbourg. Il ne voulait pas paraître faible, prêt à capituler. Au contraire, il pouvait soutenir ce regard ! Il pouvait affronter cet homme ! L'espace d'un instant, il fut tenté de marcher sur lui, de lui faire rendre gorge de cette accusation muette. Mais il risquait d'être arrêté. Il ne pouvait se le permettre. Trop de choses dépendaient de lui.

C'est pourquoi il prit la fuite.

Conrad de Marbourg, immobile, le regarda s'éloigner, indifférent à la foule qui s'amassait en désordre autour du cadavre d'Alfan.

– 21 –

Ulfus fixait son regard sur l'incendie et ses pensées filaient sans laisser de trace. Jamais il n'avait su se concentrer sur un souvenir, sur une idée. Dans sa tête, toute chose s'enfuyait, emportée par un flux obscur, impétueux comme le Danube. Détritus arrachés à la terre. Visages, mots, instinct de vie – le sien, celui des autres. Tout s'en allait rapidement, tout se confondait, tout était englouti par le maelström.

Il lui était arrivé de songer que son esprit n'était pas fait pour se souvenir, mais pour oublier. Telle était peut-être la raison pour laquelle le Mage l'avait choisi, lui parmi tant d'autres. Regardant à l'intérieur de lui, il y avait aperçu un entrelacs de rivières souterraines qui, toutes, s'écoulaient vers l'oubli.

C'est ainsi qu'Ulfus pensa au chanoine pour la dernière fois. Ensuite, Alfan fut aspiré par un courant de boue, emporté à jamais vers des profondeurs lointaines. Ulfus oubliait déjà son visage, son aspect extérieur, et même la façon dont il avait trouvé la mort. Alfan Imperato formerait bientôt un tout avec les autres. Il reposerait dans un ossuaire anonyme, dans une sédimentation sans strates.

Ulfus, d'abord, s'était dit qu'il ne serait pas nécessaire de le tuer. La mort de Querfurt n'avait-elle pas suffi à calmer les ardeurs de ceux qui cherchaient le manteau ? La piste paraissait coupée à jamais. Puis il avait fallu que ce prêtre allemand surgît de nulle part ! L'affaire avait pris une surprenante tournure. Il était devenu indispensable d'éliminer *tous ceux qui savaient*. Quand bien même ils ne savaient pas tout. Alfan en savait trop. Il ne pouvait rester en vie. Ulfus avait attendu que le chanoine sortît du château dans la mer, un endroit inviolable, trop bien gardé.

Toutefois, plus il éliminait de gens, plus la situation se compliquait. Heureusement, tout serait résolu avec une dernière victime. Cette femme. Ulfus aurait préféré ne pas en arriver à cette extrémité. Il lui déplaisait de tuer des femmes car, ces exécutions-là, il avait de la peine à les effacer de sa mémoire. Le regard et le visage des malheureuses semblaient des barrages dressés sur les rivières souterraines de sa conscience. Cela dit, le temps finissait toujours par désagréger même les pierres les plus dures.

Sans compter que cette femme n'était pas le problème le plus grave. Le manteau du Sagittaire avait bel et bien disparu ! Il fallait absolument le retrouver avant que quelqu'un n'en découvrît le secret.

Même le manteau était appelé à disparaître dans le maelström.

Surtout, le manteau !

Personne ne devait pouvoir remonter jusqu'au lien qui l'unissait au Mage. Et personne ne devait découvrir le nom du Chasseur brodé au cœur du manteau.

Le nom de l'Éthiopien.

Le nom maudit.

– 22 –

Sur l'île du Sauveur, entrées et sorties étaient rigoureusement contrôlées, mais les filles de joie avaient libre accès au Castello Marino, surtout après le coucher du soleil, quand elles venaient divertir les soldats. Aussi Ermeline n'eut-elle aucun mal à mettre sur pied une expédition nocturne. Ayant réuni quelques amies de la profession, elle se mit en route dès que les complies furent sonnées.

Le seul moyen d'atteindre le château à pied était un pont de pierre appuyé sur un isthme longé de falaises, cordon ombilical jeté entre l'île et le continent. Ermeline s'y engagea sans hésiter, suivie de sa bande de prostituées. Elle le connaissait par cœur, ce passage, pour l'avoir si souvent emprunté. Il y avait environ deux cents pas à couvrir. C'était plus de temps qu'il ne lui en fallait pour fignoler son plan ou pour décider de renoncer. Uberto était revenu de la cathédrale bouleversé, frustré, déçu. Après cet échec, il ne restait plus d'autre possibilité, pour libérer Ignace, que de repérer l'endroit où les prisonniers étaient retenus, puis de l'aider à s'échapper par la mer. C'était l'idée de Coule-Poisson. Ermeline était là pour jouer le rôle qu'il lui avait confié.

Après une centaine de pas, arrivée au milieu du pont, elle dut mettre un châle sur son décolleté. L'air de la mer était froid comme la lame d'un couteau mais, si elle frissonnait, c'était surtout devant la tâche à accomplir. L'affaire avait des allures de farce ! Elle qui n'avait guère l'habitude de se sacrifier pour autrui, voilà qu'elle s'était lancée dans les périls sans même y réfléchir à deux fois ! Mais Ignace était l'homme qui avait le plus compté dans sa vie, le seul qui lui eût jamais inspiré des sentiments vrais. Ce soir encore, elle frémissait comme une gamine à l'idée de le revoir. Ces émotions avaient une saveur amère, toutefois : Ermeline ne se nourrissait pas d'illusions. Elle savait que le marchand de Tolède, une fois libéré, disparaîtrait pour toujours.

Accueillant ces pensées, elle se sentit perdue sur cette bande de pierre au-dessus des eaux sombres ; face à elle, la silhouette de la tour Colleville se faisait de plus en plus menaçante sous le ciel étoilé.

Elle se força à garder son calme. Elle serait bientôt dans la place. Pourvu que personne ne l'eût trahie ! Les soldats, alors, la tueraient sans la moindre hésitation. Ermeline avait tout enduré dans son existence et, cependant, la mort la terrorisait. Elle redoutait de finir en enfer, l'enfer décrit par les prêtres, où les femmes de son espèce étaient précipitées dans les flammes, vouées à d'indescriptibles tourments. Ce qu'elle craignait par-dessus tout, c'était la perspective de traverser l'éternité sans avoir pu se racheter. Placée sous la lumière du jugement divin, elle resterait une putain, à jamais, et sans rédemption possible.

Mieux vaut s'abîmer dans l'oubli, se dit-elle. Mieux valait le noir absolu.

Son attention fut attirée par deux points lumineux qui palpitaient au bout de la jetée, à hauteur de la Grande Porte. On aurait dit les yeux d'un fauve aux aguets à l'entrée du château, des yeux qui grandissaient à chaque pas d'Ermeline. C'étaient les flambeaux portés par les sentinelles.

Le plus grand des deux gardes vint à la rencontre des femmes et s'inclina devant elles en mimant une révérence grotesque.

Ermeline s'arrêta et, sans se soucier du froid, dévoila son décolleté.

« On peut passer, mon beau monsieur ? »

Le sourire de l'homme laissait transparaître de troubles appétits.

« Pour passer, dit-il, il faut payer. »

Elle se montra perplexe :

« Ici ? On pourrait nous voir.

— Qui ? Il fait noir…

— Vincent, intervint l'autre soldat d'un air gêné, cette pute a raison. Si jamais le prêtre allemand arrivait, on serait bons pour les ennuis. »

D'un geste, il indiqua que la voie était libre.

« Dépêchez-vous d'entrer, mesdames. »

Le plus grand des deux n'était pas d'accord :

« Tu les laisses entrer toutes seules ?

— N'ayez crainte, dit Ermeline, nous n'allons pas nous perdre. »

Elle avait hâte de laisser ces gardes derrière elle.

« On connaît le chemin.

— Je m'en doute, insista l'homme, mais je vais quand même vous accompagner. Je veux ma part du gâteau ! »

Elle ne put s'opposer à la présence de la sentinelle, tout en sachant qu'elle courait le risque, désormais, de voir son plan tomber à l'eau. Elle allait être obligée d'inventer un moyen de se débarrasser de lui. Avant de franchir l'entrée de la tour, elle eut un dernier regard pour la mer où elle chercha des yeux l'embarcation qui, à cette minute précise, devait déjà s'approcher de l'île.

Mais elle ne put rien voir dans ces ténèbres.

*

* *

La barque, poussée par le vent, labourait les eaux sombres. C'était un esquif long, effilé, équipé d'une voile trapue, un de ces sardiniers comme il y en a tant autour de Naples, mais de petite taille et sans rame. Coule-Poisson était au gouvernail ; il y avait Uberto à bord.

Le marin venait de souffler la lampe à la poupe du bateau, afin de n'être pas vu de l'île, ni du château. Il connaissait si bien le golfe qu'il aurait pu y naviguer les yeux bandés.

Uberto avait de grands doutes sur la réussite de ce plan. Pendant la traversée, il était resté silencieux, les yeux fixés sur les vagues. Dès que la silhouette du château se découpa sur le ciel étoilé, il fut pris d'inquiétude. Toutes ces tours ! Elles ne pouvaient appartenir qu'à une citadelle imprenable ! Ce n'était pas pour rien que Frédéric II avait choisi de cacher entre ces murs le trésor impérial…

Mais Uberto avait d'autres sujets d'inquiétude. La mort d'Alfan Imperato l'obsédait. Sans parler de cet homme armé d'une lance qui crachait des flammes. Avant de rendre son dernier souffle, le chanoine avait balbutié un des passages les plus effrayants de l'Apocalypse, celui qui décrivait le cavalier du troisième sceau. Uberto se demandait à présent ce qui avait bien pu le pousser à s'intéresser à un mystère qui le terrorisait tant. Il n'avait pas la réponse. Tout ce qu'il savait, c'est qu'il ne parvenait pas à réprimer sa fascination pour la lance du cavalier. Il était comme son père et il avait failli suivre le même chemin.

Même si cela heurtait sa fierté, il devait bien admettre qu'Ermeline avait vu juste : il ne devait pas agir de façon irréfléchie. Lui, tout ce qu'il voulait, c'était résoudre ce problème au plus vite, après quoi il rentrerait chez lui. La peur de ne plus revoir sa femme et sa fille le torturait sans répit. C'était la raison pour laquelle il avait fini par se résoudre à placer sa confiance entre les mains de cette prostituée. Contrairement à lui, elle était au moins capable de garder son sang-froid.

Le sardinier vira doucement de bord et prit vers le sud. Coule-Poisson bloqua le gouvernail et amena la voile.

« Ici, dit-il.

— Le château est trop loin », objecta Uberto.

Le marin montra la silhouette de la grande tour dressée devant la mer.

« Il y a des sentinelles en haut, dit-il. Si nous nous approchons encore, elles nous verront.

— Alors comment fait-on ?

— Vous, vous attendez ici, dit Coule-Poisson en jetant l'ancre sans bruit. J'irai seul.

— Vous avez l'intention de nager jusqu'au château ? C'est de la folie ! À supposer que vous parveniez au pied de la muraille, vous serez une cible facile pour les archers ! »

Le marin retira sa casaque et se retrouva bientôt complètement nu.

« Je nagerai sous l'eau, comme ça, ils ne me verront pas. »

Uberto était stupéfait.

« Personne ne peut tenir aussi longtemps en apnée. »

Coule-Poisson lui adressa un petit sourire, puis il gagna la proue où se trouvaient, outre des poids, des pierres et des briques, la tête d'une statue ancienne, ainsi qu'un grand tonneau. Uberto se demandait à quoi tout cela allait bien pouvoir servir.

Le marin s'empara du tonneau et le renversa dans l'eau, ouverture vers le bas.

« Je respirerai là-dessous », dit-il.

Sur quoi il prit une grande inspiration et plongea.

Uberto eut beau observer attentivement la surface de la mer, il ne vit pas Coule-Poisson émerger.

*

* *

Ermeline et ses amies franchirent la Grande Porte, grimpèrent une rampe d'accès et se retrouvèrent à l'intérieur du Castello Marino. Le grand soldat appelé Vincent les précédait et se retournait de temps en temps pour voir s'il n'y avait pas dans la troupe une fille qui fût à son goût.

Au pied de la tour normande, un escalier montait vers une arche avant de continuer son escalade le long de la muraille. De jour, on découvrait d'ici l'étendue de la mer et les habitations en contrebas. Pour l'heure, la seule clarté venait d'une série de torches où semblait se réfléchir le firmament.

Ces flambeaux indiquaient le chemin menant au quartier des soldats. Ermeline savait que, pour atteindre les prisons, il lui faudrait faire demi-tour, gagner le rempart et chercher l'entrée des souterrains. Elle jugeait inutile de se rendre tout en haut, dans les cellules réservées aux détenus de haut lignage. Selon toute probabilité, Ignace était emprisonné dans les parties basses, avec les captifs ordinaires.

Elle allait aussi devoir se séparer des autres sans se faire remarquer. Prudemment, elle prit place à l'arrière du cortège. Voyant que Vincent avait engagé la conversation avec la plus jolie des filles, elle se mit en retrait. Elle attendit, immobile, prête à feindre une indisposition soudaine au cas où le soldat se serait aperçu de quelque chose. Mais il ne se rendit compte de rien et Ermeline eut bientôt le loisir de tourner les talons pour revenir rapidement sur ses pas.

Elle parcourut une partie de la distance sans rencontrer âme qui vive. Depuis que l'empereur était parti en croisade, la population de la forteresse avait beaucoup diminué. Ne vivaient plus entre ces murs que des écuyers et des moines basiliens dont presque tous, à cette heure, devaient dormir sur leurs deux oreilles. Mais, partout, des gardes veillaient. Ermeline, pour ne pas leur tomber dessus, progressa à la faveur de l'ombre. Dès qu'elle trouva l'entrée des souterrains, elle s'y enfila. Un corridor aux murs percés de fenestrons carrés la conduisit jusqu'à un escalier de pierre.

La voie était libre.

Elle connaissait bien ces lieux. Combien de fois son mari ne l'avait-il pas emmenée ici pour lui faire accomplir des gestes indignes ! Heureusement, elle était si anxieuse que son esprit ne laissait aucune place à ces souvenirs douloureux. Elle s'orienta rapidement et se dirigea vers un couloir au plafond voûté, où s'alignaient une dizaine de portes. Les geôles…

Il ne lui restait plus qu'à trouver celle d'Ignace. Ensuite, elle le délivrerait et ils rejoindraient le point de rendez-vous arrêté avec Uberto et Coule-Poisson.

En somme, le plus gros était fait.

Quand, soudain, elle s'aperçut – mais trop tard ! – qu'elle était suivie. Elle perçut d'abord un mouvement, puis le souffle d'une respiration sur sa nuque. Elle n'eut pas le temps de réagir que, déjà, deux grandes mains lui saisissaient les bras.

*

* *

Vincent et sa petite troupe atteignirent le quartier des soldats. Les hommes étaient au repos dans une vaste salle commune creusée à même la roche, au plafond étayé par des colonnes de granit. D'après la légende, c'étaient les vestiges d'un ancien *castrum* qui lui-même reposait sur un œuf enchanté, caché par le mage Virgile plus de mille ans auparavant.

À la vue des femmes, les soldats quittèrent leurs paillasses et poussèrent des cris d'enthousiasme. Vincent tenait la petite blonde par la taille : il se la réservait. Alors qu'il laissait passer les autres, il vit qu'Ermeline lui avait faussé compagnie. Celle-là, tout à l'heure, il l'avait repérée. Pas seulement parce qu'ils s'étaient parlé : en fait, il l'avait reconnue. C'était la veuve d'un soldat, un homme de son régiment qui avait perdu la vie dans une rixe.

Vincent regarda en arrière ; Ermeline n'était nulle part.

« Qu'est-ce que tu cherches, soldat ? » lui demanda une voix mâle.

Il se retourna et rencontra le regard d'un milicien. Ce n'était pas un homme de son régiment mais son visage lui disait quelque chose. Il reconnut le clavigère attaché au service du prêtre allemand. Ce dernier était plus blême que la veille et avait la tête bandée. Une blessure à l'oreille, semblait-il, et douloureuse avec ça.

« Je cherche une des putains, répondit Vincent. Elle était avec les autres et, maintenant, je ne la retrouve plus. »

Le clavigère l'observa avec attention, puis son regard se posa sur la blonde.

« Une femme mûre ? demanda-t-il. Provocante ?

— Oui.

— Ah bien ! Veux-tu que nous la cherchions ensemble ? » proposa Pungilupo avec un rictus terrifiant.

– 23 –

Ermeline se débattait, mais cela ne l'empêcha pas de lâcher des soupirs et de se frotter lascivement contre le soldat. Elle avait prévu ce qui arrivait. Elle l'avait même souhaité ! Cet homme-là ne devait pas être n'importe quel écuyer, mais bien plutôt le gardien des geôles.

« Qu'est-ce que tu fais ici, la putain ? dit-il d'un ton avide.

— Vos camarades m'envoient vous tenir compagnie », murmura-t-elle.

Le gardien eut un grognement satisfait et relâcha sa prise.

Dès qu'Ermeline fut libre de ses mouvements, elle le poussa gentiment contre le mur et le regarda droit dans les yeux. C'était un grand gaillard d'une cinquantaine d'années, un type corpulent dont la ceinture était passée dans un gros trousseau de clefs. Elle ne put s'empêcher de sourire. Il ne faisait aucun doute qu'une de ces clefs devait ouvrir la cellule d'Ignace. Il allait falloir la gagner. Sans la moindre honte, elle abaissa les mains. Voyant ce geste, le soldat se montra docile : il dénoua lui-même ses braies qui, aussitôt, lui tombèrent sur les chevilles.

La putain passa tout de suite aux familiarités et lui excita le sexe. Elle opérait avec lenteur et désinvolture, d'un air détendu. Elle avait atteint l'étape la plus périlleuse de l'opération. Le gardien des clefs était plus grand qu'elle, plus fort aussi ; en outre, si jamais il venait à soupçonner quelque chose, il ne manquerait pas d'appeler du renfort. À y bien réfléchir, l'unique chance de succès reposait sur le stylet qu'elle avait dissimulé dans les plis de sa robe. Il suffisait, pour s'en servir, d'attendre le moment propice.

Le gardien la prit brusquement par la taille et la fit s'étendre par terre. Ermeline répondit à ce désir en retroussant sa robe.

À ce point, elle changea d'avis. Elle n'avait jamais tué personne ! Serait-elle capable de le faire ? Cette crainte dut se voir sur sa figure car le gardien des clefs lui dit en ricanant :

« Alors, la putain, on n'a plus envie ? »

Et il se jeta sur elle, comme poussé par la plus grande urgence.

Ermeline sortit alors son stylet et l'enfonça dans la chair du soldat avec un mélange d'écœurement et d'euphorie. Ce geste mit fin à toutes ses hésitations et culmina dans un plaisir sauvage. Elle eut le sentiment d'un acte qui lui rendait justice pour tous les torts subis. Il n'était plus question soudain de rédemption ni de rachat. Seule comptait la vengeance. Une vengeance lancée contre tous ceux qui l'avaient possédée, non seulement sans le moindre égard mais, souvent, avec la dernière brutalité. Je ne suis pas une putain ! cria-t-elle dans son for intérieur. Et elle envoyait au diable son mari, les prêtres et leurs sornettes sur le châtiment divin. Entre toutes les significations qui se présentèrent à son esprit, elle choisit de vivre l'instant comme une liturgie. La liturgie du changement. Un bref cérémonial éternellement valable.

Les spasmes du corps couché sur elle la ramenèrent à la réalité. Elle vit le gardien des clefs tordre la bouche en une grimace d'agonie et se cambrer comme s'il était soumis à l'écartèlement. Ermeline, trempée de sang, essaya de se dégager. Mais l'homme tourna et se mit sur le côté. Vivement, il arracha le stylet de son corps. Il voulut se relever mais en fut empêché par les braies qui lui entravaient les chevilles. Il finit par se coucher à plat ventre sur le sol où il se mit à ramper, gros vers laissant derrière lui une traînée sanglante.

Ermeline était toujours en proie à l'exaltation. Ayant repris le stylet, elle monta sur le soldat à califourchon. Elle avait d'abord cru agir pour Ignace ; elle comprenait maintenant que, si elle faisait tout cela, c'était pour elle-même. L'homme blessé lui résistait à peine. Cependant, il risquait de crier. Ermeline éprouva un frisson d'effroi à l'idée d'affronter les autres gardes. Elle saisit le soldat par les cheveux et lui trancha la gorge.

Elle resta un certain temps assise sur le cadavre, sans un geste, la poitrine dévorée par des impressions brûlantes. Elle s'abandonna à cette chaleur qui finit par s'apaiser. C'est alors qu'elle éprouva de nouveau l'air glacé de la prison et se releva.

Abandonner sa victime les braies baissées lui parut indigne : elle le rhabilla. Puis, elle se souvint de ce qu'elle était venue faire en ces lieux.

Vite, elle s'empara du trousseau de clefs et s'avança dans le couloir. Elle passa en revue les issues bloquées. Ses muscles lui faisaient mal, comme après des heures d'effort. Et elle ne savait trop comment procéder à présent. Elle décida d'appeler Ignace jusqu'à ce qu'il réponde. La voix du marchand lui parvint. C'était bien lui, elle avait peine à le croire. Avant que la peur la paralyse, elle se laissa guider par ces appels et finit par trouver la bonne porte. Elle dut se battre avec la serrure, essayer presque toutes les clefs. Et si elle n'avait pas la bonne ?

Enfin, la porte s'ouvrit.

Une silhouette se détacha de l'obscurité. Celle de l'homme qu'elle aimait. Il avait changé depuis la veille. Il avait perdu sa fierté. Il ne portait plus ses habits élégants, mais une tunique dépenaillée qui pendait sur un semblant de pantalon. L'espace d'un instant, il lui parut vulnérable, sans défense. Puis, Ignace de Tolède s'approcha d'elle résolument. Dans ses yeux verts, une flamme brillait de nouveau. L'émotion, alors, s'empara d'Ermeline. Prise de vertige, elle se jeta dans ses bras.

Puis, elle fouilla le regard du marchand qui lui souriait. Qu'y cherchait-elle ? Une chose qu'elle ne put trouver. Ermeline se sentit bientôt comme une idiote, la plus bête des femmes. Pendant des heures, elle avait nourri ce moment de fantasmes, cultivé le fol espoir d'éveiller en lui quelque chose de plus que la simple gratitude. Quelque chose qui fût proche de l'amour. Mais ce regard ne mentait pas. Son rêve n'allait pas s'accomplir. Pas cette nuit. Ni jamais.

« Allons-nous-en d'ici », dit-elle, étouffant son amertume.

*

* *

Ils allaient se mettre en route quand un appel retentit dans une des cellules. Ignace, regardant par une fissure dans la porte, distingua à l'intérieur la figure de Suger.

« Ne me laissez pas ! implora le médecin. Emmenez-moi aussi.

— Et pourquoi le ferais-je ? répliqua le marchand d'un ton indigné. C'est par votre seule faute que l'on nous accuse de crimes que nous n'avons pas commis.

— Pitié ! suppliait Suger.

— Idiot ! Vous ne méritez aucune pitié ! »

Sans la moindre hésitation, Ignace tourna le dos à la porte et emboîta le pas d'Ermeline. Ils gagnaient la sortie quand Ignace remarqua le cadavre du gardien. Il fut légèrement perturbé à l'idée de ce qu'avait fait cette femme venue le tirer d'affaire.

Mais l'heure n'était pas à se poser des questions.

*

* *

Une silhouette agenouillée en prière sur le dallage glacé.

De rares bougies tremblaient, projetant leur clarté mouvante sur l'architecture d'une chapelle byzantine. Tout autour, l'espace disparaissait dans une pénombre où se distinguaient par intermittence, selon le mouvement des flammes, des séries d'arcades, de colonnes et de chapiteaux. Jamais Conrad de Marbourg n'aurait imaginé trouver de telles formes dans l'église

Saint-Sauveur. Elles appartenaient à un christianisme primitif soigneusement épuré du moindre résidu de paganisme. Heureuse surprise ! Le prêtre se sentait à son aise dans ce paradis de silence. Qu'il était loin, le vacarme de Naples ! Et ses couleurs trop vives ! Ici, on pouvait prier, se fortifier l'esprit et, donc, se préparer à la confrontation finale avec Ignace de Tolède.

Il avait longtemps médité la question de savoir s'il devait lui parler une seconde fois, étant donné qu'il ne disposait pas de preuves matérielles à présenter à sa charge. L'accusation se fondait uniquement sur les témoignages d'Alfan et de Suger, ce qui était peu de chose en définitive. En tout cas, il n'y avait pas là de quoi expédier un homme au bûcher. Puis, tout avait changé. Marbourg en était maintenant certain : ses soupçons étaient confirmés. Il avait vu le fils du marchand se précipiter sur le cadavre d'Alfan Imperato et laisser sur son corps les mêmes brûlures que celles de Querfurt et de Wilfridus, l'hérétique de Mayence retenu prisonnier dans la basilique de Seligenstadt. À dire vrai, il ne l'avait pas pris sur le fait, cependant Uberto Alvarez était bel et bien la seule personne présente sur les lieux du crime. Selon toute probabilité, cet homme accomplissait l'œuvre de son père et mettait en pratique les principes de la nécromancie.

Conrad allait devoir s'occuper de lui aussi. Il s'y mettrait dès qu'Ignace de Tolède serait réduit à une poignée de cendres. Et il le poursuivrait jusqu'au bout du monde, si nécessaire.

Il entendit quelqu'un entrer et en fut irrité. Il avait pourtant dit aux moines qu'il souhaitait ne pas être dérangé de la nuit ! Mais ces pas derrière lui n'étaient pas ceux d'un religieux. Marbourg se signa et se tourna pour voir qui arrivait. C'était un soldat.

« Que se passe-t-il ?

— Pardonnez le dérangement, magister. L'Espagnol s'est enfui. »

Marbourg crut recevoir un coup de massue. Les paroles du soldat avaient fait voler en éclats la quiétude d'un long recueillement. Le prêtre ne put contenir sa fureur. Il se précipita sur le messager et le prit à la gorge.

« Comment cela a-t-il pu arriver ? » lui cria-t-il au visage.

Le soldat semblait doté d'une force taurine. Ses bras et ses épaules étaient irradiés par des faisceaux de muscles. Pourtant, il ne put faire davantage qu'exprimer un misérable gargouillement de crainte. Il fut incapable de se rebeller. Le prêtre, sans cesser de le tenir à la gorge, le força à tomber à genoux. Il n'avait plus à ses pieds qu'un ennemi à abattre. Ignace de Tolède, l'adorateur du diable !

Puis, une intuition ouvrit une brèche dans ses pensées et il lâcha le soldat.

« Faites sonner les cloches, ordonna-t-il. Donnez l'alarme. »

Il recouvrait enfin une contenance martiale.

« Il ne peut pas être loin. »

*

* *

Les couloirs creusés dans la roche volcanique formaient un labyrinthe sous l'île du Sauveur. Ignace avait l'impression de tourner autour d'une salle centrale sans en trouver l'entrée. Était-ce la fameuse chambre secrète du Castello Marino, celle dont tout le monde parlait ? Il s'efforçait de ne pas perdre de vue Ermeline, dont les cheveux étaient décoiffés et la robe, maculée de sang. Sa présence était un réconfort et elle l'inquiétait en même temps. Il la vit bifurquer de nouveau et s'engager dans un passage en ligne droite menant à la surface.

Ils atteignirent une sorte d'entrepôt empli d'amphores et de sacs de grains. Ermeline alla directement ouvrir le guichet de la porte. Elle jeta un coup d'œil dehors.

« Venez voir. »

Le marchand la rejoignit. Elle s'écarta pour le laisser regarder à travers la grille. Il faisait nuit noire, mais les yeux d'Ignace étaient habitués à l'obscurité. Il distingua une place où s'élevait une grande arche de pierre qui semblait ouverte dans l'enceinte de la forteresse. Deux sentinelles armées de lances y étaient en faction.

« Il faut passer l'arche, chuchota Ermeline. Après, un terrain descend jusqu'à la mer.

— Comment créer une diversion pour tromper les gardes ? demanda Ignace.

— Ça, je m'en occupe.

— Mais vous… »

D'une caresse au visage, elle lui imposa le silence.

« Quelqu'un vous attend de l'autre côté, dit-elle sans retirer sa main. Pendant que j'occuperai les soldats, courez vers la mer. C'est tout ce que vous avez à faire. Ne vous souciez pas de moi. »

Elle semblait si résolue qu'il était inutile de chercher à la faire changer d'avis. Elle arrangea sa toilette tant bien que mal, en essayant de cacher les taches de sang sous son châle.

Ignace assista à ces préparatifs avec un sentiment de déception. Ermeline lui avait sauvé la vie et il ne tenait pas à la voir prendre de tels risques. Il devinait qu'elle avait peur et se sentait d'autant plus coupable.

« Essayons plutôt un autre passage, dit-il, un chemin plus sûr pour nous deux.

— Il n'y en a pas d'autre !

— Je ne vous laisserai pas vous mettre en danger pour moi, insista Ignace. Je ne veux pas.

— Vous l'avez bien fait pour moi, voilà des années.

— Aujourd'hui, tout est différent. »

Elle lui lança un regard dur qui était presque un reproche.

« Vous devez retourner auprès de votre fils, de votre famille. »

Le marchand se retint de répondre quand il vit les larmes sur le visage d'Ermeline. Pourquoi pleurait-elle ? Il l'ignorait. Il songea qu'il était de son devoir de la réconforter. Puis, il admit qu'il lui faudrait maintenant se contenter d'espérer que tout irait bien.

Il l'observa tandis qu'elle gagnait le milieu de la place. Comme prévu, les gardes l'aperçurent et aussitôt quittèrent leur poste pour courir au-devant d'elle.

La voie était libre…

Ignace mit de côté ses émotions et se précipita vers l'arche. Cette femme était maligne. Elle avait sûrement pensé à un moyen de s'en tirer d'une façon ou d'une autre. Tout en courant, il la vit qui s'entretenait avec les sentinelles en faisant la coquette.

Il passa sous l'arche à la faveur de l'ombre. Il commençait sa descente vers la mer quand la cloche retentit. On sonnait l'alarme ! Son évasion était signalée…

La réaction des gardes fut immédiate : oubliant Ermeline, ils jetèrent autour d'eux des regards d'épervier. L'un des deux revint à l'arche et aperçut Ignace.

« Qui va là ? » cria-t-il en lui faisant signe de s'arrêter.

Son acolyte, qui l'avait rejoint, levait déjà sa lance pour la projeter sur le fugitif. Mais Ermeline fut plus rapide. Elle se saisit de son stylet et le planta dans le bras de la sentinelle.

Ignace, qui avait assisté à la scène, voulut revenir en arrière pour porter secours à Ermeline, mais elle lui cria :

« Fuyez ! »

Ignace tressaillit. Ermeline n'était pas une femme ordinaire. C'était une combattante sortie tout droit d'une exaltante chanson de geste, une guerrière tourmentée, forte, désespérée. Une fois encore, il eut le désir de rebrousser chemin et de voler à son secours, mais des pierres tombaient en pluie du mur d'enceinte. Des soldats armés de frondes le prenaient pour cible du haut des fortifications.

Un projectile le frappa à l'épaule. Il pivota sur lui-même et tomba.

Vite, il se remit debout. La douleur était supportable mais le choc l'avait étourdi. Il toussa, cracha, regarda autour de lui et s'aperçut qu'une des sentinelles se lançait déjà à sa poursuite, prête à faire usage de sa lance.

Ignace courut vers la mer. Son poursuivant gagna du terrain. Le bord de la falaise approchait. Penché vers le rivage, Ignace distingua des embarcations sans savoir ce qui allait suivre. Ermeline lui avait dit d'aller jusqu'à la mer. Y avait-il quelqu'un pour l'attendre, caché quelque part dans ces ténèbres ?

Ignace avait hésité trop longtemps. Le soldat l'avait rattrapé. Il toucha le fuyard de la pointe de sa lance. Ignace tenta de se défendre en faisant un bond de côté, puis en se jetant sur le garde. Les deux hommes luttèrent, avant de basculer ensemble dans le vide.

Ignace ressentit le choc et la froide morsure de l'eau. Un goût saumâtre lui envahit la bouche et le nez. Il émergea dans un nuage d'écume, se cramponna à un récif couvert d'algues. Son agresseur avait eu moins de chance : il s'était fracassé le crâne sur un rocher.

« Les murènes en feront leur dîner », murmura une voix dans l'ombre.

Un homme s'adressait à lui entre les vagues. Un homme qui flottait sans remuer bras ni jambes, immobile comme une méduse ; et cette absence de mouvement avait presque pour effet de le rendre invisible.

« C'est vous, Ignace de Tolède ? »

Le marchand fit oui de la tête.

« Je vous emmène en lieu sûr.

— Attendez... »

Le fugitif repensait à Ermeline.

« Je dois d'abord sauver une personne.

— Trop tard. Écoutez... »

Ignace tendit l'oreille : des cris portés par le vent indiquaient la présence là-haut de nombreux soldats. Ils accouraient pour le rattraper.

Coule-Poisson se fit pressant :

« Allons-nous-en. Dans deux minutes, les archers nous prendront pour cible depuis les tours. »

Il montra une barrique qui flottait dans l'eau.

« Entrez là-dedans… Mais d'abord, déshabillez-vous. »

*
* *

Les cris se rapprochaient et Ermeline les entendait à peine. Elle fixait des yeux le stylet resté enfoncé dans le bras de la sentinelle. L'arme était petite, insignifiante mais, grâce à cela, elle s'était sentie moins vulnérable. Le soldat eut l'air de lire dans ses pensées. Il empoigna le stylet et l'arracha à son bras pour le jeter à terre. Ermeline eut alors un geste désespéré : elle se baissa pour récupérer la lame. Mais l'homme la retint par son vêtement et la repoussa avec violence.

Elle fut projetée en arrière et quelque chose de froid lui déchira le dos. D'abord, elle ne sut pas ce que c'était. Puis, la douleur la traversa. Elle vit, alors, la pointe d'une épée surgir de son abdomen. Une fois de plus, elle se jugea stupide. La plus stupide des femmes.

L'homme qui venait de la transpercer la prit par les cheveux et lui siffla les pires mots dans l'oreille :

« Vieille truie ! Je t'avais prévenue que tu me le paierais. »

Elle se retourna avec peine et rencontra un regard de loup famélique.

« Moi, vous m'avez eue… »

Elle serra les dents, puis elle parvint à transformer la grimace de l'agonie en rictus de défi.

« Mais *lui*, vous ne l'aurez jamais. »

Le clavigère lui fit une réponse acide à laquelle elle ne prêta aucune attention. C'étaient des mots, rien que des mots. Et les mots n'avaient plus d'importance.

Elle ferma les yeux et savoura le peu de vie qui l'habitait encore. Avant de rendre son dernier souffle, elle pria le Seigneur de la faire renaître dans un monde où Ignace serait là pour l'aimer. Un monde où elle serait la plus vertueuse des épouses.

Sinon, qu'on la laisse s'enfoncer dans le noir. Pour toujours. Loin de toute mémoire.

– 24 –

Pris dans le silence des flots, Ignace sentit les courants sous-marins lui glacer les jambes et le bassin mais, à l'intérieur de la barrique, il avait les épaules et la tête au sec. Cette cloche de bois l'isolait de la surface de la mer et lui fournissait une quantité d'air suffisante. Pour ne pas couler, il se cramponnait à une poignée.

Quelle étonnante façon de s'évader ! songeait-il. Étonnante, mais bien pensée. Ce stratagème allait lui permettre de fuir l'île du Sauveur sans être la cible des archers.

Quant au fait d'être enfermé dans un espace étroit et sombre, cela ne lui procurait aucune inquiétude. Il était surpris, en revanche, de peser si peu. Il lui suffisait de remuer les pieds dans ce milieu liquide avec l'étonnement d'un enfant qui expérimente un nouveau jeu. Pour un peu, il en aurait presque oublié le drame qu'il laissait derrière lui. Il jugeait fascinant de pouvoir respirer à l'intérieur d'un baril sans être obligé de sortir de l'eau pour reprendre son souffle. Il avait l'impression d'être Alexandre le Grand, dont on disait qu'il avait exploré les profondeurs des abysses à bord d'un caisson de verre.

Coule-Poisson nageait entre deux eaux, attaché à la barrique par un filin et la tirant vers le large. De temps en temps, il sortait la tête de la mer pour reprendre sa respiration. Ignace ne pouvait le voir mais, d'après les mouvements du tonneau, il devinait son compagnon capable de retenir son souffle longtemps.

Soudain, il se produisit quelque chose.

On soulevait la barrique. Le marchand éprouva une gêne dans les oreilles, mais il n'eut pas le temps de s'y habituer car quelqu'un cognait contre la paroi. Ignace lâcha sa poignée. L'instant d'après, il était à l'air libre.

Il se trouvait en pleine mer, au large de Naples.

Devant lui, sous le clair de lune, se balançait une embarcation légère. Il aurait voulu l'atteindre et s'accrocher aux amarres, mais le froid lui engourdissait les bras et les jambes. Une vague le frappa en pleine figure et l'aveugla. Il eut le sentiment de renouer avec la pesanteur. La peur de couler par le fond le tenailla. Ses sens commencèrent à le trahir.

L'eau remua tout près de lui. Coule-Poisson reparut à son côté. Il l'aida à nager. Entre-temps, sur le bateau, un homme s'était penché, qui prit Ignace par les bras pour l'aider à monter à bord.

Une fois au sec, le marchand aspira une grande bouffée d'air et adressa un signe de gratitude à celui qui l'avait repêché. C'est alors que la joie et la stupeur s'emparèrent de lui : c'était son fils.

*

* *

« Père, comment te sens-tu ? »

Ignace s'assit face à Uberto, enveloppé dans une méchante couverture de toile. Il s'était séché mais n'arrivait toujours pas à se réchauffer, comme si la froidure de la mer avait pénétré ses os. Il claquait des dents. Ce fut Coule-Poisson qui répondit à sa place :

« Il va bien. »

Encore ruisselant, il s'affairait entre le mât et la poupe du bateau. On l'aurait dit insensible au froid. Il ajouta :

« Il faut juste qu'il se repose.

— Des vêtements neufs, dit Uberto à son père en lui remettant un paquet. J'espère qu'ils t'iront, il n'y avait pas beaucoup de choix. »

Ce propos avait quelque chose de grinçant, de réprobateur.

Ignace se dépêcha de revêtir un pantalon noir et une tunique à capuchon de la même couleur. Son épaule le faisait souffrir : c'était cette pierre qu'il avait reçue pendant sa fuite. En somme, le prix de la liberté n'était pas exorbitant… Pour se réchauffer, il se frotta les bras. Ayant considéré l'embarcation, il alla s'asseoir à la proue car il n'y avait pas de place ailleurs : l'esquif était encombré d'un enchevêtrement de filets et d'équipements marins. Une fois assis, il nota que l'ancre était levée. La voile, derrière lui, se gonfla. Coule-Poisson s'était mis à la manœuvre sans attendre davantage ; il tenait la barre fermement, les yeux fixés sur les étoiles.

« Où allons-nous ? » lui demanda le marchand.

L'usage de la parole commençait à lui revenir.

Le marin eut un geste incertain et répondit :

« En mettant le cap au nord, on risquerait de tomber sur un régiment de clavigères. Mais, vu la taille du bateau, il faut rester sous la côte.

— Donc nous faisons route vers le sud », conclut Ignace.

Il ajouta à voix basse à l'intention de son fils :

« Peut-on se fier à lui ?

— C'est Ermeline qui me l'a recommandé », répondit Uberto avec un haussement d'épaules.

En entendant le nom d'Ermeline, Ignace fut envahi de remords. Il l'avait abandonnée là-haut, dans ce Castello Marino dont elle n'avait aucun moyen de s'échapper. Il l'avait laissée seule face au danger. Il ne s'était préoccupé que de lui-même. « Fuyez ! » lui avait-elle crié. Et elle s'était battue pour qu'il eût le temps de gagner la mer. Ce cri lui résonnait encore aux oreilles dans toutes sortes de tonalités, dont certaines étaient méprisantes ; Ignace se sentait minable, capable de laisser une femme mourir à sa place et se sacrifier pour lui qui ne le méritait pas…

Uberto l'arracha à ses tourments :

« Cette femme…

— Pas maintenant », dit Ignace, coupant court.

Penser à elle lui était douloureux, en parler ne pouvait qu'aggraver la souffrance.

« Décidons d'abord de la suite, dit-il.

— Impossible de rentrer chez nous, évidemment. »

Le marchand observait son fils avec attention, sachant combien cette vérité était difficile à admettre. Uberto n'était pas heureux, loin de sa mère, loin de sa femme. Loin de sa fille aussi, puisqu'il était père à présent. La nostalgie devait lui être insupportable.

« Tu as raison, dit le marchand en étouffant son émotion. Marbourg nous pourchasserait jusqu'en Castille. Il mettrait les nôtres en danger.

— La seule issue, c'est d'apporter la preuve de ton… enfin, de notre innocence.

— *Notre* innocence ?

— Je crois que Marbourg me soupçonne d'avoir tué Alfan. »

Voyant la déception de son père, il lui raconta ce qui s'était passé pendant sa détention. Ignace l'informa à son tour de ses échanges avec le prêtre allemand.

« Ce Conrad est un fanatique, dit Uberto d'un air sombre.

— Cependant, il n'a pas de preuves formelles. Sinon, il ne se serait pas contenté de me mettre sous les verrous

— Maintenant, sa preuve, il l'a. En tout cas, il est persuadé de l'avoir. Il pense que j'ai tué Alfan pour l'empêcher de témoigner contre toi.

— Une erreur de plus. Du coup, nous n'avons plus le choix, nous sommes obligés de trouver le véritable assassin.

— À nos risques et périls, père.

— Le moyen de faire autrement ! Nous allons devoir suivre la piste qui nous conduira au vrai magister de Tolède…

— À l'*Homo Niger*… Et si c'était seulement une légende ?

— Le manteau. Les tatouages. Les cercles magiques. Ces meurtres. »

Le regard du marchand se fit plus vif.

« Tous ces éléments ont *forcément* un dénominateur commun. Nul doute qu'un magister se cache bel et bien derrière toute cette affaire.

— Je suis ton raisonnement, mais il ne me plaît guère. »

Le marchand rassembla ses pensées avant de répondre. Quelque chose l'avait frappé dans le compte rendu d'Uberto.

« Tu ne m'as pas dit qu'Alfan t'avait révélé quelque chose au sujet du manteau ?

— Si. Juste avant de mourir. Mais c'était assez vague. Il a fait allusion à la personne à qui le manteau était destiné, une femme qui guérit au moyen des larmes. C'est son expression. Elle vivrait à Salerne.

— C'est tout ?

— Il n'a pu bredouiller que deux mots. Deux mots qui n'avaient pas grand sens, j'en ai peur. En tout cas, s'ils avaient un sens, il m'a échappé.

— Mais encore ?

— *Aqua nigra.*

— L'*Eau noire*… »

Ignace plissa le front. Qui sait ? Uberto avait peut-être raison de penser que ces mots ne signifiaient rien. Sans doute s'agissait-il d'un énième morceau appartenant à une mosaïque immense. Toutefois, l'information concernant la route à suivre était claire. Ignace se tourna vers le golfe et considéra la masse du Vésuve sous les étoiles. Puis, s'adressant à Coule-Poisson :

« Vous sauriez nous emmener à Salerne ? Vous seriez bien payé. »

Le marin inclina la tête, comme pour écouter le vent. Sa réponse tomba au bout d'un moment :

« Nous y serons demain soir. Tard dans la nuit. »

Le marchand n'avait pas pris le temps de réfléchir à la question de savoir s'il était sage ou non de ce fier à cet homme, c'était maintenant le dernier de ses soucis. Que pouvait-il faire d'autre ? Il ne lui restait qu'une seule carte à jouer : percer le mystère de cette énigmatique *Eau noire*. Et ceci avant que Conrad de Marbourg ne les rattrapât. Le prêtre ne lâcherait pas le morceau. Il avait interrogé Alfan et Suger. Donc, il possédait les mêmes informations.

Jamais encore Ignace n'avait redouté à ce point un homme d'Église. Il apercevait chez lui quelque chose de nouveau, le germe d'une institution destinée à purifier le christianisme du moindre doute, de la moindre suspicion de péché. Contrairement à ses collègues qui présidaient les tribunaux spirituels *una tantum*, ce Conrad s'était fixé un but précis. Il jouissait d'une investiture papale et d'une indépendance absolue. Tout cela faisait de lui un homme des plus dangereux. Ignace, à présent, s'interrogeait. De quoi serait fait l'avenir si des individus de cette sorte venaient à fonder un ordre ? À cette pensée, il ne put retenir un frisson. Les juifs, les sorcières présumées et ceux qui étaient soupçonnés d'hérésie n'auraient aucune échappatoire. La menace pèserait même sur les hommes qui, comme lui, vouaient leur existence à la quête de la vérité. On les accuserait d'étudier des choses interdites, de prononcer des mots interdits, de lire des livres interdits. On leur crèverait les yeux, on leur couperait la langue, on brûlerait leurs bibliothèques – *in nomine Patris et Filii et Spiritus Sancti.*

Il fut distrait de ce cauchemar éveillé par Uberto :

« Qu'en est-il de cette Ermeline ? »

De nouveau, le marchand fut transpercé par le remords.

« Elle est restée là-haut, dit-il à voix basse.

— Mère est au courant ? » demanda Uberto.

Pris au dépourvu, Ignace observa l'expression de son fils. Le regard était dur, la mâchoire serrée.

Le marchand comprit. Il se sentit blessé. Son fils était en train de remettre en cause une des rares certitudes de sa vie, son amour pour Sibylle, la fidélité dont il faisait preuve envers elle depuis toujours.

« Ce n'est pas ce que tu penses », dit-il.

Et, détournant les yeux, il regarda Coule-Poisson. Mettre à nu ses sentiments le gênait, surtout en présence d'un étranger. Mais le marin semblait absorbé dans ses pensées.

« Je suis capable de tirer mes conclusions moi-même, reprit Uberto. Tu as connu cette femme alors que tu étais déjà marié. Alors que j'étais né, peut-être.

— Sur ce point, tu as raison. Mais pas sur le reste.

— Elle t'aime ! C'est évident ! C'est presque de la dévotion ! »

Le marchand soupira. Il ne s'en sortirait pas comme ça.

« Je l'ai connue voilà à peu près vingt ans, dit-il. À Catane.

— Il y a vingt ans ? Je croyais que tu étais en Afrique il y a vingt ans…

— J'étais à Tunis, pour être exact. C'est là que j'ai appris l'existence d'un livre précieux, un hymnaire dédié à sainte Agathe, orné d'enluminures. Il se cachait, m'avait-on dit, dans une abbaye cistercienne de Catane. J'ai pensé me rendre là-bas afin d'en acquérir une copie que j'aurais pu revendre un bon prix…

— Je me souviens de ce livre. Tu m'en as souvent parlé… En évitant de parler du reste évidemment.

— J'ai cru que c'était sans importance ! »

Uberto employait un ton accusateur, exaspérant !

« Jusqu'à aujourd'hui. À l'abbaye de Catane, un copiste du scriptorium a bien voulu copier le livre. L'affaire devait lui prendre un mois. Alors, je suis rentré à Tunis. Puis, je suis revenu à Catane. J'ai gagné l'abbaye. En cherchant le scriptorium, je me perds dans les couloirs. Et je me retrouve par erreur dans un cloître. Là, une jeune femme est retenue prisonnière…

— Ermeline. »

Le marchand confirma d'un hochement de tête.

« Elle m'a fait pitié. Je l'ai interrogée : pourquoi es-tu ici ? Elle me répond qu'étant orpheline, on l'avait mise au service d'une riche famille de Catane. Le chef de famille était un orfèvre assez renommé. Mais c'est la maîtresse de maison qui commandait. Cette mégère entretenait avec son fils unique une relation morbide. Le fils est tombé sous le charme d'Ermeline et il a voulu l'épouser. Contre l'avis de la mégère, évidemment. Une bru de si vulgaire naissance ! Pas question. À la veille des noces, elle a accusé Ermeline d'avoir trompé le jeune homme avec un des esclaves mauresques qui vivaient sous leur toit. La fille a protesté de son innocence : en vain. La mégère, jouant de son influence, l'a fait jeter en prison, en attendant de subir l'épreuve du feu…

— Voilà comment elle a fini au couvent.

— Elle m'a avoué qu'elle n'aimait pas le fils de la maison. Cependant, elle ne l'avait pas trompé ! Elle n'aurait jamais commis une telle bassesse, alors même qu'elle cherchait à tout prix à se libérer de sa condition d'esclave. Était-elle sincère ? Je ne saurais le dire. Mais, pour moi, elle ne méritait pas de subir l'épreuve du feu. Les conséquences en sont trop cruelles. Personne n'en sort sans de terribles brûlures.

— Un supplice atroce, j'en conviens. Le clergé ne le sait que trop bien. Quand c'est un religieux qui doit prouver son innocence, on ne lui fait pas subir l'épreuve du feu mais celle du pain : aucune souffrance en vue.

— Tu comprends maintenant pourquoi j'ai décidé de la faire évader. Avant de quitter la Sicile avec ma copie de l'hymnaire, je me suis introduit un soir dans l'abbaye et je l'ai libérée. Je l'ai emmenée à Naples, où je l'ai confiée à des sœurs. »

Pendant le voyage, Ignace avait dû repousser les avances d'Ermeline. En effet, à présent qu'elle n'avait plus rien à craindre, elle était tombée amoureuse de lui. Cependant, il préféra ne pas révéler à Uberto ce détail.

« Avant de quitter Naples, conclut-il, j'ai remis l'hymnaire à la prieure du couvent, pour payer le noviciat d'Ermeline.

— Et tu ne l'avais jamais revue ?

— Jamais. Jusqu'à l'autre jour. Pense à ma surprise, quand j'ai découvert la vie qu'elle menait ! Une vie bien différente de ce que j'imaginais…

— La façon dont elle gagnait sa vie n'a plus d'importance, dit Uberto, apaisé. Elle nous a aidés. C'est une femme honnête. »

Ou amoureuse, songea Ignace.

Et il sourit à son fils.

– 25 –

Suger détestait Ignace de Tolède. Plus que Philippus Cancellarius, plus que quiconque s'était mis en travers de sa route. Il avait des accès de bile jaune à l'idée qu'Ignace avait réussi son évasion pendant que lui croupissait toujours dans sa cellule. Mais, surtout, il se sentait floué. Le marchand lui avait volé la primeur de la ruse en s'arrogeant le privilège du dernier mot. Ignace lui avait dit qu'il ne méritait aucune pitié. Quelle gifle morale ! Suger en était resté recroquevillé dans un coin de sa geôle, à gémir, un goût âcre dans la bouche, les doigts crispés sur le ventre. Marbourg allait-il faire ce qu'il avait dit ? Enverrait-il une colombe en France ? Cette éventualité avait pour effet de réveiller toutes ses peurs.

Il ne pouvait permettre que ce prêtre découvrît la vérité sur son départ de Paris. Ou ce serait la fin. Alors même qu'il était sur le point de rejoindre Salerne ! Il ne lui restait plus à couvrir que quelques jours de voyage. Quelques jours encore et il aurait pu se bâtir une vie nouvelle, un nouveau métier, une existence sans nuage ni équivoque.

Pourquoi s'était-il laissé entraîner dans cette affaire de manteau et de dragonite…

Désormais, songea-t-il avec amertume, les seules pierres sur lesquelles il poserait les yeux, ce seraient les blocs de calcaire qui composaient les murs de sa prison.

Il rumina jusqu'à l'aube. La réclusion pesait sur son humeur, bien sûr, et pourtant elle se révéla moins oppressante que prévu. Un homme ordinaire, habitué à travailler dehors, aurait perdu la raison en une poignée d'heures. Mais lui, Suger, était accoutumé aux lieux clos et obscurs, au silence, à la solitude de l'étude. Et c'est ce qui l'aida à conserver une certaine lucidité. Pour tuer le temps, il repensa aux épreuves fâcheuses qu'il avait dû affronter ces derniers temps : les menaces de Philippus Cancellarius, celles de Roland de Crémone, ce meurtre à la halle aux vins, la mort de Bernard.

Pourquoi n'avait-il pas mieux écouté ce garçon ? Pourquoi n'avait-il pas su se montrer plus convaincant avec lui…

Il soupira. Au fond, quel profit en eût-il retiré ? Les gens ne changeaient pas. Ils n'en faisaient jamais qu'à leur tête. Ils fabriquaient eux-mêmes leur malheur. Suger devait-il se charger de tous les maux de la terre ? N'avait-il pas assez à faire avec ses propres soucis. Devait-il s'offrir en plus le luxe de la culpabilité ? Allons, il était temps de faire une croix sur le souvenir de Bernard.

Son problème, maintenant, c'était Conrad de Marbourg. Inutile de se le cacher. L'ombre du prêtre se dressait derrière toutes les conjectures et les réminiscences possibles. Dès que Suger pensait à lui, il se sentait étouffé par l'angoisse. Car cet homme était à l'évidence une bête féroce. Même son regard rappelait celui des prédateurs nocturnes ; sa mâchoire semblait celle d'un carnivore. Cependant, Marbourg transformait son agressivité en une manipulation verbale aussi subtile que funeste. Chaque mot qui sortait de sa bouche était un piège, chaque geste un coup de griffe. Il encerclait ses victimes avant de leur enfoncer ses crocs dans la gorge…

La porte s'ouvrit et Suger ne put s'empêcher de porter les mains à son cou.

Conrad de Marbourg entra dans la cellule. Toujours vêtu de noir, arborant son gros crucifix en fer au milieu de la poitrine. Une lanterne pendait à sa main gauche. De l'autre main, il tenait une coupe en terre cuite.

« Je vous apporte à manger », dit-il.

Que d'attentions ! Suger en était stupéfait.

« C'est très aimable de votre part. Il ne fallait pas vous donner cette peine.

— Ce n'est pas une question d'amabilité, dit le religieux en lui tendant la coupe, mais de charité. »

Le médecin considéra le contenu du récipient : des bouts de pain rassis flottant dans un brouet poisseux. Il reposa à terre ce bol écœurant.

Conrad semblait déçu.

« Vous n'aimez pas ?

— Je n'ai pas grand appétit. »

Le prêtre liquida la question d'un geste insouciant.

« Eh bien… Sachez que j'hésite un peu sur votre sort.

— C'est-à-dire ?

— Je pourrais vous faire sortir de cette prison si vous vouliez bien collaborer.

— N'ai-je pas assez collaboré ? Je vous ai dit tout ce que je savais !

— Des mots ! Ce que j'attends de vous, ce sont des faits.

— Je ne comprends pas.

— Vous allez comprendre, affirma Marbourg en lui éclairant la figure avec sa lanterne. Vous avez sûrement remarqué ce qui s'est passé cette nuit.

— Vous faites référence à l'évasion d'Ignace de Tolède ? »

Le religieux opina du chef.

« J'ai regardé par le judas, dit Suger. Je l'ai vu s'enfuir avec une femme.

— Vous a-t-il parlé ?

— Non », mentit le médecin.

En disant la vérité, il aurait craint d'aggraver sa situation.

« Pourquoi m'aurait-il parlé ? »

Conrad se tut un instant, puis reprit :

« L'avez-vous entendu discuter ?

— Je n'ai rien entendu de spécial.

— Selon vous, qu'a-t-il prévu de faire maintenant ? »

Suger, d'abord, hésita à répondre, puis il interpréta la question comme une sorte d'épreuve. Marbourg essayait-il de jauger sa fiabilité ?

« Il n'est pas exclu qu'il se rende à Salerne, chez la guérisseuse. Dans l'espoir d'y trouver l'*Eau noire*. »

Le médecin n'en était pas convaincu lui-même, en fait. C'était une information qu'il tenait d'Alfan. Mais se taire eût été risqué.

L'inquisiteur mima un bâillement.

« Dites-moi plutôt quelque chose que je ne sache pas déjà.

— Dans quel but ?

— Puisque vous tenez tellement à le savoir, j'ai l'intention de me lancer aux trousses de l'Espagnol dès que cet entretien sera terminé. Selon ce que vous allez me dire, je déciderai de vous emmener avec moi ou de vous laisser moisir ici.

— Mais vous avez promis de me libérer !

— Je n'ai jamais rien dit de tel. J'ai juste agité l'hypothèse de vous faire sortir… et de vous garder à mon côté.

— Pour quoi faire ?

— Je me ferais trop remarquer en me présentant à Salerne escorté par des soldats. En revanche, dans cette ville hippocratique, un médecin, même étranger, passera inaperçu. Là-bas, vous me serez utile. Vous espionnerez pour moi. Mais, d'abord, je veux la preuve que vous êtes digne de ma confiance. »

Suger évalua la situation et conclut rapidement qu'il avait tout à gagner à collaborer. Qui sait s'il n'arriverait pas, au final, à recouvrer sa liberté ?

« Eh bien, dit-il, sachez que j'ai eu l'occasion de méditer les indications d'Alfan.

— Vous avez compris ce qu'est l'*Eau noire* ?

— Bien mieux, je crois savoir où la trouver. »

Conrad se rapprocha vivement de lui et attendit, tel un gros félin à l'arrêt.

Suger se recroquevilla sur lui-même et ferma instinctivement les yeux. Quand ses paupières se rouvrirent, les iris noirs de Marbourg se trouvaient à quelques pouces des siens.

« Je ne vous le demanderai qu'une seule fois, dit-il. Êtes-vous en train de mentir ?

— En aucun cas, mon révérend. Je suis loyal. »

Le religieux se calma.

« Alors, je vous emmène avec moi. Mais, d'abord… »

Il ramassa la coupe qui reposait à terre, y pêcha un bout de pain graisseux et le présenta aux lèvres de Suger.

« D'abord, il faut manger. »

Le médecin ne put faire autrement qu'avaler l'ignoble bouillie. Cela lui fit venir la nausée. Ayant dégluti, il rouvrit la bouche pour dire quelque chose mais Conrad avait déjà toute prête une autre bouchée.

Suger, maîtrisant un haut-le-cœur, lui fit signe qu'il avait assez mangé.

Le religieux lui retourna un sourire angélique et répliqua :

« Je ne voudrais pas m'être montré charitable en vain. »

Et il lui enfourna de force le bout de pain dans le bec.

Le fait d'infliger à Suger cette petite torture semblait le mettre en joie.

De sorte que Suger, à la fin, s'en trouva presque rassuré.

QUATRIÈME PARTIE

LARMES DE CRISTAL

Et les damnés disaient dans les affres de leurs tourments : « Aie pitié de nous, Michel Archange ! Et toi aussi, Paul, adoré de Dieu ! Interviens pour nous auprès du Seigneur ! »

L'ange leur répondit : « Pleurez. Je pleurerai avec vous et Paul lui-même pleurera. Prions Dieu pour qu'Il se montre compatissant dans Sa miséricorde, et nous consente un peu de soulagement. »

Apocalypse de Paul

– 26 –

Ils jetèrent l'ancre à Salerne avant l'aube.

Ils avaient navigué tout le dimanche de Pâques, longeant la péninsule sorrentine, ses montagnes superbes, ses forêts et ses rochers affleurant à la surface des eaux. Ignace, tout à sa liberté retrouvée, avait laissé flotter son regard vers les oiseaux marins. Sa détention avait été brève mais épuisante. Il n'avait pas souffert seulement d'être enfermé entre quatre murs, mais d'un jugement brutal qui punissait les idées plutôt que les crimes. Sans parler de la fin tragique d'Ermeline : il n'en était toujours pas remis.

D'autres soucis n'avaient pas tardé à se manifester. Alors qu'ils croisaient au large de Naples, Coule-Poisson avait repéré la voile d'une galère qui semblait faire route le long de la côte, tout comme eux. Ils l'avaient perdue de vue alors qu'ils doublaient la péninsule, puis elle s'était montrée de nouveau dans les eaux d'Amalfi. C'était un navire imposant et, cependant, rapide.

« Une galère appartenant aux templiers », avait grogné le marin.

En effet, elle battait pavillon blanc à croix rouge.

« Des problèmes en perspective ? » avait demandé Ignace.

Coule-Poisson avait secoué la tête.

« Hier, elle était amarrée à Vulpulum, le grand port de Naples. Ils ont dû lever l'ancre dans la nuit, comme nous.

— Et alors ?

— Alors, messire, c'est étrange. Vu que l'empereur ne porte pas les templiers dans son cœur ! Il les a bannis du royaume de Sicile. On dit même qu'il leur a confisqué leurs biens pour les donner à l'ordre des Chevaliers teutoniques. »

Dès lors, Ignace s'était tu. L'avancée des clavigères et la mort présumée de Frédéric II offraient à l'ordre du Temple un prétexte tout trouvé pour remettre la main sur ses fiefs. Pourtant, le marchand regardait aussi cette galère comme une menace personnelle. Plus elle se rapprochait, plus il redoutait qu'elle n'eût à son bord quelqu'un qui s'intéressât à lui. Un religieux qui aurait quitté Naples à la faveur de la nuit pour se lancer à ses trousses, par exemple. Avait-il trop d'imagination ? Possible. Mais il n'arrivait pas à chasser de son esprit l'idée que Conrad de Marbourg voyageait peut-être sur ce vaisseau chargé de moines blancs.

*

* *

À Salerne, ils laissèrent leur bateau à quai pour aller finir la nuit dans une auberge du port. Ignace, toutefois, aurait préféré rester à bord et dormir à la belle étoile pour mieux jouir de cette irrépressible sensation de liberté. Aux premières lueurs du jour, il paya Coule-Poisson, le remercia pour son aide et lui demanda s'il était prêt à les attendre un ou deux jours, au cas où il leur faudrait repartir à la hâte. Le marin accepta volontiers.

Ignace et Uberto s'éloignèrent du port et se dirigèrent vers l'entrée de la ville par un chemin littoral qui tantôt courait entre les rochers, tantôt traversait des maquis de myrte et de genêts. Ils avaient la mer à main droite. À gauche se dressait le mur d'enceinte au-delà duquel on apercevait le sommet d'un château. Les arcades d'un aqueduc remarquable enjambaient les arbres et les maisons.

Uberto avait assez d'argent pour payer leurs frais. Il portait en bandoulière le sac de Suger contenant le manteau du Sagittaire. Voyant que son père allait à grandes enjambées, il demanda :

« Pourquoi se dépêcher ainsi ?

— Mieux vaut ne pas traîner, avec cet Allemand sur nos talons.

— Trouver la guérisseuse prendra du temps.

— Pas si nous savons où chercher. »

Ignace méditait sur l'énigme de l'*Eau noire* – deux simples mots, bien peu de chose en vérité.

« À mon avis, reprit Uberto, nous devrions commencer par la faculté de médecine ou par un couvent.

— Pour risquer de tomber sur Marbourg ? C'est un chasseur habile, ne le sous-estimons pas…

— Donc ?

— Donc nous suivrons une autre piste. »

Ayant franchi une arche qui regardait la mer, ils empruntèrent une rue noire de monde où se tenait le marché aux poissons. Dans la foule, ils prirent en direction du centre. Les quartiers se succédèrent, agrémentés de places et de jardins, traversés par de larges voies appelées *plateæ* d'où partaient des ruelles qui serpentaient entre les maisons et se perdaient dans l'ombre des zones reculées. On ne circulait pas facilement non plus dans ces *plateæ*, tant y pullulaient les passants de toutes ethnies, les femmes vêtues à la mode arabe de robes de soie damascènes et dont les mains étaient peintes au henné.

La place dite des Barbus accueillait les boutiques les plus renommées. Le marchand demanda où se trouvait la rue des épices, puis il entraîna Uberto dans une voie encombrée d'étalages exposant des semences, des racines et des ossements d'animaux.

« Tout médecin qui se respecte utilise des herbes et des produits de la nature, dit-il, comme pour s'expliquer sur leur échange précédent. On trouve certaines de ces épices en ville, dans les jardins ou dans l'arrière-pays, mais d'autres sont assez rares. Il en est même que l'on ne verra nulle part ailleurs. »

Uberto hochait la tête.

« Maintenant je comprends où tu voulais en venir. Tu penses que notre guérisseuse a de fortes chances de fréquenter ce marché.

— Nous finirons bien par trouver quelqu'un qui la connaît. »

Ignace avait déjà repéré un groupe de vieilles réunies autour d'un étalage de liqueurs curatives. Il se dirigea vers elles sans hésiter.

« Si ça se trouve, elle est là. C'est peut-être l'une de ces femmes. »

– 27 –

Suger eut peine à croire que ce somptueux jardin entouré d'arcades était l'atrium de la cathédrale Saint-Matthieu. On y accédait par un escalier. Son portail flanqué de deux lions de pierre était digne d'un palais. Maintenant qu'il avait sous les yeux ces sculptures et le campanile aux arceaux polychromes, Suger en venait à apprécier l'art arabo-normand si répandu à Salerne. Le jardin était occupé par des jeunes gens qui n'étaient pas des novices, mais des étudiants. Certains discutaient autour de la fontaine, d'autres étaient assis à l'ombre, près des sarcophages antiques exposés au pied des colonnades.

Il avait pénétré dans le temple de la science hippocratique. Ici, disait-on, avait étudié le grand Pierre-Gilles de Corbeil, le médecin personnel de Philippe Auguste. L'espace d'un instant, Suger en oublia les circonstances qui l'avaient amené en ces lieux. Peu lui importait soudain d'être attaché au service de Marbourg. Il se moquait bien de savoir que Galvan Pungilupo l'attendait dehors. Il s'estimait payé de tous ses efforts.

Son humeur s'était améliorée après qu'il s'était embarqué sur cette galère de l'ordre du Temple.

Le navire avait été mis à quai dans le port de Naples pour permettre aux marins de célébrer Pâques dignement. C'était un bâtiment parti du Languedoc, qui prévoyait de faire route vers la Calabre sans escale. Mais le prêtre allemand avait obtenu de s'y embarquer avec Suger, Pungilupo et deux écuyers du Castello Marino. Il avait demandé aussi de descendre à terre à Salerne. Au vu de sa licence papale, les templiers n'avaient émis aucune objection. Et l'optimisme du Français se nourrissait maintenant d'une promesse : en aidant Marbourg à retrouver Ignace, il gagnerait la liberté de s'établir ici, près de l'École de médecine.

Retrouver l'Espagnol n'allait toutefois pas être facile. Était-il seulement à Salerne ? Suger en doutait. À supposer que ce fût le cas, de quels indices disposait-il pour anticiper les allées et venues du marchand ? Découvrir l'identité de la guérisseuse pouvait lui être utile, mais encore fallait-il comprendre la signification des mystérieuses paroles prononcées par Alfan Imperato.

Il avait abordé ce sujet avec Marbourg avant de s'embarquer sur la galère. D'après lui, l'expression « eau noire » était employée par les médecins salernitains pour désigner l'un des quatre fluides contenus dans le corps humain. Outre le phlegme du cerveau, le sang et la bile jaune, il existait une bile noire secrétée par la rate. Si son hypothèse était juste, les « larmes » de la guérisseuse étaient peut-être une substance capable de guérir un excès de bile noire, cause de la mélancolie. Alors, tout prenait sens.

Afin de vérifier ses suppositions, le Français avait demandé et obtenu la permission de consulter un magister de l'École salernitaine. Pendant ce temps, Marbourg l'attendrait dans une petite église.

Suger, sans perdre de temps, se renseigna auprès d'un étudiant pour savoir où trouver les professeurs de ce Studium.

« Je vous conseille de vous adresser au magister Urso, répondit le jeune homme. Il vient d'arriver. »

Il indiquait un amphithéâtre au fond de l'atrium.

Suger allait se remettre en route quand des cris retentirent à l'intérieur. Il prit la direction indiquée sans se laisser troubler. Depuis le temps qu'il pratiquait la médecine, il en avait entendu, des cris ! Et de bien pires ! Il traversa l'*armamentarium pigmentariorum*, l'abri où l'on conservait les plantes siccatives. Il franchit une autre porte. Les hurlements se firent plus aigus.

Il pénétra dans une salle aux murs ornés d'illustrations figurant des organes internes. Des étudiants s'efforçaient d'immobiliser un homme couché sur une table. L'opération, manifestement, était plus difficile que prévu. En tout cas, le malheureux ne semblait pas décidé à se laisser faire. Il se débattait, donnait des coups de pied et de poing. Pour en venir à bout, on eut recours à des lanières de cuir.

L'affaire était dirigée par un individu corpulent et de petite taille, à l'écart de l'agitation. Dès que le patient fut réduit à l'impuissance, il s'approcha et lui palpa avec attention la région inguinale, ce qui arracha au malheureux des plaintes étranglées. Ayant médité un instant, le médecin plongea dans une cuvette une *spongia somnifera*, à savoir une éponge imprégnée d'opium, de mandragore ou de toute autre substance anesthésiante. Il l'enfonça dans la bouche du patient.

En attendant qu'elle produisît son effet, il distribua des ordres à ses disciples. Suger l'entendit prononcer des mots tels que « incision », « ablation » et « suture ». Il vit combien les étudiants étaient attentifs. Le professeur avait l'air de leur inspirer de la dévotion. Suger lui-même éprouva envers cet homme un mélange d'admiration et d'envie.

Le chirurgien invita les jeunes gens à se mettre au travail.

À présent, Suger était certain d'avoir affaire à celui qu'il cherchait.

« Ai-je le privilège de m'adresser au magister Urso ? demanda-t-il.

— En effet, répondit l'autre sans détourner les yeux des étudiants qui avaient entrepris de raser l'aine du patient.

— Je m'appelle Suger du Petit-Pont, et je viens de Paris. Je suis un *magister medicinae*, comme vous. »

Urso lui consentit un regard. Le Français le rassura :

« Je ne vous prendrai que peu de temps. Je suis venu vous poser une question. Mais d'abord... »

Suger avait beau être là pour remplir sa mission, il ne put dominer sa curiosité :

« Pourquoi votre patient se révolte-t-il ainsi ?

— Je le soigne pour une hernie inguinale. Il va falloir ouvrir et pratiquer une ablation. »

Le magister soupira.

« Mais ce n'est pas moi qui vais le faire. J'ai dû tout expliquer. »

Suger était sidéré.

« Vous le faites opérer par vos disciples ?

— Sous mon contrôle, évidemment ! précisa Urso avec une pointe d'irritation. Comment mes garçons gagneraient-ils de l'expérience s'ils ne pratiquaient eux-mêmes ? Ils ne vont tout de même pas se contenter de disséquer des porcs ! »

Suger s'aperçut que les illustrations sur les murs représentaient l'intérieur non de l'homme, mais du cochon. Manifestement, Salerne aussi interdisait la dissection de cadavres humains. Quel paradoxe ridicule, alors même que l'on démembrait tous les jours des criminels ! Sans parler des cadavres des saints, dont on faisait des reliques ! L'Église feignait de ne pas voir. Elle préférait réserver ses anathèmes à l'investigation anatomique.

Les étudiants avaient fini de raser l'aine du patient. Ils firent de la place au plus âgé du groupe, lequel leva son bistouri, prêt à ouvrir. Le magister, d'un signe, l'invita à procéder.

« Alors, pourquoi me cherchiez-vous ? dit-il en se tournant vers Suger.

— Je voudrais savoir… »

Le Français marqua une hésitation. Il ne tenait pas à passer pour un naïf, encore moins pour un idiot. Il choisit d'aller droit au but :

« J'aimerais avoir des éclaircissements sur l'*Eau noire*. »

N'ayant pas obtenu de réponse, il attendit que le bistouri eût pénétré la chair pour continuer :

« Je suppose qu'il s'agit de la bile noire.

— Vous souffrez de flegme mélancolique ? »

Urso, d'un geste, pria son étudiant d'inciser avec davantage de précaution.

« Non, reprit Suger. Je suis à la recherche d'une femme. Une guérisseuse capable de contrer les effets de la bile noire par le moyen des larmes. Du moins, je le crois…

— Quelles sottises êtes-vous en train de me débiter ? s'exclama le Salernitain. Et vous avez l'audace de vous proclamer *magister medicinae* ? »

Suger en rougit de honte. Maintenant, il avait hâte de s'expliquer. C'était cependant impossible : Urso devait surveiller l'incision. Des étudiants tamponnaient la plaie pour prévenir l'hémorragie, d'autres se penchaient sur le patient pour étudier ses organes.

Dès que l'occasion se présenta, Suger reprit :

« La guérisseuse… »

Le magister l'interrompit en embrassant la salle d'un grand geste impatient et s'écria :

« Est-ce que vous voyez des femmes, ici, par hasard ? »

Le menaçant de son index pointé sur sa poitrine, il rugit :

« Vous ne trouverez ici nulle guérisseuse ni sage-femme ! Seulement d'authentiques *médecins* ! »

Cette réaction éveilla un soupçon dans l'esprit de Suger. Urso, se dit-il, avait parfaitement compris de quoi il retournait. Mais, comme nombre de professeurs de médecine, il tenait en grand mépris ces impudentes qui prétendaient s'adonner à l'art médical. Suger décida de ruser :

« Loin de moi l'idée de mettre en doute vos compétences ! Mon intention est de capturer cette espèce de sorcière. »

Le chirurgien passa de l'irritation à la surprise. Le Français insista :

« Où puis-je la trouver ?

— Vous auriez dû commencer par là, gronda Urso. *Eau noire* n'est pas le nom d'un fluide corporel. C'est celui d'une personne ! »

Il grimaça d'indignation.

« Adressez-vous aux bénédictines de Saint-Georges. Elles ne la connaissent que trop bien. »

Les yeux de Suger brillaient de gratitude.

« Je vous remercie », dit-il, avant de s'incliner.

Mais il ne prit pas congé sans ajouter, plein d'espoir :

« Nous nous reverrons…

— Si vous le jugez opportun, répliqua le Salernitain. En attendant, je ne vous retiens pas. »

Il se précipita vers la table d'opération. Ayant arraché le bistouri des mains du disciple, il le rabroua :

« Attention, malheureux ! Vous avez failli l'éventrer ! »

– 28 –

Les femmes réunies près des liqueurs curatives ne leur furent d'aucune aide. Elles affirmèrent n'avoir jamais entendu parler d'aucune guérisseuse aux larmes, encore moins de cette *Eau noire*. Cela dit, elles étaient elles-mêmes guérisseuses et tout à fait disposées à leur montrer ce dont elles étaient capables, moyennant un prix modique. Ignace secouait la tête. Étaient-elles honnêtes ? Ou étaient-ce des menteuses qui redoutaient de perdre un client ? Il s'en alla poser les mêmes questions à un marchand assis derrière son banc, qui avait l'air d'avoir suivi la scène avec intérêt. C'était un *confectionarius* qui ne lui disait rien de bon. Il préparait non seulement des remèdes et des *pocula* – autrement dit des potions – hors de prix, mais aussi diverses drogues. Un simple regard suffit au marchand de Tolède pour le ranger dans la catégorie des charlatans : au lieu de vous donner un remède, ils vous rendaient dépendant de substances qui apaisaient la douleur sans guérir la maladie.

« Vous n'avez pas besoin de la guérisseuse aux larmes. »

L'homme considérait Ignace avec un petit sourire mielleux.

« J'en déduis que vous la connaissez, répliqua ce dernier.

— Et comment, que je la connais. Et, même, je vous la déconseille. On dit que c'est une sorcière.

— Nous jugerons par nous-mêmes. »

Uberto lui lança une pièce.

« Si vous aviez l'amabilité de nous parler d'elle et de l'*Eau noire*…

— *Eaunègre*, le corrigea le vendeur de remèdes en empochant l'argent. C'est comme ça que la dame s'appelle. Rémigarde d'Eaunègre. »

Uberto, incapable de cacher sa surprise, consulta son père du regard.

« C'est ce qu'a voulu me dire Alfan Imperato ! Le nom de la guérisseuse. Quel idiot je suis, de n'avoir pas compris !

— Tu ne le pouvais pas. Alfan lui-même devait probablement ignorer la signification de ses propres paroles. »

Il se tourna vers le charlatan :

« Savez-vous où elle habite ?

— Non. »

Uberto posa une deuxième pièce sur le banc. L'homme, ayant ramassé la pièce, se fit plus loquace :

« Mais je connais quelqu'un qui va souvent la voir. Un oculiste : Benvenuto Grafeo.

— Pourquoi un oculiste visiterait-il une guérisseuse ? demanda Ignace d'un ton soupçonneux.

— Pour soigner la fille de Rémigarde. Il paraît qu'elle est affectée d'une étrange maladie des yeux. Une malédiction. À moins qu'il ne s'agisse d'un miracle. Ça dépend des goûts.

— Où peut-on le trouver, ce Grafeo ? »

Le fabricant de remèdes indiqua une rue qui partait de la place des Barbus.

« Il habite là-bas, dans la Giudaica, près de Sainte-Marie-du-Dôme. »

Il précisa que Benvenuto Grafeo était un docteur juif.

*
* *

La Giudaica n'était pas un ghetto mais un quartier ouvert où vivait une communauté florissante, intégrée à la vie de la cité. On disait que les juifs n'y étaient pas moins de cinq cents. Ignace et Uberto ne furent pas surpris car, depuis leur arrivée, ils ne faisaient que croiser des hommes portant le turban ou la calotte. Une légende voulait que l'École de médecine eût été fondée par quatre praticiens de quatre cultures différentes : un Latin, un Grec, un Arabe et un Juif.

La demeure de Grafeo ne fut pas difficile à trouver : elle se dressait à trois pas de l'église, juste à l'entrée de la Giudaica. C'était une maison de deux étages aux murs de pierre, avec portique, arcade et colonnades. Ignace et Uberto y furent accueillis par un jeune domestique qui les précéda dans un vestibule, puis dans une pièce décorée de tapis, de coussins et de meubles de prix. Ils finirent dans un jardin opulent : le *vividarium*. On les pria alors de s'asseoir sur des sièges en osier, à l'ombre d'un sycomore.

Benvenuto Grafeo ne les fit guère attendre. Âgé, de petite taille, il semblait à la fois humble et plein d'autorité. Les boucles de sa barbe blanche roulaient sur une tunique rouge serrée à la taille par une large ceinture d'étoffe. Son front, d'abord très plissé, se dérida peu à peu. Sans doute les visiteurs l'avaient-ils arraché à une profonde méditation.

« Bienvenue dans ma demeure à vos seigneuries, dit-il en les observant du coin de l'œil. Il ne me semble pas que nous nous soyons jamais rencontrés.

— En effet, dit le marchand en s'inclinant. Mon nom est Ignace Alvarez et je viens de Tolède. »

Uberto se présenta à son tour.

Grafeo les pria de se rasseoir. Lui, cependant, resta debout.

« Vous portez d'humbles vêtements, dit-il, mais vos manières disent le contraire. »

Ignace éluda :

« Nous sommes de passage à Salerne. »

Le Juif fronça les sourcils.

« Eh bien ! En quoi puis-je vous être utile ? Vous savez, j'espère, que je ne suis pas un médecin ordinaire. Je ne soigne que les yeux.

— Nous n'avons pas besoin de soins. Nous cherchons des renseignements sur une de vos patientes : Rémigarde d'Eaunègre, une guérisseuse…

— Et pour quelle raison la cherchez-vous, s'il vous plaît ?

— Nous souhaitons l'interroger sur un certain sujet. »

L'oculiste croisa les bras et dit, sans chercher à cacher sa déception :

« Rien de désagréable, j'espère.

— Vous vous montrez très protecteur, fit Ignace.

— Rémigarde est une personne de bien et de telles personnes sont une espèce rare. »

Le Juif restait poli, mais se montrait combatif.

« J'apprécierais que vous ne lui fassiez aucun mal. »

L'hostilité était voilée, mais réelle. Ignace, qui ne voulait pas envenimer les choses, dit en ouvrant les bras :

« Je puis vous jurer que telle n'est pas mon intention. Je sais ce que veut dire craindre pour la vie de quelqu'un.

— Alors, vous savez aussi jusqu'où peut aller un homme, quand il s'agit de défendre un être cher.

— Hélas, oui ! Mais ce n'est pas contre nous que vous devrez bientôt la protéger.

— Que voulez-vous dire ?

— Un homme va venir vous voir. Un prêtre allemand missionné pour une enquête sur une secte hérétique.

— J'ignore en quoi Rémigarde peut l'intéresser ! »

Ignace, d'un geste, lui proposa de s'asseoir à côté de lui.

« Vous ne devriez pas vous soucier de ce qu'il cherche, mais plutôt de ce qu'il est prêt à faire pour l'obtenir. »

Grafeo faillit repousser l'offre de prendre un siège mais, après une hésitation, il s'assit en face du marchand.

« Je me soucie moins de Rémigarde, dit-il, que de sa fille, la jeune Adélise.

— C'est votre patiente ? » demanda Uberto.

L'oculiste approuva du chef, contrarié.

« Cet enfant souffre d'une maladie assez rare. Rare et incurable.

— De quoi s'agit-il ? »

Grafeo glissa un doigt dans le morceau d'étoffe qui lui ceinturait le ventre et en tira des pierres pareilles à de la nacre transparente. Il les déposa dans le creux de sa main pour les présenter à ses interlocuteurs.

« Voici les larmes d'Adélise », dit-il.

*

* *

« Nous n'avions pas l'intention de vous presser ainsi ! » dit Ignace.

La vérité, c'est qu'il n'en espérait pas tant.

Les trois hommes, après avoir quitté la Giudaica, se dirigeaient à grands pas vers la maison où résidait Rémigarde d'Eaunègre. En effet, au terme de leur bref échange, l'oculiste s'était offert de conduire lui-même Ignace et Uberto chez la guérisseuse. Il avait enfilé ses sandales, endossé un grand manteau vert et n'avait pas oublié de se passer autour du cou le cercle jaune obligatoire pour lui et ses semblables. Il avait, enfin, glissé sous son bras un étui de bois enfermant les outils de sa profession.

« Je ne me presse pas, répliqua Grafeo. J'ai l'habitude d'aller visiter l'enfant tous les jours. Dès que libéré de mes obligations, je cours voir où elle en est. Vous êtes le meilleur des prétextes.

— Parlez-nous de cette maladie », intervint Uberto.

L'oculiste haussa les épaules.

« Que dire, sinon qu'elle n'a plus de cristallin ? Sa vue est très basse. Elle a les yeux constamment irrités. La lumière lui fait mal. J'ai tout essayé et rien n'a marché. Tout ce que je puis faire, c'est apaiser la souffrance à l'aide d'un collyre.

— Avez-vous consulté d'autres médecins ? voulut savoir Ignace.

— Ceux de Salerne et d'ailleurs. J'ai écrit aux meilleurs magistri de Constantinople et de Montpellier, villes où j'ai étudié dans ma jeunesse. Aucun n'a pu résoudre cette énigme. »

Le marchand hochait la tête.

« La légende veut que la guérisseuse procède par le truchement des larmes. Cette pratique serait liée à la maladie de sa fille ?

— Précisément, soupira Grafeo. C'est en cela que réside le *second* problème.

— Expliquez-vous.

— Le vulgaire attribue au cristallin d'Adélise des pouvoirs miraculeux. Les infirmes offrent de l'argent à Rémigarde pour qu'elle les soigne. Ils prient sa fille de les guérir au moyen de ses larmes. Comme si c'était possible…

— Soyez plus clair !

— C'est une superstition ancienne, reprit l'oculiste à contrecœur. Croire que les magiciennes peuvent soulager les douleurs en versant des larmes. Croire que lesdites larmes sont en cristal ! Le peuple est tellement naïf. Les gens s'imaginent que ces idioties marchent pour de bon.

— En quoi cela gêne-t-il l'enfant ?

— Si beaucoup la vénèrent comme une sainte, d'autres, en revanche, la croient maudite. »

– 29 –

Sur la rive du Labinario, le canal qui longeait la rue du Dôme, Galvan Pungilupo attendait de voir Suger ressortir de l'École de médecine. De temps en temps, il se détournait de l'animation du parvis pour observer le ruissellement des eaux ou les gros rats qui se cachaient sur la berge opposée. Son oreille – ou plutôt son oreille disparue – le torturait toujours, même si la douleur allait s'atténuant. Les vertiges avaient cessé. Il recouvrait sa liberté de mouvement. Il ne tarderait plus à se débarrasser de ce bandage. Il pourrait alors planquer sa blessure sous une mèche de cheveux, comme il l'avait vu faire un jour par un vétéran.

Non, ce n'était pas cette blessure qui le mettait de mauvaise humeur. C'était Suger ! Il estimait que ce médecin ne leur serait d'aucune utilité et il n'avait pas envie de lui servir de garde du corps. Il aurait préféré mener l'enquête lui-même. Mais Marbourg avait laissé des ordres. Galvan devait accompagner Suger, voire l'aider dans ses recherches, et sans jamais le perdre de vue. Autant dire que le clavigère était obligé de freiner ses propres instincts.

Sa méthode à lui aurait consisté à passer la zone portuaire au peigne fin !

Alors qu'ils marchaient ensemble vers Saint-Matthieu et l'École de médecine, il n'avait adressé la parole au médicastre qu'une seule fois, pour l'interroger sur ses intentions. L'autre lui avait répondu en parlant de fluides corporels, avec son accent de grenouille, et sans se soucier de savoir si son interlocuteur y comprenait quelque chose. Quel mandarin ! Quel pédant ! Penser que, deux jours plus tôt, il pleurnichait encore au fond d'un souterrain du Castello Marino !

Toutefois, Galvan avait dû ravaler ses insultes et accompagner Suger jusqu'au bout, avant de le quitter à l'entrée de Saint-Matthieu. En le voyant se donner une contenance au moment de pénétrer dans l'atrium, il n'avait pu retenir un rictus cruel. *Sale petit coq français !* avait-il pensé, *un de ces jours, c'est moi qui t'arrangerai*. Il s'était même demandé ce qu'il éprouverait au moment de lui planter son couteau dans le ventre. Une bonne estocade ! On verrait bien alors si Suger était vraiment savant sur les fluides du foie, de la rate et tout le tremblement !

Au bout d'une demi-heure, Galvan était fatigué de penser, d'observer le canal et de lorgner les rats. Il vit Suger sortir de la cathédrale. Le médecin semblait satisfait, ce qui le rendait encore plus détestable.

Le clavigère le suivit discrètement. Après avoir marché une minute sur ses talons, il l'attrapa par le bras. Le médecin poussa un cri de surprise. Galvan lui grogna dans le creux de l'oreille :

« Où allez-vous comme ça, petite oie ? »

Suger fut soulagé de voir que c'était le clavigère.

« J'ai peut-être trouvé la guérisseuse, dit-il. Je vais sûrement avoir besoin de vous. »

Galvan le trouva plus haïssable que jamais.

*

* *

En route, Suger mit de l'ordre dans ses idées. Des indications d'Urso, il concluait que la guérisseuse aux larmes devait habiter près du couvent Saint-Georges. Était-elle religieuse ? Sœur converse, peut-être ? Il ne niait pas avoir ressenti quelque amertume en apprenant qu'il s'était trompé au sujet de l'*Eau noire*. D'un autre côté, il avait eu une bonne intuition en décidant de se rendre à l'École de médecine. À présent, il s'attendait à de nouvelles découvertes et son intention était de se présenter devant Marbourg quand il aurait du concret à lui offrir : alors, il serait en mesure de négocier au mieux les conditions de sa remise en liberté.

Le couvent Saint-Georges, où vivaient des femmes, était un majestueux édifice entouré de dépendances, dont une infirmerie de renom. Suger, sans en être certain, pressentait qu'il se trouverait bientôt en présence de la guérisseuse. Cette pensée l'emplissait d'une euphorie qui n'avait rien à voir avec la traque d'Ignace de Tolède. Suger n'était pas un Pungilupo. Il n'était pas un Marbourg non plus. Il n'avait pas le goût de la chasse. S'il éprouvait en ce moment une intense émotion, elle était due à la curiosité. Outre qu'il rêvait de la dragonite, il était impatient de percer à jour le mystère du manteau. Et la dame à l'*eau noire* avait très probablement la clef de cette découverte.

Il pointa le doigt vers le couvent.

« Assurons-nous qu'elle est bien dans ces murs, dit-il.

— Si vous croyez que les religieuses vont ouvrir leur porte à deux hommes ! »

Suger le rassura d'un geste.

« Expliquez-vous ! s'énerva le clavigère.

— Venez et faites comme moi », dit le médecin pour toute réponse.

Et il alla frapper au portail.

Des pas résonnèrent à l'intérieur. Le judas s'ouvrit.

« Qui est là ? demanda une voix.

— Des étrangers ! dit le médecin d'un ton alarmé. Il nous faut des soins !

— Vous ne m'avez pas l'air en mauvaise santé, fit la sœur sans amabilité.

— Mon compère a perdu une oreille ! »

Le regard de la religieuse s'arrêta un instant sur le bandage de Pungilupo qui la gratifia d'une grimace douloureuse.

Le judas fut refermé. L'instant d'après, le verrou se débloqua et la sœur ouvrit la porte.

Suger était ravi de son stratagème. Les deux hommes pénétrèrent dans le vestibule du couvent. Le médecin hasarda :

« On nous a dit qu'il y avait chez vous une guérisseuse… »

La sœur, d'un signe, lui ordonna de se taire : ici régnait la règle du silence. De l'ombre se détachèrent deux jeunes religieuses qui entreprirent d'examiner la blessure. L'une des deux chuchota :

« La cautérisation est récente, ça ne suppure pas beaucoup.

— La plaie ne devrait pas être sèche ? demanda le clavigère, anxieux pour sa santé.

— Au contraire, intervint l'autre jeune sœur à voix basse. *Pus est bonum et laudabile* : le pus est une excellente chose. N'ayez crainte, messire, nous allons vous nettoyer ça. »

Et elles l'emmenèrent.

Suger aurait voulu les suivre mais il en fut empêché par la sœur qui avait ouvert la porte :

« Vous, vous êtes en bonne santé. Alors, vous attendez dehors. »

Le clavigère, au moment de disparaître dans les méandres du couvent, se tourna vers Suger et lui lança un sourire qui n'avait rien d'amical.

*

*   *

Le portail se referma avec un bruit sourd et Suger se retrouva seul dans la rue comme un gamin puni. Maintenant, c'était son tour d'attendre et de jouer les subalternes. Et si Pungilupo venait à trouver la guérisseuse ? Tout le mérite lui en reviendrait et Suger n'aurait plus de quoi négocier sa libération avec Marbourg. Il n'aurait plus non plus la possibilité d'interroger cette femme au sujet du manteau. Il risquait de devenir un prisonnier gênant, inutile, bon à être sacrifié. Gagné par le découragement, il laissa errer son regard sur la place ensoleillée. C'est alors que le parcourut le frisson du danger. Il eut de la peine à le croire. Depuis sa sortie du Castello

Marino, c'était la première fois qu'il se retrouvait seul, libre de s'échapper par une de ces ruelles, de disparaître dans la foule avec un sentiment de vertige. Il se voyait déjà accélérant le pas, se faufilant entre les badauds, traversant le quartier en quête d'un refuge. Tout à coup, il avait à portée de la main beaucoup plus que la lueur d'espoir demandée au Seigneur dans ses prières… Pourtant, il ne put faire un geste. Il était réduit à l'impuissance. Ses pieds pesaient comme des pierres. Il ne pouvait plus agir. Il n'arrivait pas à penser. Une telle chose lui était déjà arrivée à l'adolescence, en couchant avec une femme. La débandade soudaine de son désir l'avait frustré et même traumatisé. À l'époque, il avait pris pour excuse les effets de la tension, les craintes attachées à la pudeur, tout en sachant qu'il se mentait à lui-même, et à la femme. La vérité est qu'il redoutait par-dessus tout de s'abandonner à ses instincts.

Dans la situation présente, il ressentait les mêmes craintes.

Il avait l'impression d'être tenu par un licol invisible, une longe qui le liait à Conrad de Marbourg et dont il était incapable de se libérer.

Au diable ! Il ne suffisait pas que Pungilupo s'en allât. Il n'avait pas d'argent, il ne connaissait pas la ville. Autrement dit, il n'avait aucune chance d'aller bien loin. Les écuyers de l'Allemand ne mettraient pas longtemps à le rattraper. Alors, on lui ferait payer son audace au prix fort. D'ailleurs, le sourire dont venait de le gratifier Pungilupo parlait de lui-même. Ce n'était rien d'autre qu'une menace, un avertissement, voire une terrible envie de le prendre en faute. Pas besoin d'être grand clerc pour deviner que le clavigère mourait d'envie de le brutaliser. Suger n'était pas prêt à lui offrir ce plaisir.

D'ailleurs, ce sourire signifiait plus encore. En vérité, Pungilupo *savait* que Suger l'attendrait bien sagement dehors, comme un chien obéissant. Ce Galvan, tout bête qu'il était, avait su observer le médecin et déceler chez lui le manque de courage. Cette pensée énerva tellement Suger qu'elle l'aiguillonna. Pour essayer de dominer sa peur, il se mit à tourner en rond devant la façade de Saint-Georges.

Brusquement, il perçut un danger. Son regard avait-il surpris un péril dans l'animation de la rue, avant même que son cerveau l'eût enregistré ? Il se cacha à l'entrée d'un passage couvert et scruta les alentours, le cœur au bord des lèvres. Qu'avait-il entrevu ? Impossible de le savoir. Tout ce qu'il observait, c'était une foule humaine où ne se détachait nul visage de sa connaissance. Soudain, la mémoire lui rcvint et il se pétrifia. Il ne se rappelait toujours pas *où* exactement il l'avait vu, mais il savait que c'était lui. L'instant d'après, il le distinguait dans l'espace laissé entre deux maisons, de l'autre côté de la rue.

Le cavalier.

Il avait mis pied à terre pour faire boire son cheval au ruisseau.

À présent, Suger se souvenait des rives de la Seine : c'est là qu'il l'avait vu. Il en était sûr. La pelisse brune, cette drôle de lance accrochée à la selle…

C'était lui, l'homme qui avait assassiné le Souabe.

Plusieurs fois, Conrad de Marbourg avait fait allusion au cavalier. Il ne le voyait pas comme un homme, mais comme un esprit invoqué par le magister de Tolède. Marbourg parlait d'une suppuration de l'enfer. Tels ces démons nocturnes revêtant une apparence humaine et qui, brandissant un flambeau, accomplissaient au grand galop le rite de la chasse sauvage. Pourtant, l'être que Suger avait en face de lui était bel et bien un homme. Un homme beaucoup plus effrayant que n'importe quel esprit ou démon, et même terriblement menaçant sous l'éclairage du soleil. Ce n'était pas une ombre, une vague présence. Au contraire, il était en chair et en os. Et nulle prière, nul exorcisme ne pourrait l'arrêter.

Le médecin l'observait, envahi d'effroi. Le cavalier ne se rendit compte de rien. Il se remit en selle et s'éloigna vers le sud de la ville.

*
*   *

Dès qu'il fut ressorti du couvent, Pungilupo explora la rue du regard. Il aperçut le médecin à l'écart de la foule, immobile et blême comme la mort. Il s'approcha, lui mit la main à l'épaule et le secoua. Suger battit des paupières, presque content de revoir le clavigère.

« Vous avez vu le diable ou quoi ? » s'étonna Galvan, oubliant provisoirement de se montrer hostile.

Suger lâcha un petit rire hystérique.

Pungilupo n'était pas d'humeur. Les sœurs, pour nettoyer sa blessure, y avaient versé de l'huile brûlante. Il aurait volontiers fait subir le même sort au Français, s'il ne ramenait une nouvelle importante.

« Vous aviez raison, dit-il. Elles connaissent la guérisseuse aux larmes. Elle ne vit pas sous leur toit. Mais elles m'ont indiqué où était sa maison. »

– 30 –

Adélise avait rêvé des cavaliers cette nuit encore. Elle les avait vus dévaler une pente de roche noire, telle une meute affolée, écumante. Et, comme toujours, ils avaient les oreilles qui saignaient. Des flots rouges, lumineux, s'écoulaient de leurs encolures majestueuses. La fillette était si effrayée qu'elle n'y comprenait rien. Elle entendait les hennissements, le claquement frénétique des sabots et tout était emporté au passage.

Puis venait cette douleur lancinante dans les yeux.

Au réveil, elle avait terriblement envie de toucher ses paupières. Mais elle résistait. Elle se rappelait ses souffrances. « La douleur est une malédiction vouée à disparaître », lui répétait sa mère. Et l'enfant souriait en entendant ces mots auxquels elle ne croyait pas mais qui étaient prononcés avec amour. Avec cet amour qui pour elle était tout.

« Maman ! »

Elle s'agitait dans le noir.

Elle gagnait la porte à quatre pattes quand un éclat de lumière venu de nulle part lui transperça la pupille droite. Le rêve des cavaliers, elle l'oubliait déjà. Tout ce qu'elle voulait, c'était que cessât son supplice.

Quand elle fut dans l'entrée, des voix lui parvinrent de l'extérieur. Sa mère discutait avec quelqu'un sous la véranda. Adélise voulut la rejoindre mais, dès le seuil franchi, elle laissa échapper un cri : la clarté du soleil lui était une torture. Les mains sur son visage, elle écarta très légèrement les doigts pour essayer d'apercevoir sa mère. Elle la vit à contre-jour, en discussion avec trois hommes.

« Maman ! »

La femme, d'un signe, s'excusa auprès de ses interlocuteurs et se tourna vers l'enfant. Elle eut d'abord une réaction de surprise. Puis, l'inquiétude s'empara d'elle. Elle s'apprêtait à examiner les yeux de sa fille quand une voix masculine l'en empêcha :

« Ne vous alarmez pas, madame, laissez-moi faire. »

L'enfant avait reconnu cette voix. C'était celle d'un vieil ami, Benvenuto Grafeo. L'oculiste vint auprès d'elle et la prit par la main pour la reconduire à l'intérieur.

« Comment vous sentez-vous, ma chérie ? demanda-t-il en l'aidant à s'asseoir sur un tabouret.

— Mon œil, se plaignit Adélise.

— Montrez-moi ça. »

Grafeo, délicatement, écarta les paupières jusqu'à révéler un cristal coincé dans le bord inférieur de la pupille. C'était un éclat minuscule, blanchâtre, poli d'un côté et coupant de l'autre. Il s'était glissé sous la glande lacrymale sans faire de dégâts.

« Je le vois. Quand est-ce arrivé ?

— Pendant que je dormais, répondit l'enfant en grimaçant pour dominer la douleur. Ça fait mal.

— N’ayez pas peur, je vais l’enlever. »

Adélise murmura un merci et supplia le médecin de faire vite. C’était son ami le plus précieux. Elle le connaissait depuis deux ans, depuis qu’elle avait commencé d’avoir des cristaux dans les yeux. C’est un mal que sa mère n’avait pas su soigner, raison pour laquelle elles avaient fait appel au savant Grafeo. L’enfant lui avait immédiatement fait confiance. Avec son air rassurant, sa barbe bouclée, son grand nez et ses yeux cernés de rides, il lui rappelait les saints des églises.

L’oculiste ouvrit son étui en bois, le fouilla et en sortit une pince métallique. S’étant assuré qu’elle était propre, il l’approcha de l’œil malade. Il saisit la paupière inférieure et la tira vers le bas. Il eut ainsi une vision complète de la zone où intervenir. De la main gauche, il prit une deuxième pince, encore plus petite, dont il se servit avec précaution pour essayer d’attraper le cristal.

La première fois, cet attirail avait effrayé Adélise. Mais Grafeo lui avait expliqué que ses *ferramenta* étaient des instruments fort utiles car ils servaient à faire du bien aux patients. Du reste, il les lui avait tous présentés comme s’il se fût agi de petits camarades aux prénoms latins : les petites pinces, celle *ad evellendos pillos* et celle *ad retinendum palpebra*, l’aiguille *ad catarictas* et, enfin, une spatule microscopique *ad coquendum fistolam*. Il y en avait pour retirer les poils, pour soigner la rétine, pour déboucher les canaux…

L’oculiste opérait en expert minutieux. Ayant saisi le cristal, il le retira de l’œil.

« Je vous ai fait mal ?

— Non.

— Alors c'est bien, dit-il avec un sourire. Encore un peu de patience et ce sera fini. »

Toujours maintenant la paupière abaissée, il prit dans son étui un flacon de verre à la base ventrue et au col effilé. Il versa quelques gouttes de liquide sur la pupille.

L'enfant en fut aussitôt soulagée. Enfin, elle pouvait ouvrir et fermer les paupières sans ressentir aucune douleur. Elle tendit les bras à Grafeo et lui donna un baiser sur la joue.

C'est alors qu'elle aperçut à l'entrée un homme aux cheveux noirs et à l'aimable figure. Il était habillé comme un moine mais avait l'air d'un prince, tant il était noble et beau. Il la considérait d'un œil plein de douceur, tout en semblant profondément contrarié.

Il la salua d'un geste et s'en alla sans un mot.

*

* *

Quelle injustice !

Uberto ne pouvait se défaire de l'image de cette fillette aux joues pâles, aux cheveux presque blancs, aux pupilles rougies. Il en était bouleversé. Jamais il n'avait encore assisté à l'expression d'une pareille souffrance, d'une douleur si perverse qu'elle aurait mis au désespoir le cœur de n'importe quel adulte, et que la fille de Rémigarde endurait pourtant avec un courage stoïque.

Nulle espérance n'habitait ce minois de petit oiseau. Uberto, qui l'avait observé attentivement, y avait vu passer des expressions presque féroces. De la souffrance, de la peur, un mal-être infini. De l'amertume, aussi, une rage rentrée. La rage de celui qui souffre sans savoir pourquoi.

Cette rage qu'il ne pouvait que partager. Il la sentait monter dans sa propre poitrine. Pourquoi fallait-il qu'une fillette de moins de sept ans endurât un mal aussi atroce ? Le Seigneur était-il vraiment miséricordieux et charitable, aimait-il ses enfants, pour permettre à une telle chose d'arriver ? En fait, il en était l'artisan, en tant que créateur de toutes choses. Mais de là à s'acharner sur une innocente…

Ces questions, Uberto se les posait chaque fois qu'il voyait le malheur s'abattre sur des enfants. Si forte était alors son indignation qu'il en venait à douter de l'existence d'une quelconque bonté divine, d'un ordre à même de garantir une distribution équitable des misères et des bienfaits.

Pour maîtriser sa colère, il traversa à grands pas un bout de terrain qui longeait la maison, laissant son père s'entretenir avec la dame d'Eaunègre.

Ils avaient fini par la trouver.

Rémigarde habitait dans un faubourg peu éloigné de la mer, appelé Douane Royale. Sa modeste maison sans étage, aux murs de bois, était coincée entre le monastère Saint-Benoît et une tour qui ressemblait à un phare. Elle donnait sur des masures construites autour d'une sorte de jardin commun où se dressait un puits. Au-delà, s'étendait une surface boueuse appelée « lac ».

Elle occupait cette demeure avec sa fille. Il n'y avait ni mari ni parents. Toutes deux vivaient, ou plutôt survivaient, grâce à son métier de guérisseuse.

Uberto avait été frappé aussi par la beauté de Rémigarde, qui était remarquable, en dépit d'une toilette fort sobre : une tunique grise serrée à la taille par une ceinture, un turban dans les cheveux. Elle ne faisait pas étalage de bijoux, ni même de colifichets. Elle possédait un charme naturel qu'elle devait à sa peau brune et à ses yeux en amande. En outre, elle était grande, souple, bien proportionnée. *Cette femme doit avoir quelques années de moins que moi*, songea Uberto, *même si elle a l'air un peu plus âgée quand elle plisse le front*. Nulle méchanceté ne se lisait sur son visage, seulement un air de défi.

Tout à l'heure, quand ils s'étaient présentés chez elle, elle s'était montrée soupçonneuse. Et si elle avait accepté de parler à Ignace, c'était seulement parce que l'oculiste était là.

Uberto revint sur ses pas. Son père était en train de montrer à Rémigarde le manteau du Sagittaire.

La femme observait l'objet avec attention. Elle hésitait à le toucher, manifestement ; pourtant, elle semblait bien le connaître.

*

* *

Ignace, impassible, attendit que Rémigarde réagît. Il était capable de dominer sa curiosité pendant des semaines si nécessaire, voire pendant des mois, mais quand il n'était plus qu'à un pas du but, son âme menaçait de chavirer comme navire dans la tempête. Avec l'âge vient la patience, dit le proverbe. Chez lui, c'était exactement le contraire. Plus il vieillissait, plus il se laissait envahir par les passions qui avaient enflammé sa jeunesse, moins il arrivait à maîtriser son attitude, ses propos et même le ton de sa voix.

Rémigarde lui rendit le manteau.

« Où l'avez-vous trouvé ?

— À Naples, mais je crois qu'il venait de plus loin. Du nord.

— Et pourquoi, je vous prie, vous êtes-vous donné la peine de venir le soumettre à mon appréciation ?

— Parce que j'ai lieu de croire qu'il était censé vous être remis, madame. Deux hommes, peut-être plus, y ont laissé leur vie. »

L'effroi se lut sur les traits de la guérisseuse qui prirent ensuite une expression amère. Le marchand essaya d'y lire ce qu'elle savait, mais il put seulement y déchiffrer les traces d'un profond remords et de sentiments lointains qu'il ne pouvait nommer.

« Et vous, reprit-elle, interrompant ses pensées, ne craignez-vous pas d'aller au-devant du même sort ?

— Le salut ou la mort, répondit-il en haussant les épaules. Je n'ai pas le choix. Tout dépend de ce que vous consentirez à me révéler. »

La femme le fixa longuement du regard, puis secoua la tête.

« Le fait d'être en possession du manteau authentique ne vous donne pas le droit de connaître la vérité.

— Qu'entendez-vous par "authentique" ?

— Que savez-vous des manteaux zodiacaux, messire ? Là est la question.

— Rien, à vrai dire. Sinon que certains ont assez grande valeur. Ceux d'Otton III et d'Henri II, par exemple, sont connus pour être des vêtements peu ordinaires. »

Uberto intervint :

« Ils font sans doute revivre quelque rituel ancien… »

Elle le coupa :

« Il n'y a pas de rituel qui tienne. Seulement des mortels qui se vantent de posséder le pouvoir des astres.

— Cependant, le manteau du Sagittaire doit receler bien d'autres mystères, insista le marchand. Pourquoi est-il si trompeur ?

— La tromperie ne vient pas du manteau, dit-elle sèchement, comme si elle voulait les congédier, mais de celui qui l'a inventé. »

Ignace fit un pas en avant et lui prit le poignet.

« Faites-vous allusion au magister de Tolède ? »

Elle tressaillit.

« Vous le connaissez ? »

Elle essaya de se dégager. L'ombre de la rancune passa dans ses yeux.

Le marchand la lâcha. Il s'en voulait d'avoir cédé à une impulsion. Mais l'enjeu était trop important. D'ailleurs, ce n'était peut-être pas son geste qui avait bouleversé Rémigarde, mais le nom prononcé. Il allait répondre quand son fils prit la parole :

« Il y a quelques jours à peine, nous ignorions jusqu'à son existence. Mais, à présent, nous devons le rencontrer. »

Rémigarde s'apaisa et se rapprocha de l'entrée.

« Je vous le déconseille, dit-elle. Vous feriez mieux de renoncer.

— Vous ne comprenez pas, madame, insista le jeune homme. Renoncer est impossible, sous peine d'être condamnés à fuir perpétuellement, à ne plus revoir les nôtres. Ne pouvez-vous nous en dire un peu plus ? »

Ignace intervint fermement :

« Non, vous *devez* nous en dire plus. »

Il détestait imposer sa volonté à autrui, mais il avait l'art de faire parler ses interlocuteurs, même les plus fiers et les plus récalcitrants.

Rémigarde, pourtant, ne se laissa pas intimider. Revenant sur ses pas, elle fit face au marchand.

« Vous êtres venus avec un homme que j'estime, dit-elle en pointant le doigt sur Grafeo, mais cela ne vous autorise pas à élever le ton. Pourquoi devrais-je vous aider ?

— À cause de ces tatouages sur votre main. »

Geburt de Querfurt avait les mêmes, Ignace en était sûr ; il conservait encore, gravé au fer rouge dans sa mémoire, l'image du bras amputé.

« Ceux qui portent ces tatouages encourent de graves dangers. Et, même, des dangers imminents, à mon avis. Ne ferions-nous pas mieux de nous entraider ? »

Elle regarda sa propre main d'un air résigné, comme si elle venait de se rendre compte qu'elle avait attrapé la lèpre, puis hocha la tête et reprit :

« Dites-moi, maître Ignace, si vous étiez le gardien des enfers, autoriseriez-vous n'importe qui à jeter un coup d'œil par l'entrebâillement de la porte ? »

Le marchand eut un sourire ironique. S'il possédait les clefs de l'enfer, il s'en servirait pour assouvir sa curiosité, quitte à se brûler.

« Vous, plutôt, dites-moi. Si j'entrais chez vous, n'y trouverais-je pas trois sièges disposés devant un cercle magique ?

— Ils y étaient jusqu'à cette année, répondit-elle avec une franchise qui le surprit. Ils n'y sont plus.

— C'est le magister de Tolède qui vous a appris à pratiquer cet usage ? »

La femme hésita. Encore une fois, elle était contrariée d'entendre ce nom. À cet instant, Grafeo et Adélise sortirent de la maison.

L'oculiste avait décidé d'emmener la fillette dehors, maintenant que la lumière était moins forte. Rémigarde s'agenouilla devant l'enfant, dont elle prit le visage entre ses mains. Le sourire lui était revenu ; de nouveau, elle se montrait charmante.

« Comment vont tes yeux, trésor ?

— Bien, répondit Adélise. Grafeo m'a guérie.

— Et cette douleur au côté ?

— Elle est passée.

— Quelle douleur au côté ? demanda l'oculiste en fronçant les sourcils.

— Elle a mal aux reins depuis quelques jours », expliqua Rémigarde d'un air soucieux.

Le médecin secouait la tête. Il n'avait pas d'explication à fournir.

« De toute façon, l'inflammation oculaire n'est pas résorbée. Je suggère de la nettoyer avec de la bétoine.

— Il me reste des plantes siccatives, dit la mère.

— Ça ira.

— J'en ai assez, de toutes ces compresses ! protesta la fillette.

— C'est pour ton bien, mon cœur. »

La petite soupira. Et, tournant soudain ses yeux rougis vers Uberto, elle demanda :

« Pourquoi vous êtes-vous emporté, messire ?

— Je ne me suis pas emporté, mentit Uberto. C'était de la tristesse.

— Pourquoi ?

— Parce que j'ai moi-même une petite fille, plus jeune que vous. Je ne l'ai pas vue depuis longtemps. »

Adélise songea un instant, puis déclara :

« Moi, je n'ai pas de père.

— Ça suffit, dit Rémigarde. N'embête pas ces messieurs. »

Mais ce n'était pas sa fille qu'elle regardait. Son attention venait d'être attirée par trois vieilles femmes qui s'approchaient d'un pas lent et incertain, en se donnant le bras pour se soutenir. Elles traversèrent la cour, s'arrêtèrent devant le petit groupe, joignirent les mains et se prosternèrent, comme on adore les reliques d'un saint.

Cependant, il n'y avait pas de relique en ces lieux. Il y avait seulement Adélise.

Les yeux fixés sur elle, elles entonnèrent une chanson :

Deux yeux sur toi se sont posés,
Trois dames te voudront aider
Sainte Anne, sainte Hélène
Et sainte Marie-Madeleine

Rémigarde eut une réaction aussi brutale qu'inattendue :

« Allez-vous-en ! »

Elle menaça même de leur jeter une pierre.

Imperturbables, les trois femmes continuaient de chantonner leur complainte, les mains tendues vers Adélise. Rémigarde lança son caillou à leurs pieds et les chassa à grands gestes exaspérés.

« Partez, vieilles folles ! Nous ne pouvons rien pour vous ! »

Elles étaient bien résolues à rester. Alors Rémigarde, prenant sa fille par le bras, la reconduisit à l'intérieur. Avant de refermer la porte, elle cria à Grafeo d'un ton de reproche :

« Entrez ! Et l'invitation s'adresse aussi à vos deux fouineurs ! »

*
* *

Ignace sentait qu'il était à deux doigts de percer le mystère, mais un doute le saisit au moment d'entrer dans la maison sur les talons de Grafeo ; il le retint en disant à voix basse :

« Je ne comprends pas bien comment une femme aussi pauvre peut s'offrir les services d'un savant de votre niveau.

— Rémigarde d'Eaunègre n'est pas du tout dans la misère, répondit l'oculiste sans cacher son impatience de fausser compagnie aux trois mégères.

— Tout de même, dit Uberto, le collyre que vous avez administré à la petite ne doit pas être donné.

— Que cherchez-vous à insinuer, messire ?

— Ne vous méprenez pas, le rassura Ignace, je souhaite juste me faire une idée plus précise de cette femme.

— Puisque vous voulez tout savoir, elle m'a payé, et largement. Avec des livres. Beaucoup de livres. »

Cette information éveilla la curiosité du marchand.

« Quel genre de livres ?

— Des ouvrages de médecine, de philosophie. Des codex fort précieux. J'en ai fait établir des copies et j'ai confié les originaux à l'église Sainte-Marie-du-Dôme.

En échange, j'ai obtenu la permission de résider dans la Giudaica. Vous n'ignorez pas que ce quartier est propriété de l'évêque et que les juifs ne peuvent acheter de terres, sauf s'ils acceptent de graisser la patte d'un prélat.

— Je m'en félicite. Mais, ces livres, d'où viennent-ils ?

— Vous n'aurez qu'à le demander à Rémigarde, répliqua le médecin en franchissant le seuil de la maison. Ils appartiennent à son passé. »

– 31 –

Par un passage étroit qui se faufilait entre la rue des Canapari et le quartier du Dôme, on arrivait à une église de petite dimension cachée au fond d'une cour. Conrad de Marbourg y attendit le retour de Pungilupo et Suger. Son intention, au départ, était de tuer le temps par la prière, mais le prêtre qui administrait les lieux l'en avait empêché. L'homme était venu pleurnicher dans son giron, se plaignant que les fidèles se fissent de moins en moins nombreux. L'Allemand s'était contenté de hocher la tête. Il aurait voulu que l'autre lui fichât la paix. Mais l'importun, interprétant ce silence comme une invitation à poursuivre, était devenu intarissable sur son église, les origines de l'édifice et les vieilles familles patriciennes qui en avaient financé, jadis, la construction.

Contrarié, Conrad était allé s'agenouiller au pied de l'autel, mains jointes, pour lui faire comprendre qu'il avait absolument besoin de se recueillir en paix. Le fâcheux n'en avait pas moins continué de l'importuner.

Réfléchissant maintenant à ce qui s'était passé, Conrad décida qu'il n'avait commis aucune faute en giflant cet homme. C'est seulement ainsi qu'il avait réussi à le faire taire. L'autre avait filé vers sa sacristie, la queue basse, et Marbourg avait éprouvé cette bouffée de jouissance qui accompagne toujours le recours à la force.

Il n'avait pas su se maîtriser, c'était indéniable. Il était depuis trop longtemps loin de l'Allemagne et des rigueurs d'une vie de discipline. Résultat, il devenait sauvage. Cette chasse à l'ennemi réveillait l'agressivité assoupie en lui, la brutalité de ses ancêtres, la vieille *magistra barbaritas* des guerriers teutoniques.

En d'autres circonstances, ce tempérament grossier aurait pu représenter une entrave. Mais il allait bientôt le déchaîner sur Ignace de Tolède. Il briserait le marchand une bonne fois pour toutes. Et quand, enfin, il l'aurait vu périr dans les flammes, il retournerait avec bonheur aux douceurs du cloître.

Son attention fut soudain en alerte. Deux silhouettes entraient dans l'église : Pungilupo et Suger.

« Eh bien ?

— Nous l'avons trouvée, magister ! brailla le clavigère sans le moindre respect pour la sainteté du lieu. Nous savons où vit la dame d'Eaunègre.

— Alors l'*Homo Niger* n'est pas loin, dit Conrad. Ne perdons pas de temps. Appelez mes deux écuyers et conduisez-moi chez elle ! »

– 32 –

L'intérieur de la maison était un antre obscur éclairé seulement par quelques bougies et par les rayons de clarté qui arrivaient à se frayer un passage entre les rideaux de papier. L'espace étroit était meublé d'une table et de buffets pleins à craquer. En face de l'entrée, deux petites portes ouvertes donnaient sur des pièces encore plus sombres.

« Excusez l'absence de lumière, dit Rémigarde, ma fille ne la supporte pas. »

Ignace et Uberto échangèrent un regard de connivence. Ignace devinait que parler à cette femme ne serait pas facile, quand bien même elle leur avait permis d'entrer. Elle devenait agressive à la moindre allusion au magister de Tolède. Elle ne lui dirait pas la vérité parce qu'elle avait peur, ni pour lui faire plaisir ; elle le ferait seulement pour se délivrer des sentiments cachés en elle. Mais comment la pousser à en arriver là ? Le marchand n'en avait aucune idée. Du moins, pas encore. Observant Grafeo, il nota qu'il était dans ces murs comme chez lui. Il fouillait les rayonnages :

« Madame, où rangez-vous la bétoine ? »

La guérisseuse lui montra un récipient de bronze posé sur une étagère, une urne antique dont le couvercle figurait une tête de femme et les anses, des mains. L'oculiste l'ouvrit et en tira une poignée de feuilles séchées. Rémigarde les prit pour les faire infuser. Son humeur ne donnait aucun signe d'apaisement.

Ignace se décida à parler :

« Qui sont ces trois femmes ? »

La guérisseuse lui fit comprendre du regard qu'ils en parleraient tout à l'heure, hors la présence de sa fille. Et elle demanda :

« L'un de vous pourrait-il me donner l'eau, messires ? »

Uberto, heureux de se rendre utile auprès d'elle, prit un broc près de la cheminée et emplit une casserole à moitié. L'ayant remercié, Rémigarde tourna le mélange à l'aide d'une cuiller en bois.

Le marchand n'était pas à son aise. Il se demandait toujours s'il arriverait à tirer quelque chose de la maîtresse des lieux. Peut-être l'avait-elle invité à entrer par simple courtoisie, ou pour fuir les trois mégères. Il prit une chaise et s'attabla pour réfléchir. C'est alors qu'il remarqua la présence d'un fort volume, le seul livre de la maison, semblait-il. C'était un ouvrage de prix. Était-ce le seul que Rémigarde conservait encore, après avoir donné tous les autres à Grafeo ? Il l'ouvrit en s'éclairant d'une bougie. Les pages offraient des miniatures composées avec une finesse extrême et représentant des plantes dont le texte en latin décrivait les vertus médicinales. Ignace avait compris.

« Bravo, dit-il. Tout le monde n'a pas chez lui un exemplaire du *Causœ & Curœ* d'Hildegarde de Bingen.

— Bravo à vous aussi, répondit Rémigarde en mettant la casserole sur le feu. Tout le monde n'est pas capable de reconnaître les ouvrages de cette vénérable moniale. »

Encouragé par cette aimable réaction, le marchand continua de tourner les pages, en quête d'un élément susceptible de nourrir la suite de l'échange. C'est alors qu'un détail attira son attention. Il y avait des notes dans les marges, écrites avec des caractères énigmatiques. Un code ! Un message indéchiffrable pour le commun des mortels. Mais pas pour lui. Approchant la bougie, il examina ces notations avec plus de soin. Il ne s'était pas trompé. Non seulement il était déjà tombé sur ce genre de caractères, mais il se rappelait où exactement. Ce qui ne lui était d'aucune utilité pour expliquer leur présence dans ce traité de médecine. Quand il voulut montrer sa découverte à Uberto, il vit que Rémigarde lui barrait la route.

« Vous en avez assez lu, messire », dit-elle en refermant le volume d'un geste brusque qui souleva un nuage de poussière.

Elle était de nouveau agressive, pour ne pas dire furieuse.

Le marchand, au lieu de s'excuser, la considéra d'un œil soupçonneux.

« D'où vient ce livre, madame ? »

La guérisseuse haussa les épaules.

« Je l'ai depuis des années. On me l'a donné, quand je fréquentais l'université de Bologne. Sa calligraphie révèle sa provenance : l'Allemagne.

— L'Allemagne, répéta Ignace. Deux disciples au moins du magister de Tolède viennent de ce pays… »

Elle s'abstint de commenter. Elle préféra aller à la cheminée surveiller son infusion. Ayant retiré la casserole du feu, elle la posa sur un tabouret. Un parfum fort et douceâtre se répandit dans la pièce. Grafeo attendit que la préparation refroidît, puis y trempa des bandelettes qu'il appliqua ensuite sur les paupières d'Adélise.

« Il va falloir les garder un petit moment », dit-il.

Il ajouta à l'adresse de la mère :

« Vous devriez la mettre au lit. »

Rémigarde prit la petite dans ses bras. Adélise fit mine de protester, puis elle se laissa emmener à côté.

Quand la maîtresse des lieux fut de retour, son visage était aussi impénétrable que celui de la femme sur le récipient de bronze. Elle alla jeter un coup d'œil dehors et parut rassurée.

« On dirait que les trois vieilles ont décidé de nous laisser en paix », soupira-t-elle en refermant la porte.

Elle ajouta à voix basse pour n'être pas entendue de sa fille :

« Ces sales superstitieuses. Elles attribuent aux larmes d'Adélise des pouvoirs miraculeux. Des pouvoirs capables de guérir les infirmités.

— Je vous l'avais signalé, rappelez-vous », intervint Grafeo.

D'un signe, le marchand invita Rémigarde à poursuivre.

« Ce ne sont pas les seules à venir frapper à ma porte, comprenez-vous ? dit-elle d'un ton où s'entendait un mélange de mépris et de compassion. Elles veulent toutes la même chose… Des larmes de cristal ! Elles sont prêtes à me supplier à genoux, et même à payer… Mais elles ne se soucient pas de savoir si elles ne risquent pas d'effrayer mon Adélise. Elles se moquent bien d'elle, qui souffre et peut-être finira aveugle ! En attendant, elles propagent partout leur légende. La "guérisseuse aux larmes" ! »

Elle baissa les yeux. On aurait dit, soudain, la femme la plus vulnérable de la terre, une femme au bord du vide, au bord du désespoir…

« Si seulement ma petite fille pouvait guérir… »

Assis sur un tabouret, les mains serrées sur les genoux, Uberto paraissait déchiré entre l'envie de se lever et la politesse qui s'impose dans la maison d'autrui. L'indignation le disputait à la pitié.

« Mais qui est son père ? » demanda-t-il.

Rémigarde essuya ses larmes d'un geste colérique qui laissa sur ses joues des marques rouges.

« Le magister de Tolède », répondit-elle.

Dans cette phrase transparaissait la blessure d'une longue haine devenue souffrance, au point d'anéantir toute autre émotion.

Ignace domina son trouble. La barrière qui le séparait encore de la vérité était sur le point de tomber, mais il se devait de respecter la douleur de cette femme, c'est pourquoi il demeura silencieux. Le magister de Tolède n'était plus maintenant une entité abstraite. Ce n'était plus un fantasme né de l'imagination de Conrad. C'était un homme en chair et en os qui avait laissé des traces de son existence : une femme, une enfant.

La guérisseuse le dévisageait. Elle reprit en s'efforçant de maîtriser ses sentiments :

« Si je ne me trompe, messire, vous avez parlé d'un péril imminent. Eh bien ! Dénouez votre langue !

Parlez clair ! C'est pour cela que je vous ai laissé entrer chez moi. »

Le marchand, d'abord, fut pris au dépourvu par tant de franchise. Puis il expliqua, reprenant son propos là où il l'avait laissé :

« Un prêtre venu d'Allemagne s'est lancé à la recherche du magister de Tolède et de ses disciples. Il sait pour les tatouages, pour les cercles magiques et, peut-être, pour le manteau. Mais le vrai piège, toutefois, est incarné par un autre homme, un cavalier mystérieux qui semble résolu à tuer quiconque se mêlera de cette affaire.

— Un prêtre et un cavalier », médita Rémigarde en se caressant le menton.

Grafeo la regarda en hochant la tête : on l'avait mis au courant.

« Madame, reprit Ignace, il faudra vous méfier des deux. En tout cas, le prêtre, lui, viendra directement ici, soyez-en sûre.

— Comment le savez-vous ?

— Je le sais parce qu'il est à mes trousses. Il me prend pour le magister de Tolède. Il n'aura de repos tant qu'il ne m'aura vu périr dans les flammes d'un bûcher.

— Vous, le magister de Tolède ? Mais comment…

— À la suite d'un malentendu. Je n'ai qu'une seule façon d'y remédier : connaître la vérité. »

Rémigarde fut tentée de sourire.

« La vérité…

— Si cela ne vous perturbe pas outre mesure, évidemment. »

La guérisseuse prit le temps de la réflexion. Puis, assise au bord de la table, elle dénoua son turban, libérant sa chevelure châtain en un geste empreint d'une immense fatigue.

« Je vais vous dire la vérité, soupira-t-elle. En remerciement pour m'avoir prévenue, et cela, même si je suis à présent en danger par votre faute. »

C'est avec résignation qu'elle commença son récit :

« J'ai rencontré le magister il y a neuf ans. C'était à l'automne 1220. Je vivais à Bologne. J'étais sage-femme et je fréquentais l'Universitas. Il avait la réputation d'être un des professeurs parmi les plus célèbres de tout l'Occident. Il venait, disait-on, de Tolède. Comme je devais l'apprendre plus tard, cette ville était seulement celle où il avait étudié dans sa jeunesse. En réalité, il avait vu le jour dans le Nord de l'Angleterre. C'était un enfant de l'Écosse. Il avait voyagé dès son jeune âge. Il ne faisait pas qu'enseigner à l'université, mais traduisait aussi. De l'arabe et du grec. Et il pratiquait la médecine à l'occasion. Inutile de dire que je suis tombée amoureuse au premier regard. Folle amoureuse. Comme une idiote ! Il est vrai que je n'avais jamais connu un homme doté de telles capacités intellectuelles. Aujourd'hui encore, je doute qu'il ait son égal en ce monde. C'était un esprit aiguisé. Toutes les sciences l'intéressaient, des mathématiques à l'astrologie, de la médecine à l'alchimie. En outre me fascinait la profondeur des sentiments dont il était capable... »

Elle se tut un instant, attendrie malgré elle par ses propres paroles.

Le marchand l'interrogea :

« Dites-moi, ce livre d'Hildegarde de Bilgen, est-ce lui qui vous l'a donné ?

— Ce livre et tous ceux que j'avais. »

Elle avait dit ces mots en regardant brièvement le taciturne Grafeo. Elle reprit le fil de son récit :

« Il m'aima en retour et je devins la femme la plus heureuse de la terre. Puis, je me suis aperçue qu'il menait une vie secrète. Souvent, il quittait la maison en pleine nuit. Allait-il en voir une autre ? Je l'ai suivi. Il n'y avait pas d'autre femme. Il se rendait dans les quartiers du Marché et de la Mascarella. Il y rencontrait des hérétiques patarins. En fait, la plupart du temps, il allait jusqu'aux souterrains de Saint-Procule. Il s'y réunissait avec des inconnus. Des étudiants ultramontains, comme je ne devais plus tarder à l'apprendre. Ces gens pratiquaient une religion clandestine, occulte, dont le magister était l'inspirateur et le grand prêtre. Ils ont fini par découvrir que je les surveillais. Au lieu d'être punie, j'ai été initiée à leur confrérie. »

Ignace plissait le front :

« Mais de quelle confrérie parlez-vous ? N'était-ce pas une religion ?

— Une religion fondée sur des symboles astrologiques. »

Elle leur montra les signes tatoués au dos de sa main.

« Les voilà, dit-elle. Tous en rapport avec le Chasseur éthiopien. »

Afin de se les graver en mémoire, le marchand étudia avec attention les sept hiéroglyphes disposés sous la figure du cavalier dont il se répéta mentalement le nom. Il n'en avait jamais entendu parler.

« Je suppose que vous faites allusion à l'archer représenté sur le manteau du Sagittaire…

— Sur le manteau, sur les tatouages, murmura la femme. C'est toujours lui. Le maudit des maudits. Le Sagittaire n'est qu'un masque derrière lequel s'abrite une réalité bien plus terrifiante…

— Donc le cercle magique et les trois sièges… Les objets disposés autour… Ils servent à l'invoquer ? »

Rémigarde secouait la tête.

« Mes connaissances sont très limitées, messire. Le magister de Tolède enseignait ses rituels, mais il n'avait pas l'habitude d'en révéler les secrets. Même à moi. »

Elle soupira.

« Et moi, aveuglée comme je l'étais par le bonheur de vivre auprès de lui, je ne me souciais pas d'en apprendre davantage. Néanmoins, tout a changé avec l'arrivée à Bologne de l'empereur Frédéric II. C'était en 1222. Le magister l'a rencontré une première fois à l'Universitas. Il portait la robe de professeur. Après, ils se sont vus régulièrement. Le souverain s'était pris de passion pour la science du magister et se montrait de plus en plus curieux. C'est ainsi qu'il l'a prié de le suivre quand il est parti pour le royaume de Sicile. Ce n'était pas la première fois que le magister se voyait offrir ce genre de privilèges. Même le pape l'avait réclamé ! Il le voulait à son côté, il était prêt à le couvrir de dons et d'avantages… Mais ce n'est pas l'appât du gain qui a poussé le magister à dire oui à Frédéric. Il l'a fait pour une femme, une courtisane qui appartenait à l'entourage de l'empereur. Elle l'avait séduit. Au point qu'il a décidé de nous abandonner du jour au lendemain, moi et ses disciples. »

Elle luttait pour ne pas fondre en larmes.

« Après son départ, je me suis aperçue que j'attendais un enfant.

— Je regrette », dit le marchand.

Il fut visité par une impression fugace, celle d'avoir sous les yeux un miroir où se reflétaient les visages d'Ermeline et de sa propre épouse, Sibylle. L'espace d'un bref instant, il crut les voir toutes les trois réunies. La femme bafouée, la femme ignorée, la femme abandonnée. *Au fond*, songea-t-il, *je ne suis pas meilleur que le magister de Tolède. Ni moins égoïste*. Mais tandis qu'il tâchait d'évaluer l'étendue de sa propre bassesse, il crut voir la partie la plus froide et la plus rationnelle de lui-même émerger des ténèbres, tel un reptile décidé à prendre le dessus. Il ajouta d'un ton prudent :

« Je regrette mais je me vois contraint de vous interroger sur d'autres graves sujets, madame. Cela me déplaît mais il le faut… »

Elle le considéra avec une ironie glacée.

« Que cela me déplaise aussi, vous ne vous en souciez guère. Mais allez-y. Ne jouez pas la comédie. Posez vos questions. »

Si le marchand était piqué au vif, il n'en laissa rien paraître.

« J'ai besoin de savoir, poursuivit-il, le rôle joué dans cette affaire par le manteau du Sagittaire.

— Il abrite les secrets du Chasseur éthiopien. C'est la *somme* de son culte, pour ainsi dire. Mais seul le magister de Tolède est capable d'en déchiffrer l'énigme, car c'est lui qui a conçu les symboles dont le manteau est brodé. Ce vêtement a été fabriqué à Bologne pour son ordre, mais les finitions n'ont été achevées qu'après son départ…

— Il est donc né des mains de ses disciples », dit Uberto en sortant de son silence.

Rémigarde approuvait.

« Abandonnés du magister, ils n'en ont pas cessé pour autant de vouloir faire aboutir ses projets. Ils entendaient bien diffuser la doctrine du Chasseur éthiopien et célébrer sa splendeur grâce au manteau…

— Entreprise ardue, dit le marchand. Comment comptaient-ils la mettre en pratique ?

— Je l'ignore, messire. J'étais trop occupée à veiller sur ma fille pour me préoccuper de ces questions.

— C'est pourtant à vous que le manteau était destiné.

— Pas à moi. Au magister de Tolède. C'est un don de ses disciples, comprenez-vous ? Leur acte d'allégeance suprême. Le manteau doit aller en Sicile, au château impérial de Palerme. C'est là que vit le magister, depuis des années…

— À Palerme, répéta Uberto.

— Donc, en déduisit le marchand, vous étiez l'ultime recours susceptible d'être utilisé par Geburt de Querfurt, la dernière personne encore en vie qui sache où trouver le magister…

— Geburt ! Ce fou ! dit Rémigarde avec lassitude. Il était à Bologne pour étudier la jurisprudence, au lieu de quoi il s'est laissé ensorceler par le culte du Chasseur éthiopien. Il a fait tant et si bien qu'il a pris la place du magister ! Le manteau n'était pas encore achevé quand je lui ai annoncé mon départ pour Salerne. J'espérais trouver ici un médecin pour Adélise. Il m'a répondu qu'il allait partir, lui, pour l'Allemagne où il souhaitait faire connaître les enseignements du magister. Il a toujours été le plus fidèle des fidèles. Il ne pouvait se douter que, pour ma part, je m'éloignais de la cause.

— Pourquoi ?

— Parce que le Chasseur éthiopien est porteur d'une malédiction ! Laquelle s'est abattue sur ma fille ! »

Les yeux de Rémigarde n'étaient plus que deux fentes noires.

« Comprenez-vous maintenant l'origine de ma haine envers le magister de Tolède ? Je ne le hais pas pour m'avoir trahie, mais pour m'avoir initiée à un culte satanique !

— Pourquoi ne m'as-tu jamais parlé de mon père ? » cria une voix surgissant de l'ombre.

Tous se tournèrent. Adélise, au seuil de sa chambre, serrait entre ses petites mains les bandelettes. Ses paupières rougies disaient le dédain de qui a appris à endurer les douleurs physiques et émotionnelles, jusqu'à les repousser dans les plus profondes ténèbres.

« Parce que c'est un méchant homme, répondit Rémigarde avec douceur, mais non sans couler vers le marchand un regard de rapace. Un homme qui se soucie seulement de lui-même. »

Ignace était consterné.

« Je suis désolé, dit-il, je ne pouvais savoir que la petite entendrait tout…

— Désolé ? »

La guérisseuse s'approcha de l'enfant et s'agenouilla près d'elle comme une louve résolue à défendre sa progéniture.

« Soyez sincère, messire ! Vous n'êtes pas désolé. Vous voulez seulement vous renseigner sur le magister de Tolède, quitte à me mettre à la question sur des sujets que j'exècre ! Vous avez eu le scrupule de me prévenir du danger, vous essayez de vous sauver... Des excuses ! Vous pensiez que je n'avais pas compris ? Vous êtes comme lui ! Vous êtes tous comme lui ! Vous êtes prêts à damner n'importe qui pour atteindre votre but ! Mais moi, je vous punirai pour votre égoïsme. Jamais vous ne m'entendrez prononcer son nom. Ni celui du Chasseur éthiopien. »

Elle pointa le doigt vers la porte.

« Allez le chercher vous-même si vous en êtes capable ! »

Blessé, humilié, Ignace ressentit un élancement douloureux. Rémigarde d'Eaunègre avait raison. Il s'était introduit dans sa vie sans souci des conséquences. Il aurait voulu lui en demander pardon, lui dire mille choses apaisantes mais, pour la première fois de toute son existence, il ne savait trouver les mots. Un nœud dans la gorge, il considéra la souffrance muette d'Adélise, tandis que l'envahissaient d'affreux remords. Uberto vint à son côté. Tristement, il le prit par l'épaule et l'entraîna vers la cour comme pour dire :

« Nous partons, nous ne vous créerons pas davantage d'ennuis. »

Le marchand n'eut pas le cœur de contrarier son fils. Pourtant, un dernier scrupule l'arrêta au seuil de la maison. Prenant Benvenuto Grafeo à part, il lui glissa à l'oreille :

« Celui qui va venir se montrera moins compréhensif. Occupez-vous d'elle et de la petite. Assurez-vous qu'elles restent bien cachées. »

L'oculiste frissonna. Il ne prononça pas un seul mot. Il se contenta d'un hochement de tête.

Ignace de Tolède emportait une partie des souffrances qui hantaient cette demeure. Dehors, le ciel se couvrait de nuages où se découpaient des silhouettes métalliques.

*
* *

« Et maintenant ? demanda Uberto alors qu'ils longeaient à grands pas la Douane Royale. Nous en savons assez pour continuer notre enquête à Palerme, mais quel est le nom du magister de Tolède ? Nous n'en avons toujours pas la moindre idée. »

Ignace se taisait. Il n'était pas encore sorti de l'abattement. Ce n'était, certes, pas la première fois qu'il était accusé d'égoïsme, mais il avait le sentiment que les reproches de Rémigarde ne le laisseraient pas en paix de sitôt. Il parvint à se reprendre, toutefois. Il le devait à son fils. Il avait une dette envers lui. Il l'avait entraîné dans une aventure périlleuse et il lui fallait à présent trouver un moyen de le ramener à la maison sain et sauf.

« Nous ne connaissons pas non plus celui du Chasseur éthiopien, dit-il.

— C'est important ?

— Oui, si nous voulons savoir à quoi nous nous attaquons.

— Comment penses-tu pouvoir le découvrir ?

— Je crois l'avoir eu sous les yeux, sans avoir été capable de le déchiffrer.

— Que veux-tu dire ?

— Rappelle-toi : les tatouages sur les mains des adeptes. Il n'y avait pas que des symboles. Il y avait aussi une inscription de sept caractères disposée sous la figure du cavalier. Je soupçonne cette inscription d'être le nom du Chasseur éthiopien. Rémigarde la porte aussi, je l'ai vue de mes yeux…

— Impossible de retourner frapper chez elle…

— Impossible, en effet. Mais le livre m'a peut-être donné un indice.

— Le volume d'Hildegarde de Bingen ?

— Oui. »

Ignace, tout en parlant, reprenait peu à peu le contrôle de lui-même. L'amertume se dissolvait comme boue sous l'averse.

« L'ouvrage qu'elle tient du magister lui-même.

— Et ?

— Et j'ai repéré au fil des pages certaines notations rédigées à la hâte dans une écriture codée. »

Uberto ne comprenait toujours pas. Le marchand poursuivit :

« Je puis me tromper, mais il me semble avoir reconnu le code utilisé pour les inscriptions tatouées.

— Comment est-ce possible ?

— Ce n'est pas si surprenant, dans le fond. Le magister de Tolède a peut-être voulu abriter ses secrets derrière un code déjà existant, trouvé dans un livre en sa possession.

— Et tu as réussi à le déchiffrer, cette fois ?

— Non. Mais je crois avoir deviné de quoi il était question. As-tu jamais entendu parler du *Lingua ignota* ?

— Évidemment. Le “Traité de la langue inconnue”. Il décrit un langage chiffré, inventé par Hildegarde de Bingen voilà un siècle environ. On raconte que plusieurs communautés monastiques continuent de s'en servir… Donc, tu penses que le code sur lequel tu es tombé n'est autre que celui du *Lingua ignota* ?

— Ça vaut la peine de s'en assurer, non ?

— Et comment. Mais qui saura le déchiffrer ? Il nous faudrait un moine, un bénédictin instruit et qui accepterait de nous aider… »

Ignace hochait pensivement la tête. Soudain, il cessa de marcher, comme si une idée l'avait frappé.

« Il y a peut-être moyen de faire plus vite », murmura-t-il.

Ce n'était encore qu'une intuition, mais elle était fort séduisante…

« Tu te rappelles ce que disait Grafeo à propos des livres de Rémigarde ?

— Oui. Ils ont tous fini à Sainte-Marie-du-Dôme. »

Le marchand eut un petit sourire d'espoir.

« Et s'il y avait parmi eux un *Lingua ignota* ?

— On ne saurait écarter cette hypothèse, en effet. Mais on ne nous autorisera pas à les consulter. Alors, je suppose que tu as l'intention de…

— De m'introduire dans l'église de Sainte-Marie-du-Dôme, oui. Cette nuit même. »

– 33 –

Ulfus n'était pas un nom thrace. Il ne venait pas de Tikili Tas, encore moins des rives du Danube. Il avait une origine bien plus lointaine. Son père l'avait entendu dans sa jeunesse en écoutant une chanson de geste islandaise contant les aventures d'Ulf le Nocturne, un géant nordique, un guerrier que sa propre colère avait transformé en bête lors d'une bataille. Ulfus, depuis toujours, portait fièrement ce nom où se réfléchissait finalement sa passion de la nuit et de la violence. Il aimait la fureur des combats et le choc avec l'ennemi. Celui qui survivait aux affrontements les plus durs, pensait-il, y gagnait quelque chose de plus grand que l'honneur, et développait un instinct primal qui l'apparentait à un fauve.

Tout cela ne lui était, cependant, d'aucune utilité pour accomplir la mission que lui avait confiée le Mage. Dans cette série d'homicides géométrique, Ulfus avait dû laisser de côté le *berkesir*, le lycanthrope, pour endosser les frusques du sicaire qui tue de sang-froid. Ce qui n'était pas dans sa nature. Mais il fallait obéir ! D'un autre côté, il ne lui était pas difficile d'exterminer des hommes. Leurs noms et leurs visages étaient aussitôt emportés par le fleuve de boue qui s'écoulait en lui.

De là à tuer une femme… Cette fois, il pouvait y avoir un problème. Surtout qu'il ne s'agissait pas de n'importe quelle femme. Le Mage lui avait donné des ordres particuliers la concernant. Des ordres précis mais discordants…

Si bien que la mission n'allait pas de soi. Mener à bien un assassinat n'était pas aussi simple que donner la mort sous le feu du combat, en faisant tournoyer son épée sans se soucier de dénombrer des victimes. Le meurtre prémédité n'avait rien à voir avec l'ardeur sauvage d'Ulf le Nocturne.

Parvenu à la maison de Rémigarde d'Eaunègre, il marqua une hésitation avant de descendre de cheval. Il avait l'impression que la nuit l'observait, comme une mère juge son fils. Même le vent hululait d'une voix lugubre, en transportant des odeurs de pluie.

Cependant, il mit pied à terre. Muni de la Lance de Feu, il se dirigea vers l'entrée de la maison, tout scrupule écarté. Il n'avait pas le choix. Avec le Mage, pas question d'échouer. La dernière fois qu'un de ses serviteurs lui avait désobéi, il lui avait fait boire du vin mélangé à de l'acide et le liquide avait dissous les viscères du malheureux jusqu'à lui crever la peau.

Ulfus était résolu à s'épargner ce genre de fin. Il enfonça la porte. Un bruit sourd lui parvint : un corps s'affaissant sur le sol. Il franchit le seuil. La porte en cédant avait frappé quelqu'un, un vieux Juif qui avait perdu connaissance et gisait maintenant à terre.

Ulfus l'enjamba sans plus de cérémonie.

Mais ce fut pour s'arrêter au bout de quelques pas, frappé de désarroi. Au milieu de la pièce trônait une petite fille aux traits pâles et au regard inquiétant. L'observant avec attention, il sut tout de suite qu'il ne l'oublierait plus. Non… Ces miroirs de souffrance, le maelström ne pourrait pas les engloutir. Il en fut ébranlé. Il se délivra de cette vision en déplaçant son regard vers la femme qui se tenait au côté de l'enfant. Elle aussi le toucha. Elle était assez belle, avec quelque chose d'impérieux. Indignée autant qu'apeurée, elle fit barrage devant la petite. Ulfus ne céda pas à la convoitise qu'elle lui inspirait. Il avait mission de la tuer, non de la violer.

« Êtes-vous Rémigarde d'Eaunègre ? » demanda-t-il.

Sa propre voix le mit mal à l'aise. Elle produisait un son guttural et grossier. Voilà des semaines qu'il n'avait pas émis le moindre son.

La femme le défia du regard.

« Le Mage vous veut à nouveau auprès de lui, reprit-il en lui saisissant la main. Suivez-moi, sinon… »

Une chaîne d'émotions passa rapidement sur le visage de Rémigarde dont les pensées devaient défiler plus vite encore. Les unes et les autres disparurent comme des ombres derrière un masque de haine.

« Je ne repartirai pas avec *vous*, dit-elle à voix basse. Jamais plus ! »

Ulfus accueillit une bouffée de déception, puis il se souvint des ordres qu'il avait reçus et ses mains se serrèrent sur la Lance de Feu. Il la pointa sur le ventre de Rémigarde.

Elle ne le quittait pas des yeux. Elle était bouleversée. Elle ne comprenait pas. Elle eut à peine le temps de regarder sa fille.

De la fenêtre jaillit une flamme rouge ; un hurlement déchira la nuit.

– 34 –

Les deux soldats recrutés au Castello Marino, ayant fait irruption trop tard dans la maison de Rémigarde, y furent bientôt rejoints par Conrad de Marbourg qui se demanda pourquoi ils étaient arrêtés sur le seuil, avant de respirer lui-même une odeur de soufre et de chair brûlée.

Le cadavre d'une femme au ventre fumant gisait au milieu de la pièce. Une fillette accroupie se penchait vers elle, indifférente à la présence des intrus. Ses mains étaient noires, brûlées, comme si elle avait essayé d'éteindre les flammes qui dévoraient la défunte.

Conrad choisit d'ignorer l'enfant et de s'intéresser plutôt au vieil homme étendu à terre près de l'entrée. D'abord, il le crut mort, mais il avait seulement perdu connaissance. Alors qu'il se penchait vers lui, il eut un mouvement de répulsion en découvrant le cercle jaune accroché à son cou. D'un geste, il ordonna aux soldats de le réveiller. Les sbires saisirent Grafeo par le col et l'aidèrent à reprendre ses esprits à coups de gifles.

L'oculiste émit une plainte. Sa première réaction fut de se rebeller, mais il se tut en découvrant le corps sans vie de Rémigarde.

Marbourg n'avait que faire des sentiments du vieil homme. Il promena autour de lui des regards nerveux.

« Galvan ! cria-t-il. Où êtes-vous passé ? »

Le clavigère entra, une torche à la main.

« J'ai trouvé des empreintes, dehors. Les plus récentes sont celles d'un cheval de taille exceptionnelle. Le cavalier en a laissé aussi… »

Il pointa le doigt vers le cadavre de la guérisseuse.

« Le responsable de ce massacre, je suppose.

— C'est ce maudit cavalier ! s'exclama Suger, entrant à son tour, accablé de fatigue et de frustration. Personne d'autre que lui ne provoque ce genre de blessure… »

L'Allemand lui imposa le silence :

« Je sais bien, moi, qui est le coupable. »

Et, se tournant à nouveau vers Grafeo :

« Juif ! Dis-moi ce qui s'est passé ici ! »

Comme l'oculiste tardait à répondre, un des soldats le bouscula pour lui délier la langue.

« Je n'ai rien vu, j'étais sans connaissance…

— Chien menteur ! s'exclama Conrad de Marbourg. Et cette femme au ventre brûlé ? Cette femme dont la main porte les signes du Malin ! Tu oses prétendre n'avoir rien vu !

— Je n'ai rien vu, je le jure ! J'ai entendu quelqu'un s'approcher de la maison, c'est tout. Puis, le hennissement d'un cheval. Voulant sortir pour aller voir qui c'était, j'ai pris la porte en plein visage… C'est arrivé peu après le départ de l'Espagnol et…

— L'Espagnol ? l'interrompit le prêtre en le transperçant du regard. Quel Espagnol ?

— Ignace de Tolède.

— Lui ! Où est-il maintenant ? Parle ! »

Grafeo n'eut pas le temps de répondre à cette nouvelle question car un hurlement strident s'éleva dans la pièce. C'était Adélise qui sortait de sa catatonie, les mains sur les yeux. Elle se jeta sur le corps de sa mère, l'air de souffrir mille morts.

Grafeo comprit ce qui arrivait. Il profita de l'effet de surprise pour se libérer de l'étreinte du soldat et se rapprocher de l'enfant. Il lui prit les mains et l'obligea à les éloigner de son visage. Il vit les pupilles enflammées. Jugeant qu'on ne le laisserait pas faire usage de ses instruments, ni s'aventurer dans des explications, il s'employa à intervenir le plus rapidement possible sur la cause du mal. Il fallait extraire. Ayant repéré le point douloureux, il enfonça le doigt dans l'œil de la fillette et y préleva un gros cristal maculé de sang…

Conrad le lui arracha des mains. L'indignation s'empara de lui. L'anathème, déjà, lui venait à la bouche. Il montra l'objet aux hommes présents et s'écria, en proie à une fureur mystique :

« Voici la preuve du mal répandu par Ignace de Tolède ! »

Il désigna l'oculiste :

« Et voici son nouveau disciple ! »

Grafeo, cramponné aux vêtements du prêtre, supplia qu'on l'autorisât à s'expliquer, mais Pungilupo l'envoya à terre d'un coup de poing.

« Laissez-le ! » cria Adélise en se dressant d'un bond.

Le clavigère la foudroya du regard.

« Petite sorcière ! Tu oses me défier ? »

Déjà, il marchait sur elle, prêt à frapper. Mais, à sa grande surprise, il vit Suger s'interposer et faire barrage de son corps devant l'enfant.

Le loup famélique eut un ricanement satisfait. Qu'eût-il pu espérer de mieux ? Enfin, l'occasion se présentait de corriger ce Français ! Il lui expédia dans les reins un violent coup de genou qui le renversa à terre.

Suger cracha un filet de sang sur le carrelage. Il crut avoir un pieu enfoncé dans les côtes. Il n'en essaya pas moins de se relever. Un autre coup l'atteignit au même endroit. Le clavigère ne lui laissa pas de répit : il se jeta sur lui et le rossa.

« Assez, maintenant », intervint Conrad.

Peu lui importait le salut de Suger. Il voulait seulement en finir avec cette histoire. Sa figure semblait un masque de fer. Il empoigna la fillette par le poignet et l'entraîna vers la porte en ordonnant :

« Le Juif aussi, embarquez-le. Tout le monde ! »

Dehors, des nuages d'encre vomissaient de la pluie.

Le visage d'Adélise était trempé de larmes de verre.

*

* *

Ignace observait Sainte-Marie-du-Dôme tout en s'abritant de l'averse sous une arcade. Uberto avait insisté pour entrer seul dans l'église : ainsi il pourrait opérer plus rapidement, en diminuant le risque d'être repéré. Le marchand avait dû céder. Il savait que son fils était un homme agile. En même temps, il se sentait un peu coupable de ne pas être à son côté. D'autant qu'il était le plus à même de reconnaître le livre qu'ils cherchaient. Bref, il n'avait pas eu le choix. Uberto avait escaladé la façade de l'édifice, puis s'était faufilé à l'intérieur par une fenêtre bifore. L'entreprise n'était pas facile. Elle était même périlleuse.

Uberto, à présent, avait disparu et Ignace s'inquiétait. Le garçon allait être obligé de s'orienter dans le noir. Comment s'y prendrait-il pour repérer la salle des archives ou la bibliothèque ? Ensuite, il faudrait passer en revue tous les volumes jusqu'à tomber sur le bon. Et une bibliothèque digne de ce nom abritait facilement une centaine d'ouvrages…

Ignace risquait d'avoir à patienter jusqu'à l'aube.

Il perçut un mouvement à l'angle de la façade. Une silhouette se découpa à la plus haute fenêtre. Uberto, déjà ! Le jeune homme se suspendit à une gargouille rendue glissante par la pluie. Ayant récupéré quelque stabilité, il fit un bond vers une corniche qu'il longea en se déplaçant à quatre pattes. Parvenu au bout de la façade, il se retint à une colonne surmontée d'un chapiteau. Enfin, il se laissa glisser le long de la colonne, jusqu'à toucher terre.

Ignace lui fit signe de se dépêcher, puis chuchota :

« Tu l'as trouvé ?

— Ils ont dans leur dépôt au moins dix livres d'Hildegarde dont aucun ne porte le titre *Lingua ignota*… »

Voyant la déception du marchand, il se hâta d'ajouter :

« Mais j'ai trouvé ça… »

Il tira de son vêtement une feuille de papier dont Ignace s'empara d'un geste impatient.

La feuille comprenait deux textes, l'un en hiéroglyphes et l'autre en caractères latins. Ignace les lut plusieurs fois et trouva entre les deux une correspondance parfaite. L'enthousiasme le saisit.

« Alors ? demanda Uberto.

— C'est le même code. Une clef de lecture pour déchiffrer l'inscription tatouée.

— Ne perdons pas de temps. Hâtons-nous de quitter Salerne. »

– 35 –

Ils trouvèrent Coule-Poisson à bord, endormi dans un enchevêtrement de filets qui lui servait de lit de fortune. Auprès de lui gisait sa bourse vide.

« Il a sûrement tout gaspillé en femmes et en vin », fit observer Uberto en reculant d'un air dégoûté. Une odeur atroce émanait du marin.

Ignace, sans ajouter aucun commentaire, le secoua du bout du pied.

« J'arrive… » grogna Coule-Poisson en se tournant sur le côté.

Ce ne fut pas une mince affaire, de l'arracher à sa léthargie et à ses filets !

En dépit de la pluie et d'une mer grosse, ils levèrent l'ancre la nuit même et mirent le cap sur la Sicile. Bien que bénéficiant d'un fort courant qui les poussait vers le sud, ils durent affronter les éléments. Les vagues étaient soudain immenses et la côte disparaissait dans les ténèbres. Il n'y avait plus ni lune, ni étoiles. La seule clarté à leur disposition venait des éclairs qui, par intermittence, illuminaient la surface d'une eau tantôt métallique, tantôt noire comme la mort. De temps en temps, Ignace croyait distinguer au loin, entre deux éclairs, la blanche apparition d'une voile ; il pensait alors à son cauchemar, les templiers.

Leur sardinier n'était par conçu pour affronter la tempête et il faillit se retourner plusieurs fois, mais Coule-Poisson, même s'il n'était pas complètement dégrisé, parvint à naviguer avec maestria. Pour s'aider, il hurlait dans la nuit le nom de saint Nicolas et le suppliait de leur venir en aide.

Ils luttèrent de longues heures contre la mer. Puis, les eaux s'apaisèrent avec les premières lueurs de l'aube et naviguer devint plus facile.

Ignace parvint même à s'accorder quelques heures de sommeil. Quand il rouvrit les yeux, il ne pensait plus qu'à résoudre la fameuse énigme.

« Prête-moi ton couteau », dit-il à son fils.

Uberto fouilla sous son froc et lui tendit la lame.

Le marchand grava à l'avant du bateau l'inscription qu'il avait lue sur la main de Rémigarde :

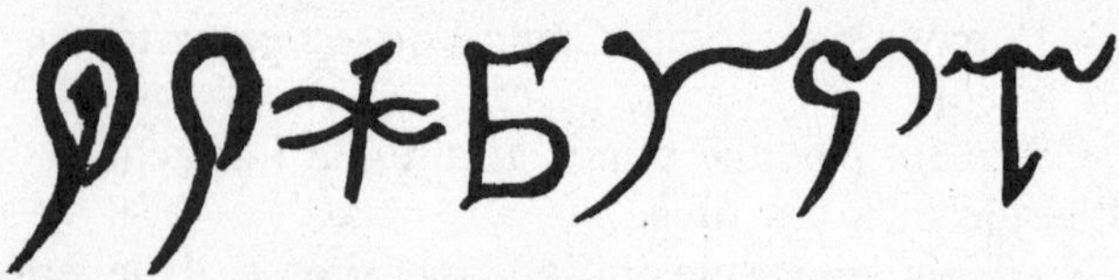

Il l'étudia avec attention jusqu'à avoir la certitude qu'elle correspondait bien à son souvenir. Puis, il tourna les pages du *Lingua ignota*. Il n'eut aucune peine à repérer la correspondance entre hiéroglyphes et caractères latins. La traduction se révéla :

NEMROD

Ignace réprima un frisson.

« Nemrod ? demanda Uberto en plissant le front. Le Nemrod auquel je pense ? »

Ignace ne répondit pas. Il n'arrivait pas à détacher les yeux des hiéroglyphes gravés dans le bois du bateau. Le propre nom de Lucifer lui aurait fait moins peur.

CINQUIÈME PARTIE

NEMROD L'ASTRONOME

« On dit que Nemrod était éthiopien. Eh bien ! La couleur de l'Éthiopien symbolise les ténèbres et la tristesse de l'âme, puisqu'elle s'oppose à la lumière. Privé de clarté, enveloppé de ténèbres, il ressemblait à la nuit plus qu'au jour. D'ailleurs, Nemrod avait coutume de chasser en forêt et de rechercher la compagnie des bêtes féroces. »

Ambroise de Milan,
De Noe et arca, I, 34

« On dit que le géant Nemrod était le plus grand des astrologues, et même qu'il avait étudié l'astronomie. »

Hugues de Saint-Victor,
Le Didascalicon, III, 2

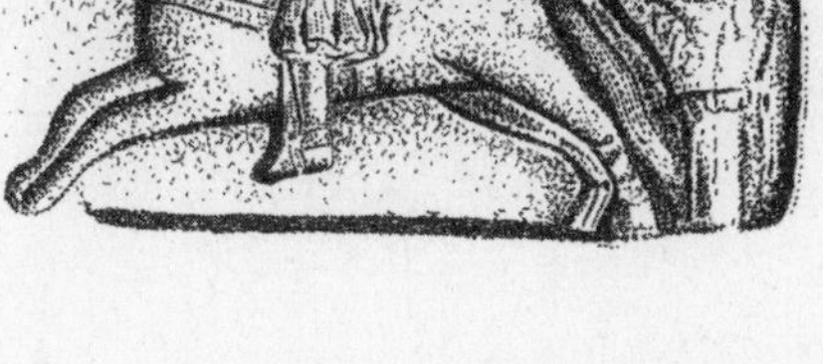

– 36 –

Essuyer une volée de coups dans le but de protéger quelqu'un – fût-ce une petite fille – allait contre tous les principes de Suger, mais il ne regretta pas d'être intervenu, même quand il s'écroula à terre, humilié par la correction que lui infligeait Pungilupo. En apercevant Adélise penchée sur le corps de sa mère, il s'était revu jeune homme au chevet de son père. Le malheureux avait été brisé par une maladie des poumons qui s'était aggravée jusqu'à inflammation complète des bronches. Suger avait mobilisé toutes ses connaissances pour le sauver, passant des nuits entières à tourner les pages de ses livres et à préparer des potions coûteuses censées adoucir au moins les souffrances du patient. Mais, à la fin, il avait bien fallu baisser les bras. Même le meilleur praticien de Paris n'aurait pu venir à bout de ce mal.

Il semblait pourtant que le père de Suger n'avait guère apprécié les efforts dont il avait bénéficié. En effet, à l'heure du dernier soupir, il avait exprimé sa déception. Sans dire un mot ! Il avait seulement pris un air écœuré, façon de se plaindre qu'on le laissait crever comme une bête. Suger s'était toujours efforcé de garder ce souvenir enfoui dans ses pensées mais, au vu de ce qui était arrivé à Bernard et des épreuves des derniers mois, il le voyait remonter à la surface, au point qu'il en perdait son cynisme.

Le monde remua autour de lui et il se réveilla dans la cale d'un navire. Bien que brisé et accablé de douleurs, il évita de gémir car il y en avait auprès de lui qui souffraient davantage.

Le Juif et la fillette, blottis l'un contre l'autre, cédaient au désespoir. Grafeo avait la figure livide et tuméfiée, après que Marbourg lui avait fait subir un interrogatoire en règle. Cependant, c'est encore Adélise qui attira l'attention de Suger. Les mains de la fillette se couvraient de plaies. Elle avait essayé d'arracher du ventre de sa mère le projectile incandescent ! Comment avait-elle pu supporter la douleur d'une brûlure pareille ? Vaine tentative, de toute façon. C'était même un miracle que l'engin ne lui eût pas explosé entre les doigts.

Mais Adélise l'intriguait aussi pour d'autres raisons. Suger avait vu Grafeo extraire une pierre de l'œil de l'enfant. Il avait assisté à l'opération avec une admiration pleine d'effroi. Il continuait de s'interroger sur la nature de ces larmes. Si la dragonite extraite de la tête d'un serpent possédait des propriétés miraculeuses, que penser des cristaux prélevés dans les yeux d'un être humain ?

De multiples pensées nourrissaient son angoisse. Il savait qu'il avait perdu, désormais, la confiance de Marbourg. Certes, l'Allemand avait décidé de le garder à son service, mais il l'avait fait mettre aux fers. Et ce navire avait quitté Salerne ! Suger craignait maintenant pour sa vie.

Il savait que son salut, à présent, était dans la fuite.

*
* *

Conrad de Marbourg, appuyé à la lisse du château avant, sentait souffler un vent par trop paisible, mais il n'en maudissait pas moins la paresse des rameurs.

Il avait dû tenter sa chance pour quitter Salerne au plus vite. Il n'avait trouvé que cette barque génoise, un pauvre navire équipé d'un seul mât, une vraie coquille de noix. L'impatience le dévorait ! Il aurait voulu être un de ces oiseaux qu'il voyait survoler la mer, qui leur tournaient autour comme pour les narguer. Sa nervosité avait gagné tout l'équipage. Le commandant lui-même avait quitté le château avant pour ne plus souffrir sa compagnie. De sorte que Marbourg n'avait plus avec lui que Pungilupo et les deux soldats qui l'escortaient depuis le départ de Naples.

L'envie de refermer ses griffes sur sa proie le rongeait plus que jamais. C'est qu'il savait où chercher, désormais. Benvenuto Grafeo, au début, s'était montré peu loquace, mais il avait fini par lui rapporter la discussion qui avait eu lieu entre Ignace de Tolède et Rémigarde d'Eaunègre. L'oculiste lui avait servi un compte rendu obscur, truffé de détails peu conformes à la vérité des faits. Mais il était de race juive et Conrad expliquait ainsi les incohérences de son propos. Les Juifs étaient fourbes. Grafeo avait sûrement essayé de protéger l'Espagnol. Quoi qu'il en fût, le plus important était de connaître la destination d'Ignace : la cour de Palerme. Sur ce point, Grafeo n'avait pas osé mentir.

Un esprit de l'air avait-il lu dans ses pensées ? Les couleurs du ciel, des eaux et de la côte se dissipèrent tout à coup. Le bateau s'enfonça dans une brume épaisse, laiteuse, et parut naviguer soudain dans le néant. Il fallut ralentir la course, sous peine de toucher un récif.

La fureur de Marbourg était à son comble.

– 37 –

« Nemrod fut le nom d'un souverain éthiopien, expliquait Ignace, les yeux sur les côtes de la Sicile. C'est lui qui aurait fondé le royaume de Babylone après le Déluge.

— Sauf erreur, dit Uberto, c'est même lui qui a érigé la tour de Babel.

— La Bible le décrit surtout comme un habile chasseur.

— Un roi chasseur…

— Comme sur ces broderies… »

Ayant sorti du sac le manteau du Sagittaire, il le présenta à la lumière du soleil. Au centre de la roue astrale, le cavalier posait le doigt sur ses lèvres. Et ce geste prenait à présent toute sa signification :

« Ne prononce pas mon nom. »

Uberto demanda en effleurant la broderie :

« Pourquoi représenter Nemrod au cœur du zodiaque ? Pourquoi fonder une secte en son honneur ?

— Nous le saurons quand nous aurons établi le lien unissant le roi éthiopien et le magister de Tolède. C'est, je l'avoue, quelque chose qui m'inquiète. »

Uberto s'inquiéta aussi. Il était rare qu'un mystère inspirât à son père une telle appréhension.

« Pendant des siècles, reprit Ignace, les savants ont prononcé le nom de Nemrod avec crainte. C'est un être aussi ténébreux que l'océan de la nuit.

— On ne sait rien d'autre à son sujet ?

— Rien. À part qu'il a pris pour femme la cruelle Sémiramis, une débauchée qui était aussi sa mère. Elle lui a donné un fils, Tammuz. »

Il releva les yeux et vit que tout avait disparu autour du bateau. Une brume spectrale couvrait les eaux et cachait même le soleil.

« D'où vient ce brouillard ? » demanda-t-il à Coule-Poisson.

La voix du marin parut sortir d'un voile blanchâtre :

« Ce n'est pas le brouillard. C'est la fée Morgane.

— Des superstitions, soupira Uberto.

— La fée Morgane, insista le marin, mécontent. C'est l'un des esprits qui infestent ces eaux. Ne prenez pas cet air étonné ! Nous nous approchons de l'Etna qui est la porte de l'Enfer. C'est là que gît le roi Arthur, depuis plus de cent ans. »

Les deux voyageurs n'eurent pas le temps de répliquer : un vent soudain emporta la brume. Ils assistèrent alors à un prodige inexplicable : un paysage fantastique venait d'apparaître à l'horizon, suspendu dans les airs comme un château évanescent, né de la mer.

Ignace et Uberto en restèrent interdits, mais c'est Coule-Poisson qui eut la réaction la plus surprenante. Il abandonna la barre pour aller s'agenouiller à la proue. Les mains jointes, il éleva une prière à la Madone et à saint Nicolas. Il pria jusqu'à la disparition du mirage.

Alors, sans plus d'explication, il retourna à son poste et se remit au gouvernail.

*
* *

Ils longèrent les côtes septentrionales de la Sicile. De temps en temps, ils s'accordaient une brève escale pour s'approvisionner en vivres et en eau. Les ports où ils s'arrêtaient étaient de vraies tours de Babel, des creusets mêlant les races et les cultures, l'étonnement et l'effroi. Des bruits couraient sur la révolte des Sarrasins, sur les rebelles déportés à Lucera, sur les désordres provoqués par l'absence de Frédéric II. Toutefois, ce n'étaient pas les Sarrasins qui préoccupaient Ignace. D'autres soucis l'inquiétaient davantage, tel le débarquement en Sicile des milices clavigères et des espions du pape Grégoire IX.

À Palerme, il renouvela l'accord passé à Salerne avec Coule-Poisson. Après l'avoir payé pour le service rendu, il lui demanda de se tenir prêt, au cas où il faudrait fuir encore. Le marin empocha son salaire en affichant un rictus cupide. Uberto savait que, dans quelques heures, il ne resterait rien de cet argent.

*
* *

Aux portes de Palerme, Ignace pria son fils de l'attendre et s'approcha d'une bande de désœuvrés. Il avait besoin d'un guide, dit-il. Un Africain se porta volontaire, un homme de grande taille dont le corps sec contrastait avec le volumineux turban noué autour de sa tête. Il dit son nom : Mohammed Al-Idriss. Il offrait ses services pour un quart de dinar. Il parlait une langue nasale et chantante, à mi-chemin entre les dialectes arabes et sicules.

Uberto désapprouvait l'entreprise paternelle. Pourquoi gaspiller de l'argent alors qu'ils étaient tout à fait capables de s'orienter sans l'aide de personne ? Cependant, il ne tarda pas à changer d'avis. En effet, la présence de Mohammed se révéla fort utile quand il fallut parcourir les ruelles de Palerme. Non seulement leur guide connaissait ce labyrinthe par cœur, mais il savait disperser la foule qui les empêchait d'avancer. L'animation, ici, n'avait rien à voir avec celle de Naples. Même avec l'aide de l'Africain, les voyageurs devaient jouer des coudes s'ils ne voulaient pas risquer de rester en arrière et de se perdre.

« Tu ne m'as pas encore révélé tes intentions ! s'inquiéta Uberto en élevant la voix pour couvrir le vacarme.

— Avant toute chose, il nous faut changer de vêtements, répondit le marchand sans se retourner.

— C'est le moment de faire des achats, tu trouves ?

— Tu as l'intention de te présenter à la cour de Sicile dans ces guenilles ?

— Donc, tu souhaites aller droit au but… Tu ne songes pas à recueillir des informations supplémentaires, avant de t'exposer ainsi ?

— Ce serait perdre un temps précieux. Nous savons que le magister de Tolède se cache dans le cercle rapproché de l'empereur, c'est suffisant comme information. Il suffit de le forcer à se découvrir.

— Mais comment ? »

Certes, Frédéric était absent mais sa cour, la *curia regis*, devait être un endroit des plus fréquentés. Il n'allait pas être simple d'y trouver la personne recherchée…

Le marchand, pourtant, semblait sûr de son fait.

« Nous avons le manteau. Dès que la chose se saura, je te parie qu'il sortira de sa cachette. Tu verras ! »

Sur ces mots, il demanda à Mohammed de les conduire dans la rue des tailleurs.

Ils ne mirent pas longtemps à changer de tenue. Ignace opta pour une tunique rouge lui arrivant aux genoux, avec un pantalon de la même couleur. Pour plus de majesté, il acheta aussi des souliers de peau et une cape noire. Uberto, dont les goûts étaient plus modestes, se contenta d'un habit vert avec un pantalon jaune et noir. La cape, il n'y tenait pas : il entendait rester libre de ses mouvements.

Ayant revêtu leurs nouveaux atours, ils prièrent le guide de leur dire où était actuellement établie la cour de Sicile.

« Au palais de la Fawara, répondit-il. C'est à Cassarorum. »

Autrement dit, hors les murs de la ville. Pour gagner du temps, il les emmena vers le sud. Il y avait là un entrepôt de chars. Mohammed disparut dans une cabane dont il ressortit au bout d'une minute flanqué d'un individu corpulent à la peau noire et à la barbe taillée en pointe. L'homme considéra les deux étrangers, puis les précéda jusqu'à un char auquel étaient attelés des bœufs.

« En route, lança-t-il. Ne perdons pas de temps. »

Ignace se montra soupçonneux :

« Pourquoi doit-il se rendre à Cassarorum ? demanda-t-il discrètement à Mohammed.

— Pour chercher de l'eau », répondit le guide.

Calogero : tel était le nom du roulier. Il gagnait sa vie en fournissant de l'eau. Une immense barrique trônait en effet sur son véhicule. Il se rendait souvent à Cassarorum, il y convoyait parfois des voyageurs.

Les trois voyageurs furent invités à monter et Calogero piqua ses bœufs. Ils suivirent une piste qui descendait vers le sud-est, entre un canal et un domaine semé de petits châteaux appelés par les Arabes tantôt *quasr*, tantôt *ksar*. À l'orient de la route, on découvrait les rivages du golfe.

Au terme d'un voyage sans encombre, Calogero indiqua des collines couvertes d'un manteau de verdure.

« Le mont Griffon », leur apprit-il.

Un entrelacs de torrents dégringolait les pentes.

« La Favara, indiqua le roulier.

— Fawara, rectifia Mohammed en employant le bon accent.

— La source, traduisit Ignace qui connaissait l'arabe. Dites-moi, il n'y a rien d'autre que des bois et des torrents sur cette colline ?

— Il y a aussi des élevages de chevaux, répondit le roulier. Des bêtes fougueuses. Il faut les saigner pour qu'elles se calment. »

Comme Uberto le regardait d'un œil incrédule, il ricana :

« Ils leur font une entaille sous l'oreille. »

Sur ces mots, il se tut. Le palais ne tarda pas à leur apparaître, dressé au pied de la colline, au milieu d'un lac alimenté par les torrents.

« Le palais de la Fawara ! s'exclama Calogero en enveloppant le décor d'un geste ample. Le domaine royal.

— C'est ici que se tient la cour ? demanda le marchand.

— À cette époque de l'année, oui, dit Mohammed. Mais la plupart des courtisans ont suivi l'empereur en Orient. »

De mieux en mieux, songea Ignace. Si le magister de Tolède était bien dans ce palais, il ne pourrait pas se cacher longtemps.

Cette pensée nourrissait son espoir, mais son angoisse aussi.

– 38 –

Le fossé entourant le domaine royal se doublait d'une enceinte d'où dépassait le feuillage d'un bois verdoyant. Ayant congédié Mohammed et Calogero, Ignace et Uberto se dirigèrent vers la seule porte du palais. C'est alors qu'un animal à la longue encolure se pencha par-dessus le mur pour les observer avec curiosité. La bête, qui était jaune et tachetée, présentait des protubérances pareilles à des cornes. Elle ruminait comme une vache. Cette vision surprit tellement les deux voyageurs qu'ils ne remarquèrent pas la présence des sentinelles en faction à l'entrée.

Ignace se hâta de reprendre contenance, avant d'adresser aux gardes un salut respectueux :

« Je viens d'Espagne. Je vends des reliques. J'ai un merveilleux présent à remettre en hommage à Sa Majesté. »

Le chef de la garde vint à leur rencontre.

« Quel genre de présent ?

— Un manteau magique, brodé avec un art incomparable. »

Le soldat avait le regard méfiant.

« Laissez-moi y jeter un coup d'œil.

— Le bord seulement », répondit le marchand.

Il ouvrit son sac à contrecœur.

« Exposé au soleil, il perdrait son pouvoir. »

Il ajouta en baissant la voix :

« Un souverain qui le porte, dit-on, peut accomplir des *mirabilia.* »

Uberto admirait le talent dont Ignace était capable quand il s'agissait d'enchanter l'énergumène le moins réceptif. Maintenant, tous les soldats l'entouraient, piqués par la curiosité.

Les deux voyageurs entrèrent bientôt dans le domaine, escortés de deux soldats et précédés d'un homme à cheval chargé d'annoncer leur arrivée à la cour. On rejoignait le palais proprement dit en traversant un jardin immense, parsemé de plantes grimpantes et peuplé d'innombrables espèces animales. Des hommes en armes y mangeaient tranquillement des fruits à l'ombre des palmiers. Un des soldats de l'escorte crut devoir justifier ce relâchement de la discipline :

« Il est de mon devoir de vous prévenir que l'empereur est absent.

— Nous devrons nous contenter de voir les hautes personnalités de la cour », répondit Ignace en feignant la déception.

Ils touchaient au but.

Le palais de la Fawara était une construction arabe de forme rectangulaire, massive, aux murs percés de fines fenêtres pointues. Il était baigné de tous côtés par le grand lac qui le séparait du mont Griffon, sauf du côté de l'entrée où se dressaient quatre portiques surmontés d'archers à cheval. Ignace repéra aussitôt, sur la corniche supérieure, la présence d'un homme vêtu de noir, coiffé d'un casque, qui semblait attendre quelque chose.

« Qui êtes-vous ? demanda-t-il en latin. Un cavalier m'avait prévenu de votre arrivée.

— Mon nom est Ignace de Tolède, répondit le marchand dans la même langue. Je vends des reliques. »

Il se fendit d'une révérence.

« Et j'ai un présent pour Sa Majesté.

— Je sais, répliqua l'homme sur la corniche. Et celui qui vous accompagne ? A-t-il un nom, lui aussi ?

— C'est mon fils, Uberto. »

Ignace n'arrivait pas à déchiffrer la conduite de son interlocuteur. Ses manières trahissaient une finesse indubitable, en même temps qu'une grande réserve.

« Pour vous servir », ajouta Uberto en mettant un genou à terre.

L'homme hocha la tête.

« Je suis Michele Scot, astrologue et philosophe de cour, dit-il en ouvrant les bras pour donner davantage d'importance à sa déclaration. Nous sommes quelques-uns, membres de la *curia regis*, à garder cette demeure en attendant le retour de Frédéric II. Mais ne digressons pas. Ce présent, de quoi s'agit-il ? On m'a parlé d'un manteau.

— Un manteau zodiacal, avec la figure d'un cavalier. Souhaitez-vous le voir ?

— Pas ici. Pas maintenant. »

D'un signe, il congédia les soldats ; cette façon d'affirmer son pouvoir trahissait son orgueil, ainsi qu'une certaine nervosité. Mais avait-il besoin d'être entouré de soldats ? Le palais devait être bien surveillé. Le marchand avait même repéré des archers en sentinelle sur une petite tour dissimulée dans la palmeraie.

Scot emprunta un escalier qui rejoignait directement le rez-de-chaussée. Une fois en bas, il ne vint pas à la rencontre des visiteurs, mais franchit le second portique, à gauche de la façade.

« Vous aurez toute mon attention quand nous serons dans mon cabinet », dit-il.

Le marchand, avant de lui emboîter le pas, conseilla à son fils de rester sur ses gardes.

*

* *

Scot observa avec attention les voûtes en berceau du plafond, puis il retira son casque, révélant une épaisse chevelure noire et lisse. Il se remit en route, précédant les visiteurs pour continuer de leur cacher son visage. Uberto se demanda avec un frisson s'il ne cherchait pas à dissimuler quelque difformité. Il nota qu'Ignace surveillait chaque mouvement de l'astrologue. Que redoutait-il ? Était-ce son imagination qui lui jouait des tours ou un danger réel émanait-il de cet individu ? Étaient-ils tombés sur l'*Homo Niger* ?

Il entendit son père poser une question :

« Consentez-moi un mot, messire. Votre nom : Scot, quelle est son origine ?

— Vous le savez, répliqua l'autre sans se retourner. Je viens d'Écosse. Mais je n'ai connu ces terres barbares que dans mon enfance. J'en garde peu de souvenirs.

— L'empereur a-t-il d'autres Écossais à son service ?

— Pas que je sache. »

Il bifurqua vers un corridor et s'engagea dans une galerie longeant un jardin intérieur. Uberto essayait maintenant de dominer son angoisse. Un fils d'Écosse !

C'est ainsi que Rémigarde avait qualifié le magister de Tolède ! Il voulut soulever la question mais Ignace, d'un geste, l'en empêcha : ce n'était pas le moment.

Des femmes s'étaient rassemblées dans le jardin. Leur présence parut contrarier Scot qui, pourtant, se dirigea aussitôt vers elles, non sans avoir jeté un coup d'œil vers les hauteurs du palais. Les deux visiteurs attendirent sous la galerie. Ils virent Scot s'approcher de la plus belle de toutes. Elle était blonde et sa peau semblait l'incarnation de la blancheur. Elle disposait des tarots sur ses genoux en formulant des prédictions qui provoquaient chez ses compagnes des cris de surprise et des rires. Voyant Scot se diriger vers elle, elle se hâta de ranger ses cartes. Puis elle posa sur lui un regard bleu, glacé.

L'astrologue lui arracha les cartes des mains.

« Madame Brunehilde ! Combien de fois vous ai-je dit de ne pas fouiller dans mes affaires ?

— Ne vous fâchez donc pas, Michael, répondit-elle d'une voix malicieuse. Je vous les aurais rendues dès ce soir…

— Les tarots ne sont pas un jeu pour les dames ! »

Il fit disparaître les cartes dans la poche de son habit.

« En outre, vous savez parfaitement qu'il ne vous est pas permis de m'appeler ainsi !

— Mais, Michael, n'est-ce pas votre nom ?

— Mon nom se prononce à l'italienne : Michele. »

Sur ces mots, il tourna les talons et s'éloigna.

« Attention à ne pas vous cogner la tête ! » lança la jeune femme.

Scot sursauta, s'arrêta, leva les yeux et s'aperçut qu'elle se moquait de lui. Il jeta un regard exaspéré à Brunehilde qui éclata de rire.

Fort mal à l'aise, l'astrologue se dirigeait à grands pas vers une porte au fond de la galerie. Uberto, avant de se mettre en route, observa brièvement Brunehilde qui ne semblait pas avoir la moindre intention de cesser de rire.

La dame n'était nullement gênée par l'incident ; au contraire, elle en tirait visiblement un malin plaisir.

– 39 –

Le cabinet de Michele Scot se situait dans l'aile méridionale du palais. La vaste pièce était emplie d'objets incongrus. Ignace dénombra cinq pupitres, où reposaient des textes en arabe, en grec et en latin. Il vit au fond un bureau et un astrolabe en or. Il fut intrigué par une machine étrange, haute comme un homme. L'astrologue indiqua qu'elle venait de Damas et qu'elle mesurait le temps.

Il ne craignait plus de montrer son visage. Ses traits étaient fins et son regard céleste. Sa peau blanche, bien que vérolée, mettait en valeur sa barbiche taillée à la mode arabe. Cette figure ne présentait aucune difformité, aucune balafre, rien qui pût justifier de porter un casque. Au contraire, Michele Scot avait l'aspect d'un homme fort avenant.

Uberto semblait avoir baissé la garde. Contaminé par la curiosité de son père, il se déplaçait entre les objets. Il tomba sur un crâne accroché au mur. Non pas un crâne ordinaire ! Celui-ci n'était creusé que d'une seule orbite, située sous le front. Scot se montra particulièrement fier de cette pièce. L'ayant décrochée, il la posa sur un coffre en disant :

« La tête d'un cyclope. Des paysans l'ont trouvée dans une grotte, non loin d'ici.

— Un cyclope ? fit remarquer Ignace, sceptique. Vous êtes sûr qu'il n'appartenait pas à un autre genre de créature ?

— Vous connaissez d'autres créatures dotées d'un œil unique ? » répliqua l'astrologue.

Il s'appuya à son bureau et changea d'expression :

« À présent, messires, vous voudrez bien m'excuser, mais je n'ai que trop patienté. L'heure est venue de me montrer enfin ce manteau si digne de louanges. »

Il y avait aussi dans le cabinet un mannequin de taille humaine sur lequel figuraient les signes du zodiaque correspondant aux principaux organes.

« Accrochez-le ici. »

Ignace ne demandait pas mieux. S'étant incliné brièvement, il fit apparaître avec précaution le manteau du Sagittaire, qu'il déplia afin de le disposer sur les épaules du mannequin. Scot se caressait la barbiche du bout des doigts.

« Il est digne d'un souverain, n'est-ce pas ? » dit le marchand.

Il surveillait chaque geste de l'astrologue. Lequel ne trahit aucune émotion et répondit seulement :

« Remarquable. Où l'avez-vous trouvé ?

— C'est une histoire assez longue et embrouillée. Avant de la raconter, peut-être faudrait-il convoquer le cercle de l'empereur. »

Scot afficha un sourire sarcastique.

« Ma personne suffit et elle est là.

— Il n'y a donc pas d'autres savants au palais ? demanda Ignace, feignant de ne pas comprendre.

— Entre ces murs vit la fine fleur des poètes, des mathématiciens et des philosophes… Mais je suis le meilleur d'entre eux, le plus grand. »

Tant de superbe n'était pas née dans la tête d'un idiot jouant les fanfarons. Au contraire, elle semblait le fait d'une âme sensible. Mais elle inspira quelque crainte au marchand.

« Une pareille grandeur doit se fonder sur un admirable savoir, dit-il pour aller dans son sens. D'où provient-elle ? »

L'astrologue s'agaça de cette question.

« Vous en demandez trop, messire. N'est-ce pas à moi, plutôt, de vous interroger ?

— Patience. C'est que je brûle de curiosité quand je rencontre un homme qui a fréquenté, comme moi, le Studium de Tolède.

— Vous, un savant de Tolède ? »

Scot le considérait d'un air de dérision.

« Allons donc !

— Vous admettez donc avoir étudié là-bas ?

— Certes ! Mais pas vous. Certainement pas ! Si vous aviez suivi les enseignements de cette école, vous ne seriez pas obligé de vagabonder à travers le monde, en quête de reliques et de vestiges. Vous auriez une chaire à Paris ou à Bologne, ou encore à Naples ! »

Ignace lui lança un regard de défi et s'approcha d'un lutrin supportant les feuilles d'un parchemin et un codex ouvert.

« Voici, dit-il, le *De Animalibus* d'Avicenne. Traduit de l'arabe, semble-t-il. C'est un commentaire des écrits d'Aristote, encore ignoré du monde chrétien. Il ne peut provenir d'ailleurs que de Tolède… Et c'est la même chose pour l'apocalypse mozarabe que je vois ici… »

Il indiquait un autre codex.

« Un *Commentarius in Apocalypsin* du moine Beatus de Liébana. Un livre inestimable… »

L'astrologue était impressionné. Mais Ignace, pour faire bonne mesure, montra d'un air d'autorité les dossiers empilés sur le bureau.

« En revanche, j'aperçois ici des reproductions de figures astrologiques. Admirables ! Je suppose que vous avez là des extraits des œuvres de Nur ad-Din al-Betrugi. Il a vécu en Espagne. Quant à ces documents, ils me paraissent plutôt atypiques, peut-être d'inspiration persane…

— Vous m'avez convaincu », dit Scot.

Il capitulait. Et s'exprimait tout soudain en castillan.

« Il ne m'arrive pas souvent de rencontrer un lettré capable de comprendre mon travail… »

Il se tut, plissa le front et reprit :

« Mais, à présent… Oui, je me souviens… Bien sûr ! Gérard de Crémone m'a parlé de vous et plus d'une fois. »

Ignace approuvait fièrement.

« Gérard de Crémone fut mon magister, dit-il.

— Et le mien aussi. Je l'entends encore vous maudire d'avoir quitté le Studium sans même attendre d'avoir obtenu votre titre de magister ! Il ne vous l'a jamais pardonné, sachez-le. »

Le marchand souriait. Gérard de Crémone ! Ce vieux râleur aux mémorables colères…

« Le prix à payer, expliqua Ignace, aurait été de me faire moine et donc de me plier à des règles un peu trop… nombreuses. »

L'astrologue partageait ce sentiment, à en croire son expression.

« Je l'ai entendu faire votre éloge, dit-il. Il vous considérait comme son meilleur disciple… »

Il conclut :

« Donc, vous méritez tout mon respect. »

Le marchand, décidé à mettre à profit cette soudaine complicité, prit sur la table un parchemin. Y figuraient des signes du zodiaque interprétés sous forme anthropomorphique. L'un d'eux représentait un cavalier.

Ignace dit en pointant le doigt vers le motif brodé au centre du manteau :

« Voyez cette constellation : un guerrier à cheval. Et voyez la ressemblance ! Impossible de la mettre sur le compte du hasard. »

Scot réfléchit, puis s'avança vivement vers le marchand et lui arracha le parchemin.

« Expliquez-vous ! »

Ignace savait que son sort et celui d'Uberto se jouaient dans les mots qu'il allait prononcer maintenant. Mais il avait pénétré dans le palais de la Fawara et il était trop tard, désormais, pour se livrer à des atermoiements.

« Manifestement, dit-il, il existe des affinités entre vos dessins et les broderies de ce manteau. Il faudrait les comparer…

— Pour démontrer quoi ?

— Que vous êtes impliqué dans une série de crimes et dans un culte sur lequel pèsent des soupçons d'hérésie. »

L'astrologue jeta le parchemin sur la table. Il cédait à la curiosité plus qu'à la colère.

« Puis-je savoir ce qui vous a amenés ici ? dit-il.

— Une nécessité, répondit le marchand. J'entends me disculper d'une accusation injuste.

— Et si je vous disais que vous vous adressez à la mauvaise personne ?

— Je répondrais que vous mentez. »

La voix d'Ignace n'avait pas trahi la moindre hésitation. L'heure était venue de l'affrontement direct et il ne pouvait se permettre de trébucher.

« Vous vous êtes découvert en venant nous accueillir personnellement. Peut-être vous êtes-vous alarmé en apprenant que deux voyageurs avaient un présent pour l'empereur et que ce présent était un manteau zodiacal. Vous avez compris tout de suite. Dès lors, il n'était pas question que les autres savants établis dans ce palais pussent l'examiner.

— Si je comprends bien, vous avez agi dès le début pour m'obliger à me découvrir.

— Un petit stratagème fondé sur de simples suppositions. Mais, maintenant, nous n'en sommes plus au stade des conjectures. Vous êtes lié à l'École de Tolède, vous possédez un savoir astrologique, vous êtes l'auteur de figures zodiacales… Tout cela me confirme dans mes soupçons. En fait, le doute n'est plus permis ! Vous êtes le magister de Tolède ! L'homme que beaucoup recherchent ! Celui à qui est destiné le manteau du Sagittaire…

— Prenez garde, Ignace de Tolède ! l'interrompit Scot en le foudroyant des yeux. Ne mettez pas ma patience à l'épreuve !

— Loin de moi cette idée », se hâta de dire le marchand. Il n'aurait pas eu la témérité d'affronter un ennemi à ce point supérieur. Il cherchait seulement à obtenir *quelque chose*.

« Je ne suis pas venu proférer des accusations, reprit-il. Je veux comprendre, voilà tout. »

Scot se détendit en entendant ces paroles.

« J'admets que votre arrivée m'a alerté, dit-il, cédant un peu de terrain. Je ne pouvais vous laisser déambuler dans le palais et montrer le manteau zodiacal à tout le monde, quand bien même je n'étais pas certain qu'il fût authentique… Je me devais d'intervenir personnellement pour prévenir d'éventuels dommages… »

Uberto n'en croyait pas ses oreilles.

« Vous n'essayez même pas de mentir ? dit-il.

— Pour quoi faire ? répliqua l'astrologue. Je ne m'adresse pas à des ignorants ! La vérité est déjà évidente pour vous. Nier serait une peine inutile. Et une preuve de bêtise.

— Une seule chose m'échappe, dit Ignace, assailli soudain par une terrible question. Puisque vous nous avez soupçonnés tout de suite, pourquoi ne pas nous avoir fait tuer ? »

Scot détourna les yeux et fit quelques pas en direction de l'astrolabe.

« Parce qu'un homme va venir bientôt, dit-il. Un prêtre qui s'intéresse à vous. Il a débarqué à Palerme peu avant votre arrivée. À une heure près, vous auriez pu croiser ici son émissaire, un intrigant milicien amputé d'une oreille…

— Conrad de Marbourg ! » tonna Ignace avec un haut-le-corps.

L'astrologue approuva. Il acheva son explication :

« Pourquoi vous éliminer, quand il me suffisait de vous livrer à lui ? »

Ignace ne s'était certes pas imaginé qu'il entrerait dans la tanière du lion sans y subir aucun dommage, mais de là à s'y retrouver face à un deuxième lion... Tout dépendait maintenant de l'intelligence de Scot.

« Ne craignez-vous pas, reprit-il, que je lui dise la vérité ?

— C'est une habitude chez les condamnés : ils accusent quelqu'un d'autre d'avoir commis leurs crimes. »

Impassible, il caressait les contours dorés de son astrolabe.

« Du reste, vous n'avez pas de preuve. Le manteau, vous me l'avez cédé. Vous n'avez plus rien à présenter à l'appui de vos conjectures. »

Il leur montra sa main droite.

« Voyez, pas le moindre tatouage. Rien qui permette de m'associer à cette congrégation que Marbourg qualifie de luciférienne – de façon fantaisiste, d'ailleurs. »

Le marchand percevait l'angoisse d'Uberto. Il le sentait au bord d'une réaction extrême. D'un signe, il lui ordonna de se maîtriser. Il existait encore une voie de salut.

« Pas de preuve ? dit-il avec un grand rire. Nous en avons à revendre ! Elles sont entre les mains d'une personne de confiance, et bien cachées ! »

Il pensait bien sûr à Rémigarde d'Eaunègre, qu'il croyait en lieu sûr avec sa fille et avec Benvenuto Grafeo.

L'astrologue haussa les épaules.

« Vous mentez.

— Vraiment ? Cette personne sait tout de vos réunions clandestines à Bologne. Elle sait que des étudiants ultramontains se retrouvaient dans les souterrains de Saint-Procule pour étudier vos enseignements. Lesquels enseignements furent mis en pratique après votre départ, quand vous avez décidé de suivre l'empereur. »

Ce propos, apparemment, ébranla Scot qui se détourna de l'astrolabe pour fixer Ignace d'un regard menaçant :

« Votre intelligence m'inspire du respect, messire. Mais j'ai assez de pouvoir ici pour vous soumettre, vous et votre fils, à des supplices que vous ne sauriez même pas imaginer. »

Ignace lui opposa un masque de froideur.

« Des marques de torture sur nos corps, dit-il, éveilleraient les soupçons de Marbourg. L'homme est rusé. Il prétendra savoir pourquoi nous sommes venus jusqu'ici.

— N'exagérez pas. En fin de compte, c'est un prêtre, rien de plus.

— Un prêtre muni d'une licence inquisitoriale, fit Ignace en secouant la tête. Il est missionné par sa sainteté le pape Grégoire IX en personne. Son autorité est supérieure à la vôtre. »

Pour la première fois, Scot parut inquiet. Il fit quelques pas et finit par aller s'asseoir à sa table de travail.

« Bien, dit-il. Il va falloir nous tirer de cette situation embarrassante. Quelles sont vos conditions ? »

Ignace glissa à son fils un regard plein d'espoir.

« Jc vous dcmandcrai d'abord et avant tout de libérer mon fils. Quant à ma personne, je vous prierai de reporter d'une journée ma rencontre avec Conrad de Marbourg…

— Comment dois-je m'y prendre, selon vous ? s'exclama Scot en écartant les bras.

— Je vous devine suffisamment habile pour vous en débrouiller. »

Uberto était abasourdi. Les deux adversaires étaient-ils parvenus à un accord ou la guerre était-elle déclarée ? En tout cas, c'était la fin de l'escarmouche. Il s'apprêtait à intervenir quand Scot, d'un geste, lui intima l'ordre de se taire.

« Ne vous méprenez pas, dit-il. Je ne suis ni naïf, ni bienveillant. J'ai peu d'inclination pour la pitié. Si je choisis de vous complaire, c'est seulement en raison du respect que vous m'inspirez. Mais prenez garde, messire, vous devrez me dire où se cachent les preuves auxquelles vous venez de faire allusion.

— Vous avez ma parole », répondit Ignace en fixant sur lui un œil impénétrable.

*

* *

Uberto avait le cœur serré. Cette discussion l'avait épuisé. Ensuite, il avait dû attendre qu'Ignace fût confié aux soldats. Ils l'emmenèrent dans une pièce qui n'était rien moins qu'une prison. Le jeune homme avait obtenu la permission d'y suivre son père, le temps de lui dire au revoir, avant que les gardes ne le reconduisissent aux portes du palais.

« Tu es fou ! dit-il quand ils furent seuls. Tu aurais dû m'informer de ton plan !

— Tu l'aurais désapprouvé », répondit Ignace.

Il se défit de sa cape qu'il laissa tomber sur le lit. Cette chambre, somme doute, n'était pas inhospitalière. Elle se meublait d'une table, d'un coffre et même d'un chandelier. Il est vrai qu'elle n'en était pas moins un lieu de captivité.

« Tu aurais au moins pu me confier tes soupçons au sujet de cet astrologue.

— Tu n'avais pas compris ?

— Si, en fait. Presque tout de suite. Mais, après, j'ai eu l'impression d'avoir affaire à un homme honnête… Jusqu'à ce que je découvre ceci… »

Uberto tira de sa besace une sphère en céramique munie d'un bec pareil à la pointe d'une lance. De l'autre côté était ménagé un trou permettant d'y fixer quelque chose.

« Ça ne te rappelle rien ? »

Ignace prit l'objet, l'examina attentivement et secoua la tête.

« C'est un de ces projectiles crachés par la lance du mystérieux cavalier. »

Le marchand faisait tourner l'objet entre ses doigts.

« Je n'en suis pas sûr, dit-il.

— Parce que tu ne l'avais encore jamais vu dans son entier. Moi si. J'ai assisté à la mort d'Alfan Imperato. L'engin qu'il avait dans la poitrine n'a pas explosé tout de suite… Et je peux t'assurer qu'il ressemblait absolument à celui-là.

— Où l'as-tu trouvé ?

— Dans le cabinet de Scot. Absorbé dans votre discussion, il ne s'occupait pas de moi. Et cette sphère, crois-moi, n'était pas la seule. Il y en avait beaucoup, entassées dans un angle de la pièce…

— Incroyable, murmura Ignace en écarquillant les yeux. Tu comprends ce que ça signifie ?

— C'est lui, ce Michele Scot, qui envoie le cavalier assassiner ses propres disciples.

— Il nous emmène de surprise en surprise. »

Le marchand réfléchissait, le front plissé.

« Je me demande ce qui le pousse à agir ainsi, ce qu'il redoute… »

Il examinait de nouveau le globe de céramique. Il l'approcha de son nez.

« Vraiment étrange. Il en sort une odeur de soufre et de salpêtre.

— Comment ça marche, à ton avis ?

— Difficile à dire. Je n'ai pas pu observer la façon dont le cavalier s'y prend. Je l'ai vu s'enfuir avec sa lance encore fumante, c'est tout.

— Moi, en revanche, j'ai vu une étincelle, dit Uberto.

— Mais encore ?

— Une étincelle a jailli de la lance juste avant qu'Imperato soit touché. J'en suis absolument certain.

— Une étincelle… Comme celle que produisent les pierres à feu ?

— Oui.

— C'est fascinant. »

Le marchand jeta un dernier coup d'œil au globe et le cacha sous le lit.

« Maintenant tu dois partir, dit-il.

— Je refuse de te laisser seul, répondit Uberto en croisant les bras.

— Tu le feras pourtant, reprit Ignace avec un sourire de regret. Si je ne survis pas à cette aventure, toi, au moins, tu rentreras à la maison.

— Sois sincère. Tu penses pouvoir t'en sortir ?

— Je pense entrevoir une issue, oui. »

Il marchait de long en large.

« Scot croit qu'il tient le couteau par le bon bout mais il se trompe. J'ai remarqué une chose assez intéressante dans son cabinet, une chose dont je n'ai pas voulu parler devant lui… Un livre. Un livre relié avec au dos le nom de Nemrod. Comprends-tu ? Si j'arrive à m'en emparer, j'aurai de quoi démontrer le lien qui existe entre cet homme, le manteau zodiacal et le culte du Chasseur éthiopien.

— Tu penses réussir à convaincre un fanatique du genre de Marbourg rien qu'en lui montrant un livre ?

— C'est un fanatique, tu as raison. Mais il n'est pas stupide.

— Il ne se contentera jamais de si peu.

— Je sais bien. Je vais devoir rechercher d'autres preuves de mon innocence. Et c'est là que Scot entre en jeu. Il faut que je comprenne pourquoi le manteau lui fait si peur. Au point d'ordonner le massacre de tous ceux qui connaissent son existence ! Quand j'y verrai clair sur ses intentions, et quand j'aurai trouvé le moyen de les démontrer, alors je serai en mesure de me disculper. »

Uberto hochait la tête. Il s'efforçait de ne pas paraître préoccupé. En peu de mots, son père venait de se confier à lui-même une mission quasi impossible. Et lui, Uberto, n'avait aucun moyen de l'aider.

Le marchand lisait dans ses pensées. Il se rembrunit.

« D'ailleurs, ajouta-t-il, c'est aussi ton problème.

— Que veux-tu dire ?

— Si Michele Scot est à moitié moins fourbe que nous ne le pensons, dès que tu auras quitté le palais, il enverra quelqu'un pour te tuer. »

– 40 –

« Je ne veux pas devenir prêtre ! » hurlait Michael.

Il n'était encore qu'un enfant essayant d'échapper à son oncle Daniel. Au risque de trébucher, il s'obstinait à détourner les yeux du chemin au bout duquel deux croix étaient plantées.

« Je te sauve de la misère ! répondait l'oncle en le traînant à toute force sous un ciel de plomb. Un jour, tu m'en seras reconnaissant !

— Je veux rester ici ! »

Pour la énième fois il tombait à genoux. Il avait bien essayé de s'agriffer à l'herbe humide, mais son oncle l'avait obligé à lâcher prise et à dégringoler la colline pour rejoindre un valet qui tenait deux chevaux par la bride.

Les landes de Tife se couvraient d'un voile de larmes.

*

* *

Michele Scot rouvrit les yeux. Aucun bruit ne l'avait réveillé, seulement la pression de l'attente. Il avait le sentiment de se trouver dans un espace vide entre deux moments cruciaux, l'arrivée du marchand et celle du prêtre allemand. Conrad de Marbourg serait là d'un instant à l'autre. Quel genre d'homme était-ce ? Scot, qui avait encore en tête les paroles d'Ignace de Tolède, ne se préparait à rien de bon.

Un soupir docile lui rappela la présence de Brunehilde auprès de lui. Elle se reposait sous le drap. Il lui caressa les cheveux, le cou et les seins qui se dressèrent. Ce corps aimable n'abritait-il pas un cœur de pierre ? Jamais il n'avait connu femme plus belle, ni plus insensible. Parce qu'elle l'avait séduit, il devait la subir comme on subit la tyrannie des astres. Mais le moyen de ne pas céder à ces yeux, à ces formes, à cette volupté ! Aujourd'hui encore, et même si la séduction opérait un peu moins, Michele ne savait pas lui résister. Chaque fois, il se laissait prendre comme un jouet, tout en ayant l'illusion de la posséder.

Un changement pourtant était en train de se produire. Une autre femme commençait à lui manquer. Une femme qu'il avait connue voilà des années et qu'il regrettait d'avoir laissée. Et il ne s'agissait pas d'une simple envie, d'un caprice passager ! C'était une vraie nécessité. Rémigarde : il brûlait de la prendre à nouveau dans ses bras. La seule femme dont il eût aimé non seulement le corps, mais le caractère. Rémigarde, ce phénomène rare. Elle seule pouvait aspirer à autre chose qu'être belle et désirable. Oh ! Brunehilde n'était certes pas une femme de peu. Elle savait utiliser sa beauté à des fins de conquête. Il y avait même du stratège en elle. Mais ses désirs ne dépassaient pas la frivolité de la femme du peuple.

Rémigarde, c'était une autre affaire. Sa profondeur intellectuelle la rendait supérieure non seulement à n'importe quelle autre personne du même sexe, mais aussi à la plupart des hommes.

Scot voyait bien d'où venait ce retour de flamme. Il avait besoin d'une compagne à même d'apprécier l'homme qu'il était, au lieu de se limiter, comme Brunehilde, au fade plaisir consenti dans le secret de l'alcôve. Il aspirait à être perçu comme un génie. Il voulait que fût comprise l'importance de son œuvre. Innombrables étaient les pièges à la cour. Scot courait chaque jour le risque de se voir supplanté par des savants plus talentueux et plus brillants que lui. Il n'était pas facile de rester le meilleur dans cette foire d'empoigne où se croisaient les plus grands esprits de l'Orient et de l'Occident. Sans parler de la mission qui était la sienne : amuser Frédéric II avec de nouvelles inventions, de nouveaux prodiges. Beaucoup ambitionnaient déjà de prendre sa place. Léonard Fibonacci, par exemple, ce mathématicien prétentieux qui feignait d'être son ami. Ou Pierre des Vignes, qui avait l'outrecuidance de se prétendre philosophe de l'amour. Ou encore cet Élie de Cortone, le prêtre qui s'autoproclamait expert en érotisme arabe !

Michele redoutait de se voir écrasé par cette armée d'ambitieux. La situation le forçait à exceller dans tous les domaines de la science, à tâcher d'y maintenir sa suprématie. Impossible pour lui de se limiter au rôle d'astrologue, de médecin, d'alchimiste et de mage ! Il ressentait l'obligation de saisir l'essence du savoir sous toutes ses formes.

Il en avait fait du chemin, l'orphelin égaré dans le comté de Tife ! Après avoir passé sa jeunesse dans les *scriptoria* monastiques d'Europe centrale, il avait réussi à se débarrasser de sa condition de *clericus* pour devenir magister. Oxford, Paris, Bologne, Tolède… Ces villes représentaient seulement les principales étapes d'un parcours qui lui avait permis de conquérir non seulement la connaissance, mais une autorité toujours plus vaste. Toutefois, dernièrement, ses efforts lui avaient coûté davantage de fatigue. Chaque nouvel apprentissage était plus difficile. Avait-il touché le sommet de la sapience humaine ? Peut-être. En tout état de cause, il n'arrivait plus à se féliciter de son succès.

Il savait que sa défaite s'annonçait. Il l'avait prévue de longue date.

Il était certain, maintenant, que cette catastrophe le menaçait, même s'il ne lui était pas donné d'anticiper avec précision l'heure où elle se produirait, ni sous quelles modalités. Cet oracle-là, même le maître en divination qu'il était peinait à le formuler. Ce serait peut-être la chute d'un rocher en montagne, ou la foudre, ou encore un orage de grêlons. Ou bien le malheur viendrait des astres. La constellation du Chasseur allait-elle se retourner contre lui ? Il avait tout fait pour conjurer cette calamité. Il était allé jusqu'à les faire exécuter tous : tous ceux qui l'avaient aimé un jour.

Un seul d'entre eux eût-il survécu et trahi son secret, Scot aurait été accusé immédiatement de la plus abominable hérésie. Le marchand de Tolède savait. Du moins avait-il eu une intuition. En tout cas, il s'était exprimé en connaissance de cause. Si Conrad de Marbourg venait à poser les yeux au bon endroit, alors ce serait pour Scot le début de la fin…

Il y eut un froissement de drap : Brunehilde sortait de son sommeil. L'astrologue sentit dans son dos le regard de la femme. Il eut droit à une caresse paresseuse. Ce geste l'ennuya. Il s'en écarta.

« Michael, comme tu es loin. Tu ne me désires plus ?

— Je vous ai prié mille fois de ne pas m'appeler ainsi.

— Et pourquoi donc ? »

Parce que Michael était le nom qui lui venait de ses parents, lesquels le prononçaient tout autrement ! Mais Brunehilde se jouait d'aiguillonner à plaisir ce souvenir d'enfance.

« Vos mots sont des éperons, ne put-il s'empêcher de murmurer. On dirait que vous jouissez de me voir saigner ! »

Vivement, il écarta le drap, révélant le corps nu de la dame.

« Puisque vous êtes incapable de rien faire d'autre, alors disparaissez de ma vue. »

Il vit qu'il lui faisait peur.

À cet instant, la voix d'un soldat retentit à l'entrée.

« Seigneur ! Seigneur ! Un prêtre arrivé de Mayence demande à vous voir ! »

*

* *

Il s'habilla à la hâte et quitta la pièce sans oublier de prendre son casque. Il croyait avoir dormi jusqu'au soir, en fait c'était l'après-midi. Conrad de Marbourg ne s'était pas fait attendre. Il le trouva dans la chapelle, entouré d'un groupe de personnes qu'intriguaient les ornements de la coupole. Scot le reconnut au premier regard. Grand, massif, le prêtre semblait avoir été taillé dans un seul arbre, à la hache, par un maître bûcheron. Sa suite se composait de cinq hommes : deux soldats, un individu décharné et hirsute, un vieillard accompagné d'une fillette étrange au visage abrité sous un voile.

Scot tressaillit légèrement quand il vit que le prêtre avait déjà trouvé un interlocuteur. Allongeant le pas, il alla prendre par l'épaule l'impertinent qui osait s'entretenir avec les visiteurs.

« Magister Fibonacci, dit-il sans aménité, vous voudrez bien m'excuser, mais je vous prie de ne pas importuner ces gens. Ils sont là pour une affaire délicate. »

Fibonacci tourna vers lui un regard attristé. L'astrologue ne connaissait que trop cette expression. Il la détestait. Fibonacci était un fourbe et un intrigant, le digne rejeton d'un mercanti originaire de Pise !

« J'étais venu prier dans la chapelle et je suis tombé sur ces personnes, dit-il pour se justifier.

— Vous prierez une autre fois », répliqua Scot.

Et, s'adressant au prêtre allemand :

« Conrad de Marbourg, je présume ? Mes respects.

— J'imagine que vous êtes le magister Michele Scot, l'homme qui a la confiance de l'empereur. »

L'astrologue crut percevoir dans la voix de l'Allemand une nuance de contrariété. Conrad n'avait pas l'air d'apprécier l'architecture et les ornements de la chapelle. Mais Scot n'eut pas le temps d'aborder cette question : Marbourg lui présentait déjà un parchemin. Scot, au premier coup d'œil, sentit grandir son inquiétude. Le marchand de Tolède n'avait pas exagéré. Cet homme avait entre les mains un document demeuré inconnu jusqu'ici. Conrad n'était ni curé ni évêque. C'était un magister à qui le pape avait donné carte blanche pour enquêter partout sur la terre et interroger quiconque pourrait l'aider dans son œuvre d'éradication de l'hérésie et de la nécromancie.

Scot se mordit la lèvre pour ne pas trembler.

« Je crois savoir que vous vous intéressez à un fugitif…

— Il est déjà arrivé ici ?

— Pas encore. »

Il s'interrogeait. L'enquête de Conrad visait-elle expressément la capture du marchand de Tolède ou s'orientait-elle vers d'autres suspects ?

« Êtes-vous certain qu'il se dirige vers le palais ?

— Sa piste y conduit.

— Je ne vois pas ce qu'un hérétique pourrait avoir à faire dans notre résidence impériale.

— Recruter des prosélytes, peut-être. Après tout, l'endroit ne semble pas dévolu à l'expression de la foi catholique ! »

Scot décida de s'opposer à ce jugement :

« L'empereur a juré fidélité au pape. Et il lui est fidèle puisqu'il a pris la croix pour lui.

— Pris la croix ! Vous osez qualifier ainsi une misérable expédition ! Selon moi, ce n'est qu'un prétexte pour nouer des alliances avec les infidèles. Quant à cette cour, on dit qu'elle pullule de mahométans et de juifs. Sans parler des turpitudes qui s'y déroulent…

— Pensez à votre guise, magister. Le fait est que l'empereur a juré de combattre l'hérésie et les infidèles. Ce qui n'a pas empêché le pape de lui manifester sa reconnaissance en envoyant des miliciens occuper ses terres. »

Marbourg eut un sourire douloureux, comme s'il se préparait à briser les rêves d'un enfant.

« L'empereur est mort, dit-il.

— Vous mentez, répliqua l'astrologue. Que je sache, ses galères voguent vers le royaume de Sicile. Frédéric regagne ses terres, après avoir été couronné roi de Jérusalem. »

Conrad parut encaisser ce coup sans en être ébranlé le moins du monde.

« Quoi qu'il en soit, la volonté de l'Église ne saurait être discutée.

— Sur ce point, mon révérend, nous sommes d'accord. »

Scot ouvrit les bras, comme s'il lui faisait présent du palais.

« Je suis venu vous offrir ma collaboration.

— Voilà qui est parfait. J'en déduis que je serai votre invité jusqu'à l'arrivée d'Ignace de Tolède. »

– 41 –

Brunehilde avait envie d'une nouvelle robe. Des bruits couraient, disant que l'on trouvait sur le marché de Palerme un arrivage de tissus brodés avec des tigres, des dragons et des diables aux ailes de chauve-souris. Elle ne se tenait plus d'impatience d'aller en ville choisir l'étoffe, fût-elle hors de prix, pour la robe qu'elle avait en tête et il fallait qu'elle se dépêche si elle voulait qu'il en reste. Non qu'elle eût spécialement besoin de nouvelles toilettes, d'ailleurs. Elle en possédait déjà à foison. Mais elle souhaitait se délivrer de la méchante humeur où l'avait mise la réaction de Michele. Comment pouvait-il se permettre de lui parler ainsi ? Et le regard qu'il lui avait lancé… Il le lui paierait, d'une façon ou d'une autre ! Cet idiot se prenait-il pour le seul homme vivant sur la surface de la terre ? Elle n'avait qu'un mot à dire pour le remplacer – elle savait même déjà par qui. Elle allait commencer par le rendre jaloux, puis elle le reprendrait, mais pas sans l'avoir humilié devant tout le monde. Comme ce serait amusant, de lui infliger une leçon ! Michele ne se permettrait plus, ensuite, de l'offenser, ni de lui adresser des regards furieux.

Et encore, ceci n'était qu'une partie de la vérité. Cet incident n'était pas le seul à avoir éveillé en elle des désirs de vengeance. Il y avait aussi tous les reproches qu'il lui avait envoyés à la figure en mille autres occasions. Elle savait parfaitement que Michele la prenait pour une bonne femme stupide et sans cervelle. Combien de fois ne l'avait-il pas regardée d'un air de pitié, comme on toise une pauvre servante ! C'est d'ailleurs la raison pour laquelle il ne l'avait toujours pas prise pour épouse, après tant d'années.

Brunehilde ne se considérait pas comme une imbécile. D'accord, elle n'avait appris ni à lire, ni à écrire, mais c'est parce qu'elle n'en voyait pas l'utilité. Quand elle avait envie d'une chose, elle savait très bien se la procurer. Pourquoi s'abîmer les yeux à lire des livres quand d'autres pouvaient le faire à votre place ?

« Et voici la fleur la plus délicate de notre jardin », dit une voix derrière elle.

La dame se retourna lentement et répondit au compliment par un sourire timide.

« Magister Fibonacci, on peut dire que vous savez parler aux dames. »

L'homme s'inclina et répondit d'un ton modeste :

« Vous êtes trop bonne, madame. Je ne sais parler que de chiffres. Scot est un flatteur bien plus doué que moi.

— Oh ! Ne me parlez pas de ce grossier personnage ! le gronda-t-elle avec une expression maussade.

— Ne soyez pas si dure avec lui. »

Le Pisan écarquillait les yeux comme un petit enfant – des yeux fourbes qui disaient le contraire de sa bouche.

« Il a tant à faire.

— Qu'a-t-il à faire ? Des paperasses, oui ! Il noircit du papier avec des balivernes dont personne ne se soucie ! »

Elle s'emportait. Fibonacci, hochant la tête, lui offrit son bras :

« Pardonnez mon manque de courtoisie. Voilà que j'ai interrompu votre promenade. »

Ayant attendu qu'elle acceptât l'invitation, il reprit :

« Je faisais allusion à tout autre chose, madame. On raconte que Scot accueille au palais de mystérieux invités que personne ne voit, à part les gardes. »

Elle lui glissa un sourire complice :

« Moi, je les ai vus. »

Elle n'avait pas l'habitude de trahir les secrets de Michele mais, à la minute présente, elle brûlait de se venger.

« Alors, c'est donc vrai ! s'écria le mathématicien.

— Je sais même où il les a installés à l'abri des regards.

— Et pourriez-vous me le révéler, madame ? demanda Fibonacci d'une voix qui n'était plus qu'un murmure. Je vous en serais extrêmement reconnaissant…

— Extrêmement ? Mais encore…

— Je verrais à satisfaire vos plus chers désirs. »

Elle lui serra le bras avec une ferveur soudaine.

« Eh bien… J'étais justement en train de réfléchir à une nouvelle robe… »

– 42 –

Ignace se tourna vers la fenêtre et, au loin, la crête des montagnes où des griffons planaient majestueusement dans un ciel toujours plus sombre. Puis il baissa les yeux vers les pièces d'ivoire. Michele Scot avança un pion. C'était une manœuvre d'intimidation, plus qu'une véritable attaque. Le marchand en demeura stupéfait. L'astrologue semblait prendre davantage en considération ses pions que les vies humaines. On aurait dit qu'il voulait conserver jusqu'à la toute fin chacune des pièces du jeu, les siennes et celles de l'adversaire, comme s'il visait moins à les éliminer qu'à créer un équilibre parfait.

Scot observa à la dérobée l'expression de son rival.

« Vous aviez raison, dit-il soudain. Conrad de Marbourg est un terrible ennemi.

— Pourquoi ne pas l'éliminer ? » suggéra le marchand en lui prenant son pion.

L'astrologue, contrarié, fit une grimace.

« Ce n'est pas le genre d'homme que l'on élimine comme ça, au mépris des conséquences. »

Tout en parlant, il analysait la position des pièces sur l'échiquier.

« Il a très certainement informé le pape. S'il venait à disparaître, quelqu'un viendrait aussitôt prendre sa place.

— Alors, comment allez-vous procéder ?

— Je trouverai un prétexte pour l'éloigner. »

Ignace, d'un hochement, approuva cette stratégie. Puis, il reprit :

« C'est pour aborder ce sujet que vous m'avez fait venir ? »

Il avait accepté l'invitation avec enthousiasme, pensant qu'il saurait en profiter pour lui voler le livre où il était question de Nemrod, mais il s'était aperçu en entrant que tous les pupitres étaient vides. L'astrologue devait avoir caché ses codex et ses parchemins afin de s'épargner quelque nouvelle surprise. Sans doute avaient-ils rejoint une grande armoire à l'abri des regards.

« Pour aborder ce sujet et pour un autre motif », répondit Scot.

Il déplaça sa tour pour protéger sa défense derrière une ligne horizontale.

Ce geste confirma le marchand dans ses suppositions. Cet adversaire aimait roquer. Voilà qui constituait même un aspect fondamental de son caractère. Comme il l'avait observé dès leur première rencontre, sa conduite trahissait une volonté instinctive de se protéger contre une faiblesse secrète ; mais aussi un effort pour contenir une agressivité latente.

« Vous conservez trop de pions, fit-il observer.

— Ils seront sacrifiés, mais au moment opportun. »

Ignace songeait aux victimes du cavalier.

« Et ceux que vous avez déjà sacrifiés ?

— De simples pions. Comme celui que vous venez de me prendre. »

Le marchand s'absorba dans la partie. Pour contrer la menace de la tour, il déplaça son roi vers la droite.

« J'en conclus que vous ne me considérez pas comme une pièce de peu de valeur. »

L'astrologue sourit, comme visité par un désir violent, enfantin. La disposition des pions devait présenter à ses yeux quelque attrait.

« Vous êtes un de ces pions dont on voudrait se débarrasser dès le départ, mais que l'on a intérêt, bien souvent, à conserver jusqu'au bout.

— Si je comprends bien, ma vie n'est pas menacée pour le moment.

— Non. Pas pour le moment. »

Il se voulait rassurant mais ne dissimulait pas une jouissance intérieure.

« J'ai décidé de vous garder prisonnier tant que je n'aurai pas éclairci la situation. Du reste, Marbourg ignore que vous êtes au palais. Il croit que vous êtes en route.

— Tôt ou tard, il comprendra que c'est une ruse. »

Scot haussa les épaules.

« Ça ne durera pas longtemps. »

De façon inattendue, il lança son cavalier contre la reine ennemie. Cette fois, c'était de la destruction pure, longuement anticipée et mise en œuvre avec un plaisir total. Ignace ne put que battre en retraite ; sous le masque de l'homme auquel il faisait face jubilait un enfant.

« Vous n'aviez pas vu ? s'étonna-t-il en prenant la reine adverse. C'est un jeu où la puissance virile est toute contenue dans la seule figure féminine.

— Et qu'allez-vous faire, maintenant que vous avez châtré mon roi ? demanda Ignace d'un ton sarcastique.

— Temporiser. »

Ce n'était pas à la partie d'échecs que Scot faisait allusion.

« Quand je serai sûr de pouvoir le faire sans risques, je vous ferai transporter ailleurs en grand secret et sous bonne garde. Je m'arrangerai pour que votre capture soit perçue comme le fruit du hasard. Elle se sera produite loin d'ici, c'est le plus important. Ensuite, j'en informerai Conrad de Marbourg qui se jettera sur vous comme le faucon sur sa proie. Il ne remettra plus les pieds ici. »

Le marchand tressaillit.

« Où avez-vous l'intention de m'abandonner à ses griffes ?

— À proximité d'une cour de justice compétente pour vous juger. Ce qui accélérera la procédure. Peut-être à Monreale. Ou à Palerme même. Ma décision n'est pas encore arrêtée.

— Admirable », grinça Ignace entre ses dents.

Son temps était de plus en plus compté et il n'avait toujours pas réussi à percer le mystère de Nemrod. Pas plus qu'il ne savait pourquoi l'astrologue avait si peur de Conrad. Mais il se dit que tout n'était pas perdu. Il décida de s'accrocher à la seule planche de salut qu'il eût encore à sa disposition.

« Cependant, vous anticipez un danger, dit-il, sans quoi vous ne m'auriez pas informé de vos plans. »

*

*   *

Léonard Fibonacci jugeait intéressant le compte rendu de Brunehilde. Il n'était pas curieux de connaître l'identité des deux hommes que Scot avait rencontrés au rez-de-chaussée et il ne voulait pas savoir pourquoi ce dernier avait dissimulé leur présence à la cour. Ce qui l'intriguait, c'était le mensonge. Surtout, il mourait d'envie de voir la réaction de l'éminent visiteur allemand, ce prêtre venu de Mayence, quand il serait informé de ces faits. Léonard n'était pas originaire de Pise pour rien. Il était rusé. Il ne lui avait pas fallu longtemps pour rassembler les pièces de la mosaïque. Il ignorait ce que mijotait Scot, mais la gravité de la situation ne lui échappait pas. Qui sait ? Peut-être valait-il la peine de lui mettre des bâtons dans les roues. En prévenant Conrad que les deux hommes qu'il cherchait étaient ici. Voilà qui n'irait pas sans créer une certaine confusion ! Les faits ne manqueraient pas d'arriver aux oreilles de l'empereur. Frédéric II n'accepterait pas qu'on lui donnât des raisons supplémentaires de s'affronter à l'Église. Peut-être déciderait-il d'écarter cet Écossais mal embouché et de nommer à sa place quelqu'un de plus méritant ?

Il importait cependant d'opérer discrètement. Léonard ne pouvait se présenter en personne devant Marbourg et lui dire la vérité sans plus de cérémonie. Il fallait inventer un prétexte.

Il monta au dernier étage du palais. C'était là que résidaient les invités de marque. Une fois sur place, il attendit de voir paraître le valet chargé de servir son dîner au prêtre allemand.

Le domestique ne tarda pas à venir. C'était un garçon d'une quinzaine d'années, un faible d'esprit si craintif qu'il avait peur de son ombre. Il apportait une assiette de *lasagum*, de fines lames de pâtes servies en bouillon. Léonard lui fit signe de s'arrêter. Prenant l'air amical, il déposa sur le plateau un petit mot plié en quatre. Le jeune homme, d'abord, ne comprit pas de quoi il retournait. Puis, ayant réfléchi, il accepta de cacher le billet sous l'assiette.

Le mathématicien lui adressa un geste de recommandation et un sourire complice, puis il le laissa poursuivre son chemin. Il regagna ses appartements, satisfait.

*

* *

Les deux hommes en étaient à la moitié de la partie et Scot gardait l'avantage. Pourtant, la reine d'Ignace n'avait pas été sacrifiée en vain. Le marchand commençait à comprendre le mode de pensée de son adversaire qui, après une longue phase défensive, avait montré une prédilection pour l'emploi du cavalier. Aux yeux d'Ignace, c'était jouer sournoisement et sans élégance, par bonds, en zigzags et sur le mode abstrait. C'était d'ailleurs sa façon de raisonner, à l'astrologue. Il avait l'art de vous retourner la situation en improvisant. Ignace préférait de loin le jeu oblique des fous. Lesquels, sur ce magnifique échiquier, ne figuraient pas des éléphants, comme on aurait pu s'y attendre, mais de redoutables prélats aux formes fuselées. Des prélats qui ne ressemblaient guère à Conrad de Marbourg – ce dernier faisait davantage penser à une tour massive, inexpugnable.

« Voyez, maître Ignace, fit Scot en souriant de cette victoire temporaire, je suis né sous l'influence de Mercure. Comme tel, je suis versé dans l'art et dans l'étude des astres, mais poursuivi, également, par l'angoisse et l'adversité. Ce qui me pousse à la prudence et à la prévoyance.

— Cependant, objecta le marchand, vous ne pouvez prévoir les coups de Marbourg.

— Et vous, vous persévérez à me mettre en garde, afin de m'amener à vous protéger.

— Je n'ai fait que vous révéler la vérité. Conrad croit que je suis le magister de Tolède, l'*Homo Niger* responsable d'une série de meurtres, mêlé à un culte luciférien.

— Ça, c'est votre problème. Il sait, pour le manteau zodiacal ?

— Je ne puis l'exclure.

— Et les tatouages ? A-t-il compris leur signification ?

— Je ne saurais le dire. »

Scot posa les mains sur les accoudoirs de son siège. Il hésitait à se lever. Il reprit soudain :

« J'ai l'impression que vous m'avez alerté inutilement. D'accord, votre petite mise en scène m'a forcé à me démasquer, mais je ne cours aucun risque, en fait. Si Conrad de Marbourg vous a suivi jusqu'ici, c'est qu'il échouait à déchiffrer les arcanes du manteau et des tatouages… Et vous y échouez pareillement. »

Ignace rassembla son courage et contre-attaqua :

« Le secret du Chasseur éthiopien m'a été révélé. »

Scot se leva d'un bond et fixa sur lui un regard à vous écorcher vif.

« Le témoin dont vous m'avez parlé, j'imagine…

— Mes propres conjectures…

— Vous n'avez pu y arriver seul ! s'exclama l'astrologue en faisant les cent pas. Mais qui peut vous avoir aidé ? Qui, puisque tous ont péri... »

Il marmonnait pour lui-même en jetant des regards inquiets alentour, comme s'il redoutait un guet-apens. Il s'immobilisa derrière le siège du marchand.

« C'est *elle*, n'est-ce pas ? siffla-t-il à voix basse, en saisissant le dossier du fauteuil. C'est *elle* qui a guidé vos pas jusqu'ici ! »

Oui, aurait voulu répondre le marchand. *Rémigarde d'Eaunègre, la femme que vous aimez, la mère de votre fille, la dame abandonnée, vouée à la haine et au sacrifice.* Ignace avait envie de lui cracher la vérité au visage, un mot après l'autre, mais il demeura impavide et répondit seulement :

« J'ignore à quoi vous faites allusion, messire.

— *Elle seule* peut avoir eu le courage de parler ! »

L'astrologue était près de s'affoler. Ignace allait répondre quand des pas lourds retentirent dans les salles voisines. Un soldat se matérialisa au seuil de la pièce.

« Magister, le prêtre allemand demande à vous voir. C'est urgent.

— Peut-on savoir ce qu'il me veut, à une heure pareille ? répliqua Scot, furieux. Il fait nuit, que je sache !

— Il est hors de lui, magister. Il se plaint d'avoir été dupé et exige des explications.

— Où est-il ?

— Il vous attend dans la chapelle. »

L'astrologue réfléchit un moment, puis montra le marchand.

« Ne le perdez pas des yeux », ordonna-t-il.

Il se dirigea vers la sortie.

« Je vais voir ce maudit prêtre. »

Ignace comprit que la toile de mensonges tissée par Scot était en train de se déchirer. Ce qui risquait pour lui de signifier la fin.

– 43 –

« Va à Palerme et embarque-toi pour l'Espagne. » C'étaient les derniers mots qu'il avait entendus dans la bouche de son père.

La lumière du crépuscule mourait sur la mer quand Uberto pénétra dans la ville. Il n'avait cessé d'être sur ses gardes, comme une proie traquée. Le palefrenier du palais lui avait donné pour toute monture une vieille carne inapte au galop. Avec une telle bête, il n'avait aucune chance d'échapper à une embuscade ! Cette idée n'avait fait qu'augmenter son appréhension. Scot n'était pas un homme à prendre à la légère. Uberto n'aurait pas été surpris de se voir poursuivi par un assassin au service de l'astrologue, voire par le cavalier dont la lance crachait des flammes. C'est pourquoi il avait voyagé, non par la route, mais à travers la campagne, ce qui avait eu pour conséquence d'allonger son trajet et d'achever le malheureux cheval qui était à présent à bout de forces.

C'est seulement après avoir franchi les portes de la ville qu'il se sentit en sécurité. Cependant, il ne se dirigea pas vers le port, en dépit de la promesse faite à son père. En effet, l'endroit était propice à de mauvaises rencontres. On y trouvait trop d'individus prêts à jouer du couteau pour gagner trois sous. D'ailleurs, ce n'était pas la seule raison : Uberto n'avait pas le courage d'abandonner Ignace. Plutôt que de s'embarquer sur le premier navire pour l'Espagne, il inventerait un moyen de lui venir en aide.

Le mieux, songea-t-il, était de trouver un refuge où passer la nuit. Il avait grand besoin de dormir et de récupérer. Ayant trouvé un acheteur pour son pauvre cheval, il put se payer un lit dans une auberge.

Malheureusement, le sommeil ne lui porta pas conseil. Sa nuit fut peuplée de cauchemars livrant son père aux flammes du bûcher. Uberto vit aussi sa femme et sa fille tendre les bras vers lui. Ces visions se mélangeaient à d'angoissantes intrigues au cours desquelles toutes les personnes chères à son cœur étaient cernées par le feu. Et ces flammes venaient d'une créature aux proportions terribles ressemblant à Conrad de Marbourg.

– 44 –

« Dois-je vous attendre dans votre cabinet ? avait risqué le marchand.

— Même pas en rêve », avait rétorqué Scot.

Et, tandis que l'astrologue se hâtait de rejoindre Marbourg, Ignace fut reconduit dans sa chambre *manu militari*.

Sa situation devenait extrêmement dramatique. Ignace ne s'expliquait que d'une seule façon cette convocation soudaine en pleine nuit. Marbourg avait eu vent de sa présence au palais ! Tout allait trop vite. Le livre de Nemrod était, à coup sûr, dans le cabinet de Scot et le marchand en avait absolument besoin pour construire une défense crédible, à tout le moins introduire un doute dans l'esprit du prêtre allemand. Sans le livre, Ignace ne disposait que d'une seule preuve : le globe de céramique découvert par Uberto. Un bien pauvre soutien que cet engin de mort. Inutile de compter sur lui pour le disculper. Néanmoins, à y bien réfléchir, l'objet pouvait se révéler utile…

L'idée qui le visita était si folle qu'il regretta presque de l'avoir conçue ! Mais qu'avait-il à perdre, en définitive ? Fuir : c'était sa seule planche de salut. Fuir avant que Marbourg n'envoie ses sbires après lui ; fuir avant d'être traîné devant un tribunal spirituel et expédié au bûcher.

Fuir immédiatement.

L'oreille collée à la porte, il s'assura qu'il n'y avait personne. Puis, il récupéra sous le lit le globe de céramique dont il introduisit la pointe dans la serrure. Il prit le chandelier et l'approcha de l'engin. Il hésita un court instant, de crainte que l'explosion n'eût des effets dévastateurs. Il allait devoir faire preuve d'une grande adresse s'il ne voulait pas périr dans sa propre tentative. Ayant reposé le chandelier, il traîna la table jusqu'à la porte : elle le protégerait comme une barricade. Il résolut aussi de s'envelopper dans son couvre-lit afin de se prémunir contre d'éventuelles projections incandescentes. Ainsi équipé, il reprit son chandelier dont il approcha la flamme de la sphère infernale.

Pendant plusieurs secondes, rien ne se produisit et Ignace eut le sentiment d'être un parfait imbécile. Puis une étincelle jaillit, suivie d'une flamme rouge, d'un sifflement intense et d'une projection sulfureuse. Le marchand s'abrita derrière la table. *Pourvu que le bruit n'alerte personne !* songea-t-il. Mais ce n'était rien, en regard de ce qui l'attendait. Un grondement terrible s'éleva soudain. Ignace, d'abord, ne bougea pas. Ensuite, il hasarda un coup d'œil. L'air était devenu sec. Une puanteur envahissait la chambre. Le côté de la table tourné vers la porte était déjà en feu. La porte elle-même était attaquée, certaines flammes montaient jusqu'au plafond ! En tout état de cause, de la serrure, il ne restait rien.

Ignace n'hésita pas davantage. Il se débarrassa de sa couverture, enjamba la table et défonça la porte d'un coup de pied. Pas de garde en vue…

Il revint dans la chambre et prit le chandelier.

Ainsi paré, il s'aventura dans les couloirs du palais livrés à l'obscurité.

Déjà, l'alerte était donnée ; les cris se rapprochaient.

*

*   *

Il faisait nuit mais l'air était encore chaud, statique. Dehors, pas le moindre souffle de vent et la terre gardait la chaleur du jour. Conrad de Marbourg détestait ces printemps étouffants qui poussaient les hommes à l'indolence et les femmes à l'impudeur. Il préférait le froid qui conservait aux membres et à l'esprit leur fraîcheur et leur dignité. Il fallait en plus qu'il fût tombé dans une église chrétienne abîmée par des motifs arabes ! D'ailleurs, le palais de la Fawara tout entier obéissait aux canons de l'architecture musulmane. Les serviteurs lui avaient appris que ces murs n'avaient pas toujours abrité l'état-major normand. Avant, c'est l'émir Djaffar qui y avait établi sa résidence. Et aucune modification n'y avait été effectuée. Penser qu'il y avait ici un hammam et un lieu de perdition où s'exhibaient des danseuses ! Conrad en était dégoûté. Au point qu'il aurait voulu voir cet endroit démoli, rasé jusqu'à la dernière pierre.

Une grande silhouette élancée pénétra dans la chapelle. C'était Scot, inquiet et comme scandalisé. Conrad esquissa une révérence respectueuse mais, voyant que l'autre ne lui retournait pas la politesse, il se hâta de redresser son imposante stature en disant :

« Vous m'avez menti, magister. »

Scot parut à deux doigts de l'insulter.

« Je n'avais pas le choix, répliqua-t-il, glacial.

— Comment pouvez-vous prendre la défense de ce chien, de cet hérétique ?

— Il a menacé de me frapper d'un *maleficium* si je trahissais sa présence entre ces murs. »

Marbourg eut une expression incrédule.

« Vous vous effrayez facilement. »

À cette remarque, l'astrologue ne répondit pas. Il se contenta de lui jeter un regard hostile, comme pour signifier : « Prends ce que tu veux et va-t'en. »

Conrad s'adoucit. Il aimait se jouer de son interlocuteur avant de le prendre à la gorge. C'était un bon moyen de l'obliger à baisser sa garde, surtout quand on avait affaire à un menteur.

« J'ai entendu parler de vous, monsieur l'*astrologus*, et pas toujours en des termes flatteurs. »

Scot grimaça d'indignation.

« Certains prétendent même que vous soutenez les idées d'Averroès, lesquelles sont contraires à la doctrine de l'Église.

— Si j'ai pu défendre jadis certains aspects de sa philosophie, ce n'étaient pas ceux qui s'opposaient à la foi chrétienne. En aucun cas.

— Même cette singulière théorie sur la transmigration des âmes ? À vous en croire, elles passeraient d'un corps à l'autre par le truchement de l'eau et du feu…

— Je vois que vous êtes bien informé, l'interrompit l'astrologue, nullement impressionné. Eh bien ! Sachez qu'après avoir étudié cette doctrine sous ses principaux aspects, je l'ai rejetée et réputée blasphématoire. »

Conrad laissa transparaître son désaccord. Il se demandait pourquoi son interlocuteur levait de temps en temps les yeux vers les voûtes de l'édifice, comme s'il craignait de les voir s'écrouler. L'église ne semblait pas si fragile !

Scot se fit aimable :

« Révérend père, on m'attribue souvent les idées des penseurs que j'ai traduits, quand bien même je ne les partage pas. »

Il baissa les yeux un instant, avant d'ajouter d'un ton impérieux où perçait de l'irritation :

« Quoi qu'il en soit, vos insinuations ne me touchent pas. J'ai l'estime du Saint-Père, sinon celle des prélats. Je n'ai aucune raison de me justifier devant vous. »

Conrad savait que Michele Scot avait bénéficié d'une ascension fulgurante dans les sphères du pouvoir spirituel et temporel. Il savait aussi que des relations d'estime, sinon de sympathie, l'avaient uni à Grégoire IX et à son prédécesseur Honorius III, au point d'en tirer des bénéfices ecclésiastiques, dont une propriété en Angleterre. Des bénéfices dont on disait d'ailleurs qu'il y avait renoncé pour suivre Frédéric II dans l'espoir d'accroître encore ses richesses et son autorité. Cependant, Conrad estimait devoir faire plier cet homme. Il insista donc :

« Pardonnez mon zèle, mais les derniers événements de mon affaire m'amènent à soupçonner tous ceux qui vivent dans ce palais.

— Quels derniers événements ? À quoi faites-vous allusion ?

— Au compte rendu du Juif qui m'a suivi jusqu'ici. »

Scot eut un ricanement de mépris.

« Ne me dites pas que vous vous fiez aux racontars d'un Juif.

— Juif ou pas, c'est un témoin.

— Avez-vous songé qu'il est peut-être l'allié de l'homme que vous recherchez ?

— Cette possibilité ne m'a pas échappé. Pour autant, je ne puis négliger l'hypothèse qu'il dise la vérité.

— Au point de mettre en cause ma propre parole et la bonne foi qui règne ici, au sein de la *curia regis* ? »

Scot jouait l'indignation, tout en restant sur la défensive. Conrad, qui avait mené des centaines d'interrogatoires, avait appris à flairer la peur derrière les grimaces des menteurs les plus roués.

« Toute histoire, même la plus fallacieuse, possède un fond de vérité, dit Conrad avec regret. Aussi me pardonnerez-vous, magister, de prolonger mon séjour au palais, afin d'interroger ceux qui y vivent. Pourquoi pas jusqu'au retour de Frédéric II ? Puisque, à vous entendre, il serait en route, contre toute attente.

— Croyez-moi, révérend, ce sera parfaitement inutile, répondit Scot, soudain très pâle. Je puis vous conduire auprès de l'homme que vous recherchez. »

Conrad le dominait de sa haute taille et de son air satisfait :

« Alors, j'exige que nous y allions de ce pas. »

*

* *

Ignace pénétra dans le cabinet de l'astrologue avec un tel empressement qu'il faillit tomber. Avant d'en franchir le seuil, il s'était assuré, d'un dernier regard, de n'avoir personne à ses trousses. L'explosion de la sphère et l'incendie devaient avoir alerté tous les soldats du palais. Ignace espérait se faire surprendre au moment où lui tomberait entre les mains la preuve à même d'incriminer Scot. L'effet scénique jouerait un rôle fondamental dans la réussite de son plan. Il savait fort bien qu'un livre ne suffirait pas à mettre les faits en pleine lumière. Mais il se servirait de l'astrologue. Ignace le connaissait suffisamment, désormais. Il pensait pouvoir l'attirer en même temps que les gardes et déclencher une réaction émotionnelle qui pousserait Scot aux aveux. Et si Conrad de Marbourg avait la bonne idée de le suivre jusqu'ici…

Tendu à l'extrême, il progressa en brandissant le chandelier dans le noir. Il cherchait une armoire pouvant receler les livres. Il la vit. S'en approcha. L'ouvrit… Il étouffa un juron. Elle était vide !

Il tomba à genoux et ses forces, d'un coup, l'abandonnèrent. Comment était-ce possible ? Il l'avait vérifié lui-même : les livres n'étaient plus dans le cabinet. Scot les avait forcément mis en lieu sûr dans le but de cacher les preuves d'une appartenance au culte astral de Nemrod. Pour que cette dissimulation parût naturelle, banale, c'est dans cette maudite armoire qu'il devait forcément les avoir rangés ! Il n'y avait pas d'autre endroit dans la pièce. Et les rayonnages étaient vides !

Ignace était accablé. Il ne voyait plus d'issue. Tous ses espoirs étaient en train de mourir ici même. Les gardes allaient lui tomber dessus d'une minute à l'autre. Ensuite, c'est Marbourg qui arriverait. Alors, il ne lui resterait plus rien – rien que l'implacable châtiment.

Un bref changement de lumière tua dans l'œuf le cri qu'il s'apprêtait à pousser. La flamme du chandelier tremblait sous un souffle d'air. Le phénomène se répéta, au point d'amener Ignace à en chercher l'origine. Le courant d'air ne venait pas de la fenêtre qui était trop éloignée, ni de la porte d'entrée. Il ne restait qu'une seule explication. Le marchand approcha le chandelier de l'armoire. Il le déplaça horizontalement et verticalement jusqu'à voir augmenter le tremblement de la flamme. Son intuition ne l'avait pas trompé. Il mit le doigt sur la fissure par où l'air arrivait, au fond du meuble. Il frappa la cloison censée toucher le mur. Ça sonnait creux.

Il n'y avait pas de mur derrière l'armoire, seulement un espace vide…

Poussant son investigation plus loin, il découvrit que les trois rayonnages étaient fixés à des tenons qui permettaient de les faire glisser. Il les souleva. Le claquement d'un mécanisme retentit. Le fond de l'armoire oscilla, comme s'il n'était plus retenu par rien. Ignace le poussa de nouveau. Le fond tourna comme une porte sur ses gonds.

Un couloir en pente douce…

De nouveau, les ténèbres, songea le marchand.

Il s'engagea pourtant dans le boyau sans hésiter.

*
* *

Adélise se réveilla en hurlant.

Tandis que Benvenuto Grafeo l'examinait, Suger avait l'oreille collée à la porte et tâchait de comprendre ce qui se tramait dehors. On les avait enfermés là, tous les trois, immédiatement après la rencontre entre Marbourg et Scot. Suger, réduit à l'impuissance, attendait de voir finir toute cette affaire ; mais, depuis quelques minutes, les couloirs du palais retentissaient de cris alarmés et de bruits de pas.

« Rien de grave, ma petite, la rassurait Grafeo. Vos yeux vont bien.

— Encore ce rêve ! s'exclama l'enfant sans cesser de s'agiter. Le rêve des chevaux.

— Faites-la taire ! » intervint Suger.

Il s'intéressait seulement à ce qui se passait hors de la pièce. Il entendit soudain des pas se rapprocher. Il eut juste le temps de s'écarter : la porte s'ouvrit brusquement.

C'était l'un des sbires de Marbourg, tout essoufflé.

« Il faut partir, dit-il. Un incendie s'est déclaré en bas. »

Le médecin interrogea du regard le soldat, qui expliqua :

« Le feu a pris dans une chambre, apparemment. »

Il les pria de le suivre. L'instant d'après, ils enfilaient tous les quatre un couloir après l'autre, à travers un rideau de fumée toujours plus épais. Ils croisèrent des dizaines de gens, des serviteurs pour la plupart, mais aussi des hommes en armes et des personnes de haut rang. Tous se dirigeaient vers l'aile arrière du palais et les rivages du lac.

– 45 –

Une fois dans la place, il fut impossible au marchand de faire demi-tour, la porte s'étant refermée brusquement derrière lui. Il devait bien exister quelque moyen de la rouvrir, mais il y avait plus important pour le moment.

La lumière du chandelier révéla la présence d'une galerie creusée dans la roche, œuvre des Normands, sans doute, pour fuir le palais en cas de danger. Ignace s'y engagea prudemment, de crainte de tomber dans un piège quelconque.

Il était à présent sur le point de percer les secrets d'un homme admiré pour son intelligence et il éprouvait un sentiment déroutant : en dépit de ses efforts, il ne parvenait pas à considérer ce dernier comme un ennemi. Il le voyait plutôt comme un genre de confrère qui observait le monde sous l'angle de sa propre perspective. Un confrère, il est vrai, qui n'hésiterait pas à tuer pour se défendre – exactement comme lui.

Ayant trouvé la sortie, il se hâta dans cette direction et déboucha dans une excavation de roche que fermait un rideau de plantes tombant des hauteurs.

Devant lui, sous le ciel constellé d'étoiles, s'étendait un maquis. Il essaya de s'orienter. Où était-il ? Sur le mont Griffon ? Sur un autre relief ? Et où était le palais de la Fawara ? Il ne voyait aucune lumière nulle part, aucun autre édifice. Il s'engagea dans un sentier qui escaladait la pente en serpentant entre les buissons. Il n'avait aucune idée de l'endroit où le mènerait cette piste.

Il marchait depuis peu quand des bruits retentirent entre les arbres. Redoutant d'avoir du monde à ses trousses, il se dissimula derrière un tronc. Il vit bientôt une lumière se rapprocher, puis un cavalier brandissant une torche. La forme du heaume et la pelisse portée par-dessus une cuirasse lui parurent tout de suite familières, mais ses derniers doutes se dissipèrent quand il aperçut la lance étrange accrochée à la selle.

Ayant laissé passer le cavalier, Ignace sortit de sa cachette en proie à un grand trouble. Il venait de voir l'assassin de Querfurt, d'Alfan Imperato et de tous ceux qui avaient eu à connaître le culte de Nemrod. L'eût-il surpris dans ce maquis, il aurait éliminé Ignace comme les autres avant lui.

Non seulement la peur lui dévorait la poitrine, mais s'y mêlait un troublant sentiment d'euphorie. La présence du cavalier en ces lieux prouvait indubitablement que Scot était mêlé à cette horrible affaire.

Le marchand, sous peu, allait toucher au but.

Le sentier le conduisit à ce qu'il prit d'abord pour l'entrée d'une caverne. Mais il ne s'agissait pas d'une cavité naturelle. C'était une arche creusée dans la roche. À l'intérieur brillait une clarté diffuse. Le marchand s'aventura sous l'arche. Les arbres et les buissons ne le protégeaient plus. Ni même la nuit. Il était en train de violer un espace clos, peut-être surveillé.

La clarté provenait d'une salle ménagée au cœur même de la montagne. Deux torches brûlaient aux murs. Le plafond épousait la forme d'une coupole décorée de pictogrammes figurant la voûte étoilée. Un édifice très ancien, songea le marchand, construit peut-être par des maîtres ouvriers orientaux.

L'attention d'Ignace fut tout de suite attirée par des rayonnages de livres le long des murs. Puis, quelque chose l'intrigua au centre de la salle. Oubliant le danger, il s'avança. Un pupitre et un trépied se dressaient sous la coupole. Le trépied, de la taille d'un homme, supportait un fin cylindre de métal.

Il n'y avait qu'un seul livre sur le pupitre. Ignace l'ouvrit et fut gagné par l'enthousiasme en reconnaissant dès la première page le manuscrit entrevu dans le cabinet de Scot. Le texte commençait par une formule obscure : *Mercurii Trismegisti liber de motu spherae caeli inclinati, qui intitulatur Nembrot ad Ioanton*. Sauf erreur de sa part, ces mots semblaient assimiler Nemrod à Mercure Trismégiste, au dieu Hermès. Et ils promettaient de répandre ses enseignements sur le mouvement des sphères céleste, lesquels avaient été transmis à un disciple du nom de Ioanton.

Dans les marges du texte s'inscrivait une notation en tout petits caractères, peut-être de la main de Scot :

Comme l'enseigne Abu Masar, le grand Nemrod atteignit la Perse après la dispersion des soixante-deux langues et les esprits lui firent connaître le culte du feu. Mais certains prétendent que c'est son petit-neveu, lui-même appelé Nemrod, qui écrivit ce livre où sont recueillis les secrets de l'astronomie.

Cette remarque s'accompagnait d'un dessin représentant un homme occupé à scruter le firmament à l'aide d'un appareil semblable au trépied dressé près du pupitre.

Impatient d'en apprendre davantage, Ignace commença d'étudier cette machine et se rendit compte qu'elle était dirigée vers une ouverture ménagée dans la coupole, par où s'apercevait un éclat de ciel. Il regarda par une extrémité du cylindre, comme faisait l'homme sur le dessin. Ce qu'il vit lui arracha un cri de stupéfaction. Tout se passait comme si sa vue avait subitement augmenté jusqu'à l'invraisemblable ! Il pouvait admirer soudain un ciel démesurément agrandi. Il eut même le réflexe de vouloir toucher les astres, tant était forte l'illusion de les avoir à portée de la main. Puis, tout en s'habituant à ce merveilleux accroissement de ses sens, il poursuivit son observation. Il était enchanté comme un enfant. Il songea que cette vision extraordinaire devait être rendue possible par les verres sertis dans le cylindre, mais sans écarter toutefois la possibilité d'un mirage. Quoi qu'il en fût, l'émotion le transportait.

« Impossible de se détacher d'un tel spectacle, n'est-ce pas ? »

Ignace se retourna brusquement. Michele Scot se tenait au seuil de la salle. Il semblait satisfait, nullement hostile.

« Elles sont splendides, admit Ignace.

— Un labyrinthe de perpétuelle lumière, reprit l'astrologue avec un geste vers la voûte stellaire. Les confins du *mundus* ou de l'univers. Là où notre destinée est écrite.

— La destinée de l'homme ne dépend pas des astres, objecta le marchand, mais de ses choix. Lesquels sont déterminés par le savoir.

— J'en conviens, messire. Mais n'oubliez pas que le savoir a deux formes distinctes. *Mathesis*

& matesis ! La connaissance et la divination. En ce qui me concerne, je possède seulement la seconde, la seule, en vérité, qui permette de maîtriser son destin. Quant aux invectives de l'Église, je ne les crains pas ! Dieu lui-même a créé les astres comme autant de signes annonçant les événements futurs. C'est pourquoi la discipline qui consiste à les interroger est non seulement licite, mais noble. C'est la plus noble de toutes. Elle est plus noble même que la théologie. »

Ignace perçut dans ce propos les principes d'un art qui allait bien au-delà de cette astrologie superstitieuse méprisée par Isidore de Séville et Hugo de Saint-Victor. Scot parlait d'une science capable de distinguer le dessein de Dieu en dépassant le simple rapport de cause à effet.

« Je suppose que nous sommes ici dans votre atelier.

— Oui, répondit l'astrologue en souriant avec fierté. Vous avez violé le lieu où j'ai coutume de me retirer pour méditer et observer les astres, loin des distractions du palais. Cette salle remonte au temps de l'émir Djaffar, mais je suis le seul à en connaître l'existence. »

Le sourire devint rictus ; son expression se fit sévère.

« Apprenant votre évasion, j'ai inspecté mon armoire. Dès lors, il m'était facile de prévoir où vous iriez.

— Marbourg n'est pas avec vous ? ironisa Ignace en soulevant un sourcil.

— N'abusez pas de vos mots d'esprit, messire. Il ne m'a pas été facile de le laisser en arrière. Et ne vous imaginez pas que vous y avez gagné un avantage.

Demain, avant l'aube, la pièce derrière l'armoire sera murée. Vous ne pourrez prouver l'existence de ce lieu et, n'en doutez pas, il est impossible d'arriver ici par un autre chemin.

— N'ai-je donc aucun espoir d'échapper à l'Allemand ?

— Vous pouvez toujours essayer de fuir. Toutefois, je vous le déconseille. Cela ne ferait que vous rendre plus coupable encore. De toute façon, tôt ou tard, vous serez capturé.

— Échec et mat, alors. »

Ignace feignait la résignation. En réalité, il ne croyait pas le moins du monde que la partie fût jouée et mieux valait que l'adversaire le pensât vaincu, ainsi il ne refuserait pas de lui répondre.

« Pourquoi le culte de Nemrod ? demanda-t-il en montrant le manuscrit ouvert sur le pupitre. Quel rapport avec tout cela ?

— Donc, vous savez… dit Scot, stupéfait.

— Il m'a suffi de déchiffrer l'énigme des tatouages, reprit le marchand en avançant d'un pas. J'ai découvert le nom du géant antique grâce à un code, le *Lingua ignota* d'Hildegarde de Bingen. Oui, le nom du Chasseur éthiopien figure aussi sur le manteau. Alors, quand je l'ai retrouvé dans votre cabinet, dans ce livre…

— Excellent ! s'exclama l'astrologue en frappant dans ses mains. Mais, si vous aviez lu le *Liber Nemrod* ouvert sur ce pupitre, vous sauriez que le Chasseur n'était pas éthiopien mais chaldéen. Et qu'il n'était pas du tout un géant. Le malentendu est imputable à ce faussaire de saint Augustin qui a traduit les textes sacrés en usant à tort du mot “géant” là où il aurait fallu écrire “puissant”.

— Vous avez longuement étudié la question, semble-t-il.

— Je voulais réhabiliter une grande figure, répliqua Scot. Nemrod fut un homme puissant dans le royaume de Babylone, un authentique souverain. Il fut aussi le premier à pratiquer la magie à travers la connaissance des étoiles…

— Un idolâtre, dit Ignace dont la curiosité était de plus en plus vive.

— Le père des idolâtres.

— Est-ce la doctrine que vous cachez à Conrad de Marbourg ? »

L’astrologue eut un geste de mépris.

« Si cet Allemand venait à la connaître, il s’empresserait de citer Raban Maur et son *Commentaire sur la Genèse*. Nemrod y est associé au diable, dont il partagerait le violent désir de pénétrer les secrets du ciel… Voilà qui porterait un coup à ma réputation ! Mais ce n’est rien, comparé à ce qui arriverait s’il venait à découvrir la vérité sur la *Triade.* »

Il baissa les yeux. Ignace fit de même et fut frappé de surprise encore une fois. Sans s’en rendre compte, il s’était placé au centre d’un cercle tracé sur le sol, entre un alpha et un oméga. Une intuition le saisit. Il se tourna et découvrit dans la pénombre trois sièges disposés face au pupitre.

« La Triade… » répéta-t-il sans savoir ce que signifiait ce mot.

En perçant le mystère, il ne s’était pas blanchi des accusations portées contre lui, mais il avait compris pourquoi tant de gens étaient morts.

« Un détail vous aura peut-être échappé, reprit Scot, comme pour l'encourager. Les cercles magiques sont toujours tracés à proximité d'une fenêtre ou d'une issue permettant d'observer le ciel. »

Le marchand médita ce propos. Puis, il leva la tête vers la coupole. Enfin, il demanda la permission de regarder encore dans le cylindre pointé vers le ciel. C'est alors qu'il remarqua la présence du chasseur géant, luminescente et majestueuse figure. *Faut-il être bête !* songea-t-il. Il l'avait eue devant les yeux pendant tout ce temps… Repensant aux principes de la sagesse orientale, il s'exclama :

« Bien sûr ! Nemrod est un des noms donnés à la constellation d'Orion ! »

Il recula, perdu dans un labyrinthe d'idées.

« Cependant je n'ai pas connaissance d'une quelconque triade divine…

— Parce qu'on la vénérait à Babylone en des temps reculés. »

Scot, une fois encore, laissa transparaître une pointe de satisfaction. Il avait rarement l'occasion de se frotter à des interlocuteurs aussi intelligents et érudits.

« Nemrod dirigeait ce culte représenté par le symbole du poisson ou du serpent, poursuivit-il. Mais la seconde entité de la Triade, elle, était féminine. »

Ignace se rappela subitement la discussion qu'il avait eue avec son fils tandis qu'ils naviguaient vers la Sicile.

« Feriez-vous allusion à Sémiramis, par hasard ? »

Scot hocha la tête.

« Elle-même. La reine représentée par une colombe. »

Le marchand était en mesure à présent d'assembler les pièces de la mosaïque. Même connaissant l'histoire de Nemrod et de Sémiramis, il s'était fourvoyé jusqu'ici dans une série d'événements chaotiques.

« Le poisson et la colombe, commença-t-il… Près des cercles magiques… Les symboles tatoués… Oui, l'un et l'autre sont là, toujours… »

Il parlait à voix basse, comme pour lui-même.

« Donc, l'image de la femme à l'enfant ne représente pas la Madone. C'est Sémiramis ! Et l'enfant est…

— Le troisième composant de la Triade. Tammuz, le fils de Nemrod et de Sémiramis. Tammuz dont le symbole est le flambeau.

— Ou la chandelle disposée près des cercles magiques, avec le poisson et la colombe. »

Aucun doute n'était plus permis. Tous les faits étranges qui avaient émaillé cette aventure prenaient sens dans le propos de Michele Scot. Même si l'ensemble continuait de demeurer obscur.

« Je ne saurais le nier, admit-il, la figure de Nemrod me fascine. Mais pourquoi s'adonner à un culte aussi lointain ?

— J'entends lui rendre hommage, expliqua l'astrologue avec une pointe d'exaltation dans la voix. Non seulement à Nemrod, le premier rebelle à avoir interrogé les cieux. Ma dévotion va surtout au Chasseur cosmique, symbole de l'*impetus* qui pousse les corps célestes à décrire leur orbite comme autant de chevaliers du feu. Le lien qu'il entretient avec la colombe et le flambeau remonte à la nuit des temps. Il a influencé les religions et stimulé l'intelligence des savants. C'est qu'il s'agit de symboles éternels, comprenez-vous, messire ? Des symboles de la science la plus ancienne, la seule sagesse sur laquelle se fonde ma vraie foi ! Jusqu'ici, le culte de Nemrod, de Sémiramis et de Tammuz m'a toujours protégé.

— On ne peut en dire autant de vos disciples, fit remarquer Ignace, jouant un coup par surprise.

— Ces misérables… »

Scot avait pâli. Il se détourna.

Mais le marchand n'avait aucune intention de lui accorder un répit. Les informations obtenues ne suffiraient pas à démontrer son innocence. En revanche, s'il arrivait à comprendre la cause de ces meurtres, il tiendrait peut-être là son salut.

« Est-ce le remords, demanda-t-il, que je vois briller dans vos yeux ?

— Qu'entendez-vous par là ?

— Je sais tout de votre cavalier ! Ce mystérieux assassin qui tue en projetant sur ses victimes des objets enflammés…

— Alors, vous avez aussi compris cela ! »

La fureur s'empara de Scot, qui s'appuya au pupitre, comme à bout de forces :

« J'ai dû les faire éliminer. »

Ignace vit qu'il avait réussi à remuer le cœur de cet homme

« Pour un manteau, s'offusqua-t-il.

— Un manteau qui est la *clef* de tout ! s'exclama Scot, cherchant à se disculper. Vous ne comprenez donc pas ? Ces figures célèbrent le mystère de la Triade, une liturgie de symboles astraux tournant autour du Chasseur. »

Il caressait les pages du livre. Il ne regardait plus le marchand. Il se parlait à lui-même.

« À l'origine, il devait s'agir d'un présent. Mon idée était d'initier Frédéric II au culte de Nemrod lors de sa visite à Bologne. C'est dans ce but que j'avais demandé à mes disciples de le confectionner. Mais l'empereur, brusquement, m'a prié de le suivre. Puis, le temps a passé. Et j'ai oublié le manteau. Jusqu'au jour où un message m'est parvenu de Rhénanie. Dans ce message, un de mes anciens disciples m'annonçait fièrement que le travail était accompli. Le manteau allait m'être remis… Mais les temps avaient changé ! Frédéric II était entré en conflit avec le pape. On l'appelait l'Antéchrist ! Il aimait la culture arabe. Il avait scellé des pactes en Orient, ce qui n'était pas pour lui attirer les grâces de l'Église. Imaginez que l'on puisse l'associer tout à coup au culte astrologique de Nemrod ! C'en aurait été fait de lui. Et de moi. De nos jours, les savants finissent sur le bûcher pour moins que cela.

— C'est pourquoi vous avez retrouvé la trace de vos disciples. Vous les avez fait éliminer un à un pour détourner le danger qui menaçait de s'abattre sur vous. Mais il aurait suffi de détruire le manteau !

— C'est ce que j'aurais fait si je n'avais eu vent d'une enquête menée contre mes disciples.

— Vous saviez que Marbourg était déjà entré en action.

— Peu d'informations échappent à un homme de mon rang… »

Il abattit le poing sur le pupitre.

« Cependant, à l'époque, j'ignorais le nom de ce maudit prêtre ! Voilà pourquoi j'ai dû attaquer le mal à la racine. Autrement dit, éliminer tous les témoins. »

Le marchand, pour la première fois, ressentit de la compassion pour Scot.

« Magister indigne ! Que valent toutes les sciences du monde si vous ne savez vous protéger autrement qu'en assassinant vos adeptes ?

— Vous auriez dû mourir vous aussi ! s'emporta l'astrologue. Et depuis longtemps ! Mais pas maintenant. Pas tout de suite, en tout cas. Vous croyez que vous vous êtes joué de moi ? Rien de ce que je vous ai confessé ne vous aidera à vous disculper ! Jamais Marbourg ne vous croira. Du moins tant que vous demeurerez à ses yeux l'homme qu'il recherche ! Tout ce qu'il veut, c'est de la chair pour son bûcher. Et je lui donnerai cette chair. Échec et mat, messire… »

Le marchand bondit vers le pupitre, s'empara du *Liber Nemrod* et se prépara à fuir. *Ce n'est pas fini*, songea-t-il. Mais il crut percevoir une présence derrière lui. Il se retourna. Un écuyer surgissait d'une ouverture secrète ménagée entre les livres. Ignace sentit une paralysie se répandre dans ses jambes…

Scot cria un ordre :

« Arrête, Ulfus ! Celui-ci doit rester en vie ! »

L'écuyer rabaissa docilement son arme.

« Ta mission est-elle accomplie ? » l'interrogea l'astrologue.

Ulfus fit oui de la tête.

« Et elle ? »

Le géant marqua une hésitation, puis baissa la tête.

« Elle n'a pas voulu venir, messire. »

Ignace avait compris de qui ils parlaient. Le cœur serré, il demanda :

« La petite fille ? »

Michele Scot tourna vers lui un regard incrédule.

« Quelle petite fille ? »

Ulfus releva son arme et le coup partit. L'astrologue et le marchand furent aveuglés par l'éclair. Le projectile les effleura, traversa les airs en laissant derrière lui une traînée incandescente et toucha un homme à demi caché à l'entrée de la grotte.

Le malheureux s'écroula, l'épaule broyée.

Ignace le reconnut : Galvan Pungilupo.

« Qu'il ne sorte pas vivant d'ici ! » tonna Scot.

Ulfus laissa tomber le sceptre fumant et attaqua à mains nues. Le clavigère, hurlant de douleur, arracha le projectile de sa chair et le renvoya à son adversaire. L'écuyer l'évita en se baissant. Les flammes lui passèrent au-dessus de la tête. Il s'élança de nouveau vers le rideau de fumée et de soufre.

Scot et Ignace le suivirent à distance.

Pungilupo s'enfuit à travers le maquis, trébucha entre les buissons et dégringola la pente pour finir au bord d'un torrent. Il voulut se relever, mais trop tard. Ulfus l'avait rejoint et le dominait.

Le géant thrace, ayant saisi son adversaire par le cou et par la ceinture, le souleva sans effort. Sa sombre silhouette, l'espace d'un instant, se découpa devant la lune pleine. Il secouait sa proie. À la fin, il lâcha un hurlement de bête et jeta le clavigère sur les rochers qui affleuraient à la surface de l'eau. Un craquement affreux résonna dans la nuit. Le corps de Pungilupo fut emporté par les remous.

Ignace avait encore le spectacle de cette mort dans les yeux quand la main de Scot se posa sur son épaule.

« Ulfus va vous raccompagner au palais de la Fawara, annonça l'astrologue, impassible. Vous y attendrez la décision de Marbourg. »

D'un geste, il réclama l'attention de l'écuyer, puis ajouta en s'adressant de nouveau au marchand :

« Mais d'abord, parlez-moi de cette fillette. »

– 46 –

Les occupants du palais s'étaient regroupés du côté sud, près d'une arcade majestueuse séparant la salle de banquet et le grand lac dont la surface s'étendait jusqu'au pied du mont Griffon. L'incendie semblait maîtrisé, mais les gardes recommandaient la prudence. C'est pourquoi tout le monde était là : soldats, courtisans et serviteurs, face aux eaux sombres, caressantes, de la Fawara.

Conrad de Marbourg était parmi eux, mécontent et mal à l'aise. Scot et lui poursuivaient une conversation des plus délicates quand des gardes étaient venus les prévenir qu'il y avait le feu. L'astrologue avait ordonné que Conrad fût escorté sur-le-champ jusqu'au lac et mis hors de danger des flammes. Sur quoi, il s'était fondu dans le sauve-qui-peut général. Mais ce qui avait surtout provoqué la colère de Marbourg, c'était l'autre nouvelle rapportée par les gardes, à savoir que l'incendie s'était déclaré à l'endroit même où l'Espagnol était retenu prisonnier. Lequel Espagnol avait purement et simplement disparu ! Idem pour Pungilupo. Marbourg l'avait envoyé rechercher des indices susceptibles de compromettre Scot, afin de le rendre coopératif, au cas où il faudrait lui faire subir un interrogatoire. Depuis lors, il était sans nouvelles.

Inutile de céder à la fureur, songea-t-il. Au contraire, mieux valait méditer sur les bienfaits de la patience, cette vertu si bien décrite par le martyr saint Cyprien. Ainsi s'éteindrait pareillement l'autre feu, celui qui, à présent, brûlait en lui. Cet effort, cependant, ne fut pas payé de retour. En effet, Marbourg croyait bien avoir vu une embarcation se détacher discrètement du rivage, voguer vers l'ouest, puis disparaître.

Une coquille de noix à bord de laquelle avaient pris place trois personnes de sa connaissance !

*

*　*

Suger scrutait la nuit, en proie à des montées d'angoisse. Ramer l'aidait à contrôler ses nerfs. Jamais il n'aurait cru échapper aussi facilement à la surveillance dont il était l'objet. L'incendie avait créé une telle confusion ! Il avait réussi à semer les soldats et à gagner les bords du lac. Il avait même accepté d'emmener avec lui Grafeo et Adélise, sous la condition qu'ils ne fissent rien pour entraver leur évasion. Leur présence, finalement, le rassurait. En effet, il avait obéi à une impulsion, tenté sa chance ! Maintenant, il ne savait plus très bien comment opérer, ni ce qu'il conviendrait de faire s'il parvenait vraiment à fausser compagnie à Marbourg. Ses compagnons lui seraient peut-être de quelque secours…

Rampant entre les buissons, ils avaient gagné un point du rivage non surveillé par les gardes. Suger avait alors aperçu une barque amarrée à un piquet.

Vite, il l'avait détachée. Il avait pressé les deux autres de monter à bord. Et tous trois s'étaient éloignés vers le large.

Le lac était immense. Suger était le seul à être en mesure de ramer. Mais quant à maintenir un cap dans le noir, c'était chose impossible. Si bien qu'il s'était mis à naviguer à l'aveugle. Où finiraient-ils par aborder ? Il n'en avait pas la moindre idée. Cette incertitude le terrorisait.

Seule Adélise n'avait pas peur. Rien ne la touchait, manifestement…

Suger ramait. Il s'efforçait de ne pas penser.

À un moment, ses paupières se fermèrent.

– 47 –

L'aube n'était pas encore levée quand Uberto s'éveilla. Trempé de sueur, la tête encore pleine de cauchemars, il se demanda ce qui l'avait arraché au sommeil. Il se frotta les yeux pour reprendre ses sens et comprit : des cris retentissaient dehors. Il se précipita à la fenêtre. La rue était noire de monde. Tous les Palermitains étaient déjà sortis de chez eux. Mais pour fêter quoi ? Presque tous portaient un flambeau. Le cortège immense marchait en direction du port.

Le jeune homme s'habilla à la hâte. Il dégringola l'escalier. Dès qu'il fut dans la rue, il interrogea les gens :

« Que se passe-t-il ?

— Comment, vous n'êtes pas au courant ? L'empereur ! L'empereur débarque à Palerme ! »

Frédéric II était donc en vie ! Il rentrait d'Orient. Il était là.

Une idée folle se forma dans les pensées d'Uberto.

Mêlé à la foule, il se dirigea lui aussi vers la mer en jouant des coudes pour arriver dès que possible. Il en avait tant entendu sur Frédéric II ! Ce n'était, certes, pas le plus magnanime des souverains, mais on parlait de lui comme d'un sage que fascinaient les savants. Si c'était vrai, peut-être consentirait-il à accorder sa clémence à Ignace. La difficulté serait de l'approcher, de parvenir à se présenter à lui. Ses chances étaient infimes, mais Uberto voulait encore espérer.

Il parvint au quai principal. Tout le port était noir de monde. Au large flottait un navire immense entouré d'une dizaine de bateaux plus petits aux voiles amenées. Le débarquement s'annonçait long et compliqué car il s'agissait de faire descendre à terre non seulement des hommes, mais des marchandises et des chevaux.

Uberto observait le navire qui transportait l'empereur. Bientôt, une chaloupe dansa sur les vagues. Des soldats y avaient embarqué, ainsi qu'un élégant personnage de haute stature. Frédéric en personne ! Ayant baissé les yeux, il fixait son regard sur les eaux et, même, sur un point précis, près du navire, où une demi-douzaine d'hommes plongeaient l'un après l'autre, avant de reparaître à la surface.

Uberto avisa un vieux pêcheur :

« Qu'est-ce qu'ils font ?

— L'empereur a perdu une bague en gagnant la chaloupe. Un bijou précieux, qui est au fond de la mer à présent. Frédéric a promis cent tari à qui le lui repêchera ! »

Uberto observait les plongeurs. Ils s'enfonçaient dans les eaux, sans parvenir à atteindre le fond car le souffle leur manquait. L'entreprise s'annonçait plus difficile que prévu. Pourtant, les hommes refusaient d'en démordre, quitte à risquer leur vie. Ce n'était pas seulement l'appât du gain qui les poussait à se mettre en danger. Le fils du marchand connaissait la nature humaine ; il savait que, pour beaucoup, il n'existait pas de plus grand honneur que celui de s'incliner devant un souverain.

Uberto se demanda s'il ne tenait pas le moyen de parler à Sa Majesté ! À condition qu'il fût encore temps…

Il se fraya un passage dans la cohue. Coule-Poisson était l'homme qu'il lui fallait, le seul capable de s'immerger plus longtemps que la normale !

Le sardinier mouillait toujours au même endroit, là où ils étaient descendus à terre avec son père. Uberto jeta des regards alentour. Il vit le marin assis sur un rocher, en train de manger un poulpe vivant. Il l'interpella :

« Voulez-vous gagner cent tari ? »

Le marin arracha un tentacule avec ses dents et répondit :

« Qui faut-il tuer ?

— Personne. Il faut descendre au fond de la mer et repêcher un objet. Une bague que l'empereur a perdue.

— Un jeu d'enfant, dit Coule-Poisson en s'essuyant la bouche d'un revers de la main. Mais vous, beau messire, qu'avez-vous à y gagner ?

— En cas de réussite, vous devrez me rendre un service.

— Lequel ?

— Supplier l'empereur de m'accorder une audience. »

– 48 –

Suger rouvrit les yeux et vit qu'un oiseau s'était posé sur le plat-bord. Sa livrée était délicate, multicolore, exotique. S'était-il échappé du palais, lui aussi ? Avait-il réussi à quitter sa cage ? Il ne gazouillait pas. Il se contentait d'observer l'homme d'un œil curieux, en inclinant sa petite tête d'un vert intense. Le médecin tenta de l'attraper par réflexe, mais sans y parvenir. C'est à peine s'il put effleurer ses plumes.

C'est alors seulement qu'il se remémora ce qui s'était passé. Les frissons de crainte pendant la fuite, l'épuisement qui l'avait gagné à force de tirer sur les rames, l'angoisse de se perdre dans les ténèbres. Il s'étira, remua ses membres engourdis et vit que la barque s'était échouée toute seule sur le rivage du lac. Il ignorait à quelle distance il se trouvait du palais de la Fawara, mais il était soulagé de retrouver la terre ferme.

Ayant remercié le Seigneur, il descendit du bateau avec précaution. La lumière du ciel se réverbérait dans un pré au pied d'une colline. Suger s'essuya le visage et s'emplit les poumons d'air frais. Il régnait en ces lieux un silence absolu.

Soudain, il prit conscience qu'il était seul.

Où étaient l'oculiste et l'enfant ? Étaient-ils tombés à l'eau pendant la traversée ? Non. Un accident n'aurait pas manqué de le réveiller. Ils avaient dû descendre à terre et s'éloigner pendant qu'il dormait. Du reste, l'herbe fraîche était marquée d'empreintes se dirigeant vers la colline.

Ne sachant quelle autre direction prendre, Suger décida de suivre cette piste.

*

* *

Les chevaux avaient le regard doux et la robe luisante. Leurs blessures différaient de celles vues en rêve par Adélise : ces montures-là saignaient à peine. Grafeo expliqua au médecin qu'on leur avait fait de petites entailles sous les oreilles afin de modérer leur tempérament. Cependant, ils étaient là, au pied de cette colline que la fillette avait vue en songe des dizaines de fois, dans un pré où se dressait un grand sapin. Le sol n'était pas aride, ni calciné et, pourtant, il en émanait une senteur inquiétante, annonciatrice de malheur.

L'oculiste s'approcha du cheval qui semblait le plus docile.

« Veux-tu le caresser ? lui proposa-t-il.

— Non, répondit Adélise. Je n'en ai pas envie. »

Voyant que le vieil homme lui tournait le dos, elle le tira par la manche :

« Retournons au lac, s'il vous plaît. »

Mais Grafeo ne semblait pas décidé à repartir.

La fillette en fut contrariée. Puis, elle observa le visage du vieil homme et vit combien il avait pâli.

Il fixait la vallée de ses yeux écarquillés. Il avait plié les genoux et levé les épaules. On aurait dit qu'il s'était pétrifié dans le geste de fuir. Adélise ne comprenait pas… Regardant dans la même direction, elle vit approcher un cavalier géant, imposant, dont la courte lance était pointée vers l'oculiste.

Elle le reconnut.

Elle revit l'éclair rouge, entendit à nouveau le cri de sa mère, ressentit la brûlure sur ses mains. Elle aurait voulu se métamorphoser en bête sauvage et se jeter sur lui, mais une peur terrible la paralysa, qu'elle ne put maîtriser et qui s'exprima sous la forme d'un hurlement à vous briser les tempes. L'espace d'un instant, Adélise se sentit presque heureuse. Puis, le cri cessa et sa gorge s'emplit d'une noirceur amère et dense, née à l'intérieur d'elle-même. Elle comprit alors qu'elle ne pourrait jamais se libérer d'une terreur qui, désormais, faisait partie d'elle-même, comme les larmes de cristal.

Elle cria de nouveau, mais volontairement cette fois, pour alerter le vieil homme.

Grafeo avait-il entendu ? Il gardait les yeux fixés sur la pointe de la lance d'où s'échappait déjà l'étincelante menace… Le coup allait partir quand un homme, surgi du néant, attrapa le cheval par la bride. Le cavalier fut détourné de sa cible. Le projectile jaillit avec un sifflement aigu, puis explosa dans le sapin qui, aussitôt, s'enflamma.

La fillette, immobile, regardait ce sauveur inattendu. C'était Suger du Petit-Pont. Elle le vit tomber à terre : le cavalier l'avait assommé.

Elle entendit le claquement des sabots. De nouveau, elle fut saisie d'effroi. Les chevaux fonçaient sur elle, épouvantés par les flammes…

Comme dans son rêve…

Ils allaient la piétiner.

Elle éprouva dans les yeux une douleur violente. Tout à coup, elle était aveugle, terrorisée face à la mort. Elle sentit qu'on la poussait à terre. On se couchait sur elle tandis que l'assourdissait le vacarme des chevaux lancés au galop. L'espace d'un instant qui lui sembla infini, elle fut submergée par cet océan de bruit.

Puis, tout s'apaisa. Elle essaya de se libérer du corps qui pesait sur elle, mais il était trop lourd et il l'étouffait, ce qui l'empêchait de recommencer à crier. La souffrance lui déchirait les yeux. Elle n'arrivait pas à réfléchir. Elle aurait voulu disparaître, se glisser dans la nuit.

Le corps cessa de l'étouffer. Elle sentit sur sa peau les rayons du soleil.

La voix de Suger trembla :

« Le Juif ne s'en est pas sorti.

— Et la fille ? répondit une voix caverneuse. Elle a les yeux qui saignent.

— Je la soignerai moi-même. J'ai vu comment il s'y prenait. Mais encore faut-il que ma vie soit épargnée… »

Adélise se sentit soulevée de terre par une paire de bras musclés.

– 49 –

Coule-Poisson avait disparu sous la mer depuis si longtemps qu'Uberto se demanda s'il ne s'était pas noyé. Si c'était le cas, il serait triste pour lui, mais il lui en voudrait aussi d'avoir ruiné son seul espoir de rencontrer l'empereur. Sur sa chaloupe, Frédéric II continuait d'attendre, tandis que les bruits les plus fous traversaient la masse des spectateurs. Pour les uns, la bague tombée dans la mer était un cadeau de l'impératrice. D'autres y voyaient un joyau doté de pouvoirs miraculeux. Uberto avait entendu parler de ces anneaux sertis de pierres dont la couleur changeait quand elles entraient en contact avec le poison et qui inspiraient aux souverains de grandes convoitises.

La barrique de Coule-Poisson émergea de la mer. Le marin, lui, n'était toujours pas en vue. Uberto, scrutant la surface, s'aperçut qu'il était remonté plus loin. Il nageait vers la chaloupe impériale…

L'espoir était-il permis ?

Coule-Poisson s'accrocha à l'embarcation. Sans monter à bord, il tendit un objet à l'empereur. Frédéric, émerveillé, félicita le plongeur. Sur les quais, le peuple exultait.

L'empereur et sa délégation gagnèrent le môle où Frédéric débarqua et se retira sous la tente dressée pour l'accueillir. Coule-Poisson, entre-temps, avait nagé jusqu'au rivage. Il pénétra sous la tente à son tour, puis en ressortit avec une bourse bien gonflée et un radieux sourire sur la figure. Des gardes l'escortaient, afin de dissuader les voleurs qui auraient médité de lui prendre sa récompense. Uberto s'efforça de se frayer un chemin vers lui. Le marin, apercevant son visage dans la foule, lui fit signe de s'approcher.

« Sa Majesté vous consent une audience », dit un garde à Uberto, tout en repoussant les curieux pour lui permettre de s'avancer.

Uberto ne se fit pas répéter l'invitation. Mais, avant de repartir vers la tente avec l'escorte, il étreignit Coule-Poisson.

« Je suis votre débiteur », dit-il, la voix chargée d'émotion.

Le marin répondit en lui donnant de petites tapes dans le dos.

Et ils se séparèrent.

*

* *

Frédéric II était entouré de valets qui s'employaient à le débarrasser de sa cotte de mailles en or. Seul haut personnage présent à son côté, un individu court sur pattes et grassouillet détaillait au souverain une liste de sujets exigeant d'être traités rapidement. Uberto, ayant considéré l'un et l'autre avec respect, attendit qu'on lui accordât la permission de parler. Bien qu'occupé à se défaire de sa tenue de guerre, l'empereur dégageait une impression d'autorité mêlée de naturel, généralement étrangère aux princes et aux prélats. Il émanait de lui une forte *humanité* – c'était le terme adéquat. Sa tête, coiffée d'une blonde crinière, était animée par un regard vif et attentif que l'on se serait davantage attendu à croiser sur les places et les marchés que dans les cercles de la noblesse.

Le petit homme avait fini son énumération. Il se tourna vers Uberto :

« Je suis Taddeus de Sessa, juriste au service de l'empereur. Sa Majesté, dans sa grandeur magnanime, vous consent une audience. Exprimez-vous rapidement et sans détour, car il a bien d'autres problèmes à traiter. »

Uberto, qui portait des habits élégants, remercia le ciel de ne pas avoir à se présenter devant le souverain vêtu comme un rustre.

« Je vous prie d'excuser mon audace, commença-t-il, mais j'ai dû faire de nécessité vertu. Je viens déposer à vos pieds une supplique, non pour moi mais pour mon père. »

Le souverain l'observa d'un œil intrigué et dit :

« Cet accent étranger... Êtes-vous un de mes sujets ?

— Non, Majesté. Je m'appelle Uberto Alvarez et je viens de Castille. Mais c'est bien à Palerme que mon père est retenu prisonnier dans un de vos palais, près du mont Griffon.

— Sur ordre de qui ? demanda Taddeus de Sessa en le fixant d'un regard scrutateur.

— Sur ordre de Conrad de Marbourg, un prêtre allemand agissant pour le compte de Sa Sainteté.

— Jamais entendu parler de lui », fit l'empereur.

Repoussant un des valets qui dénouait les liens unissant le casque et la cuirasse, il prit brusquement le juriste par le col :

« Depuis quand un prêtre s'arroge-t-il le droit de venir donner des ordres chez nous ? »

Taddeus ne se laissa pas impressionner. Il répondit en regardant Frédéric droit dans les yeux :

« Ma foi, s'il est vrai qu'il travaille pour Sa Sainteté…

— Sa Sainteté ! Et quoi encore ? »

L'empereur repoussa le juriste et continua :

« Le pape Grégoire envoie ses clavigères au royaume de Sicile en notre absence et nous devrions faire comme si de rien n'était ? Vous n'avez pas idée du nombre de troupes qu'il faudra lever pour renvoyer ces chacals chez eux ! Et cet Espagnol, maintenant, qui me parle d'un émissaire du pape présent à la Fawara ! »

Il observait le jeune homme avec un intérêt croissant.

« Bien, reprit-il. Et votre père, qu'a-t-il fait pour mériter d'être châtié par un prêtre ?

— Il n'a rien fait, Votre Majesté. Je le jure. Il est victime d'un malentendu.

— Qui ne l'est ? laissa échapper Frédéric avec un sourire. Expliquez-vous. Et n'essayez pas de mentir.

— On l'accuse d'hérésie, mais il n'y a aucune preuve, dit le jeune homme, espérant trouver le ton juste. On le prend pour un adorateur du diable, ce qui est faux, je puis vous l'assurer. Il s'est trouvé au mauvais endroit au mauvais moment, c'est la vérité… »

D'un geste, Taddeus de Sessa le fit taire, ce qui contraria le souverain :

« Pourquoi l'empêchez-vous de parler, Taddeus ?
— Nous en avons assez entendu, Majesté. La question ne sera pas résolue ici, en l'absence de témoins et, surtout, sans avoir permis au prêtre, ce Marbourg, de faire valoir son point de vue… De plus, s'il m'est permis de m'exprimer franchement, je sais que vous aimez un peu trop certaines étrangetés. Mon devoir est de vous rappeler à vos obligations envers Sa Sainteté en ce qui concerne les crimes d'hérésie…
— Mon père n'est pas un hérétique !
— Fermez votre bec ! lança le juriste au jeune homme. Comment osez-vous me couper la parole ?
— Vous êtes prompt à me rappeler à mes obligations, Taddeus. »
L'empereur ne cachait pas une irritation plus menaçante encore que la simple colère.
« Le pape, dit-il, ne mérite pas notre loyauté.
— La situation est beaucoup trop délicate pour que nous cultivions de la rancœur, répliqua Taddeus, imperturbable.
— Vous oubliez que nous avons pris la croix *pour lui* ! »
Il prononça la suite dans un quasi-murmure :
« Et lui, lui… Comment nous remercie-t-il ?
— Vous avez raison, dit Taddeus d'un ton apaisant. Cependant, Majesté, vous devez vous montrer prévoyant si vous souhaitez un compromis avec la sainte Église romaine. Vous savez que vous ne pouvez pas vous permettre de briser l'équilibre des pouvoirs… »
Le souverain ne le quittait pas des yeux et caressait sa barbe blonde, comme pour essayer de recouvrer son calme.
« Fort bien », dit-il.

Il prit un siège.

« Or donc, continua Taddeus, quels sont les ordres ?

— Allons au palais discuter avec ce… prêtre. »

Puis, repensant à Uberto et à son père :

« Et lui ?

— On ne peut pas le laisser ici, répondit le juriste avec un ricanement hautain. Je conseillerais à Votre Majesté de lui mettre les fers aux pieds et de l'emmener avec nous au palais. »

– 50 –

Ulfus en avait peur, de cette enfant. L'espace d'un instant, il avait vraiment espéré qu'elle finît écrasée par les chevaux affolés, mais le vieux Juif s'était sacrifié pour elle en faisant de son corps un bouclier pour la protéger. Même le médecin français était intervenu, lui qui n'avait pourtant pas l'air d'avoir un cœur de lion ! Il est vrai qu'il s'était cru le destinataire de la foudre envoyée par le Sceptre. Mais le Mage avait dit : « Une seule mort. » Il avait ajouté que Benvenuto Grafeo connaissait trop de secrets, sans toutefois préciser lesquels. Ulfus s'était donc contenté d'obéir. Il n'avait pas cherché à comprendre. Il en était incapable de toute façon. L'hypothèse d'une menace était pour lui une chose si impalpable ! Ça l'indifférait. Le Mage, lui, gardait en permanence les yeux rivés sur les événements à venir. Ainsi arrivait-il à conjurer des périls dont il n'était même pas certain qu'ils se produisissent jamais. Qui sait si, avec ses manipulations, il ne contribuait pas même à les faire advenir.

Mais le piège le plus grand, semblait-il, avait échappé au Mage. Et là, Ulfus était perdu. Manifestement, tout le monde avait pris de grands risques pour défendre Adélise. C'était à se demander si elle n'était pas frappée de malédiction.

Ce n'était, certes, pas une enfant ordinaire. Elle avait des yeux inquiétants. Voilà surtout ce qui effrayait Ulfus : ses yeux. Et pourtant il allait devoir veiller sur elle. Ordre du Mage ! Un ordre tombé à la suite d'une longue discussion avec le marchand espagnol. La mission était de l'enlever et de la lui ramener. Ulfus, à son retour à la Fawara, avait appris l'évasion de Suger, de Grafeo et d'Adélise. Il s'était lancé à leurs trousses immédiatement, afin de prendre les gardes de vitesse.

Le Mage redoutait les malédictions de cette enfant plus qu'il n'en avait jamais craint aucune. D'ailleurs, il n'était plus le même depuis qu'il avait appris la mort de Rémigarde. La nouvelle lui avait arraché des larmes. Ses lèvres s'étaient mises à trembler. Il était devenu soudain une personne normale. Mais, derrière le masque de souffrance, Ulfus avait aperçu l'éclat d'une fureur diabolique. Le même qu'il découvrait maintenant dans les yeux d'Adélise.

Ulfus avait beau être un homme aux idées simples, il savait que le Mage lui-même, l'homme le plus terrible qu'il eût rencontré, était désormais prêt à tout pour défendre le sang de son sang.

– 51 –

L'astrologue et la fillette étaient assis l'un en face de l'autre.

Pour la première fois depuis longtemps, Scot ne savait que dire, ni quelle attitude adopter. La tournure prise par les événements l'avait surpris et effrayé. La faute en revenait à Ignace de Tolède qui l'avait embarqué dans une magistrale partie d'échecs pour lui imposer ensuite une rencontre entre père et fille. Était-ce stratégie de sa part ? Improvisation ? Simple jeu des circonstances ? Comment le savoir ? Quoi qu'il en fût, le marchand avait fait preuve d'une efficacité dévastatrice. L'astrologue avait été contraint de sacrifier quantité de pions pour assurer sa défense. Maintenant que les ombres du crépuscule se glissaient entre les rais de lumière, il voyait combien son cabinet ressemblait lui-même à un échiquier. Un échiquier dilaté dans l'espace et le temps comme un manteau zodiacal où se disposaient les idées, les souvenirs et les corps célestes. Lui-même était là, au centre de cet univers en clair-obscur, face à une enfant dont, la veille encore, il ne soupçonnait pas l'existence.

« Comment vous vous appelez ? » demanda-t-elle.

Son visage portait encore des traces de souffrance et d'effroi, mais d'apaisement aussi.

« Michael », répondit-il, usant instinctivement de la prononciation interdite, vestige d'une enfance sacrifiée à la *damnatio memoriæ*.

« Michael… Comme l'archange ? »

L'astrologue sourit et approuva d'un geste. Quelque chose en elle lui rappelait Rémigarde. Cette voix pure, peut-être. Ou ces traits aimables qui, pourtant, laissaient transparaître un caractère plein de fierté. Scot eut soudain l'impression d'avoir Rémigarde en face de lui, telle qu'elle s'était présentée le dernier soir qu'ils avaient passé ensemble, cette fameuse nuit où elle l'avait giflé.

Il tendit la main pour caresser Adélise, en quête d'autres détails susceptibles de lui rappeler la seule femme qu'il eût jamais aimée, mais son geste fut interrompu par la présence d'un homme au seuil de la pièce : Suger du Petit-Pont.

Scot se crispa. Il lui adressa un salut. Quelqu'un retenait le médecin français par le bras : Ulfus, à demi caché derrière le chambranle. Précaution inutile, manifestement, puisque Suger ne semblait pas avoir l'intention de se rebeller.

L'astrologue se leva et invita Adélise à faire de même.

« Vous allez devoir m'excuser, ma chère, le devoir m'appelle. »

L'enfant, voyant Ulfus s'avancer, se défendit :

« Ne me laissez pas seule avec lui !

— Il ne vous fera aucun mal, la rassura Scot en lui parlant à l'oreille. Au contraire, il vous mettra en lieu sûr jusqu'à mon retour. »

Elle consentit à contrecœur. Le soldat lui prit la main et l'entraîna dehors. À la porte, il se retourna et échangea avec l'astrologue un regard complice. La fillette, alors, résista et dit, en employant les mots prononcés autrefois par sa mère :

« Vous aviez promis, Michael… Vous aviez promis… »

D'abord, il eut un sourire. Puis son expression se durcit. Se tournant vers le médecin, il ordonna :

« Asseyez-vous, messire. »

Suger se méfiait. Mais il s'avança fièrement, en prenant une mine irritée.

Pour Scot, les pas révélaient le tempérament du marcheur. Le port de tête, l'élan, le rythme : tout le trahissait. L'astrologue estima que cet homme hésitait entre arrogance et cordialité ; mais surtout, il était durement éprouvé.

« Je n'ai pas l'intention de vous punir pour votre tentative d'évasion », dit-il d'un ton rassurant.

Il alla donner un tour de clef à la porte.

« Il faut cependant que nous abordions un sujet ensemble.

— Honnêtement, dit le médecin, je ne comprends pas la raison de cet entretien. Je vous ai déjà vu mais, quant à savoir la fonction que vous occupez à la cour…

— Vous le saurez bientôt…

— Me direz-vous aussi le lien qui vous unit au mystérieux écuyer qui m'a capturé et conduit ici ? J'imagine qu'il tue sur votre ordre…

— Chaque chose en son temps, dit l'astrologue, à présent sur ses gardes. Avant tout, racontez-moi comment vous avez pu vous trouver mêlé à cette désagréable mésaventure.

— À la suite d'un malentendu, c'est évident.

— Vous sous-estimez votre propre malheur. N'avez-vous pas vécu un enfer, entre Paris et ici ? Surtout quand vous avez dû suivre Marbourg, un homme à la poigne de fer.

— J'admets que ça n'avait rien d'une partie de plaisir. »

Scot se lissait la barbiche, absorbé de nouveau dans ses pensées. Deux raisons précises l'avaient poussé à souhaiter cette rencontre. Maintenant qu'Ignace de Tolède était sorti du jeu, Suger seul était susceptible de le relier à la série de crimes et, par conséquent, d'attirer sur lui les soupçons de Marbourg.

« Ignace de Tolède m'a parlé de vous, dit-il pour le mettre à l'épreuve. Il ne semble pas vous tenir en grande estime. »

La seule réaction de Suger fut un geste agacé.

« Il dit avoir reçu le manteau de vos mains. »

L'astrologue attendit une réaction qui ne vint pas, puis se fit plus pressant :

« On est en droit de se demander pourquoi vous aviez cette relique en votre possession. Et où vous l'aviez trouvée. »

Le médecin gardait les mains croisées sur le ventre, comme s'il se retenait de vomir.

« Je ne vois pas en quoi ça vous intéresse », dit-il.

Scot détestait cette attitude fuyante ; et la crainte de perdre son temps l'exaspérait.

« Si je vous ai fait venir, reprit-il, c'est pour évaluer votre degré d'implication dans cette affaire, non pour vous fournir des explications. »

Il lui tournait autour comme un prédateur.

« Je ne saurais trop vous conseiller de ne pas vous montrer obtus, messire. »

Suger eut un mouvement d'humeur.

« Je ne comprends pas le sens de cette inquisition ! répliqua-t-il d'un ton combatif, un doigt menaçant pointé sur l'adversaire. Mais n'en doutez pas : Conrad de Marbourg en sera tenu informé ! »

Scot ne se laissa pas intimider. Ce Suger était un roquet, un petit chien prêt à mordre au moindre danger. Pourtant, il n'était pas stupide. Au contraire, il y avait en lui de l'intelligence et de l'orgueil. Voire de l'ambition. Par conséquent, il était corruptible. Alors, pourquoi ne pas essayer ?

« Je ne suis pas votre ennemi, dit-il. Si vous consentiez à m'expliquer comment vous en êtes venu à posséder le manteau du Sagittaire, je serais sans doute en mesure de vous donner ce qu'on vous a promis. »

Le médecin hésita. L'espace d'un instant, il parut sur le point de faire une révélation. Puis, son regard se teinta d'une peur intense.

« Au point où j'en suis, messire, je dois m'estimer heureux d'être toujours en vie. »

Le sourire que dessinèrent les lèvres de Scot fut un chef-d'œuvre, le mariage de la complicité tacite et de la bienveillance. Le Français devait avoir tiré quelque morale de sa mésaventure. Ou bien, et c'était plus grave, il connaissait très bien les risques encourus. L'astrologue réfléchit, pesa le pour et le contre et choisit d'en venir à la seconde question qui le tracassait :

« Pardonnez mon insistance. Je commence seulement à voir combien ces événements vous ont perturbé… Si vous n'y voyez pas d'inconvénient, nous pourrions passer à autre chose. À l'enfant, par exemple. Parlez-moi d'elle. »

Ce nouveau sujet libéra la parole du médecin :

« J'en sais fort peu. Mais je sais une chose importante, c'est qu'elle souffre d'un problème grave.

— Expliquez-vous.

— N'avez-vous pas observé ses yeux ?

— Je ne l'ai pas eue longtemps en face de moi… Certes, j'ai remarqué l'inflammation des pupilles. Mais encore ?

— Eh bien ! Elle produit des larmes de cristal. »

Scot porta la main à ses lèvres, tant cette information le déconcertait. D'abord, il crut à un mensonge ; puis il changea d'avis :

« C'est assez insolite…

— Dites plutôt que ça tient du miracle.

— Laissons les miracles aux prêtres et aux imbéciles. Vous êtes médecin, j'imagine que vous avez un avis sur la question. »

Suger eut l'air d'apprécier cette remarque.

« Si étrange qu'il y paraisse, les symptômes d'Adélise me rappellent la maladie de la pierre. J'ai eu l'occasion d'en discuter avec Benvenuto Grafeo, l'oculiste. Pour lui, c'est sans remède. »

L'astrologue eut de la peine à cacher l'émotion où le mettaient ces paroles. Un souvenir bouleversant lui revenait en mémoire : une cousine qu'il avait perdue très jeune, suite à une mystérieuse maladie des yeux. Le mal dont souffrait Adélise courait-il dans le sang de sa famille ? À cette pensée, il se sentit coupable.

« La seule possibilité, continuait Suger, est de la protéger contre la lumière du soleil. Elle doit rester au calme. Et, quand la crise arrive, il faut extraire les cristaux. »

Autrement dit, c'était grave. Mais Scot avait d'autres raisons encore d'être contrarié.

« Je suppose que Marbourg est au courant ? Qu'en pense-t-il ?

— Il en pense que c'est l'œuvre du démon, répondit Suger avec un humour teinté d'amertume.

— Le sort de cette enfant vous préoccupe, constata Scot, mécontent.

— Beaucoup. Autant qu'il vous préoccupe vous-même. Même si j'ignore pourquoi. En vous voyant la regarder, je me suis posé des questions. Le fait est que j'ai eu l'occasion de la connaître, de veiller sur elle, de partager ses peines. Mais vous, pourquoi ne vous êtes-vous jamais intéressé à elle ? »

Scot comprit l'allusion et devina le danger susceptible d'en découler. Le médecin nourrissait-il seulement des soupçons ou était-il informé de toute l'histoire ? *Peu importe*, se dit-il. Il était trop tard à présent. Cet homme ne devait évoquer ce sujet avec personne, surtout pas avec Marbourg. Sans cérémonie, il alla prendre sur l'étagère une carafe de vin rouge.

« Mon cher, dit-il, ne me jugez pas trop vite. »

Il emplit deux verres à pied et en tendit un à Suger.

« L'amour et l'instinct de conservation sont deux forces qui agissent non seulement dans la vie des hommes, mais dans tout l'univers. Nous ne pouvons que nous plier à leur tyrannie, sous peine de périr. »

Le Français exprima son incompréhension d'un geste. Approchant le verre de ses lèvres, il but de petites gorgées de vin. Michele Scot, lui, ne buvait pas. Il approcha son verre d'une chandelle pour en examiner le contenu.

Puis il se détourna, afin que Suger ne pût voir son regard.

*

* *

Le vin descendit dans l'estomac de Suger en laissant derrière lui une trace brûlante. Le Français porta la main à son cou et tomba à genoux, dévoré par une douleur cruelle. Il aurait voulu hurler mais rien ne sortit de sa bouche, à part un râle étranglé. Il se mit à ramper sur le carrelage, en direction de Scot. Il le saisit par ses vêtements pour le faire tomber. Mais l'astrologue se retourna brusquement et lui envoya un coup de pied. Le médecin s'écroula. Une remontée acide pénétra dans sa gorge. Il vomit.

« Je regrette que vous deviez finir ainsi, dit Scot, glacial, mais vous pourriez m'attirer trop d'ennuis. »

Suger ne pouvait le voir en face : il agonisait, aveuglé par les larmes, brûlé par un feu liquide qui lui dévorait le ventre. Cherchant à quitter la pièce, il roula sur le sol. Sa douleur ne faisait qu'augmenter. Ses spasmes étaient si violents qu'ils ne laissaient aucune place à la peur.

Suger était fou de rage et de désespoir face au piège dans lequel il était tombé, face à son impuissance. Une fois de plus, quelqu'un avait décidé pour lui, s'était servi de lui comme d'un pion, s'arrogeait le droit de lui prendre sa vie, l'empêchait de réaliser ses ambitions, d'accomplir ses rêves…

C'est ainsi qu'il se réfugia dans un mirage : quatre murs entourant un lit où gisait un moribond. Suger caressa le mourant, lui parla, le rassura. C'était son père. Il lui demanda de faire preuve de patience, après quoi il le guérirait. De l'ombre sortit une petite fille très pâle. Elle s'offrit d'aider Suger avec ses larmes de cristal. Suger répondit que ce n'était pas nécessaire. Il savait maintenant comment il devait agir. Il n'avait besoin que d'une chose : de courage. Ce courage qui lui avait fait défaut toute sa vie durant.

Ses visions furent troublées par un bruit. Des ongles s'agriffaient au sol. Des viscères se contractaient. Soudain, tout devint calme ; tout se dilua dans un sourire de gratitude sur le visage de son père.

*

*   *

Scot considérait le cadavre du médecin quand on frappa à la porte. Ce bruit l'arracha à une sorte de demi-torpeur et il éprouva une sensation de dégoût. Il déverrouilla la serrure. Il montra le cadavre à Ulfus qui entrait. Le soldat prit Suger par les chevilles et le traîna jusqu'au tapis, laissant sur le carrelage une trace mêlée de sang et de déjections. L'astrologue alla ouvrir l'armoire et débloqua le mécanisme qui donnait accès au passage secret.

Ulfus roula dans le tapis les restes de Suger du Petit-Pont, le prit sur son épaule sans effort et s'enfonça dans l'ombre.

Scot referma la porte et se souvint qu'il avait promis à Ignace de Tolède de faire condamner cette issue au plus vite. Il regarda la trace de sang sur le sol.

Il allait devoir appeler un serviteur pour nettoyer ça avant qu'Ulfus, après avoir enterré le Français, ne revînt avec l'enfant.

Il attendit assis devant la cheminée où, sous une fumée grise, rougeoyaient encore les cendres du manteau.

Le nom du Chasseur s'envelopperait de silence, maintenant et à jamais.

– 52 –

Ignace savait que son bûcher l'attendait déjà à l'arrière du palais, dressé par des serviteurs à la périphérie d'un espace où passaient les chars et les chevaux. Il avait mis au jour la vérité sur le culte de Nemrod, mais sans réussir à se disculper, ni même à entraîner Scot dans son camp. On l'avait confié de nouveau aux gardes de la Fawara et, sur ordre de Marbourg, enfermé *intra arctos muros*, autrement dit dans une prison bien plus étroite et inconfortable que la précédente.

Inutile désormais de crier son innocence ! Au cours des derniers jours, il avait peu à peu reconnu sa défaite. De toute façon, il s'était engagé dans ce combat sans ignorer qu'il serait au-dessus de ses forces. Mais Uberto, du moins, avait été épargné, et c'était là un motif de satisfaction.

Il trouvait insupportable de périr dans les flammes, l'humiliation et les souffrances. Pourtant, si la terreur était grande, impossible à dominer, elle n'aveuglait pas son discernement. Le marchand avait éprouvé cette sensation dès l'enfance. Il se contenta de la laisser pénétrer en lui comme un fiel noir. Pour la dernière fois.

La porte de sa cellule s'ouvrit. On l'enchaîna pour le traîner devant la commission de justice. Il n'opposa à ses gardes aucune résistance. Il était las de se battre, fatigué de chercher des issues. Les frontières de l'échiquier lui apparaissaient maintenant en pleine clarté, limite infranchissable dont il ne s'échapperait plus. Il suivit ses geôliers dans un labyrinthe de couloirs et jusqu'à une salle meublée d'une longue table, derrière laquelle avaient pris place plusieurs personnages. Conrad de Marbourg trônait au centre. Scot siégeait tout à gauche. Cinq religieux occupaient les sièges restants.

Ignace leur fit face, debout à une dizaine de pas, les bras chargés de chaînes pendant le long du corps. Il n'avait rien d'un homme vaincu. Conscient de l'intérêt qu'il suscitait, il se tenait droit et gardait la tête haute. Il regardait ses ennemis en face. Ils lui prendraient la vie, certes, mais pas sa fierté.

Conrad de Marbourg, ayant gratifié le prisonnier d'un regard indifférent, ordonna au greffier de commencer à prendre note du procès-verbal :

« Au nom de Sa Sainteté le pape Grégoire IX, évêque de l'Église catholique et serviteur des serviteurs de Dieu, je soussigné Conrad de Marbourg, *predicator verbi Dei*, chargé de la mission de poursuivre les erreurs hérétiques, me prépare avec l'aide de Dieu à interroger le principal suspect dans une série de meurtres perpétrés au nom d'un culte blasphématoire et nécromant fondé sur une trinité luciférienne… »

Il attendit que le greffier arrivât au terme de la formule et poursuivit :

« Parvenu ici à Palerme, aux confins extrêmes du Saint-Empire romain, je conduirai la *quaestio* en usant de tous les moyens permis, au seul bénéfice de la vérité et de la justice. Afin d'éviter toute négligence ou vice de forme, la procédure se déroulera en présence des témoins suivants : Michele Scot, conseiller impérial, Bérard de Castagna, archevêque de Palerme… »

Il eut un signe de politesse envers le prélat assis auprès de lui.

« … et quatre moines du dôme de Monreale dont les noms figureront dans ce procès-verbal. »

Le marchand avait écouté sans laisser paraître ses émotions ni quitter des yeux le greffier qui grattait le parchemin avec frénésie ; l'espace d'un moment, on n'entendit d'autre bruit que celui de sa plume.

Puis, le prêtre allemand scruta l'un après l'autre les visages présents.

« Avant de commencer, dit-il, permettez que je rappelle les faits à vos aimables seigneuries, afin que nul n'ignore rien de l'affaire. Ainsi, nous éviterons les malentendus qui risqueraient de perturber le déroulement de l'interrogatoire… »

Il regardait Scot, comme pour obtenir son consentement. L'astrologue répondit :

« Je vous en prie, révérend. Continuez. »

*

* *

Adélise, à travers ses iris opaques, vit un éclair d'inquiétude traverser furtivement le regard d'Ulfus. Elle avait de la peine à imaginer ce qui pouvait bien effrayer un homme aussi imposant mais, en eût-elle été capable, elle aurait immédiatement transformé cette inquiétude en un venin mortel. Certes, ce soldat avait veillé sur elle. Il l'avait cachée dans une grotte où il lui apportait à manger. Mais peu importait. C'était l'assassin de sa mère. Elle le haïssait et le craignait au point d'éprouver de la répulsion en sa présence. Mais, ici, dans le cabinet de l'astrologue, parmi tous ces objets mystérieux, elle pouvait heureusement le tenir à distance. Tout dans cette pièce lui parlait de Michael et cela l'aidait à se détendre et à se sentir en sécurité. Pourquoi avait-elle été tout de suite à l'aise avec lui ? On aurait dit qu'elle le connaissait depuis toujours. Cependant, l'inquiétude ne la quittait pas. Cet homme réservé, prévenant, baptisé du nom de l'archange, était lié au bourreau de sa mère. Et cette seule pensée lui donnait envie de fuir loin de tout.

« Pourquoi l'avez-vous tuée ? » dit-elle soudain, avec une expression de mépris.

Ulfus, qui se tenait à la fenêtre, tourna vers l'enfant un regard soupçonneux, tout en évitant de la fixer droit dans les yeux.

« Les ordres, répondit-il d'une voix caverneuse.

— Venus de qui ? »

Le guerrier fit un geste vers l'échiquier posé sur la table – cette table même où Michele était assis tout à l'heure.

« Ce n'est pas vrai ! » s'écria la fillette affolée.

Ulfus reprit son observation à la fenêtre. Adélise répéta :

« Ce n'est pas vrai ! »

Il n'écoutait plus. Il était ailleurs.

Son visage se réduisait à un masque sans expression, son corps semblait une masse inerte.

Mais cette immobilité se brisa quand la porte grinça sur ses gonds. Le guerrier pivota. Adélise s'était enfuie !

Ulfus se maudit et se lança à ses trousses.

*

*   *

Conrad de Marbourg en avait fini avec l'exposition des faits. Il avait énuméré les crimes de Seligenstadt, de Paris, de Naples et de Salerne, tous advenus dans l'espace des quatre derniers mois. Il avait aussi décrit à grands traits les rituels de ce culte abominable associé à l'*Homo Niger*, un personnage plus connu sous le nom de magister de Tolède et dont l'inquisiteur avait découvert l'existence au cours de son enquête. Michele Scot observait du coin de l'œil l'expression de sainte fureur affichée par Marbourg, tout en s'efforçant de ne rien laisser paraître de sa propre irritation dédaigneuse.

Ce maudit prêtre avait beau avoir devant lui tous les éléments, il refusait de voir la beauté du culte de Nemrod ! Le Chasseur représentait l'hérédité mystique qui régnait au temps des géants, le legs venu de l'antique Chaldée, enrichi des sciences hermétiques égyptienne, grecque et orientale. Selon ces enseignements, les astres n'étaient pas seulement des corps inanimés voués à tourner dans le ciel, mais un système symbolique lié à une force primordiale dont se nourrissaient les rapports entre l'homme, la nature et Dieu. Il ne pouvait exister de vérité plus originaire, de culte plus mystérieux. Et Nemrod en avait été le premier prêtre.

Seul Ignace de Tolède semblait avoir percé à jour un secret qui l'avait intéressé bien au-delà du simple désir d'être sauvé. Scot crut revoir son expression ravie alors qu'il observait les astres. *Enfin, un homme qui sait où tourner ses regards !* s'était dit l'astrologue sur le moment. Ce marchand était un de ses pairs, il n'en doutait pas. Raison pour laquelle il ne lui avait refusé aucune des explications demandées. Oui, un de ses pairs. Mais un ennemi aussi !

Scot soupira. Ignace était en train d'affronter le prêtre, il lui opposait son orgueilleux silence ; et c'était pitié de voir un individu de cette trempe contraint de plier devant la bêtise d'un fanatique…

Marbourg reprenait la parole :

« Si aucun des membres présents n'a d'objection à soulever, je passerai maintenant à l'interrogatoire. »

Personne ne fit mine de vouloir s'y opposer. Les explications fournies étaient claires et complètes. Le prêtre se tourna donc vers l'accusé. C'est alors que des coups répétés retentirent à la porte. Les moines de Monreale sursautèrent. Scot, lui, se leva d'un bond et, d'un geste, ordonna aux gardes d'aller ouvrir.

Un valet apparut, transporté d'enthousiasme.

« Sa Majesté ! s'écria-t-il en reprenant son souffle. Sa Majesté vient de rentrer à la Fawara ! »

*

* *

Adélise courait à toutes jambes le long des couloirs sans se soucier de prendre telle ou telle direction. « Ce n'est pas vrai ! » criait-elle pour elle-même. Michael ne pouvait avoir donné l'ordre d'assassiner sa mère ! Pourquoi l'aurait-il fait, d'abord ? C'était un homme bon qui ne demandait qu'à la protéger…

Devinant qu'elle était suivie, elle se retourna. Ulfus la poursuivait. Pas question de se laisser attraper ! Elle accéléra encore sa course, comme emportée par le tumulte de ses émotions : elle voulait s'échapper, tout oublier. Elle franchit une arcade de pierre et tourna à gauche, progressant tête basse, les poings serrés. Elle n'entendait d'autre bruit que celui de sa respiration tandis qu'une tempête de pensées frénétiques et confuses s'agitait sous son crâne. Elle heurta quelque chose. Elle tomba en arrière.

Tout étourdie, elle se mit à genoux, prête à se relever et à repartir. Las, un soldat se dressait devant elle.

*
* *

Ignace était si tendu que tous ses muscles lui faisaient mal. Des émotions violentes lui déchiraient le ventre et la poitrine. Le retour inopiné de l'empereur était-il de nature à modifier le cours des choses ? Si oui, serait-ce en bien ou en mal ? Derrière la table, les juges avaient perdu leur raideur glacée. Le plus inquiet, manifestement, c'était Scot. Ayant prié Marbourg de suspendre l'interrogatoire, il avait quitté la salle avec précipitation.

Il s'ensuivit une longue attente. Ignace, debout, continua d'affronter les regards de rapace dont Marbourg le gratifiait. Toute l'attitude du prêtre reflétait une discipline rigide. Armé de patience, il se répétait intérieurement que l'audience allait bientôt reprendre, que cette interruption était une formalité sans conséquence. Mais dans ses yeux noirs brillait une sourde colère retenue, l'avidité sauvage du fauve pressé d'anéantir sa proie. Ignace feignit de ne se rendre compte de rien. Il espérait secrètement que l'arrivée de Frédéric II, à tout le moins, retarderait la procédure. Toutefois, il ne se berçait pas d'illusions. Marbourg n'était pas le seul à vouloir sa mort. Scot aussi l'appelait de ses vœux. L'astrologue ferait tout ce qui était en son pouvoir pour accélérer l'exécution ; ainsi serait-il délivré en même temps de l'envoyé papal et du seul homme susceptible de le démasquer.

La porte se rouvrit. Scot entra, impénétrable.

« J'ai l'immense joie de vous annoncer l'arrivée de Sa Majesté, lança-t-il. Frédéric II, après avoir débarqué à Brindisi, a rejoint Palerme et il est à présent parmi nous au palais de la Fawara. Je viens de lui parler. J'ai voulu l'informer de cette audience, mais il était déjà au courant, semble-t-il. Il a insisté pour y prendre part, avec le juriste Taddeus de Sessa. »

Ce propos fit sursauter Marbourg :

« Déjà au courant ? Mais comment est-ce possible ? D'où tient-il l'information ?

— En débarquant, il est tombé sur un suspect », expliqua Scot.

Il glissa un regard au marchand qui se pétrifia.

« Quel suspect ? voulut savoir Marbourg.

— Uberto Alvarez. »

*

* *

Enchaîné, Uberto fut amené au côté de son père. Il considéra la lourde table qui dominait la pièce et les personnalités qui y avaient pris place. Il fixa son attention sur Conrad de Marbourg, qu'il n'avait pas vu depuis Naples et la mort d'Alfan Imperato. Ce dernier lui jeta un regard chargé d'un mépris qui frôlait l'insolence. *Ne me fixez pas ainsi !* songea-t-il. *Ne me fixez pas ainsi car je suis un honnête homme*. Il faillit même prononcer ces mots à voix haute mais se retint et murmura à Ignace d'une voix désolée :

« J'ai voulu te délivrer.

— Quelle sottise », le réprimanda le marchand.

Il ne détournait pas les yeux de l'Allemand, comme s'il anticipait un piège. Le front du marchand était moite de sueur, creusé de sillons où se lisaient l'inquiétude et la colère. *Une inquiétude et une peur dont je suis la cause*, pensa Uberto. *Mon père s'est démené pour me tirer d'affaire et moi, comme un imbécile, je n'ai fait que réduire ses efforts à néant.* Marbourg l'arracha à ses réflexions en laissant tomber un sarcasme :

« Selon toute apparence, nous allons devoir dresser un second bûcher.

— Ce n'est pas si sûr, intervint l'évêque de Palerme avec le plus grand sérieux. Il y a de la place pour deux sur un poteau, à condition de bien les ligoter. »

Les moines de Monreale échangèrent des conciliabules, puis se turent brusquement en entendant un pas.

Frédéric II pénétra dans la salle entouré d'une escorte. Il portait des vêtements élégants, mais simples, dont les détails laissaient paraître un goût pour le style arabe. Il était flanqué du juriste Taddeus de Sassa.

Les soldats ordonnèrent aux présents de se lever pour rendre hommage à l'empereur. Marbourg fut le seul à ne pas obéir. Au contraire, il protesta :

« C'est inadmissible ! »

On eût dit que ses yeux allaient jaillir de leur orbite.

Taddeus de Sassa le considérait d'un air dédaigneux.

« À genoux, *frater* ! dit-il à voix basse pour le rappeler à l'ordre. Vous êtes en présence de Frédéric II de Hohenstaufen, *Imperator Romanorum* !

— Et moi, je suis ambassadeur de Sa Sainteté ! Laquelle représente le Christ sur la terre ! »

Conrad frappa du pied pour appuyer son propos et continua sur le ton du défi :

« Être devant moi équivaut à être devant lui ! Par conséquent… »

Frédéric continua sa route sans lui accorder même un regard.

« Le pape Grégoire doit avoir perdu son bon sens, dit-il. Voilà maintenant qu'il envoie ses prêtres nous importuner… »

D'un geste, il apaisa sa suite :

« Le prêtre peut se rasseoir. Peu nous importent ses marques de politesse. »

Il attendit que l'évêque lui présentât ses hommages, puis il prit place au centre, avec le juriste à sa droite et l'astrologue à sa gauche.

Conrad crut étouffer d'humiliation. Il s'assit à son tour, imité par Bérard de Castagna. Il n'y avait plus de siège pour les moines qui durent rester debout.

Sa Majesté posa les yeux sur les accusés, puis sur Conrad.

« Révérend, commença-t-il, j'espère que vous avez de solides raisons pour justifier une pareille intrusion dans nos affaires. Je veux bien que vous soyez une extension du bras papal, mais ce palais n'a pas lieu d'accueillir un tribunal spirituel.

— J'ai dû faire de nécessité vertu, Votre Majesté. »

Marbourg, peu à peu, reprenait contenance. Il ajouta en désignant les deux hommes comme si c'étaient des proies :

« Ils m'ont déjà échappé une fois ! Pas question de leur offrir une deuxième chance !

— Si je comprends bien, vous êtes téméraire mais peu avisé. Sa Sainteté m'a l'air de choisir ses chiens de plus en plus mal. »

L'Allemand secouait la tête.

« Si cet individu sans foi ni loi m'a échappé, ce n'est pas imputable à une défaillance de ma part. Il est rusé comme le diable. Le plus fin des limiers, il arriverait encore à le semer !

— Vraiment ? dit Frédéric avec une moue sceptique. Il nous fait plutôt l'effet d'un homme ordinaire.

— Ce n'est pas le cas, sire, intervint Scot. Le révérend Conrad de Marbourg est sûr de ce qu'il affirme. Il ne doute pas de pouvoir en fournir la preuve.

— Pas avant d'avoir interrogé l'accusé ! fit valoir l'Allemand. C'est la règle. Or, donc, avec la permission de Votre Majesté…

— Accordée, l'interrompit le souverain. Mais soyez bref. Car vos caprices nous forcent à remettre à plus tard le traitement d'affaires urgentes. Vous pouvez remercier Taddeus de Sassa, d'ailleurs. C'est sur ses conseils que nous avons renoncé à vous réexpédier à Rome à dos de bourricot ! »

Conrad s'inclina. Uberto n'en vit pas moins un sourire mauvais déformer son visage.

*

* *

Marbourg se leva, fit le tour de la table et vint camper son imposante stature devant les accusés, qu'il questionna d'une voix de fer :

« Êtes-vous Ignace Alvarez de Tolède, marchand de reliques ?

— Oui.

— Et lui, est-ce votre fils, Uberto Alvarez ?

— Oui.

— Confirmez-vous vous être trouvés à Naples le vendredi 13 du mois d'avril de cette année et avoir vendu de fausses reliques à un homme d'Église, le chanoine Alfan Imperato, en parfaite connaissance des prohibitions en vigueur ? »

L'empereur, sans laisser à Ignace le loisir de répondre, abattit son poing sur la table, si fort que la plume du greffier dérapa sur le parchemin.

« Révérend ! Ne me dites pas que vous avez fait tout ce tapage pour une simple affaire de trafic de fausses reliques !

— Ce n'est que le début, Majesté, le rassura l'Allemand, hautain. Ces hommes ont à répondre d'une double accusation d'hérésie et de nécromancie. J'attends votre réponse, messire... »

Ignace, impassible, dit en pesant ses mots :

« Je confirme m'être trouvé à Naples ce jour-là et avoir rencontré le révérend Alfan. Mais, comme j'ai déjà eu l'occasion de vous l'expliquer, le problème ne porte pas sur une quelconque vente de reliques, mais plutôt sur...

— Je sais sur quoi porte le problème ! s'étrangla Conrad. Alfan, paix à son âme, m'en a parlé avant de tomber dans votre piège et d'y laisser la vie. Vrai ou faux ?

— Votre mémoire vous trompe, révérend. Quand le chanoine a été tué, à trois pas de la cathédrale Santa Restituta, j'étais encore retenu au Castello Marino, sur votre ordre. Je ne puis en aucun cas être l'auteur de ce crime. »

Marbourg lui était gré de cette précision.

« En effet, dit-il, puisque c'est votre fils qui l'a commis. En votre nom. »

Il croisa les bras.

« Je l'ai vu de mes yeux…

— Tout ce que vous avez vu, protesta Uberto en avançant d'un pas, ce sont mes efforts pour sauver la vie d'Alfan ! Hélas, ils ont été vains. Je le regrette. Mais ce n'est pas moi qui l'ai tué. Vous seriez arrivé une minute plus tôt, vous auriez vu le meurtrier s'enfuir…

— Taisez-vous ! chuchota le prêtre. Je ne vous ai pas encore donné la parole.

— Cependant, intervint le juriste Taddeus de Sassa, comment ignorer l'objection ? Par égard pour la vérité, je prierai le fils d'Alvarez de bien vouloir poursuivre. »

Uberto adressa au juriste un signe de gratitude ; désormais, il s'adressait à tous les présents.

« Je voulais supplier le chanoine d'intervenir en faveur de mon père, injustement retenu par Marbourg. C'est pourquoi je me suis rendu à la cathédrale. Je me suis adressé à lui à la sortie des vêpres. C'est alors qu'a surgi le meurtrier : un cavalier… »

Il observa brièvement l'expression d'Ignace et, surtout, celle de Scot, soudain très pâle. Le pacte scellé avec l'astrologue tenait-il toujours ? Dans le doute, Uberto préféra ne pas faire allusion à l'astrologue :

« Un cavalier dont j'ignore le nom. Quant à savoir d'où il venait, je ne le sais pas davantage. Les raisons de son geste aussi me sont inconnues. Il s'agit toutefois du même homme qui a assassiné Geburt de Querfurt dans les catacombes, sous les yeux de mon père et du chanoine Alfan.

— Admettons que vous soyez sincère, insista Taddeus. Pourriez-vous citer un témoin à même de confirmer l'existence de ce cavalier ?

— Suger du Petit-Pont, répondit le jeune homme plein d'espoir. Il m'a confié qu'il l'avait déjà vu à Paris.

— Suger du Petit-Pont a disparu, se hâta de préciser Scot, quand l'incendie s'est déclaré au palais. »

Il enveloppa d'un même regard mécontent le juriste et le prêtre allemand.

« Il aura très probablement péri dans les flammes en essayant de fuir, dit-il.

— Tout comme l'autre témoin, insinua Conrad sans cacher son irritation.

— L'oculiste juif », confirma l'astrologue, en réponse au regard interrogateur de Frédéric.

Le monarque hochait la tête ; il n'y comprenait plus grand-chose.

« Une hécatombe, soupira l'évêque de Palerme en soulevant ses blancs sourcils.

— Qui n'est sûrement pas le fait du hasard, compléta Marbourg. L'incendie a été allumé tout près de l'endroit où était détenu cet homme ! »

Il se pencha vers Ignace :

« N'est-ce pas vous qui avez tout déclenché ?

— J'ai tenté une évasion, je le reconnais. Mais je n'avais aucune intention de faire du mal à quiconque.

— Pourtant, des gens sont morts, dit Marbourg. Par un hasard étrange, ces gens qui sont morts étaient les seuls à pouvoir témoigner contre vous !

— Nous verrons », répliqua l'évêque.

Tourné vers les membres du tribunal, Marbourg lança d'une voix sonore :

« Quel point commun relie Alfan Imperato, Suger du Petit-Pont, Benvenuto Grafeo et les malheureuses victimes de cette affaire ? Je vais vous le dire, messeigneurs ! Tous étaient en rapport avec le magister de Tolède, plus connu sous un autre nom : *Homo Niger* ! Et cet homme…

— Vous n'avez aucune preuve de ce que vous avancez ! intervint Uberto. Aucune de ces trois personnes n'avait de tatouage ! »

Conrad se domina pour ne pas céder à une réaction féroce et présenta à l'assemblée un sourire de chacal.

« Ah ! s'écria-t-il. Les tatouages ! J'ai failli les oublier. »

Il poursuivit d'une voix véhémente :

« Vos seigneuries ignorent peut-être que les disciples du magister de Tolède arborent un signe de reconnaissance : des tatouages à la main droite, comme jadis les Phrygiens adeptes de Sabazios. Soyez attentifs ! Je ne fais pas allusion à une secte quelconque ! Celle dont je parle est une *secta luciferianorum* qui infecte jusque dans ses moindres recoins tout le Saint-Empire germanique ! Son culte est une telle abomination qu'il ne mérite aucun pardon. Tout cela repose sur des principes définis par un seul homme, un magister que je reconnais pour ma part, sans l'ombre d'un doute, dans la personne de ce marchand espagnol ! »

Ignace s'abstint de contre-attaquer. Il se contenta de poser sur Frédéric un regard indigné.

« Des conjectures, Votre Majesté. »

Cependant, il ne put se soustraire à la dialectique mordante du prêtre qui, brusquement, s'avança vers lui :

« Vous n'avez pas reconnu les signes nécromants découverts chez Geburt de Querfurt, peut-être ?

— J'ai formulé des suppositions, répondit le marchand, mais…

— Et vous ne m'avez pas parlé de magie, peut-être ? Vous n'avez pas fait allusion aux philosophies occultes ?

— Vous me demandiez mon opinion, je vous l'ai donnée. »

Conrad, à présent, montrait les dents, comme s'il voulait mordre son adversaire.

« Vous avez essayé de me corrompre, moi aussi, n'est-ce pas ? Vous vouliez m'initier à vos doctrines obscènes ! »

Sans attendre la réponse, il ouvrit les bras, faisant de son corps un crucifix tremblant, parcouru d'obsessions.

« Mais j'ai vu la turpitude là où elle avait fait son nid ! À présent, dites-moi un peu, maître Ignace, ou peut-être devrais-je vous appeler *magister*… Parlez ! Dites-nous la vraie nature de ce ténébreux cavalier apparu à Naples, à Salerne et même à Paris en l'espace de quelques mois ! »

Le visage crispé du marchand luisait de sueur. Son regard se déplaçait de Scot à l'accusateur. Dans l'espoir de pouvoir encore sauver Uberto, il cherchait à gagner la complicité de l'astrologue.

« Mon fils ni moi n'avons jamais eu affaire à ce cavalier, qui qu'il soit. Alors, maintenant, ça suffit, puisque vous n'êtes pas en mesure d'apporter la preuve du contraire…

— En êtes-vous bien sûr ? dit Marbourg, sardonique. Je suis bien certain que vous et votre fils avez assisté à la mort d'au moins trois adeptes de l'*Homo Niger*. Geburt de Querfurt, Alfan Imperato et Rémigarde d'Eaunègre. Tous anéantis par un feu qui leur a consumé les chairs… Oserez-vous me contredire ? »

Il se tourna brusquement vers l'empereur et ajouta :

« Quelle outrecuidance, Majesté ! »

Il lança enfin à Ignace, muré dans le silence :

« Ne répondez pas, c'est inutile ! Vos mensonges, gardez-les pour vous. Si vous nous parliez plutôt de ces flammes assassines ? Je doute qu'elles soient de nature terrestre. Ai-je tort ? Elles doivent plus certainement provenir d'un chasseur infernal ou de quelque esprit malin. Vous les aurez attirées par le truchement de ces cercles magiques dont vous vous êtes montré si fin connaisseur ! »

Le marchand secouait la tête. Ce verbiage lui inspirait le plus profond dégoût.

« Révérend père, finit-il par dire, quand vous aurez renoncé au fanatisme en faveur de l'intelligence, vous comprendrez que ces morts ne s'expliquent pas par un sortilège, mais par des projectiles enflammés. D'ingénieuses machines, je l'admets, mais fabriquées par l'homme… »

Il se rendit compte subitement qu'il s'apprêtait à tomber dans un nouveau piège.

« Une fois de plus, répliqua Marbourg, vous vous montrez beaucoup plus informé que quiconque su[r] tous ces sujets. »

Et, s'adressant à Taddeus :

« N'est-ce pas en soi un aveu de culpabilité [...]

Interpellé, le juriste haussa les épaules.

« Je ne saurais dire, mon père. Les accusés sont impliqués dans cette affaire, c'est évident. Tout aussi évidente est l'absence de preuve à leur charge. Vous me pardonnerez mais, en matière d'hérésie, je préfère m'en remettre à l'opinion de l'évêque. »

C'était le tour de Bérard de Castagna d'être sur la sellette. Il eut d'abord un geste vague. Le grand âge émoussait manifestement ses capacités d'attention.

« Il ne m'est pas permis de m'exprimer *in spiritualibus*, commença-t-il, puisque rien, jusqu'ici, n'a encore été dit sur cette secte de lucifériens. Ce nom est nouveau à mes oreilles. Quant à *l'Homo Niger*, le simple fait de le mentionner ne permet pas de comprendre de quoi il s'agit exactement.

— Excellence ! commenta Conrad. Vous devez savoir que cette secte vénère une trinité blasphématoire ennemie de la vraie foi. Une trinité qui se prétend plus antique et méprise le mystère du Père, du Fils et du Saint-Esprit ! Il ne m'a pas été donné d'en apprendre davantage, hormis de mystérieux symboles tracés sur le sol et le culte d'un manteau étrange porté à ma connaissance au cours de l'interrogatoire. »

L'évêque de Palerme lui fit signe qu'il avait compris. Cependant, il semblait demeurer sceptique. Il demanda :

« Avez-vous jamais surpris l'un des accusés en flagrant délit de crime ou en train de s'adonner aux rituels en question ?

— Non, votre grâce. »

Bérard se tourna vers le marchand :

« Et vous, messire, êtes-vous en possession du manteau dont parle le révérend Marbourg ?

— Non, répondit Ignace en souriant d'un air gêné, je n'ai d'autre manteau que celui que je porte. »

Il en souleva un pan d'un geste théâtral, éveillant quelque amusement autour de la table. Mais Conrad n'était disposé ni à rire, ni à lâcher prise :

« Pourtant, comment ignorer que cet homme est parvenu jusqu'ici ? Jusqu'au cœur même de la *curia regis* ! »

Il lança soudain :

« Avouez ! Avouez que votre intention était de semer en ces lieux les graines de l'hérésie !

— Absolument pas, répondit l'Espagnol d'une voix innocente. Je suis venu à Palerme pour implorer la clémence de l'empereur et tâcher de mettre fin à ce malentendu ridicule.

— Bref, intervint l'empereur, beaucoup de bruit pour rien. »

Marbourg refusait toujours d'admettre sa défaite :

« Il est encore trop tôt pour le dire, Majesté… »

Il enveloppa le marchand d'un regard où se disputaient la fureur et l'excitation :

« Puisque nous n'avons pas encore eu recours à la torture… »

Il se tut. À l'entrée de la salle, un homme essayait d'attirer son attention. C'était un des deux soldats qu'il avait pris pour l'escorter au départ du Castello Marino. Marbourg perçut *quelque chose* derrière lui. Une terrible intuition traversa ses pensées. Il agita les mains, comme pour effacer les derniers mots qu'il venait de prononcer, puis les unit en un geste d'imploration.

« Je demande une brève interruption de séanc[e] déclara-t-il en se délectant par avance de sa procha[ine] offensive. J'ai besoin de méditer seul, de dema[nder] conseil au Seigneur. »

Et, sans attendre que la permission lui en fût donnée, il quitta la pièce et rejoignit le soldat qui lui avait fait signe.

*

* *

Quand il fut de nouveau face à Marbourg, la scène prit une tournure tout à fait surprenante. L'Allemand était revenu dans la salle accompagné d'une petite fille qu'il traînait par la main comme on tire par la bride une mule récalcitrante.

« Mais… C'est Adélise, chuchota Uberto, inquiet. Que fait-elle ici ? »

Ignace n'était pas moins étonné. Cette nuit même, avant d'être remis entre les mains des gardes du palais, il avait parlé à Scot de l'enfant sans faire allusion au triste secret de Rémigarde. Apprenant qu'il était père, l'astrologue s'était ému et le malheur d'Adélise l'avait beaucoup chagriné. Il avait promis de veiller sur elle. Ignace n'avait pas douté que Scot tiendrait parole. En effet, il s'était alors trouvé en présence d'un homme tout différent du redoutable adversaire auquel il s'était accoutumé. Michele Scot, né sous l'influence de Mercure, savait aussi se montrer protecteur. Depuis, Ignace était persuadé qu'Adélise était gardée en lieu sûr, sous la surveillance d'Ulfus…

Comment avait-elle pu tomber dans les griffes de Marbourg ?

L'astrologue, selon toute apparence, se posait la même inquiétante question. De plus en plus blême, il serrait nerveusement les bras de son fauteuil et luttait contre l'instinct qui lui ordonnait de bondir. Il s'exclama, indigné :

« Révérend père ! Pourquoi faites-vous venir devant nous une enfant ? »

La rage et la crainte devaient le dévorer. L'Allemand s'était joué de lui. Il s'était joué de tout le monde. Il souleva un sourcil et prit une mine indifférente.

« Un de mes hommes, dit-il, l'a trouvée dans les couloirs du palais.

— Et alors ? demanda l'astrologue. Cette pièce n'est pas un endroit pour une fillette. »

Adélise lui lança un regard suppliant. Trop épouvantée pour dire un seul mot, elle avait les yeux rivés sur son père – son unique planche de salut.

« Erreur, reprit le prêtre allemand. Cette fillette n'est pas une enfant comme les autres. C'est la fille d'une disciple d'Ignace de Tolède. La fille d'une sorcière appelée Rémigarde d'Eaunègre, assassinée la nuit même où l'Espagnol s'est enfui de Salerne. »

Il défia Ignace du regard :

« Maître Alvarez, oserez-vous parler encore une fois de malentendu ?

— Rémigarde d'Eaunègre n'était pas une sorcière, répondit Ignace, mais une guérisseuse. Je ne l'avais jamais vue. Je suis allé chez elle pour la prévenir d'un danger qui la menaçait de façon imminente. Hélas ! Mes efforts se sont révélés vains. Elle a été tuée par le cavalier, toujours lui…

— Encore ! explosa Marbourg. Vous vous cachez derrière des arguments dépourvus de la moindre substance, derrière des mensonges et des bavardages de taverne… Moi, en revanche, je dispose d'une preuve concrète, la preuve de votre pouvoir démoniaque ! »

Il précipita Adélise devant lui avec une telle brutalité que la fillette poussa un cri.

« Cette fille, si tendre soit son âge, est déjà infectée par votre mal. »

Il présenta au tribunal un petit objet aux reflets blanchâtres.

« Voyez-vous cette pierre, mes gracieux seigneurs ? Eh bien ! son origine est peu commune. Elle a été produite par *stregamentum* – par sorcellerie ! Elle provient des yeux de cette enfant !

— Bonté divine ! s'exclama l'évêque de Palerme en foudroyant l'accusé d'un regard hostile. Maître Ignace, comment expliquez-vous cette… cette aberration ?

— Il s'agit d'une maladie, votre excellence. Une simple maladie, aussi rare et terrible soit-elle. »

Le marchand avait conscience de gaspiller ses paroles. Lui-même avait peine à croire que le mal d'Adélise pût avoir une cause naturelle.

« Pourriez-vous être un peu plus précis ? » exigea le prêtre.

Que dire de plus précis ? Ignace était savant mais pas médecin ! Il ignorait tout des affections oculaires. Regrettant l'absence de Grafeo, il put seulement se murer dans le silence… Scot le tira d'embarras :

« Je suppose que ce mal est comparable à la maladie de la pierre. »

À juste titre, il s'inquiétait pour Adélise ; en intervenant ainsi, il espérait la laver de tout soupçon. Mais il était bouleversé par l'émotion et tous les présents s'en seraient aperçus s'ils n'avaient été accaparés par le déroulement de la procédure.

« Magister ! s'écria Marbourg. Vous osez nier l'œuvre du malin alors qu'elle est on ne peut plus manifeste ? »

L'astrologue, qui semblait absorbé dans ses réflexions, n'en observait pas moins la fillette. Elle non plus ne le quittait pas des yeux et elle continuait de se rebeller.

« Michael », gémit-elle.

Le prêtre, qui ne la lâchait pas, prit une mine soupçonneuse. Allait-il découvrir le lien qui unissait l'enfant et l'astrologue ? Cette crainte poussa le marchand à intervenir :

« Révérend ! Selon vous, quel sort est réservé à cette enfant ?

— L'exorcisme, répondit Conrad. Afin de la délivrer de la corruption.

— Et si les larmes de cristaux continuent ?

— Alors… ce sera le feu. »

Ignace hochait la tête. Il glissa à Scot un regard entendu. Les dés en étaient jetés. Eût-il été cynique, indifférent à la souffrance d'autrui, il aurait pu renverser la situation en sa faveur. Quelques mots auraient suffi ! Il n'avait qu'à tout révéler : le lien unissant Scot et Adélise, la passion sentimentale de Rémigarde, la dévotion d'Ulfus… Dans l'instant, il serait disculpé et Uberto aussi. Conrad avait beau être un fanatique, son instinct de limier le pousserait vite à démêler les fils dont Scot était entouré. Quand à l'astrologue, il était trop ébranlé pour continuer à jouer la comédie encore longtemps : ses aveux ne seraient pas durs à obtenir…

Mais, alors, qu'adviendrait-il d'Adélise ? Ignace était saisi d'horreur à l'idée de cette créature sans défense livrée aux mains du bourreau.

« La fille est innocente, dit-il, cédant à une impulsion. Laissez-la. Je dirai tout. »

Cette sortie bouleversa Uberto ; mais il avait compris et il approuvait la conduite de son père.

Un frisson de victoire s'empara de Marbourg, qui lâcha Adélise.

« Vous confirmez mes accusations ?

— Je suis le seul responsable ! » s'exclama le marchand.

Il était épuisé, moralement et physiquement.

« Écrivez ! » lança le prêtre au greffier.

Et, s'adressant à Ignace :

« Reconnaissez-vous, messire, être le magister de Tolède ?

— Je ne me reconnais pas dans ce nom, répondit Ignace, mais, pour dire toute la vérité, je sais que je représente ce que vous détestez par-dessus tout. »

Marbourg marcha sur lui à longues enjambées et vint se poster si près que le marchand put respirer son souffle fétide.

« Et votre fils ?

— Il a été forcé d'obéir contre sa volonté. Il est innocent, comme cette petite fille.

— Pourtant, c'est votre fils…

— Je suis le seul responsable ! répéta Ignace dans un cri. Cette affaire se traite entre vous et moi, non ? Soyez maudit ! Je suis le seul coupable !

— C'est impossible ! lâcha Conrad, cédant à une émotion violente. Uberto Alvarez ne saurait échapper au juste supplice.

— Si ! Il suffit que vous lui ordonniez de se mettre à genoux et de baiser la croix. »

Le marchand refusait d'en démordre, même si toutes les fibres de son être l'exhortaient à revenir sur ses propos et à accuser Scot. Mais comment abandonner

Adélise à un sort aussi cruel ? Il tomba à genoux, saisi d'une terreur encore jamais éprouvée, mais qui ne l'empêcha pas de supplier son accusateur :

« Je vous implore, révérend ! Mon fils est un chrétien fervent. Permettez-lui d'en appeler au pardon du Christ Sauveur et de la sainte Église romaine… Ainsi il sera sauvé ! »

Conrad de Marbourg le dominait de sa haute silhouette noire, implacable.

« Et vous, dit-il, seriez-vous disposé à en faire autant ?

— Non. »

Ignace releva la tête. Son visage était un masque de douleur.

« Vous réclamez une victime, reprit-il. Et vous ne serez satisfait que lorsque vous l'aurez trouvée. Alors, je suis votre homme. Votre coupable.

— À ce qu'il semble, intervint l'évêque derrière la table, l'accusé refuse la toute dernière chance de rédemption qui lui est offerte.

— Ainsi soit-il ! déclara Conrad. Ce sera le bûcher !

— Pas si vite. »

Le prêtre se retourna brusquement. C'était Scot qui venait de parler. Il continua en s'adressant à Frédéric et au juriste :

« Avec le consentement de leurs seigneuries, je dirai que l'éthique nous impose de vérifier un dernier point. Étant donné l'absence quasi totale de preuve, on ne peut exclure qu'Ignace de Tolède se sacrifie pour protéger deux vies innocentes, celle du jeune homme et celle de l'enfant. Si tel était le cas, son attitude ne serait pas imputable à un nécromant récidiviste, mais à un homme doté d'une âme noble.

— Il a avoué ! explosa Marbourg. Il a reconnu sa faute !

— Il a déclaré aussi ne pas se reconnaître dans la personnalité du magister de Tolède, commenta le juriste.

— Et qu'en concluez-vous ? répliqua l'Allemand en interrogeant du regard ceux qui siégeaient derrière la table. Quoi de plus valable qu'un aveu de culpabilité ? »

Les moines de Monreale se consultaient ; tous les autres attendaient la réaction de l'astrologue, qui finit par répondre simplement :

« Je propose qu'Ignace de Tolède soit soumis à l'ordalie du feu. Que les flammes décident s'il doit être sauvé ou condamné. Qu'elles nous disent la volonté divine. »

Nul ne trouva d'objection à lui opposer.

*

* *

Le brasero de pierre rappelait le bouclier d'une divinité lointaine, née dans les profondeurs d'un volcan. Ses côtés s'ornaient de bas-reliefs et il reposait sur un trépied de fer. Il venait du cabinet de Scot. L'astrologue, songea Ignace, devait s'être délecté de passer de la plaisanterie au préjudice réel. Il était évident que nul ne s'attendait à voir la grâce divine protéger l'accusé contre les flammes, comme le voulait la règle quand il s'agissait d'un homme honnête, mais le marchand n'avait pas d'échappatoire. La peur au ventre, il dénuda son bras droit pour le présenter aux flammes.

« Ne le fais pas ! le conjura Uberto. Rétracte-toi, plutôt ! »

Son visage se partageait entre la révolte et les larmes. Ignace y vit l'expression de l'amour filial, le sentiment de ce fils qu'il ne connaissait pas vraiment mais qui avait tenu à être avec lui, quand bien même il n'approuvait pas tous ses choix. Uberto n'aurait pu être plus différent de son père, mais il était aussi ce dont son père était le plus fier, un homme brave, un homme droit, un homme qui ferait sans aucun doute un meilleur père que lui.

Il essaya de le rassurer d'un sourire, puis adressa à Scot un regard amer. Il serra le poing et l'approcha des flammes. Les témoins ne le quittaient pas des yeux.

Les langues de feu enveloppèrent les doigts du marchand, ses jointures et le dos de sa main.

Ignace ne comprenait pas. Stupéfait, il tendit le bras, exposa aux morsures du feu son poignet, puis l'avant-bras complet jusqu'au coude.

Il ne comprenait toujours pas.

Son propre émerveillement avait l'air de se réfléchir sur le visage de tous les présents.

Piqué par une légère brûlure, il vit les poils de son bras grésiller sur son épiderme et se consumer petit à petit… Pourtant, il n'éprouvait toujours aucune douleur.

Sa peau ne brûlait pas !

Il demeura immobile, incrédule face à la sidération générale. À la fin, Sa Majesté Frédéric II se leva de son siège et frappa dans ses mains. Lui aussi était fasciné par ce prodige.

« La volonté divine a parlé par le truchement du feu ! s'exclama-t-il, enthousiaste. Cet homme est innocent ! »

Conrad de Marbourg semblait hébété. Bouche ouverte, il observait le bras du marchand encore entouré de flammes et, cependant, intact.

« Ce n'est pas possible, balbutia-t-il… Mon Dieu ! Ce n'est pas possible ! »

Sa voix se brisa, tandis que s'élevait celle de l'astrologue :

« Vous pouvez vous éloigner du feu, messire. »

Ignace retira son bras, sans cesser de considérer ces flammes inoffensives. Était-ce l'effet de la volonté divine ? Vraiment ? De nouveau, il se sentait épuisé, prêt à chanceler. Il allait s'écrouler à terre quand deux bras le retinrent – ceux de son fils, Uberto.

Il perçut la présence d'une foule qui se pressait autour de lui. Les gens semblaient bien plus nombreux qu'au tribunal. Il entendit bientôt la voix de Marbourg. Il le vit se frayer un chemin dans la mêlée. L'Allemand avait soudain une attitude bienveillante. Toute trace d'hostilité l'avait quitté. Il expliqua :

« Pour que l'accusation soit entièrement levée, cet homme doit embrasser la croix. »

Sur ces mots, il détacha la croix de fer qu'il portait au cou.

Ignace était disposé à faire au prêtre ce plaisir, mais l'objet brilla d'étrange façon… Le marchand comprit soudain qu'il n'avait pas sous les yeux un crucifix ordinaire. Ce crucifix-là cachait une lame ! Il eut un brusque mouvement de recul et ce réflexe lui évita de recevoir la lame dans la gorge.

Conrad fit un bond en avant et continua de brandir son poignard cruciforme en hurlant :

« Je vous aurai ! Je vous aurai, maudit ! »

Il repoussa un des moines qui cherchait à le retenir et fendit l'air avec sa lame.

Mais le coup ne put atteindre sa cible : le prêtre venu du froid fut maîtrisé par les gardes et traîné de force hors de la salle.

L'écho de ses cris de rage se répandit dans les couloirs du palais.

Épilogue

Le navire était sur le point de larguer les amarres, mais Uberto tardait encore à monter à bord. Son visage trahissait un sentiment inexprimé, quelque chose que seuls les mots pouvaient dire. Ému, il soupira :

« Je n'arrive toujours pas à comprendre comment cette flamme… »

Ignace lui renvoya un sourire indéchiffrable. Il y aurait eu tant à dire ! Mais même si cacher sa tristesse lui était un lourd fardeau, il préféra rester sur le prodige :

« Ce n'était pas un miracle. Le génie de Michele Scot a opéré, voilà tout. Au cours de ses voyages, il a effectué des recherches approfondies dans les domaines les plus obscurs de la connaissance. La lance d'Ulfus, par exemple, est le fruit de ses expériences sur les poudres à canon. Il m'a avoué qu'il l'avait imaginée après avoir réuni des informations sur des engins de cette sorte utilisés en Extrême-Orient… Mais ce n'est rien encore, comparé à son brasero ! »

Il leva les mains pour souligner l'importance du propos.

« As-tu jamais entendu parler du légendaire "Feu sacré" de Jérusalem ? On raconte qu'il y a près du

Saint-Sépulcre des flambeaux et des lampes capable de libérer des flammes froides. Des flammes qui ne brûlent pas ! Les pères de l'Église en parlent depuis des lustres. Même les croisés y ont fait allusion… Eh bien ! Scot en a découvert le secret et il est parvenu à les reproduire. »

Uberto hochait la tête, incrédule.

« Mais pourquoi a-t-il décidé de t'aider ? Il te l'a dit ?

— Non. Je suppose qu'il l'a fait dans l'intérêt d'Adélise. Il craignait peut-être que Conrad ne se contentât pas d'exercer sa justice sur moi seul… Toutefois, je n'exclus pas qu'il ait pu douter de ma bonne foi. Il a dû se dire qu'arrivé au pied du bûcher, je risquais de me rétracter et de l'accuser pour sauver ma peau. Je pense qu'au fond, il n'était pas vraiment sûr de s'en tirer indemne. Sa situation était bien plus précaire qu'il le laissait entendre.

— Je partage cet avis. Comment expliquer autrement qu'il ait agi de façon aussi extrême ? Faire massacrer ses propres disciples ! Tuer l'un après l'autre des adeptes qui le suivaient de longue date, y compris Rémigarde. »

Ignace n'était pas entièrement d'accord. Il n'avait rien dit à son fils de ses propres conjectures sur la disparition de Suger et de Grafeo. En effet, il ne pouvait rien démontrer. Il n'en était pas moins convaincu que la cruauté de l'astrologue dépassait de loin celle de Marbourg.

« Scot est certes capable de renier des thèses condamnées par l'Église, mais il sait bien que ses opinions sur l'astrologie lui coûteraient encore plus cher. Sans parler de l'empereur : il est impliqué lui aussi… Cela dit… »

Tout en parlant, il invitait son fils à se rapprocher de la coupée.

« Cela dit, je soupçonne le culte de Nemrod d'être plus répandu qu'on l'imagine. Scot a dû laisser des traces de son passage un peu partout dans le monde. Le manteau du Sagittaire n'est peut-être pas une pièce unique, ni même la plus dangereuse. »

Uberto observa la crête blanche des vagues au-delà du môle, puis tourna vers son père un visage assombri par l'inquiétude.

« Comment feras-tu, père, pour vivre à la merci d'un tel personnage ?

— Ai-je le choix ? soupira Ignace en haussant les épaules. Il ne nous aurait jamais laissé partir tous les deux. »

Il indiqua d'un geste une masse monolithique dressée à une vingtaine de pas : Ulfus.

« Autrement dit, reprit Uberto, il te garde en otage pour s'assurer que je ne révèle ses secrets à personne. »

Le marchand secoua la tête, puis répondit d'un ton rassurant :

« Ne te tourmente pas, fils. Michele Scot n'a pas intérêt à me tuer. Au contraire ! Il a besoin d'avoir auprès de lui un homme intelligent, capable de l'aider dans ses études, voire de lui prêter main-forte pour résister aux intrigues du palais. La *curia regis* peut se révéler un endroit dangereux pour qui n'a pas d'alliés fiables et Ulfus, aussi fort soit-il, n'offre pas une garantie de sécurité suffisante.

— Donc, il te veut comme *socius* ! s'exclama Uberto. Il veut faire de toi son associé, son disciple… Oh ! Je ne suis qu'à moitié surpris. Je me rappelle l'intérêt avec lequel il t'observait quand nous l'avons vu pour la première fois… Je comprends maintenant la vraie raison qui l'a poussé à t'arracher aux griffes de Marbourg. Il a de l'estime pour toi depuis le début ! »

Ignace frissonna en entendant prononcer le nom de Marbourg.

« Cet Allemand ! Il refusait de lâcher prise ! Même après l'ordalie ! Quand j'ai vu son poignard, j'ai cru être emporté des années en arrière…

— Le poignard cruciforme, dit Uberto qui avait saisi l'allusion. Le même que ceux dont se servaient les sicaires de la Sainte-Vehme[1] ! Tu crois que Marbourg fait partie de ce tribunal secret ?

— Ce n'est pas exclu. Après tout, la Sainte-Vehme est une congrégation d'origine germanique. »

Ignace se rembrunit en repensant aux souffrances qu'il avait endurées jadis à cause du Tribunal secret.

« Je n'en ai toutefois pas de preuve, dit-il. Maudit soit ce Marbourg, même s'il est reparti pour Mayence la queue entre les jambes.

— Après un tel affront, j'imagine qu'il ne manquera pas de faire étape à Rome et de protester pardevant le pontife. »

Uberto regardait le navire sur lequel il allait s'embarquer pour l'Espagne. Son visage s'apaisa à l'idée de revoir bientôt Moira et Sancha.

« Mais toi, dit-il… Tu continueras de faire ce à quoi tu te destines depuis l'École de Tolède. Depuis l'époque de Gérard de Crémone. Tu demeures à jamais un savant de la Cour des Miracles ! »

---

1. Voir *Le Marchand de livres maudits*, éditions Michel Lafon, 2013 ; Pocket n° 16037.

Ignace prit les mains de son fils. Puis, dominant sa réserve, il l'embrassa.

« Mais Tolède, dit-il, sera loin. *Vous* serez loin ! »

Le jeune homme, entendant ces paroles, en eut le cœur serré.

« Et ma mère ? dit-il. Que lui dirai-je ? Comment fera-t-elle pour supporter ce nouvel exil ? »

Ignace baissa la tête pour dissimuler ses larmes. Puis, il remit à son fils un petit rouleau de parchemin. Uberto soupesa l'objet comme s'il cherchait, par ce geste, à deviner le message qui s'y trouvait écrit.

Le marchand devina ses pensées et sourit.

« Une promesse », dit-il à voix basse.

Il fit quelques pas avec lui sur la coupée. Il l'embrassa une dernière fois. Et il le vit prendre pied à bord de la galère.

Il regarda le navire s'éloigner et ne le quitta des yeux qu'une fois qu'il eût disparu à l'horizon, là où les vagues caressaient les perfections du ciel. L'espace d'un instant, il fut la proie d'une douleur trompeuse en s'imaginant qu'il était suspendu sous cette voûte luminescente et bleutée qui allait bien au-delà des confins du monde.

Note de l'auteur
(L'histoire, le roman, le labyrinthe)

En mettant de l'ordre dans les notes qui m'avaient aidé à rédiger mon livre, j'ai éprouvé la nécessité d'éclaircir les éléments marquants de ce Labyrinthe au bout du monde. *C'est en effet d'un labyrinthe qu'il s'agit, en tout cas au plan documentaire, puisque le récit offre beaucoup de notions particulières. D'ailleurs, elles s'expliquent très bien. À partir du titre, notamment. Le mot latin* mundus, *dans son acception d'« univers », reprend une phrase de saint Augustin dans son* De Genesi mundus *(V, 14) :* firmamentum unde corporeus incipit mundus. *Autrement dit : le firmament est le début – ou la limite – du monde matériel. L'astronomie ancienne, en effet, interprète le firmament comme une sphère de cristal occupant la limite extrême du système cosmologique. C'est le siège immobile des étoiles fixes. C'est le zodiaque.*

En déplaçant le centre d'intérêt des corps célestes vers la « Ville lumière », il est impossible d'ignorer le conflit tragique qui, au XIIIe *siècle, opposait aristotélisme et théologie au sein du Studium de Paris. En 1210, déjà, des traductions latines des œuvres d'Aristote circulaient dans les cercles cultivés. Le synode provincial de Sens décida de les condamner, ainsi que la philosophie naturelle et les commentaires qui s'y rapportaient. Suger du Petit-Pont incarne les nombreux enseignants que cette censure a contraints de renoncer à leur chaire. Il représente aussi l'esprit de ces magistri formés dans la célèbre école du Petit-Pont, dont certaines études affirment qu'ils sont partis pour Salerne, en quête de nouveaux textes à traduire et à commenter. Mais, comme il arrive bien souvent, les personnages de la fiction sont mieux préparés que leur créateur. Suger n'est pas seulement un médecin compétent, il se targue aussi de connaître les principes de la physiognomonie d'Aristote. Cette science permettait de « lire » les caractères somatiques des gens. Elle donnait également accès à l'essentiel des lapidaires médiévaux, ces traités qui fournissaient les noms des pierres citées dans le roman et leurs propriétés curatives.*

*En revanche, en ce qui concerne les événements tragiques survenus à Paris lors du Mardi gras de 1229, nous ne disposons que d'une seule source, l'*Historia Major *de Matthieu Paris. L'auteur fait allusion à l'incident du faubourg Saint-Marcel. Il parle d'une dispute opposant une bande d'étudiants à un aubergiste au sujet de la note à payer. Le lendemain, des désordres se produisent (dont le saccage de l'auberge en question) et se propagent jusqu'en ville. Le prêtre du faubourg Saint-Marcel en informe l'évêque, lequel, à son tour, s'adresse au légat du pape, qui se trouve être présent à Paris. L'histoire finit par arriver aux oreilles de Blanche de Castille ; sur son ordre aura lieu une répression armée qui se* *soldera par la mort de plusieurs étudiants étrangers aux faits.*

À ce moment-là, Philippe le Chancelier dirigeait le chapitre, et le frère Roland de Crémone appartenait déjà au Studium de Notre-Dame. Autre personnage ayant réellement vécu : le moine Richard de Saint-Germain. Ce dernier a laissé une Chronique *grâce à laquelle j'ai pu reconstituer les événements de l'an 1229 : l'arrivée au royaume de Sicile des « clavigères » (ou* clavisignati, *soldats du pape) ainsi que les gestes du Grand Bourreau, de Raon de Balban et d'Adolphe d'Aquin. Pour continuer sur cette lignée des Aquin, il est fort possible que le jeune Thomas du même nom, futur saint et docteur de l'Église, ait déjà été présent à Cassinate durant cette période. Ce penseur à la date de naissance imprécise – située entre 1220 et 1227 – fut présenté par son père comme oblat à l'abbaye de Montecassino.*

Je souhaite dire un mot de Conrad de Marbourg. Ce membre du clergé séculaire de Mayence, iudex sine misericordia, *a fait dresser de nombreux bûchers. Il est certainement l'un des premiers à avoir occupé la charge d'*inquisitor haereticae pravitatis. *Il obtient, dès 1227, du pape Grégoire IX le droit de s'entourer de soldats et de pourchasser les hérétiques. Cependant, son obsession pour la secte des lucifériens demeure un mystère – secte qui ne doit pas être confondue avec le mouvement de l'évêque schismatique Lucifer de Cagliari qui a vécu, lui, au* IV*e* *siècle. La question est abordée par Aubry de Trois-Fontaines, qui évoque dans sa* Chronique *une* secta luciferianorum *exterminée en Allemagne en 1233.* Facta est tanta hereticorum combustio, *écrit-il. Pas mal de bûchers, donc.*

Le 25 juillet de cette même année, un concile fut réuni à Mayence pour fixer la procédure à appliquer dans la poursuite des hérétiques. Conrad de Marbourg y était. Il y fut assassiné en guise de représailles au bout de trois jours, en même temps que trois frères mineurs, dont Gérard de Lützelkolb.

On trouve aussi des éléments sur la lutte contre les lucifériens dans les lettres adressées par Grégoire IX à ce même Conrad de Marbourg les 10 et 13 juin 1231. Le pape y autorise Conrad – ainsi que les prélats de Mayence et de Hildesheim – à punir et corriger les hérétiques avec l'aide des évêques de Rhénanie, avec celle, aussi, de l'empereur Frédéric II. Après la mort de cet indomptable inquisiteur, le pontife a fait rédiger un texte décrivant les lucifériens comme une secte très dangereuse puisque ses membres croyaient que le véritable fondateur de l'univers n'était autre que Lucifer.

Revenons à Aubry de Trois-Fontaines. Toujours en 1233, il fait allusion à une villa appelée Mæstricht, située entre le Brabant et la région de Cologne. Il raconte qu'un certain magister de Tolède, nigromanticus totus dyabolo deditus, y a trompé plusieurs clercs pour les persuader d'assister à un rituel évocateur. Cet homme mystérieux a tracé un grand cercle fecit maximum circulum cum caracterius suis et disposé autour dudit cercle trois sièges, les sièges mêmes, prétendait-il, sur lesquels s'étaient assis autrefois les trois mages de l'Évangile. S'agissait-il du redoutable Homo Niger ? Il est impossible de l'affirmer. Toutefois, quand vint l'heure de minuit, ce n'est pas aux mages qu'il adressa ses prières, mais bien à trois démons. L'affaire est significative dans la mesure où *le concept de* crimen magiae *fut précisément défini dans ces années-là. L'Église y voyait un péché contre l'unicité de Dieu, car fondé sur le culte des démons.*

Trop forte est la tendance à incriminer le diable devant des phénomènes que nous échouons tout bonnement à expliquer. La maladie d'Adélise, par exemple, n'est le fruit d'aucun sortilège. Il s'agit au contraire d'une pathologie chronique bien connue de la médecine : la cystinose. Aujourd'hui encore, elle frappe deux mille personnes dans le monde, principalement des enfants. Benvenuto Grafeo ne pouvait pas grand-chose pour sa petite patiente. Cet oculiste juif a existé. Auteur d'un Liber sanitate oculorum, *il passe quelquefois pour l'inventeur des lentilles de vue. Mieux documentée est la figure du magister Urso, membre prestigieux de l'École salernitaine, à qui sont attribués plusieurs ouvrages, dont un traité sur les urines et un autre sur l'anatomie du porc. Coule-Poisson, quant à lui, est né d'une fable, d'une légende et du poème de Raimon Jordan. De même que les autres édifices apparaissant dans la présente histoire, le Castello Marino existe pour de bon au large de Naples ; il s'appelle aujourd'hui le Castel dell'Ovo.*

Avant de passer à la figure majeure du roman, le fascinant Michele Scot, précisons que sa personne a fait l'objet de multiples études. J'ai consulté nombre de textes à son sujet et surtout la biographie de Lynn Thorndike, Michael Scot *(Thomas Nelson & Sons, Londres, 1965, non traduit en français à ce jour), qui offre un portrait complexe de ce savant génial et charismatique. Je n'ai aucune intention de m'aventurer ici dans un exposé sur l'astrologie à la cour de Frédéric II, notons cependant que Scot connaissait assurément le* Liber Nembrot. *Peu d'exemplaires de ce* Livre de Nemrod *ont survécu jusqu'à nos jours. L'un d'eux se trouve à la bibliothèque Marcienne de Venise. Il y en a un autre à la BnF. Dans son* Liber introductorius *(œuvre astronomique basée sur la ressemblance entre âme et nature, donc potentiellement blasphématoire), Scot dit de Nemrod (ou Nimrod) qu'il « gagna la Perse après la dispersion des soixante-douze langues, et apprit des esprits l'art d'adorer le feu ». Il cite également un second Nemrod, arrière-petit-fils du précédent, qui « écrivit un ouvrage sur toute l'astronomie ». Fort connue est la passion de Scot pour les figures zodiacales. Il réalisa des dessins propres à renouveler la tradition iconographique. Et d'autres plus révolutionnaires encore ! Dont celui qui montre un homme en train de scruter les cieux au moyen d'un appareil à contempler les étoiles. Il figure dans certains documents médiévaux, dont l'un est conservé à la Bibliothèque vaticane (il s'agit du codex Vat. Lat. 644, réalisé au xe siècle au monastère de Saint-Gall). Un autre est conservé à la Marcienne (Marc. Lat. VIII. 22) ; ce volume, qui correspond précisément au* Liber Nembrot, *prouve que le premier prototype de télescope avait été conçu au moins cinq siècles avant Galilée.*

Pour en revenir à Michele Scot, on dit qu'il a réussi à prédire sa propre mort. C'est un chroniqueur des XIIIe et XIVe siècles qui l'affirme : le dominicain François Pipino de Bologne. Scot, sachant qu'il mourrait d'une chute de pierre, avait l'habitude de porter un casque d'acier. Mais une autre tradition, écossaise celle-là, veut qu'il ait succombé à la méchanceté d'une femme – une femme dont nous ignorons tout.

Ulfus, lui, nous ne le connaissons. Il paraît que l'astrologue avait sous ses ordres un cavalier appelé ainsi, même s'il est peu probable qu'il ait choisi le nom d'Ulfus le Nocturne (Kveld-Ulf), le « guerrier lycanthrope » dont parle au xe siècle la saga du barde Egill Skallagrimsson. De même, on peut douter qu'Ulfus soit originaire de Tikili Tas, la Forêt épouvantable, voisine de Roussé, ville de Bulgarie, sur la rive droite du Danube. En 1931, on y a découvert, sur une fresque rupestre, la première représentation du « Cavalier thrace », une figure divine vénérée dans la région aux temps antiques. Je n'ai pas résisté au plaisir de l'assimiler non seulement à celles d'Orion et de Nemrod, mais aussi au thème de la « Chasse Hellequin ». Après tout, l'Histoire aussi bien que la fiction se nourrissent de superpositions et de labyrinthes.

On a attribué à Scot l'invention de la poudre à canon. D'où l'idée de fournir à Ulfus une « Lance de Feu » semblable à celle – certes plus rudimentaire – qui se trouve brodée sur un bandeau de soie datant du xe siècle et provenant de Dunhuang, en Chine. Il s'agit d'une sorte de pique branchée à un tube que l'on emplissait de poudre noire, avant d'y introduire le projectile. Des expérimentations de ce genre n'étaient certes pas inconnues des pays conquis par les croisés.

*Le grand crâne percé d'une orbite unique possède aussi son explication. Il semble qu'en Sicile, les légendes de cyclopes se rattachent à des crânes fossilisés de plus d'un mètre de haut. Sauf que ces crânes n'appartenaient pas du tout à des êtres mythologiques. Il convient plutôt de les attribuer à une espèce de mammouth nain (*Deinotherium Gigantisium*) aperçue* *dans les îles méditerranéennes voilà sept millions d'années. Le trou que cet animal avait au milieu du front a longtemps été pris pour l'orbite d'un œil unique. Erreur ! Il marquait l'entrée de l'orifice nasal.*

Il ne me reste plus qu'à expliquer le choix du manteau comme objet auquel confier la clef d'un terrible secret. C'est très simple. Je cherchais quelque chose qui pût ressembler à un échiquier composé de symboles et de corps célestes... Eh bien, j'ai trouvé ! Comme la fantaisie accompagne souvent la réalité historique, les manteaux zodiacaux ont bel et bien existé. Il suffit de songer à ceux qui appartenaient aux empereurs Othon III et Henri II. Les hommes ont toujours voulu relier leur destin et leur dimension mortelle à un labyrinthe d'images grandioses, inaccessibles. Un labyrinthe dans lequel chacun de nous aime à se perdre, au moins une fois dans sa vie.

Remerciements

Écrire des romans est une façon comme une autre – et ma préférée – de parler de soi. C'est aussi une manière de se cacher derrière un jeu de miroirs ; je crois, en effet, que nul n'est capable de s'accepter entièrement tel qu'il est. Pourtant, cet aspect de nous-même que nous n'avons pas l'habitude de satisfaire, qui peut-être même nous déçoit, ne saurait échapper à ceux et celles qui ont choisi de partager notre vie au quotidien. C'est à eux que va ma reconnaissance. Merci donc à Giorgia, ma compagne ; également à Luigi et Rosaura, mes parents, qui n'ont jamais cessé de croire en mes rêves et en mes projets. Merci à mes agents, Roberta Oliva et Silvia Arienti, pour leur fidèle présence. Merci, enfin, à Raffaello Avanzini, mon éditeur, et à Alessandra Penna, ma directrice littéraire : avec toute l'équipe de la Newton Compton, nous avons partagé le plaisir de travailler dur et avec passion.

Ouvrage composé par
PCA – 44400 Rezé

Achevé d'imprimer en Allemagne
par GGP Media GmbH Pössneck

POCKET – 12, avenue d'Italie – 75627 Paris Cedex 13

Dépôt légal : octobre 2016
S26931/01